ANDER WERK VAN ANNE GRIFFIN:

*Als alles is gezegd*

ANNE GRIFFIN

# Een *lichte* fluistering

Vertaling Erica Disco

HarperCollins

MIX
Papier van verantwoorde herkomst
FSC www.fsc.org FSC® C083411

Voor het papieren boek is papier gebruikt dat onafhankelijk is gecertificeerd door FSC®
om verantwoord bosbeheer te waarborgen.
Kijk voor meer informatie op www.harpercollins.co.uk/green.

HarperCollins is een imprint van Uitgeverij HarperCollins Holland, Amsterdam.


Oorspronkelijke titel: *Listening Still*

Vertaling: Erica Disco
Omslagontwerp: Margo Togni
Omslagbeeld: © Imacture / Adobe Stock
Zetwerk: Zetspiegel, Best
Druk: CPI books GmbH, Germany, met gebruik van 100% groene stroom

ISBN 978 94 027 0945 2
ISBN 978 94 027 6437 6 (e-book)
NUR 302
Eerste druk maart 2022

Originele uitgave verschenen bij Sceptre, een imprint van Hodder & Stoughton.



www.harpercollins.nl

Voor mijn ouders Jimmy en Bridie Griffin

# Hoofdstuk 1

Op het moment dat mijn vader vertelde dat hij met pensioen ging en de begrafenisonderneming aan mij wilde overdragen, kreeg ik vluchtneigingen. Ik wilde wegrennen naar de verste uithoeken van de aarde, het randje van de steilste klippen opzoeken, mijn gezicht naar de hemel opheffen en lucht opsnuiven die niets van me wilde. Ik wilde me laten opslokken door die vrijheid van verwachtingen, tot de warmte doordrong in al mijn ledematen, elke rimpel en frons gladstreek en mijn stevig gebalde vuisten losmaakte.

Ik had al eens eerder willen vluchten, maar was daar niet in geslaagd. Plichtsbesef, zie je. Plichtsbesef, plichtsbesef, plichtsbesef. Dat woord mocht wel in drievoud onder mijn naam in mijn grafsteen gekerfd worden, zodat iedereen zou begrijpen wie ik, Jeanie Masterson, echt was. Waardoor ik werd gedreven en geremd. En ja, als ik heel eerlijk ben, ook waarvan ik genoot, verstrikt als ik was in een wereld die me zowel blij maakte als angst aanjoeg. Mijn hart verscheurd door iedereen die me nodig had, net zoals ik hen nodig had.

Na hun pensionering zouden ze in Baltimore gaan wonen, vertelde mijn vader. Pap en mam, David en Gráinne Masterson, zouden hun biezen pakken en over een maand of zes vertrekken. Misschien denk je nu dat hij op Baltimore in de Verenigde Staten doelde. Dat kan ik je niet kwalijk nemen, want het klinkt wel lekker exotisch. Maar ik wist precies waarover hij het had. Het Ierse Baltimore, bijna in de punt van de zesde teen van het land. In het graafschap Cork, ongeveer driehonderd kilometer van Kilcross, onze woonplaats. Niks vliegtuigen, airmiles en paspoorten. Ze zouden gewoon in de auto stappen naar de plek waar we in de zomervakantie naartoe waren gegaan toen mijn broer Mikey en ik nog klein waren. Meestal bleef het bij een lang weekend, maar soms, als mijn vader zich kon losmaken van zijn verplichtingen als begrafenisondernemer, gingen we wel een hele week. In dit vak konden we geen bordje aan de deur hangen met het beleefde verzoek om nog eens langs te komen wanneer we weer terug waren. De doden waren niet zo van het wachten. Al zou je ook kunnen zeggen dat ze juist alle tijd van de wereld hadden. Mijn tante Harry, in die tijd onze enige balsemer, bewaakte het fort terwijl wij over de pier slenterden, op de zandstranden speelden en aan onze softijsjes likten. Ik vond het heerlijk in Baltimore. Dat vonden we allemaal, en nu zouden mijn ouders er gaan wonen en zouden mijn man Niall en ik het huis en de zaak voor onszelf hebben.

'Maar jullie zijn nog maar net zestig,' riep ik uit toen mijn ouders tegenover ons zaten en het vertelden. We zaten in een van de woonkamers in het grote huis waar we met zijn allen woonden. Er waren vijf slaapkamers; zes als je de kamer meetelde waar mijn moeder een inloopkast van had gemaakt. Een van de andere kamers had ze willen omtoveren tot een sauna, maar daar had mijn vader een stokje voor gestoken. 'Dat is toch veel te jong om met pensioen te gaan?'

'Dat weet ik niet, hoor. Schooldirecteuren gaan ook vroeg met pensioen,' wierp mijn vader tegen.

'Jij bent toch geen schooldirecteur? Je bent een man met een eigen zaak, zonder een goede oudedagsvoorziening.'

'Ach, ik heb een getalenteerde dochter die prima in staat is om ons allemaal van ons natje en droogje te voorzien. Om nog maar te zwijgen van de man naast je, de beste balsemer van het land.' Hij knipoogde naar Niall alsof hij zijn prijsstier op de veemarkt van Kilcross was.

'Laat Harry dat maar niet horen,' zei ik kortaf, nog voordat ik me kon bedenken hoe kwetsend dat was. 'Sorry, Niall.' Ik legde mijn hand op zijn knie. 'Zo bedoelde ik het niet.'

'Geeft niks, ik begrijp het wel.' Met een glimlach pakte hij mijn hand vast, nog niet klaar om die te laten ontsnappen. 'Harry is briljant. Ze heeft me alles geleerd wat ik weet.'

'En ze gaat nergens naartoe,' viel mijn vader hem bij. 'Van die zus van me kom je niet zomaar af. Als het aan haar ligt, gaat ze gewoon door tot ze in de negentig is.'

'Maar je hebt het er nooit eerder over gehad om met pensioen te gaan, pap.' Eerlijk gezegd had ik de gedachte daaraan ook nooit toegelaten, zo afhankelijk was ik van hem geworden.

'Dat weten we, lieverd,' bemoeide mam zich ermee, 'maar je vader en ik willen graag het beste maken van de tijd die ons nog rest. Nu kan hij nog lekker vissen en kan ik me eindelijk op mijn poëzie storten.'

Mijn ouders wisselden een liefdevolle blik.

'Poëzie? Ik dacht dat je daar de brui aan had gegeven nadat je die avondcursus had gevolgd, omdat je het allemaal te ingewikkeld vond en je afvroeg wat er mis was met een ouderwets rijmschema.'

'Ik wil maar zeggen dat ik door het runnen van de kapsalon nooit tijd had om er genoeg aandacht aan te besteden. Trouwens, het huis dat we vroeger in Baltimore huurden, kwam in de verkoop. Als dat geen kismet is, weet ik het ook niet meer.' Met haar perfect gemanicuurde vingernagels beroerde ze de punten van haar schouderlange balayagekapsel, en ze glimlachte in zichzelf.

Ze leek erg in haar nopjes met haar woordkeuze, alsof ze de smaak in haar mond koesterde als smeltende chocolade.

'Ik dacht dat je niet in dat gedoe over een zesde zintuig geloofde.'

'Begin nou niet weer, Jeanie. Je weet best dat ik geloof dat je vader en jij de doden kunnen horen. Alleen zit ik er niet op te wachten dat ze continu ons leven binnendringen. Je vader is toe aan een beetje welverdiende rust.'

'En dat ik hier met hen achterblijf vinden jullie geen probleem?'

'We dachten dat je dat juist wilde.' Er verscheen een gekrenkte blik in haar ogen toen ze de vaste grond onder haar voeten voelde verdwijnen, zonder te weten waarom. Haar hand ging naar haar borst, met haar vingers gespreid als de vleugels van een vlinder op een klaverblad. 'Je had het er altijd over dat je naar hen wilde luisteren. Dat je wilde horen wat ze te zeggen hadden en de dingen waarmee ze zaten voor hen wilde oplossen.'

Toen ik vijf was misschien, wilde ik heel kinderachtig zeggen.

'Hoe moet het dan met Mikey?' probeerde ik haar af te leiden met behulp van haar favoriete gespreksonderwerp.

Mikey was mijn twee jaar oudere broer. Wanneer ik als kind aan buitenstaanders probeerde uit te leggen hoe het met hem zat, zei ik altijd dat hij anders was. Tot er op zijn dertiende een autismespectrumstoornis bij hem werd vastgesteld. Al legde mam er altijd de nadruk op dat hij maar nét binnen het spectrum viel. Door die onderzoeken had ik eindelijk de juiste bewoordingen gevonden. Mikey was 'goed functionerend' en 'zeer capabel', alleen niet altijd zoals wij dat graag zouden willen.

'We hebben het met hem besproken en –'

'Hebben jullie het eerder tegen hem gezegd dan tegen mij?' Normaal gesproken was Mikey degene binnen ons gezin die in bescherming werd genomen. We lichtten hem pas in wanneer we alles hadden uitgedacht en we een zo groot mogelijk vangnet voor hem hadden gecreëerd.

'Alleen in hypothetische zin.'

'Kom nou toch, we weten allemaal dat Mikey niet aan hypothetisch doet. Bij hem is alles zwart-wit.'

'Nou, inderdaad. Hij wilde heel graag weten wanneer we zouden gaan verhuizen en hoe hij zijn verzameling tijdschriften daarheen zou kunnen krijgen. We zijn een tijdje bezig geweest om het beste verhuisbedrijf uit te zoeken. In dat soort dingen is hij heel goed,' zei mijn moeder trots.

'Dus hij gaat met jullie mee?'

'Natuurlijk. Hij kan toch moeilijk hier blijven? Dat verwachten we helemaal niet van je, Jeanie. Hij is onze zoon, we willen hem dicht in de buurt hebben.'

Zo had mam het altijd gewild: haar zoon bij haar in de buurt.

'Maar mij niet?'

Mijn moeder leek geschokt omdat haar dochter van tweeëndertig zo kinderachtig uit de hoek kwam. Dat kon ik haar niet kwalijk nemen. Alleen is het echt verbazingwekkend wat er zoal uit je mond komt wanneer je in paniek bent.

'Jij bent getrouwd, Jeanie. Je woont hier, met Niall.' Ze wees zelfs naar hem, voor het geval dat ik vergeten was dat ik een man had. 'Je hebt hier je leven, je werk. We dachten niet...' Ze keek naar mijn vader. 'Zeg jij nou eens wat, David.' Ze sloeg haar benen over elkaar, duidelijk verontrust door de wending die dit gesprek nam.

'Je moeder heeft gelijk, Jeanie. Natuurlijk verhuizen we omdat we het rustiger aan willen doen, maar ook omdat we jou de kans willen geven om dit bedrijf te runnen zoals je dat zelf wilt, om zelf aan het roer te staan. Vanaf nu kun jij alle beslissingen nemen, zonder ze eerst aan mij voor te leggen. Het is heel wat waard om je eigen baas te zijn.'

'En als ik dat nou niet wil? Als ik nou eens precies op de oude voet verder wil gaan, of juist iets heel anders wil? Misschien wil ik wel naar de andere kant van het land verhuizen, net als jullie.' Zo, dat was eruit.

'Nou, we dachten... Ik bedoel, is dat zo? Wil je iets anders gaan doen?'

Drie hoofden werden naar mij toe gedraaid. Dat van mam met open mond, dat van pap met fronsrimpels in zijn voorhoofd, dat van Niall met dat vleugje bezorgdheid dat ik nooit expres veroorzaakte. Allemaal wachtten ze op mijn antwoord.

Bijna gaf ik toe dat ik me altijd had afgevraagd hoe het zou zijn om een heel ander leven te leiden. Maar als ik nu die droom najoeg en mijn vader met pensioen ging, was het gedaan met de doden. Dan zou niemand hen meer kunnen horen. Ik was namelijk de laatste dodenluisteraar, de lijn hield op bij mij.

'Hoor eens,' draaide ik eromheen, 'ik zeg alleen dat jullie me voor een voldongen feit stellen. Alsof ik er zelf niets over te zeggen heb.'

'Wacht even, Jeanie.' Pap stak afwerend zijn handen op. 'Je moeder en ik willen alleen maar dat je gelukkig bent. We dachten dat dit een leuke verrassing voor je zou zijn.' Hij keek naar de taart die hij had gekocht, waar GEFELICITEERD op stond. Bij binnenkomst had ik de taart al zien staan en gretig geglimlacht. Toen mijn vader dat zag, zei hij met een grijns dat ik moest wachten tot hij zijn nieuwtje had verteld. Nu keek hij ernaar alsof het zijn lievelingshond was en we die moesten laten inslapen. 'We hebben zelfs je favoriete taart uitgezocht – mokka.' Hij wendde zich tot mijn man. 'Jij bent hier toch wel blij mee, Niall?'

'Ik...' Niall wierp een blik op mij, alsof hij in tweestrijd stond en niet wist wat hij moest zeggen. 'Ik ben heel blij voor jullie. Het is jullie gegund en ik ben heel dankbaar voor het feit dat jullie me deze kans willen geven. Alleen komt het nogal onverwacht, geloof ik.'

'Wist jij hier ook van?' Het was eruit voor ik het wist.

'Nee!' Ongelovig staarde hij me aan.

'Jeetje, Jeanie, maak het die man eens niet zo moeilijk.' Dat was mijn moeder.

'Wat? Vind je me nu ook al een slechte echtgenote?'

'Zullen we ons allemaal een beetje inhouden?' Mijn vader schoof naar het randje van zijn stoel en stak zijn rechterhand als een verkeersregelaar omhoog om nog meer uitbarstingen te voorkomen. 'Niall, schenk jij even een drankje voor ons in, voordat we allemaal een zenuwinzinking krijgen. Een gin-tonic voor ons, en wat er ook maar nodig is om deze hier rustig te krijgen.' Hij keek me aan toen Niall de kamer uit liep en kwam dapper naast me zitten. 'Voelt dit als verraad? Is dat het, Jeanie? Voelt het alsof we je in de steek laten? Want dat is niet zo, lieverd. Verre van, zelfs. We zijn gewoon het zoveelste echtpaar dat in de herfst van hun leven beseft dat ze het iets rustiger aan moeten gaan doen. Dat valt niet mee als je een eigen bedrijf hebt. Misschien denken Niall en jij er op een dag ook zo over. En dan, nou ja...'

Dan zul je het huis moeten verkopen. Zo had het einde van de zin geluid als hij die had durven afmaken. Tot nu toe had ik tot hun grote teleurstelling namelijk nog geen kleinkinderen voortgebracht, dus zag het er niet naar uit dat ik, net als zij, de zaak aan mijn kinderen zou kunnen overdragen.

'Moet je horen, lieverd. Het spijt ons, oké? We hadden echt niet verwacht dat dit je zo overstuur zou maken. We hadden eerst jou moeten polsen, in plaats van je voor een voldongen feit te stellen. Dat snappen we best. Toch, Gráinne?'

'Natuurlijk, schat.' Mijn moeder gaf me een klopje op mijn knie, waardoor ik me vreselijk schuldig voelde over mijn gedrag en mezelf een piepklein glimlachje kon afdwingen.

Dat leek mijn vader het juiste moment om me te omhelzen. 'We hebben het gewoon verkeerd ingeschat. Neem het ons maar niet kwalijk, oké? Het komt allemaal wel goed. Zo'n haast hebben we niet om weg te gaan. We kunnen het wat rustiger aan doen en ervoor zorgen dat het allemaal op de juiste manier gebeurt. Wat vind je daarvan?'

Ik kroop weg tegen de borst van de man die me altijd had beschermd, me altijd de weg had gewezen als ik het spoor bijster was. Mijn vingers trippelden over zijn zachte wollen pak. Mijn vader was altijd keurig uitgedost, hij droeg alleen het beste van het beste. Heel simpel gezegd kwam het erop neer dat ik er gewoon niet alleen voor wilde staan met de doden. Het betekende veel voor me dat pap hen ook kon horen, dat we samen iets op ons namen waar we niet om hadden gevraagd maar waarmee we waren geboren. Soms was dat wat de doden van ons vroegen wanneer ze opgebaard lagen niet zo eenvoudig. Ook al praatte mijn vader er niet zo vaak over als ik zou willen, toch deed het me goed dat ik iemand had die begreep hoe zwaar en mooi deze gave kon zijn. Maar als mijn vader het alleen had gekund voordat ik erbij kwam, kon ik dat vast ook. Was het nou zoveel gevraagd om hem een rustig pensioen te gunnen, zonder zorgen om mij?

Ik wist er jammerend 'oké' uit te persen, precies op het moment dat Niall weer binnenkwam met een dienblad vol drankjes.

'Dank je, Niall.' Mijn vader liet me los om weer tegenover me te gaan zitten.

'Heeft Mikey er echt geen problemen mee dat jullie weggaan?' vroeg ik gelaten, terwijl Niall me een gin-tonic in de hand drukte. 'Dank je,' zei ik geluidloos.

'Ik geloof van niet.' Mijn vader nam een slok en slaakte een zucht van waardering.

'Maar hij heeft een bloedhekel aan verandering.'

'Nou, kennelijk niet als hij daardoor weg kan komen bij de doden.

Sprekend je moeder,' zei pap met een glimlachje naar zijn vrouw.

Niall kwam weer naast me zitten en nam zo nu en dan een slok van zijn drankje, terwijl hij steelse blikken op me wierp.

Omdat ik spijt had van hoe ik me had gedragen en ik ernaar verlangde om het goed te maken, om hem gerust te stellen, glimlachte ik naar hem, pakte zijn hand vast en gaf er een kneepje in. Zo wilde ik hem, en tegelijkertijd mezelf, ervan overtuigen dat alles wel goed zou komen.

# Hoofdstuk 2

De volgende ochtend zag ik Niall en Mikey met elkaar staan kletsen in de tuin. Ik kon hen prima in de gaten houden door het keukenraam, mijn man en mijn broer. Het regende nog niet. Een maand lang had het gevoeld alsof er geen ander weerbeeld bestond in Kilcross, behalve die zware druppels uit die deprimerend grijze lucht waardoor regentonnen overvol raakten, afvoeren overstroomden en weilanden veranderden in bruine modderpoelen. Op die ochtend in april was er licht en kleur, en nu ook de lach van Niall. Hij was net terug van het hardlopen en stond met zijn schouder tegen onze dichte achterdeur geleund, met zijn hand tegen zijn borst om op adem te komen en omdat hij moest lachen om iets wat Mikey had gezegd. Ik kon me niet voorstellen wat. Mijn broer stond niet bekend om zijn gevoel voor humor. Even maakte mijn paniek over de aankondiging van de vorige avond plaats voor waardering voor Niall, die altijd vriendelijk was tegen mijn broer. Ik glimlachte en bedwong de neiging om uit te zoeken wat Mikey had gezegd. In plaats daarvan liet ik het gewoon over me heen komen, dit moment van pure vreugde omdat mijn broer iemand aan het lachen had gemaakt. Dit was iets om te koesteren, om op te slaan bij de rest van de herinneringen die het verhaal vertelden over mij en waarom ik hier nog steeds was.

Mijn broer wees naar iets in zijn tuinhuisje. Ik zeg nu wel tuinhuisje, maar eigenlijk was het eerder een appartement: een slaapkamer, een badkamer, een woonkamer, een kitchenette, een PlayStation – de natte droom van iedere man. Mijn moeder had het met alle geweld een tuinhuisje willen noemen en wij waren daarin meegegaan, omdat dat wel zo gemakkelijk was. Door het een tuinhuisje te noemen hoefde ze niet onder ogen te zien dat mijn broer het huis uit was. Niall ging weer rechtop staan, keek in het tuinhuisje naar binnen en knikte. Naarmate Mikey drukker begon te gebaren begon Niall driftiger te knikken. Inmiddels hoorde ik hem niet meer lachen, maar ik zag nog wel een bemoedigende glimlach op zijn gezicht. Waarschijnlijk hadden ze het over de nieuwe stellingkast waarin mijn broer zijn uitpuilende verzameling met boeken, tijdschriften en dvd's over de militaire geschiedenis bewaarde. Op school had Mikey in twee vakken uitgeblonken: geschiedenis en houtbewerking. Omdat hij zo goed was in het tweede kon hij zelf kasten bouwen om zijn obsessie voor het eerste in onder te brengen. Hij had het al een tijdje over deze uitbreiding gehad, eerder om zichzelf te overtuigen dan ons. Verandering ging altijd langzaam bij mijn broer. Hij moest zichzelf er rustig toe zetten. Ik vroeg me af of hij wel helemaal begreep wat hem te wachten stond nu onze ouders met pensioen gingen.

Niall gebaarde naar het huis om Mikey duidelijk te maken dat hij aan de slag moest. Toen hij omkeek, zag hij mij en zwaaide.

Mikey volgde zijn blik en glimlachte naar me. Mijn broer glimlachte ongeveer net zo vaak als dat je de wasmand bij ons thuis leeg aantrof, maar als het gebeurde, was het altijd oprecht. Mijn broer leek er niet toe in staat om te huichelen.

Ik boog me over de gootsteen heen om het raam open te duwen, op de tenen van mijn rechtervoet. Met mijn één meter zevenenvijftig had ik maar een beperkte reikwijdte. 'Komen jullie even binnen? Ik ben koffie en toast aan het maken.'

'Klinkt goed.' Niall keek vragend naar Mikey.

'Ik heb het druk, zusje. Nieuwe kast.'

Glimlachend knikte ik. 'Nou, als je je nog bedenkt, weet je ons te vinden.'

Terwijl Niall naar binnen kwam, zag ik Mikey naar het tuinhuisje kijken en ernaar knikken, alsof het tijd was om de koe bij de hoorns te vatten. Daarna liep hij naar binnen.

'Hij lijkt goed in zijn vel te zitten,' zei ik tegen Niall.

'Ja, al is hij wel een beetje in paniek over die nieuwe kast.'

'Heb je niets tegen hem gezegd over gisteravond?'

'Nee, zeg.'

Ik gaf hem zijn koffie. 'Hoe ging het hardlopen?'

'Heel goed. Ik heb er al tien kilometer op zitten. Nog even en ik loop de marathon van Dublin.'

'Loop je niet een beetje hard van stapel?' plaagde ik hem.

'Lopen is lopen, toch? Trouwens, je moet hoog inzetten, dat heb ik met jou ook gedaan.' Met zijn lengte van één meter negentig kon hij zijn liefde laten blijken door middel van een sierlijke buiging en een zoen op mijn voorhoofd. Ik voel me al mijn hele leven aangetrokken tot lange mensen, ben tegelijkertijd jaloers en betoverd door hun vermogen om over andermans hoofden heen te kijken, bij de bovenste plank te kunnen of een gewichtige indruk te maken door die extra centimeters, terwijl ikzelf in de menigte opga.

'Hoe ligt het centrum erbij? Is iedereen al wakker?'

'Het is acht uur, dus dat mag ik wel hopen. Arthur is al bezig met zijn ronde. Hij zei dat hij er op het gebruikelijke tijdstip is.' Arthur was onze postbode en nuttigde zijn elfuurtje al sinds jaar en dag aan onze tafel. 'Nog geen telefoontjes?'

'Nee. Helemaal niks, voor de verandering.'

'Misschien wordt het een rustige dag. Misschien houdt iedereen het nog even vol, omdat de zon schijnt. Het gebeurt niet vaak dat de lucht hier in april zo helder is. Op zo'n mooie dag wil toch niemand doodgaan?'

Ik keek uit het raam, kneep mijn ogen samen tegen die duizelingwekkende felheid en wenste dat ik daarbuiten was, onder de stralend blauwe hemel. Als ik vandaag ergens behoefte aan had, was het wel rust. Geen telefoontjes, geen doden, niet praten, niet luisteren. Gewoon stilte. Misschien zelfs een wandeling bij Lough Barra Bog.

'Hoe gaat het met jou, na die grote aankondiging? Ben je al van de schrik bekomen?' Niall keek me over de rand van zijn beker aan, terwijl hij zijn eerste en laatste slok koffie van die dag nam. De avond daarvoor hadden we het er niet meer over gehad. Ik was uitgeput geweest toen we eindelijk bij mijn ouders waren weggegaan en in bed waren gekropen. Dus had ik gevraagd of we het konden laten rusten tot ik er klaar voor was. Nu verstoorde hij met zijn vraag mijn fantasie dat alles in orde was, waardoor ik me op de stoel van mijn moeder moest laten zakken, aan het hoofd van de tafel.

'Het komt wel goed, Jeanie.' Niall ging naast me zitten en nam mijn handen in de zijne, die nog zweterig waren van het hardlopen. 'Samen kunnen we dit aan, toch? We zijn een geweldig team. Wij houden de boel hier wel draaiende, geen enkel probleem.'

Ik wendde mijn blik van hem af om naar de muren van de keuken te kijken, die nog dezelfde lichtgele kleur hadden als toen ik klein was. Elke tien jaar werden ze opnieuw geschilderd. Als mijn ouders weg waren, zou ik het naar mijn eigen smaak kunnen inrichten. Ik zou alle kastjes van de muur kunnen trekken, alle tegels eraf kunnen slopen, zelfs muren kunnen uitbreken als ik dat wilde.

Ik deed mijn mond open om iets te zeggen, maar werd onderbroken door het gerinkel van de telefoon en mijn vader die het gesprek aannam in de hal.

'Masterson Funeral Directors, met David Masterson.'

Zijn begroeting kwam er zangerig uit, vol hoop en blijdschap om de vrijheid die hij in het vooruitzicht had.

# Hoofdstuk 3

Mijn tante Harry besefte als eerste dat ik de gave van mijn vader had geërfd. De gave waarover zij niet beschikte, zoals ze vertelde tegen iedereen die het maar horen wilde. Als peuter hobbelde ik graag achter haar aan naar de balsemruimte en volgde al haar bewegingen nauwgezet. Vaak ging ik onder de ene balsemtafel zitten die we destijds hadden, terwijl zij de overledene waste, en trok ik giechelend mijn benen op als er iets over de zijkant druppelde. Doordat ik vanaf mijn geboorte omringd werd door dode mensen, naakt of aangekleed, had ik niet door dat buitenstaanders er misschien van zouden gruwen. Voor mij waren die lijken net zo normaal als de twee houtduiven die de eik in onze tuin tot hun huis hadden gemaakt. Ik vond het prettig om te zien dat Harry de ledematen masseerde, zodat de balsemvloeistof gelijkmatig werd verdeeld. Zelf vonden de overledenen het ook prettig. Ik hoorde hen zuchten en lachte met hen mee als ze niet goed tegen kietelen konden.

'Vind je dat grappig, Jeanie?' vroeg Harry dan, als ze door mijn gegiechel eindelijk haar werk liet liggen om het spelletje mee te spelen.

'Ja,' antwoordde ik lachend, omdat ik maar al te goed wist wat er daarna ging gebeuren.

'Als je het zo grappig vindt, wacht dan maar eens tot ik jou te pakken krijg.' Ze sloop op me af, in haar witte labjas en rode Dr. Martens.

Dan rende of waggelde ik snel weg, maar niet te snel, want ik vond het juist het mooiste wanneer ze me te pakken kreeg, me hoog in de lucht tilde en me in de stoel zette om me te kietelen. Onder mijn oksels was het ergste. Al voordat ze me aanraakte, begon ik te kronkelen en gierde ik het uit van de pret. Daarna blies ze altijd op mijn buik. Al die tijd lagen de overledenen geduldig te wachten. Soms lachten ze met me mee, soms huilden ze, misschien omdat ze aan hun eigen kinderen dachten, die ze nooit meer zouden kunnen aanraken. Niet dat ik op mijn tweede al zo bezig was met het hoe en waarom van de menselijke emoties. Het ging er alleen om wat ze deden, of ze lachten, huilden of praatten. Dat was mijn wereld.

Mijn moeder wilde liever niet dat ik in de balsemruimte kwam en nam me vaak mee naar haar kapsalon, een deur verderop. Dan begon ik te jammeren en zei: 'Dat, dat,' terwijl ik in de richting van de begrafenisonderneming wees. Na een poosje werd ik teruggedragen door haar of een van haar leerling-kappers. Ik schreeuwde en worstelde net zo lang tot ik weer bij mijn vader, Harry en de doden was.

Naar het schijnt drong het pas toen ik goed kon praten tot Harry door dat ik de doden kon horen, net als haar broer. Tijdens het werk luisterde ze vaak naar muziek. David Bowie, Patti Smith en Leonard Cohen, al zei ze over die laatste soms dat hij de stemming te ver naar beneden haalde, zelfs voor de doden. Een tijdlang had ze een voorliefde voor The Clash. Kennelijk zorgde dat voor nogal wat problemen wanneer er nabestaanden langskwamen. Vaak kwam mijn vader aansnellen vanuit het vertrek waar hij de uitvaart met hen voorbereidde om te zeggen dat ze die pokkenherrie zachter moest zetten.

'Sorry, Dave,' reageerde ze dan met een glimlachje. Harry was de enige die hem 'Dave' noemde.

'Ze wil dat andere liedje horen,' riep ik op een dag tegen Harry, toen ze voordat ze met balsemen begon het kantoor van mijn vader in glipte.

Ik vermoed dat ik toen een jaar of vier was. Ik zat aan het bureautje dat pap voor me had neergezet in de balsemruimte, in de hoop dat ik braaf zou kleuren en Harry niet de hele tijd achter me aan hoefde te zitten. Hij had zelfs nieuwe kleurboeken voor me gekocht. 'Je zou het nog het mooiste vinden als er opgebaarde mensen in stonden, hè? Dan zou je de hele dag kleuren,' had hij gezegd, met een glinstering in die blauwe ogen die ik van hem had geërfd. Ik had zijn grote zachte hand vastgehouden, terwijl hij de kleurboeken had bekeken bij Frayne's, Newsagent's and Toy Shop.

'Wat zei je, liefje?' Harry kwam weer binnen en draaide haar oor theatraal mijn kant op. Ze zette de Porti-Boy aan, het balsemapparaat dat eruitzag als een enorme witte sapcentrifuge en dat vanaf het werkblad vloeistof in de dame op de tafel pompte.

'Ze wil dat andere liedje horen,' riep ik weer.

Harry zette het apparaat uit om zeker te weten dat ze me goed had verstaan. 'Wie wil er een ander liedje horen?'

'Die mevrouw.' Met mijn kleurpotlood wees ik naar de vrouw die zulk lang wit haar had dat het over de rand van de balsemtafel viel.

'Heeft Agnes dat tegen je gezegd?'

Agnes Grace, de eerste overledene die ik hoorde praten, of de eerste overledene van wie ik dat toegaf. Ik weet niet meer waaraan ze overleden was.

Harry was gewoon bij de Porti-Boy blijven staan. Daar was ze altijd goed in: geen heisa maken als het niet nodig was.

Ik knikte.

'Wat is er dan mis met "Starman"?'

'Ze vindt dat liedje over de tv mooier.'

'"TVC 15"? Dat is inderdaad een goed nummer, dat moet ik haar nageven. Maar niet zijn beste.' Harry liep naar de stereo om een ander lied op te zetten. 'Dus de overledenen praten weleens tegen je, Jeanie?'

'Ja.'

'Allemaal?'

'Nee, sommige.'

Dat was het hem nou net met de doden. Ze wilden niet allemaal praten, of, zoals mijn vader me in de jaren daarna uitlegde, ze hadden dat niet allemaal nodig. Omdat hij geen bewijs had van het tegendeel, ging hij er maar van uit dat degenen die zich stilhielden alles al hadden gezegd voordat ze waren heengegaan. Dat ze waren gestorven op een manier waardoor er geen onafgedane zaken meer waren in hun leven. De overledenen die wel iets zeiden, hadden nog iets te vertellen aan de wereld, aan hun dierbaren. Dingen die ze bij hun leven nooit hadden kunnen zeggen omdat de dood sneller was gekomen dan ze voor mogelijk hadden gehouden. Er waren ook overledenen bij die het wel prettig vonden als iemand de dingen doorgaf die ze zelf te moeilijk vonden om te zeggen. En dan had je nog de mensen die gewoon graag een praatje wilden maken. Misschien waren ze bij hun leven ook zo geweest, dus waarom dan niet na de dood?

'Weet je dat papa ze ook kan horen?' vroeg Harry.

Ik knikte. Ik had hem al zo vaak gadegeslagen terwijl ze opgebaard lagen en Harry om hem heen drentelde. Met zijn ellebogen op zijn knieën en zijn hoofd gebogen, zijn blik op de grond gericht, luisterend. Dan ging ik naast hem staan en gaf hij me een aai over mijn bol of pakte mijn hand vast. Nooit stuurde hij me weg of zei hij dat dit iets voor grote mensen was wat niet voor kleine oortjes was bestemd. Doordat ik mocht blijven leerde ik dat de overledenen en hun behoeften een last waren die wij moesten dragen. Ze waren altijd bij ons, in elke zin die we uitspraken, in elke droom die we hadden. Het was niet de bedoeling om hen te verstoppen of te ontwijken, ze moesten omarmd en besproken worden, zelfs door een kind van vier.

'Zelf kan ik dat niet,' zei Harry op de dag dat ze mijn gave ontdekte. 'Dat kunnen alleen sommige mensen, die heel slim zijn.'

Ik keek naar haar op, zag haar op de knop van de stereo drukken om Bowie '*Oh, oh, oh*' te horen zingen en hoorde Agnes meeneuriën.

'Mooi is dat,' zei mam later die avond toen mijn vader vertelde dat de dochter van wie ze had gehoopt dat ze ook kapster zou willen worden, of alles behalve begrafenisondernemer, daar toch niet naar leek te neigen. 'Dit komt door jou, weet je dat? Jij praat haar al die dingen aan.'

'Dat doe ik niet, dat weet jij ook wel, Gráinne. Ik heb juist geprobeerd haar er zoveel mogelijk bij vandaan te houden, maar ze laat zich niet sturen.'

Daar ging ze niet op in.

Ik zat op de bovenste traptrede, voor hun slaapkamerdeur, naar hen te luisteren, ook al had ik allang moeten slapen. Nu ik toch aan het vertellen ben over de discussie die die avond volgde, zal ik het verhaal maar aankleden met woorden uit de vele gesprekken die mijn ouders de achtentwintig jaar daarna hebben gevoerd over mij en de overledenen. Woorden die een kind van vier nooit zou kunnen begrijpen, laat staan onthouden. Toch begreep ik op dat moment, in mijn katoenen pyjama, maar al te goed dat mijn moeder niet blij was met het nieuws over mijn talent.

'Het is niet goed om je zo met de doden te bemoeien, David. Om dat kind wijs te maken dat ze ermee kan praten. Straks komen er problemen van, net als bij dat geval van Cassidy.' Mams gefluister klonk indringend, maar ze was vastbesloten om de kinderen niet wakker te maken.

Het geval van Danny Cassidy was legendarisch bij ons thuis. Niet dat ik er toen al iets van wist, maar dat zou nog wel komen. Later haalde mijn vader het vaak aan om aan te tonen waarom het soms beter was om te liegen over wat de doden hadden gezegd. Mijn moeder beschouwde de zaak als hét bewijs dat er alleen maar problemen kwamen van praten met de doden. Vanuit zijn kist biechtte Danny iets op aan mijn vader. Op een avond, twee jaar eerder, had hij de prachtige bloemperken vernield in de tuin van zijn buurvrouw en sinds dertig jaar tevens trouwe vriendin, Catherine Devine. Dat had hij gedaan uit wraak omdat zij zijn hond om het leven had gebracht. Nou ja, in werkelijkheid had ze dat helemaal niet gedaan. Sterker nog, Danny had niet eens een hond gehad. Het was een hallucinatie geweest.

Door een infectie aan zijn nieren kreeg hij een delier en haalde zich allerlei dingen in het hoofd. Catherine was er kapot van toen ze de ravage de volgende ochtend aantrof, maar niemand verdacht Danny omdat ze zo'n hechte band hadden. Daarna ging ze nooit meer naar haar tuin. Ze liet het gras en het onkruid gewoon woekeren en deed geen poging om alles weer in oude glorie te herstellen. Danny zei tegen mijn vader dat hij wilde dat ze nu wist dat hij het had gedaan en dat hij er spijt van had. Hij wilde dat ze het tuinieren, haar geliefde hobby, weer oppakte. Tegen die tijd was Catherine echter al behoorlijk doof. Toen mijn vader haar die avond nadat Danny was binnengebracht inlichtte, dacht ze dat hij zichzelf opwierp als dader, in plaats van Danny. Dat kreeg mijn vader haar niet meer uit het hoofd gepraat. De volgende dag, toen brigadier Reilly bij ons thuis kwam vanwege paps verrassende bekentenis, legde mijn vader uit dat ze hem verkeerd had begrepen. Hoewel de brigadier daar genoegen mee nam (hij was een van de 'gelovigen' in het stadje), wilde Catherine Devine er niets van weten. Ze zei dat Danny haar nooit zou verraden en dat 'dat gepraat' met de doden dan wel een handige smoes mocht zijn om je misdaden te verbloemen, maar dat het niets minder dan een doodzonde was om een overledene valselijk te beschuldigen. Toen Catherine een jaar later zelf kwam te overlijden, werd er geen gebruik gemaakt van onze diensten. Ze had schriftelijke instructies achtergelaten waarin stond dat ze na haar dood opgebaard wilde worden door de Doyles in Carnegy, het buurstadje.

'Ga nou niet weer beginnen, Gráinne,' zei pap, terwijl ik buiten hun slaapkamerdeur zat te luisteren. 'Dat geval van Cassidy was gewoon pech. Meestal is het alleen praten met de doden, hen helpen met de oversteek naar het hiernamaals.'

'Het hiernamaals? Wat een gelul.'

Ik zie nog voor me hoe ik mijn hand voor mijn mond sloeg om niet hardop te grinniken omdat mam zo vloekte.

'Ik ben begrafenisondernemer, Gráinne. Ik geloof in God en Zijn plan.'

'En ik geloof dat we doodgaan en wegrotten, punt uit.'

'Ja, dat heb je al vaker tegen me gezegd. Waarom ben je eigenlijk met me getrouwd, Gráinne? Ik meen het, je wist wat ik voor de kost deed en waar ik in geloofde. Als je daar zo'n aanstoot aan neemt, waarom wil je dan je leven met me delen?'

'Als ik destijds had geweten van dat geklets met de doden, had ik dat misschien ook wel niet gewild.'

'Misschien ook wel.' Zijn stem werd zachter en ik stel me voor dat hij op dat moment over de krakende houten vloer naar haar toe liep en zijn armen om haar middel sloeg. 'Had je me echt kunnen weerstaan?'

'O, houd toch op.' Ook de stem van mijn moeder klonk nu anders, hoger, waardoor de muur die altijd tussen hen in zou blijven staan een stukje afbrokkelde. De scheidslijn die ze hun leven lang zouden proberen te ontmantelen in tijden van liefde en die ze weer opbouwden in tijden van oorlog.

Misschien kusten of omhelsden ze elkaar op dat moment, want ik hoorde hen niet meer praten, dus waagde ik het erop om naar hun deur te sluipen en mijn oor ertegen te drukken.

'Ik maak me zorgen om haar. Wat voor leven staat haar te wachten? Altijd maar hier zijn. Altijd maar moeten omgaan met de doden. Ik bedoel, kijk eens wat jij er allemaal door op je bordje hebt gekregen.'

'Ik ben tevreden met dit leven, en jij meestal ook. Tussen ons gaat het toch goed? En moet je Harry zien, die heeft nergens last van.'

'Harry. Juist, ja. Ik zou niet willen zeggen dat die nou zo normaal is. Gestoord, dat wel.'

'De dood hoort net zo goed bij het leven als... als haren knippen. Sterker nog, het is er een onmisbaar onderdeel van. Je hoeft alleen een klein beetje anders te denken om te accepteren dat wat hier gebeurt heel natuurlijk is. Het is niet gevaarlijk of raar. Ongewoon wel, maar meer ook niet. Het kan helemaal geen kwaad. Trouwens, vind je niet dat we Jeanies toekomst nu iets te veel voor haar invullen? Oké, ze kan hen horen. Maar mensen die goed kunnen zwemmen willen ook niet allemaal badmeester worden. Ik wil alleen maar zeggen dat ze pas vier is. Wie weet wat ze over dertig jaar gaat doen. Misschien wordt ze toch nog wel kapster.'

'Zou je denken? Dat zou ik graag willen. Niet dat ze per se kapster hoeft te worden, als ze maar iets gaat doen waardoor ze deze last niet hoeft te dragen en geen beledigingen naar haar hoofd geslingerd krijgt. Ik moet er niet aan denken wat haar allemaal toegewenst zal worden. Mensen kunnen zo wreed zijn.'

'Dit is een hele verantwoordelijkheid. Maar ik denk dat die kleine meid van ons sterk en slim genoeg is om zelf te bepalen wat ze wil worden. Daarvoor hoeven wij alleen maar van haar te houden en haar te steunen. Oké?'

Zou hij dat echt gezegd hebben, of wil ik gewoon denken dat er een tijd is geweest dat hij nog bereid was me los te laten?

# Hoofdstuk 4

'Daar ben je.' Toen ik later die ochtend de keuken in kwam, stond Arthur tegen ons aanrecht geleund. De waterkoker stond al aan. De eerste hap van de Twix die hij uit onze buffetkast had gepakt, had hij al achter de kiezen. 'Ik dacht even dat ik vandaag het rijk alleen had.'

De klok gaf precies elf uur aan. Arthur nuttigde zijn elfuurtje al langer bij ons dan ik me kon herinneren. De enige keren dat het niet was doorgegaan was hij ziek geweest of hadden de posterijen het gewaagd zijn bezorgroute te wijzigen. Elke keer was dat van korte duur en reed hij al snel weer op zijn fiets door het centrum en schoof bij ons aan. Arthur was niet alleen onze postbode, maar ook een achterneef. Of zoiets. Ik kon nooit goed wijs worden uit die termen waarmee verre familie werd aangeduid. Hoe dan ook was er een bloedband. Toen hij een jaar of twintig was en zijn vader stierf, kwam hij bij ons wonen. Mijn vader en Arthur waren onafscheidelijk en na Mikeys geboorte werd Arthur zijn peetoom.

'Was Mikey niet in zijn tuinhuisje?' vroeg ik.

Mijn broer was niet het type dat er vaak op uit ging, dus ik kon me niet voorstellen dat hij niet thuis was.

'O jawel, maar hij zei dat hij het druk had. Hij zag er een beetje gestrest uit. Het lijkt wel of hij een kampvuur gaat maken, met al die planken die hij daar heeft liggen. Ik heb tegen hem gezegd dat hij wel mag oppassen, omdat er anders nog brand ontstaat.'

'Nee toch, hè? Hij neemt alles zo letterlijk, Arthur.'

'Weet ik, maar het was eruit voordat ik er erg in had. Ik heb nog gezegd dat het maar een grapje was. Ik breng hem zo een kop thee en dan help ik hem nog een kwartiertje.' Hij schonk heet water in twee mokken. 'Je ziet er goed uit,' merkte hij op.

Instinctief bracht ik mijn hand naar mijn bos zwarte krullen die ik nog maar een paar tellen daarvoor snel in een knot had gedraaid. Als ik mijn haar steilde, kwam het tot halverwege mijn rug, maar in natuurlijke toestand viel het krullend rond mijn schouders.

'Heb je nog nieuws voor me?'

Ik vermoedde dat Arthur alles al wist van de pensioenplannen van mijn ouders en mijn reactie daarop. Hij werd dagelijks op de hoogte gesteld van ons wel en wee, en nog eens extra wanneer hij op vrijdagavond samen met mijn vader een paar biertjes ging drinken bij McCaffrey's – als pap niet hoefde te werken, tenminste. Van ons vak kon je veel zeggen, maar vooral dat het onvoorspelbaar was. Harry zei vroeger altijd dat ze zou willen dat er echt jammerende geesten bestonden die een sterfgeval aankondigden. Dan zou zij tenminste normale werktijden kunnen aanhouden, net als de rest van Ierland.

'Pap heeft gisteravond verteld dat hij met pensioen gaat,' gaf ik met licht overslaande stem toe. 'Maar daar wil ik het liever niet over hebben, als je het niet erg vindt.'

'Prima, hoor. Van mij hoor je er niks meer over.' Mijn vermoedens werden een beetje gesust toen hij een vinger tegen zijn lippen legde, als een gehoorzame soldaat die met zijn hakken tegen elkaar klikte en vriendelijk glimlachte. 'Wil je ook?' Hij stak me een mok toe.

Ik liep langs hem heen om een glas water te pakken. 'Nee, dank je.' Toen ik bij de gootsteen stond te drinken, begon ik me schuldig te voelen. 'Nou, kom op,' zei ik, vermurwd door zijn gulle glimlach. 'Hoe schat je dit weekend in?'

'Oef, dat is een lastige. Maar ik denk drie. Molly Greene, Dick Darcy en Tiny Lennon.'

'Die drie noemde je vorig weekend ook al, en ze leven nog steeds.'

'Het scheelt niet veel. Molly is deze week hard achteruitgegaan, vertelde Kate net. Voordat ik hierheen ging, kwam ik haar tegen in Mary Street. Ze was op weg terug naar het ziekenhuis. Molly heeft daar de nacht doorgebracht; Kate was alleen even naar huis gegaan om te douchen.'

'Als ik jou moet geloven, zijn Dick en Tiny al twee jaar op sterven na dood.'

'Kan ik er wat aan doen dat ze telkens een opleving krijgen? Tiny heeft de deur nu al twee weken niet meer voor me opengedaan. Ik heb brigadier Boyle ingelicht, maar volgens hem is Tiny nog steeds springlevend en heeft hij gewoon geen zin om een praatje met me te maken. Ik zou niet weten wat hij tegen me heeft, ik ben altijd beleefd tegen hem geweest.'

'Bemoeizuchtig, zul je bedoelen.'

Zonder acht te slaan op mijn opmerking zei hij: 'Hoe dan ook, mijn schuld is ingelost.'

Voor elke weddenschap die hij verloor in zijn spelletje 'sterfgevallen voorspellen' kocht hij een Twix voor ons. Inmiddels puilde de kast ervan uit. Telkens wanneer hij won, wat nog minder vaak voorkwam dan dat Westmeath een kansje maakte op de Sam Maguire Cup, kreeg hij een Twix van ons. Natuurlijk kochten we die niet zelf, maar gaven we hem er gewoon een uit het voorraadje dat door zijn verliezen was ontstaan. Zelfs als hij een weddenschap niet had gewonnen, nam hij er om elf uur een. Het kwam erop neer dat Arthur de enige was die ervan at.

'Ik wil hier zijn, je weet wel, als Tiny doodgaat. Ik ben benieuwd waar hij zijn goud heeft begraven.'

Tiny, oftewel Timothy Lennon, was bij zijn geboorte al zestig centimeter geweest en was nu, op zijn tweeëntachtigste, één meter vijfennegentig. Arthur was ervan overtuigd dat hij stiekem miljonair was, ook al woonde hij in een piepkleine cottage aan de rand van het centrum.

'En, wie krijgen jullie straks binnen? Ik zag de wagen niet staan.'

'Bernadette O'Keefe. Mijn vader en Niall moeten haar ophalen bij het mortuarium in het ziekenhuis.'

'Verdorie! Zij stond vorig weekend op mijn lijst. Zou ze nu eindelijk toegeven met wie ze die affaire heeft gehad?' Ondeugend keek hij me aan.

'Je weet niet eens over wie ik het heb,' zei ik lachend.

Hij snoof, zogenaamd verontwaardigd. 'Nou, wie is ze dan?'

'Een boerin die aan Rathdrum Way woonde. Ze was bezig met een schaap dat verstrikt was geraakt in een omheining. Hartstilstand.'

'O, dié O'Keefes. Zij is toch nog maar, wat zal het zijn, halverwege de zestig? Dan weet je het maar nooit, toch?'

'Bij dit spelletje niet, nee.'

'Denk je dat jullie me nodig hebben?'

In de avonduren en de weekenden sprong Arthur weleens bij, als we het druk hadden.

'Dat weet ik niet, ik vraag wel of pap je even belt.'

'Prima.'

Met een knikje in de richting van de twee mokken zei ik: 'De thee wordt koud.'

Hij pakte ze op, deed een paar stappen in mijn richting en zette ze weer neer. 'Het komt best goed, hoor. Als die ouwe van je zijn biezen pakt, ben ik er altijd nog. Ik bedoel, ik weet dat je Niall en

Harry hebt, maar we weten allemaal dat ik het brein achter deze operatie ben.' Hij lachte op die zachte, schorre manier die me altijd aan het glimlachen maakte.

Dankbaar gaf ik een klopje op zijn borst. 'Hé, waar is je gelukspen?' vroeg ik. Al zolang ik me kon herinneren had Arthur die zilveren pen aan zijn borstzakje hangen, of hij nou in het aquagroen van de posterijen of het steriele wit van Masterson was gehuld. Het was altijd dezelfde pen, die zijn vader hem had nagelaten, hoewel hij oorspronkelijk van zijn moeder was geweest. Zo'n beetje elke maand vulde hij hem bij met inkt die hij kocht bij O'Dwyer's Pen and Fishing Tackle Shop aan Water Lane.

'Ik ben hem verloren.' Zijn gezicht betrok. Met de rug van zijn hand wreef hij langs het puntje van zijn neus.

'Hoe kan dat nou? Je verliest dat ding geen moment uit het oog.'

'Ik snap het ook niet. Ik heb je vader alles al binnenstebuiten laten keren, maar hij is nergens te vinden.'

'O.' Ik legde een hand op zijn arm. 'Hij duikt vast wel weer op, zo gaat het meestal met zulke dingen.'

'Natuurlijk. Maak je daar nou maar geen zorgen om, jij hebt al genoeg aan je hoofd.'

'Goeiemorgen, allebei.' Harry kwam via de achterdeur binnen en zorgde voor een beetje afleiding op die zachte lenteochtend. Met haar zonnebril, sjaal en leren handschoenen zag ze eruit alsof ze net van een Noordpoolexpeditie kwam, ook al woonde ze naast ons, in het appartement boven de kapsalon van mijn moeder. Toen ze alles afdeed, werd haar gladde ovale gezicht zichtbaar, met die zwarte wimpers waardoor haar blauwe ogen – een familietrekje – goed opvielen. De inktblauwe kleur had niet misstaan op papier.

Op slag was Arthur weer vrolijk. 'Harry, het lichtpuntje in mijn leven. De vrouw met wie ik wil trouwen. Hoe gaat het, schoonheid?'

'Laat Theresa het maar niet horen, Art.' Ze gaf hem een kus op zijn wang, waarna hij haar in zijn armen nam en met haar de keuken door walste. Harry deed vrolijk mee door een wijsje te neurien. Lachend zwierden ze rond, met trots opgeheven hoofd, verrukt over hun eigen talent. Na afloop slaakte Harry een diepe zucht en kwam naar me toe om me te omhelzen, nog steeds buiten adem door hun capriolen.

'Die broer van me heeft je eindelijk verteld dat hij zich uit de voeten maakt, hoorde ik?'

'Jij wist het dus ook al. Wanneer hebben ze het tegen jou gezegd?'

'Och, Jeanie, je kent ons toch. Je vader en ik kunnen amper ergens aan denken zonder dat de ander het doorheeft.' Ze keek me onderzoekend aan. 'Voel jij je er wel goed bij?'

'Dat komt wel, denk ik.' Ik glimlachte in een poging haar ervan te overtuigen dat ze zich om mij geen zorgen hoefde te maken.

'Zo ken ik je weer. Jullie gaan het geweldig doen, Niall en jij. Een beter stel is er niet.'

Daarna vertrokken ze. Arthur ging de thee naar Mikey brengen, gewapend met twee Twixen in zijn achterzak, Harry liep met hem mee naar de gang en lachte om iets wat hij zei.

Een uur later lag Bernadette O'Keefe op de balsemtafel.

'Ik zei toch dat ik vandaag alles zou regelen, Jeanie?' Niall stond over haar heen gebogen. 'Daarom heb ik Harry ook laten komen. Je vader blijft ook, zei hij, dus we zijn met zijn drieën. Dat is meer dan genoeg om één lichaam af te leggen.'

'Ik ben hier nu toch, dus kan ik het net zo goed doen.'

Toen hij me aankeek, zag ik de strijdlust in hem. De neiging om me erop te wijzen dat het geen zin had om in de slachtofferrol te kruipen. Niet voor mij, maar ook niet voor hem. In plaats daarvan gaf hij zich gewonnen.

Ik keek naar Harry en Niall, die vakkundig en snel, maar ook voorzichtig, met Bernadette omsprongen. Zelf bleef ik op een afstandje staan, met mijn oren gespitst op ook maar het kleinste jammerkreetje. Als je met de doden wilde praten, had je maar beperkt de tijd. Een dag, soms twee of drie, maar vier was al heel veel gevraagd. Bij de overledenen die van ver weg naar ons toe moesten komen lukte het niet altijd. Eigenlijk was het maar goed dat er een tijdslimiet op zat, anders had ik nooit naar een begraafplaats gekund omdat er duizenden stemmen tegelijk tegen me hadden willen praten. Daarom kon ik maar beter meteen paraat staan wanneer er een overledene werd binnengebracht. Soms begonnen ze al te praten wanneer het balsemapparaat nog volop bezig was. Dat was niet ideaal, maar meestal wachtten ze tot ze gebalsemd waren en opgebaard lagen. Hun mond bleef gewoon dicht. Harry en Niall zorgden er wel voor dat ogen, monden en andere lichaamsopeningen nooit meer open zouden kunnen.

'Ik heb tegen Helen, het nichtje van Bernadette, gezegd dat ze niet voor twee uur moet komen,' zei Niall toen ze haar begonnen te wassen. 'Als het aan haar had gelegen, was ze meteen met ons meegereden. Die arme vrouw weet niet wat ze met zichzelf aan moet. Ze heeft de hele tijd op ons staan wachten met de kleren waarin ze Bernadette wil laten begraven, kettingrokend buiten het mortuarium. Ik heb nog gezegd dat ze die kleren gewoon hier had kunnen afgeven, maar volgens mij hoorde ze me niet eens. Ze zei dat je niet met haar mag praten totdat zij er is.'

'Ik kan Bernadette niet tegenhouden als ze wil praten. Zoiets laat zich niet plannen.'

Bij het horen van het scherpe randje in mijn stem keek Harry op.

'Dat weet ik, Jeanie. Dat heb ik ook tegen haar gezegd. Ik geef alleen maar door wat Helen tegen me zei.'

Ik knikte en deed mijn best om mijn kalmte te hervinden.

'Weet je zeker dat je haar niet aan je vader wil overlaten?'

'Nee, dat zei ik toch al?' Ik zuchtte, want ik had meteen spijt van de toon die ik aansloeg. 'Sorry, let maar niet op mij. Ik red me wel. Het komt wel goed, net als altijd.'

Niall leek er geen woord van te geloven, maar waagde het niet om me tegen te spreken.

# Hoofdstuk 5

Toen we klein waren, nog voordat we het woord 'huwelijk' zelfs maar kenden, speelden Niall en ik al met elkaar in het park. Niet dat onze ouders elkaar nou zo goed kenden of zo. We woonden ieder aan een andere kant van het stadje en zagen elkaar alleen omdat we op de meeste dagen van de week op hetzelfde tijdstip naar het park gingen. Mijn moeder werkte natuurlijk, dus was zij niet altijd degene die met me ging wandelen. Maar of ik nou met mijn vader ging, met Harry, met mam of met een van haar leerling-kappers, Niall was er altijd met zijn moeder Annie. De eerste keer dat onze paden elkaar kruisten, waggelden we op elkaar af en begonnen tegen elkaar te brabbelen. De daaropvolgende keren dat we elkaar tegenkwamen, bleven onze moeders of andere verzorgers altijd een minuutje of twee staan terwijl wij elkaar observeerden.

Ik kan me er niets meer van herinneren, maar Niall wel. Volgens hem speelden we vaak tikkertje of lieten we elkaar een paardenbloem, een steen of een interessante tak zien. Of, wat me waarschijnlijker lijkt, een tak die helemaal niet zo interessant was, maar die in onze ogen een toverstaf was. Op een dag struikelde Niall, op de brug over de vijver. Onze moeders liepen achter ons en hadden het ongetwijfeld over de ontwikkeling van hun peuters, zoals moeders die in feite vreemden van elkaar zijn dat kunnen. Het ging vast over poepen, slaappatronen, hechtingen en stuwing, alsof ze elkaar al hun hele leven kenden. Ze liepen een eindje achter ons toen Niall viel. Hij begon te blèren om het bloed op zijn knie en zijn rechterhand, waarmee hij zichzelf had behoed voor nog veel erger leed. Ik bleef even naar hem kijken, zoals hij daar op zijn luierkontje zat, en boog vervolgens mijn hoofd om hem een kus te geven. Eerst op zijn hand en daarna op zijn knie, met de woorden: 'Zo, al klaar.' Tegen de tijd dat zijn moeder bij ons was, krijste hij niet meer en keek me verwonderd aan. Hij heeft me bezworen dat het echt zo is gegaan. Mijn moeder kan het zich ook niet herinneren. Maar op de dag dat ik op mijn drieëntwintigste als zijn vriendin zijn ouderlijk huis in liep, keek zijn moeder haar man aan en zei: 'Ik zei toch dat die twee voor elkaar bestemd waren, Simon? Op het moment dat hij viel en ze hem een kusje gaf, wist ik dat ze voor elkaar waren gemaakt.'

Omdat we niet op dezelfde basisschool zaten, hadden we elkaar in die periode niet vaak gezien. Maar als we elkaar tegenkwamen, zwaaiden onze moeders naar elkaar en kletsten even bij over alles wat er in de tussentijd was gebeurd, terwijl Niall en ik elkaar weer aanstaarden. Ik weet nog dat ik mijn hand lostrok uit die van mam en naar de wilg rende, mijn lievelingsboom in het park, met hem achter me aan. Daar gingen we madeliefjes zitten plukken en fluisterden tegen elkaar om de vogels die tussen de takken heen en weer fladderden niet te laten schrikken. Ik zei dat ik de vogel met het blauwe kopje het mooist vond. De pimpelmees, de *blue tit.* Als we toen, als kinderen van zeven, hadden geweten hoe die vogel heette, hadden we daar vast om moeten gniffelen. Soms vraag ik me af wat er gebeurd was als iemand toen in onze onschuldige oren had gefluisterd dat daar, tegenover ons, de persoon zat met wie we later zouden trouwen. Hadden we dan gegiecheld en grote ogen opgezet omdat het onmogelijk leek dat we voorgoed door liefde aan elkaar verbonden zouden zijn?

Niall weet nog dat hij altijd dapperder wilde zijn wanneer we elkaar zagen. Hij wilde meer zeggen, iets van zijn verlegenheid laten varen zodat ik me misschien alleen op hem zou concentreren. Als hij wist dat ze naar het park zouden gaan, bedacht hij van tevoren dingen die hij kon zeggen, zoals: 'Er staat veel wind vandaag.' Of: 'Mijn broer heeft zijn been gebroken.' Niet dat Gareth zijn been ooit gebroken had, maar dat leek hem wel een interessante openingszin. Toch wist hij nooit de moed bij elkaar te rapen. Eén keer heeft hij me wel een zuurtje aangeboden uit het rolletje dat zijn moeder net had gekocht en dat hij eigenlijk thuis met Gareth moest delen. Terwijl de twee vrouwen met elkaar in gesprek waren, haalde hij het uit zijn zak, maakte het voorzichtig open en hield het me voor. Verrukt zag ik dat het eerste zuurtje oranje was. Ik kauwde op mijn buit, of liever gezegd, ik zoog erop, om niet te veel aandacht te vestigen op iets wat duidelijk niet mocht, en we glimlachten om ons geheimpje.

Hij wist wat mijn familie deed. Dat had hij altijd geweten, vertelde hij me jaren later. Hij kon zich niet herinneren wanneer zijn moeder het woord 'begrafenisonderneming' daadwerkelijk in de mond had genomen. Hij wist niet eens meer hoe ze het hem had uitgelegd. Maar volgens hem was het altijd aanwezig als we elkaar zagen, had hij zich altijd verbaasd over het feit dat ik met overleden mensen in één huis woonde. Hij vond dat dat me bijzonder maakte, omdat het bijzonder was om dood te zijn. Het betekende dat je bij God was. En God was het mooiste wat er bestond. Hij wilde aan me vragen hoe het was om voor mensen te zorgen die bij iedereen geliefd waren. Zijn enige ervaring met de dood was dat zijn 'nandad' Bert, de vader van zijn moeder, was gestorven. (Toen Niall net kon praten, kon hij *granddad* niet goed uitspreken, dus had hij hem nandad genoemd, een naam die was blijven hangen.)

Hij kon zich ons rouwcentrum nog herinneren. Eerst de donkere hal, met de houten kerkbank langs de linkermuur, daarna de deur naar de rouwkamer aan de rechterkant en de ontvangstruimte ernaast. Hij wist nog hoe mooi het zonlicht op Bert viel tijdens het afscheid, in het breed uitlopende stuk achter in de rouwkamer. Zijn moeder schudde mijn vader de hand en zei dat hij over een speciale gave beschikte, dat haar vader er dankzij hem op deze laatste dag bij lag als een koning. Ze glimlachte door haar tranen heen en tilde Niall op zodat hij over de zijden bekleding van de kist kon strijken, de handen van zijn opa kon aanraken en kon zeggen: 'Dag, nandad. Ik houd van jou.'

Volgens Niall was zijn moeder dol op haar vader. Toen hij nog leefde, bracht ze zoveel mogelijk tijd met hem door en na zijn dood nam ze Niall wekenlang bijna elke dag mee naar zijn graf. Daar, in de zomer, op het droge gras bij de grafsteen van haar vader, prentte ze Niall in hoeveel geluk nandad had gehad dat hij in zijn slaap was overleden en dat hij nu bij God was. 'De doden zijn bijzonder en verdienen onze liefde, onze bloemen en gebeden, zodat ze nooit vergeten worden.' Ze drukte een kus op zijn voorhoofd en hield hem stevig in haar armen.

Ik ben blij dat hij me nooit heeft hoeven vragen wat mijn familie deed. Dan had ik namelijk meteen gedacht dat hij iets gemeens wilde zeggen, net als de andere kinderen in mijn leven. Behalve Peanut dan. Die had zich nog meer geërgerd dan ik aan de pesterijen van de andere leerlingen en had dan haar bril met het rode montuur nog hoger op haar neus geduwd, terwijl haar blonde staartjes bijna trilden van woede. Daardoor was ik nog meer van haar gaan houden, voor zover dat mogelijk was.

Peanut heette eigenlijk Sarah Byrne en was mijn beste vriendin. Toen we vijf waren en er op onze eerste dag op de kleuterschool puzzels klaarlagen op de tafeltjes, rende ze Aoife Mullally voorbij om naast mij te kunnen zitten, omdat ze wist dat ik bijzonder was.

Dat heeft ze nooit daadwerkelijk tegen me gezegd. Daar was onze woordenschat nog niet groot genoeg voor, maar het gevoel was er wel. De hele klas moest lachen toen de juf haar bij haar bijnaam aansprak, zoals haar ouders hadden gevraagd. Ze keek trots om zich heen en lachte vrolijk mee. Daarna leunde ze naar me toe en vouwde haar hand om mijn oor. Haar stem en het beetje speeksel dat meekwam kietelden aan mijn oorlelletje, waardoor ik moest giechelen toen ze vertelde dat haar vader haar Peanut had genoemd zodat iedereen rekening zou houden met haar dodelijke notenallergie.

Achteraf bleek dat Aoife Mullally en ik toch geen goede vriendinnen zouden zijn geworden. Twee jaar later zei ze namelijk dat ik naar rottend vlees stonk, dat ik in een doodskist sliep en dat mijn vader gek was. Ik zat in mijn eentje op het schoonplein te wachten tot Peanut terug was van de wc, toen ze het zei. 'Je kunt helemaal niet met dode mensen praten. Mijn mama zegt dat hij het allemaal verzint.'

'Niet waar,' riep ik terug, ontzet dat iemand papa niet net zo geweldig vond als ik. We hadden die leeftijd bereikt waarop kinderen net beginnen te beseffen hoe kwetsend ze kunnen zijn.

'Hij is een liegbeest.'

'Nietes.' De tranen sprongen me in de ogen. Haar woorden waren ook een aanval op mij, al had ik behalve aan Peanut nooit aan iemand verteld dat ik ook met de doden kon praten.

'Welles.' Ze cirkelde om me heen, genietend van haar macht over mij.

'Nietes.'

'Huilebalk!' schreeuwde ze toen ze mijn eerste traan zag vallen.

Met die traan kwam er ook een overweldigende vlaag van woede mee. Op dat moment zag ik Peanut op me afkomen. Ik wilde laten zien dat ik haar vriendschap waard was, dus gaf ik Aoife een duw, zodat ze op haar achterwerk viel. 'Mijn papa is geen liegbeest,' riep ik naar haar. 'Hij kan ze wél horen, en ik ook.' Het was de eerste keer dat ik daar openlijk voor uitkwam, waardoor ze me daarna helemaal niet meer met rust lieten.

Ik beende weg, naar Peanut toe, pakte haar bij haar arm en trok haar mee om weg te lopen van mijn klasgenoten die verbaasd naar adem hapten.

Later werd ik bij de directeur op het matje geroepen, omdat Aoife haar handen had geschaafd en haar billen had bezeerd. Maar ik weigerde prijs te geven wat ze had gezegd waardoor ik me zo had gedragen, terwijl dat helemaal niets voor mij was. Mijn zwijgen leidde ertoe dat ik mijn excuses moest aanbieden. Dat deed ik zonder haar aan te kijken, met mijn blik strak op de grijs gespikkelde vloerbedekking in het kantoor van de directeur gericht.

Die avond kwam pap bij me zitten. Hij zei dat lieve meisjes geen geweld gebruikten, dus dat er wel iets vreselijks gebeurd moest zijn en dat hij wilde weten wat dat was geweest. Ik wilde niet vertellen wat Aoife over hem had gezegd, maar uiteindelijk kwam het er toch met horten en stoten uit, gepaard met een heleboel tranen, gejammer en diepe zuchten. Daarna omhelsde hij me, drukte een kus op mijn krullen en zei dat ik een schat van een meid was, maar dat ik zoiets nooit meer moest doen, zeker niet wanneer de leerkrachten het konden zien.

Dat jaar beloofden Peanut en ik elkaar op de rubberen schoolpleintegels plechtig dat we als we later groot waren samen de wereld zouden rondreizen. We waren gemaakt om door de kleurrijke lucht te vliegen, zoals zij het zei.

'Ik word spoeddierenarts. Dan vlieg ik de hele wereld over om dieren te redden van aardbevingen en zo, en dan kun jij mijn piloot zijn.'

Ik knikte, vol toewijding aan dat meisje dat op mij net zo'n aantrekkingskracht uitoefende als de suikerspin die mijn vader altijd voor me kocht op de jaarmarkt in Kilcross. Naar haar voorbeeld spuugde ik in mijn hand, waarna we onze belofte bezegelden met een handdruk en een glimlach.

Natuurlijk heb ik haar teleurgesteld. Mijn belofte om piloot te worden heb ik nooit waargemaakt. In plaats daarvan bleef ik in Kilcross, een plek waar de lucht zo donker kon worden dat het gewicht en de kracht ervan alles leken te omvatten – de torenspits van de kerk, de huizen, de kastanjebomen die trots op een kluitje op het hoogste punt van het stadje stonden, aan Dublin Road. De lucht was als een koepel die tot aan de aarde reikte en waar ik nooit uit zou kunnen komen, ook al zou ik het proberen. Ik ben nooit op reis geweest, behalve naar Cork en Londen, maar tegen de tijd dat we dertig waren, had ik zeker al twintig ansichtkaarten in een doos onder mijn bed liggen, van alle plekken waar Peanut was geweest. Niall en ik kwamen elkaar weer tegen toen we naar dezelfde middelbare school gingen. Op de eerste dag zagen we elkaar al, maar wendden we allebei snel onze blik weer af. Toevallig zaten we bij elkaar in de klas, maar we waren dertien en wilden niets liever dan ons onzichtbaar maken. Pas na drie dagen kwam hij dapper voor me staan, met zijn beste vriendin Ruth aan zijn zijde, en vroeg of ik hem nog kende.

Peanut, die meteen van het ergste uitging, liet haar tas drie rijen verderop vallen bij haar kluisje en haastte zich naar me toe. Op dat moment was ze een centimeter groter dan ik, bepaald geen indrukwekkende verschijning dus, maar toch kreeg ik er een beschermd gevoel van. 'Wat bedoel je daarmee?' Ze duwde haar bril, inmiddels een paarse, hoger op haar neus.

Door onze ontmoetingen in het park had ik moeten weten dat Niall anders was dan de anderen, maar ik was er niet zeker van. Stel nou dat hij veranderd was? Kinderen waren onvoorspelbaar.

Ze konden omslaan als een blad aan een boom, en met de zwaai van een tovenaarscape veranderen in een leugenaar of een pestkop.

'Ik ben het, Jeanie. Niall.' In zijn zachte bruine ogen lag een vriendelijke blik.

Peanut liet haar armen zakken en ontspande haar schouders.

'Weet je het niet meer? De zuurtjes? De wilg?'

Peanut gniffelde. 'Ja, Jeanie. De zuurtjes en de wilg, je weet wel.'

Aangezien Peanut geen idee had wie hij was, gaf ik een por tegen haar arm. 'Ach, natuurlijk.' Ik knikte, alsof de herinnering aan die momenten me nu pas weer te binnen schoot.

'We zitten bij elkaar in de klas.'

'Ik ben Ruth.' Ruth, die al die tijd naast Niall had gestaan, pakte eerst mijn hand en daarna die van Peanut en schudde ze driftig. In die tijd was Ruth zo'n acht centimeter langer dan Niall en had ze een stralenkrans van prachtig zwart krullend haar om een bijna continu lachend gezicht waarmee ze iedereen het voordeel van de twijfel leek te gunnen. 'Ik zit ook bij je in de klas.' Ze keek me recht aan en glimlachte. 'Mooi haar heb je.'

Ik raakte aan wat op de basisschool voor de andere kinderen altijd nog een reden was geweest om de draak met me te steken. Zombiehaar, noemden ze het. Elke zondag smeekte ik mijn moeder om het in te vlechten of steil te maken. 'Je bent mooi zoals je bent,' wierp ze dan tegen. 'Als je het steil maakt, wordt het op den duur alleen maar breekbaar.'

'Niall en ik zaten op Colmans', vervolgde Ruth trots, terwijl Nialls blik op mij gericht bleef.

'Jeanie en ik zaten op Saint Brigid's,' antwoordde Peanut in mijn plaats.

'Daar wilde ik ook naartoe, maar mijn moeder zei dat dat voor kakkers was. Jullie zijn toch geen kakkers, hè?'

'Nee, de kakkers zaten allemaal op Ciarán's,' reageerde Peanut.

‘Gelukkig maar. Vind je ook niet, Niall?’ Toen Ruth zich naar hem toe draaide, zag ze dat hij nog steeds naar mij stond te kijken. ‘Eh... hallo?’

‘Hè, wat?’

‘Laat maar.’ Ze keek weer naar mijn haar. ‘Als je wilt, kan ik daar wel wat mee. Ik kan best goed vlechten. Ik zou het je kunnen leren, dan kun jij ook op mij oefenen.’

‘Oké,’ zei ik, volkomen in de ban van deze godin.

‘Er is een bepaalde vlecht die ik al eeuwen wil uitproberen, maar mijn broer wil niet dat ik op hem oefen. Na het vlechten zet je alles vast in een knot op je hoofd. Mag ik?’ Toen ik knikte, gaf ze haar boeken aan Niall en begon mijn haar aan een grondige inspectie te onderwerpen. ‘Heb je vrijdag iets te doen? Dan moeten we wel bij jou thuis afspreken, want mijn broer is zo irritant, die laat ons geen moment met rust.’

‘Misschien kunnen we allemaal komen, om te kijken hoe je het doet,’ opperde Peanut.

‘Ja, oké. Maar jouw haar is veel te dun, daar kan ik niks mee.’ Ruth wees naar Peanuts steile blonde haar.

‘Geeft niks,’ zei Peanut gretig.

‘Ik moet dan naar voetbaltraining.’ Ondanks het geldige excuus klonk Niall net iets te vrolijk.

‘Geeft niks, dan kom je gewoon later,’ droeg Ruth hem op.

‘O.’

Ik grijnsde naar hem, tot we allebei in de lach schoten. Ruth en Peanut deden ook mee, maar vooral omdat ze door ons werden aangestoken. Op dat moment was ik blij en dankbaar voor het feit dat Niall het had aangedurfd om hallo te zeggen. Daardoor was mijn vriendenaantal ineens van één naar drie gegroeid, iets wat ik nooit voor mogelijk had gehouden.

‘Ik woon in Church Street,’ zei ik tegen Ruth toen ik mezelf eindelijk weer in de hand had. 'Bij de begrafenisonderneming. Ken je die?'

'Wacht even.' Ze deed een stap naar achteren om me eens goed te bekijken, met haar mond een beetje open. 'Van de familie Masterson? Dus jij woont in een huis waar dode mensen liggen?'

'Ja, vind je dat oké? Je hebt toch niets tegen dode mensen?' Even vroeg ik me af of het allemaal te mooi om waar te zijn was geweest. Misschien zou ze me teleurstellen, net als al die anderen.

'Nee hoor,' zei ze toen. 'Als ik hun haar maar niet hoef te doen.'

# Hoofdstuk 6

Ik zat in mijn eentje in de rouwkamer naast de kist van Bernadette O'Keefe te wachten tot ze iets zei. Net als altijd zat ik op een hoge barkruk met armleuningen, zoals je weleens ziet in van die chique keukens met veel chroom. Van daaruit kon ik de overledenen goed zien. Als ik op een gewone stoel zat, zag ik hen alleen van opzij, maar nu zag ik alles. Het voelde persoonlijker als we zo dicht bij elkaar waren. Ik had de kruk er speciaal voor gekocht in Kilmurray's Kitchen Showroom. Als ik niet aan het werk was, stond hij in de hoek van paps kantoor. Soms lag zijn jasje erop wanneer ik aankwam, of post, als er iets persoonlijks voor mij was bezorgd. Het gebeurde best vaak dat ik brieven kreeg van een familielid om me te bedanken voor mijn tijd, voor mijn steun. Soms trof ik er een bloem op aan, een margriet die door Niall uit een perk vol wilde bloemen in het park was geplukt. Op mijn beurt stopte ik weleens een reep Fry's Chocolate Cream in de zak van de witte jas die hij op het werk droeg, of de kruiswoordpuzzel die ik uit *The Irish Times* van mijn vader had geknipt en die we later bij Casey's samen zouden invullen onder het genot van een biertje.

Bernadette lag er stil bij in haar pastelgele mantelpakje en witte blouse. Haar haar was losjes gekruld en haar make-up was niet overdreven, maar precies goed. Levenloze, bloedeloze huid was lastig te bewerken. Tegen de tijd dat Niall en Harry klaar waren, leek het echter net of de overledene alleen even de ogen had gesloten om de frisse lucht op te snuiven, om even stil te staan bij het wonder van het leven. Mijn handen lagen in elkaar gevouwen op mijn knieën en ik staarde naar het bordeauxrode tapijt dat ooit hoogpolig was geweest, maar al lang was platgedrukt door de duizenden voeten die hier door de jaren heen langs waren geschuifeld. Misschien zou dat wel het eerste zijn wat ik ging veranderen, bedacht ik terwijl ik daar zat, wachtend, hopend dat de bel de komst van Bernadettes nicht Helen zou aankondigen. Het was makkelijker als de levenden erbij waren wanneer de doden aan het woord waren. Dan konden ze al hun vragen kwijt voordat hun dierbare hen voorgoed verliet.

'Wanneer zouden ze me wakker maken, denk je?' Bernadettes woorden kwamen er zelfverzekerd uit. Haar stem klonk standvastig, zonder ook maar een spoortje van de kwetsbaarheid die niet ongebruikelijk was.

'Hallo, Bernadette.' Ik zette me schrap voor wat er komen ging. 'Ik ben Jeanie.'

'Wanneer is die narcose, of wat het ook is, nou eens uitgewerkt?'

Dit gebeurde wel vaker, dat ze niet doorhadden dat ze waren gestorven. Een dodelijk misverstand, noemde mijn vader dat altijd. Zelf vond hij die term erg grappig. Op de dag dat hij hem bedacht, betrapte ik hem er meerdere keren op dat hij in zichzelf stond te grinniken. Ik legde mijn hand tegen de zijkant van de kist en nam even de tijd voordat ik aan mijn uitleg begon.

Bernadette was me voor. 'Ik ben toch in het ziekenhuis in Kilcross? O god, ze hebben me toch niet naar die privékliniek Saint Finbarr's gebracht, zeker? Dat dekt mijn verzekering niet, dat heb ik al wel honderd keer tegen Helen gezegd.' Er klonk paniek in haar stem door.

'Nee, Bernadette, je bent niet in Saint Finbarr's. Ik moet je helaas vertellen dat je –'

'O, godzijdank. Wat klink je vreemd, liefje. Ben ik nou wakker of slaap ik nog? Ik kan niet zo goed... Ben jij de dokter? Mijn borst doet flink pijn en mijn hoofd...'

'Kun je je het schaap nog herinneren, Bernadette?' vroeg ik in een poging om de touwtjes weer in handen te krijgen. 'Dat schaap dat verstrikt was geraakt in de omheining?'

'Natuurlijk. Bruce was er weer eens vandoor gegaan. Soms vraag ik me af of hij wel een schaap is. Wat een koppig beest is dat, zeg. Eén keer vond ik hem helemaal in het weiland van Mackey terug. De andere schapen waren hem niet achternagegaan, die weten inmiddels wel beter. Heb ik hem nog los kunnen krijgen? Dat weet ik niet meer.'

'Hij verzette zich, Bernadette, hij weerde zich kranig –'

'Typisch Bruce. Hij wordt mijn dood nog eens.'

Ik zei niets, in de hoop dat de waarheid van haar woorden tot haar door zou dringen. Alleen trok zij een andere conclusie. 'Och, nee, hij is toch niet...' Ze zweeg, niet in staat om haar zin af te maken. 'Bruce, stomkop die je bent. Je kon gewoon niet op je plek blijven, hè? En nou ben je dood.'

'Het spijt me, Bernadette, maar ik denk –'

'Bespaar je de moeite.'

Dat had ik beter tegen haar kunnen zeggen, want het praten viel haar duidelijk zwaar. Haar stem werd zwakker en viel zo nu en dan weg, als een mobiele telefoon met slechte ontvangst. Ik wist dat ik haar niet lang hier zou kunnen houden.

'Het zat eraan te komen. Hij was al zo vaak door het oog van de naald gekropen.'

'Bernadette, het spijt me heel erg, maar voor zover ik weet is Bruce nog springlevend.'

'O, gelukkig maar. Dat beest heeft me een fortuin gekost. Hij is mijn paradepaardje.'

Ik zette me schrap. 'Bernadette, ik moet je helaas vertellen dat jij zelf een hartstilstand hebt gekregen toen je hem probeerde te bevrijden. Ik ben Jeanie Masterson. Je bent in onze begrafenisonderneming in Church Street.'

'O,' reageerde ze, zo verdrietig dat mijn hand instinctief naar haar handen bewoog, die in elkaar gevouwen op haar buik lagen. Meer had ik op dat moment niet te bieden. Alleen mijn aanraking kon ter vervanging dienen van de liefdevolle zorg van een vriend, een moeder, een partner. 'Jij bent toch degene die met de...' Ze maakte haar zin niet af, kreeg het woord niet over haar lippen. 'God vergeef me, maar ik had dat etterbakje jaren geleden moeten verkopen.'

Op dat moment kreeg ze het te kwaad, maar aan tissues had ze niets, met die ogen die niet meer konden huilen. Voor wie de doden niet kon horen leek ze er volkomen rustig en stil bij te liggen. Ik hoorde echter alles; haar woede, haar onmacht en verdriet. Haar wereld die instortte. Het gruwelijke besef dat haar leven voorbij was, dat er geen morgen was, geen later. Voor haar kwam er geen volgende dag en geen volgende nacht. Alles was ze kwijt, behalve dan dit korte moment waarin we elkaar konden horen. Maar ook die bubbel kon elk moment knappen.

'Maar ik kan me er niets van herinneren,' zei ze, alsof ze het nog steeds moeilijk kon verkroppen.

'Ons geheugen slaat niet alles op wanneer we zoiets ingrijpends meemaken.'

'O god, maar er is helemaal niets geregeld. Ik heb niet eens een testament. En hoe zit het met de uitvaartkosten? Helen weet niet waar alles ligt. Hoe moet ze zichzelf nou redden?'

'Vertel het maar aan mij, dan geef ik het aan haar door.' Ondertussen bleef ik de klok in de gaten houden. Ik wist dat Helen elk moment voor de deur kon staan. Als ik Bernadette maar hier kon houden zodat de twee vrouwen nog een laatste moment samen hadden, zou ik al tevreden zijn.

'Goed, eh... onder mijn bed ligt een rode koffer. Daar heb ik alle belangrijke spullen in gestopt. De eigendomsaktes, de bankgegevens. O, jezus, daar kan ze nooit allemaal wijs uit worden. Daar is ze niet goed in.'

'Wij helpen haar wel. Ik bedoel, we gaan ervoor zorgen dat ze de ondersteuning krijgt die ze nodig heeft.'

'Nee, je begrijpt het niet. Na de dood van Frank is ze ingestort. Mijn broer Frank, haar vader. Ze greep naar de drugs, noem maar op. Dit kan ze niet aan.'

Ik keek weer op de klok. 'Wat zou je tegen haar zeggen als ze hier nu was?'

Even bleef het stil en vroeg ik me af of ze er al niet meer was.

'Ik zou tegen haar zeggen...' begon ze tot mijn opluchting, '...dat ze sterker is dan ze zelf beseft. Dat ze een goed stel hersens heeft, net als Frank, dat ze gewoon in zichzelf moet geloven.' Haar stem vervaagde nu, alsof ze achteruitliep, steeds verder bij me vandaan.

Op dat moment werd er aangebeld.

'Bernadette, daar is ze. Helen komt eraan. Probeer nog even vol te houden.' Ik sprong van mijn kruk om de haastige voetstappen in de gang tegemoet te lopen, mijn hand uitgestrekt naar de vrouw met ongekamd haar en een angstige blik in haar ogen. 'Praat tegen haar,' droeg ik haar op, terwijl ik haar hand op die van Bernadette legde en me naar de andere kant van de kist haastte om beide vrouwen goed te kunnen zien.

'Tante Bernie? Ik ben het, Helen.' Bezorgd keek ze me aan. 'Kan ze me horen, of moet jij aan haar doorgeven wat ik zeg?'

'Zij kan alleen mijn stem horen en ik ben de enige die haar kan horen. Dus ik doe het woord namens jullie allebei, oké?'

Ze knikte en keek weer naar haar tante. 'Het komt wel goed, Bernie. Je zult je wel zorgen om me maken, maar het gaat goed. Ik ga overal voor zorgen. Voor Bruce en de rest van de schapen. Voor het huis. En voor mezelf. Je grootste zorg van allemaal.' Ze lachte zacht en keek naar het gezicht van haar tante, op zoek naar een antwoord. Daarna keek ze naar mij, terwijl ik haar woorden doorgaf. 'Ik houd van je, Bernie,' vervolgde ze. 'Heeft ze dat gehoord? Wat zegt ze? Ze is toch nog niet weg, hè? Zeg alsjeblieft dat ze niet weg is.'

Maar dat was ze wel. Er viel voor mij niets meer te horen, behalve de drukkende stilte die ze had achtergelaten. Een stilte die me altijd deed denken aan die fractie van een seconde wanneer je op een regenachtige dag onder een brug door rijdt en de kracht ervaart van de stilte die je opeens omgeeft. Ik deed mijn ogen dicht om mijn bonkende hart tot kalmte te manen en haalde diep adem om mezelf in herinnering te brengen dat ik de levenden niet mocht teleurstellen.

'Ja, Helen. Ze is er nog,' loog ik. 'Ze zegt dat ze heel trots op je is en dat het haar spijt dat ze je zo moet achterlaten. Dat het niet haar bedoeling was om al zo snel te gaan.'

'O, Bernie, mallerd die je bent, jij hoeft helemaal nergens spijt van te hebben. Ik ben degene die zich zou moeten verontschuldigen. Ik had met je mee moeten gaan, ik had je niet in je eentje met Bruce moeten laten tobben. Als ik dat had gedaan, zaten we nu misschien niet in deze ellende.' Haar ogen vielen dicht en vulden zich met tranen, terwijl ze haar greep op de handen van haar tante verstevigde. 'Ik weet niet wat er zonder jou van me terecht was gekomen. En hoe het nu verder moet.' Ze liet haar hoofd op de perfect geperste schoudervulling van Bernadettes mantelpakje zakken.

Mijn ogen vulden zich ook altijd met tranen als ik een ander zag huilen. Nooit veel tranen, slechts een of twee, maar altijd aanwezig. Ik veegde ze met een krabbend gebaar weg, deed zoals gewoonlijk alsof ik jeuk had. Dit was volgens mijn vader mijn enige zwakte: dat ik me alles zo aantrok. Maar ik wist dat hij hun verdriet net zo goed voelde als ik; alleen waren zijn traanklieren wat weerbarstiger. Duidelijk een verschil in aanleg, meer niet. Trouwens, ik had er altijd op gehamerd dat het helemaal geen zwakte was.

'Bernadette zegt dat je sterker bent dan je zelf denkt, Helen. Dat je je hier wel doorheen zult slaan en dat ze altijd bij je zal zijn. Ze zegt dat als je de warmte van de zon voelt door een raam, zij dan bij je is, vlak naast je.' Soms verzon ik er zelf dingen bij. Heel vaak, als ik eerlijk ben. Om het verdriet van de nabestaanden te verlichten, hun iets van houvast te bieden, iets waardoor het wachten om te horen wat hun dierbaren te zeggen hadden de moeite waard werd.

'Volgens mij heeft ze het over het keukenraam. Daar valt de zon 's ochtends altijd door naar binnen, als hij tenminste schijnt. Maak je maar geen zorgen, Bernie. Ik zal er zijn om op je te wachten.'

'Ze zegt dat je op Frank lijkt.'

'Dat zei je altijd al, hè, Bernie?'

'Je bent dapper, net als hij, en vriendelijk, zegt ze. Het mooiste wat haar ooit is overkomen.'

'O, Bernie.' Helen streek het haar van Bernadette glad, dat ze met haar omhelzing warrig had gemaakt.

'Ze maakt zich zorgen, Helen,' zei ik na een korte aarzeling. 'Ze is bang dat je het er moeilijk mee zult hebben, net als toen je vader stierf.'

'Nee, Bernie. Zo mag je echt niet denken. Ik zal je nooit meer zo teleurstellen, dat beloof ik je. Die tijd is voorbij.' Met haar hand bleef ze zacht over Bernies haar strelen. Op dat moment brak er een glimlach door op haar gezicht, alsof er een mooie gedachte bij haar opkwam. 'Je was toch altijd zo dol op Westlife, Bernie? Misschien vind je het wel wat als we "You Raise Me Up" draaien tijdens de uitvaartdienst.' Ze draaide zich naar mij toe en vroeg: 'Daar zal de priester toch geen bezwaar tegen hebben?'

'We zullen het met hem bespreken.'

In werkelijkheid hadden onze priesters wel degelijk bezwaar tegen dat soort dingen. Ondanks het tijdperk van paus Franciscus leek het erop dat Kilcross de twee meest conservatieve priesters toebedeeld had gekregen die ze maar hadden kunnen vinden. We waren weer terug bij de lange gewaden en officiële kerkliederen.

Maar als iemand iets kon regelen met pastoor Dempsey, was het mijn vader wel. Hij kon altijd goed overweg met priesters, iets waar het mij aan ontbrak. Nog een reden waarom hij beter nog niet met pensioen kon gaan. Later zou ik dit er wel bij zetten op mijn lijstje met tegens, het lijstje met voors was tot nu toe leeg. Maar we hadden altijd nog een reserveplan: als de charmes van mijn vader niets uithaalden, zouden we het nummer hier draaien, waar wij het voor het zeggen hadden, voordat we Bernadette naar de kerk aan de overkant van de straat brachten.

Helen, Bernadette en ik praatten nog een tijdje. Ik gaf zo goed mogelijk antwoord op Helens vragen, op basis van het weinige wat Bernadette me had verteld voordat ze definitief was heengegaan. Nadat ik ervoor had gezorgd dat Helen van de rode koffer onder het bed afwist, leek het me het juiste moment om te zeggen: 'Ze zegt dat ze moe begint te worden, Helen. Dat hoort erbij, helaas. Vanaf nu zal ze steeds verder wegzakken.'

'O.' Ze zag eruit als een bang, verdwaald kind.

'Soms gaat het zelfs nog sneller. Deze ogenblikken zijn als het laatste licht van een kaars. Het licht wordt steeds zwakker en het duurt niet lang voordat het dooft. Wil je nog iets tegen haar zeggen voordat ze rust kan vinden?'

'Ik houd van je, Bernie,' zei ze. 'Zeg maar tegen papa dat ik ook van hem houd.' Ze gaf haar tante een kus op haar wang en legde haar hoofd er even tegenaan voordat ze weer opkeek om nog eens over Bernadettes haar te strijken en dapper te glimlachen.

Ik was uitgeput. Het was altijd hetzelfde – het was intensief en slopend om er gedurende die paar kostbare momenten voor te zorgen dat ik het voor iedereen zo goed mogelijk deed.

Vanuit mijn ooghoek zag ik mijn vader uit de gang de kamer in stappen. Hij kwam dichterbij en pakte een stoel, zodat Helen naast haar tante kon gaan zitten. 'Blijf zo lang als je wilt,' zei hij, met één hand op haar schouder en met de andere wijzend naar de stoel. 'We laten jullie even alleen. Daarna kom ik terug om de nodige voorbereidingen te treffen.'

Hij stak zijn arm uit zodat ik bij hem kon inhaken en we liepen samen naar de deur. De twee O'Keefes lieten we achter; de een nog steeds pratend, de ander allang vertrokken.

'Heb je de hele tijd meegeluisterd?' fluisterde ik tegen hem.

Hij knikte en gaf een kneepje in mijn hand.

'Dus je wist dat ze er niet meer was, dat ik haar niet had kunnen vasthouden?'

'Dat heb je geweldig gedaan, Jeanie. Als ik al bewijs nodig had dat je moeder en ik er goed aan doen om de zaak aan Niall en jou over te dragen, dan heb ik dat de afgelopen minuten meer dan genoeg gekregen.'

# Hoofdstuk 7

Aoife Mullally van de lagere school had gelijk gehad: mijn vader was een leugenaar, en ik ook. Soms tenminste, vooral wanneer de doden wilden dat we een boodschap doorgaven die niet zo hartverwarmend was.

Zo had ik een keer tegen Carly Kiernan, die helemaal uit Garna in Donegal was gekomen, gezegd dat haar overleden man van haar hield, terwijl hij nog maar een paar tellen daarvoor had opgebiecht dat hij verliefd was op haar zus. Ik heb nooit begrepen waarom hij dat op dat moment aan haar kwijt wilde, in de wetenschap hoeveel schade hij ermee zou aanrichten. Na één blik op zijn ontredderde vrouw wist ik al dat ik het niet tegen haar kon zeggen. Maar misschien was ze wel een vreselijke echtgenote geweest, had ze hem geslagen, gekleineerd, of nog erger. Misschien was dit zijn enige kans geweest om nog wat macht over haar uit te oefenen en had ik, als jonge meid van nog geen twintig, oog in oog met die treurende weduwe, besloten hem zijn overwinning te misgunnen. Ook al was zij de liefste vrouw op aarde en was hij de rotzak, was het dan wel aan mij om de keuze te maken hen, en mezelf, niet in verlegenheid te brengen? Het was immers mijn taak om de boodschapper te zijn, het werktuig zonder eigen mening. Toch slaagde ik daar niet altijd in.

Het zat me niet lekker, dat glasharde liegen. Wie was ik nou helemaal om voor God te spelen in hun leven? Maar mijn vader was ervan overtuigd dat er soms niets anders op zat dan liegen om de levenden in hun waarde te laten. Vooral de afgelopen jaren had ik weleens gezien hoe moe hij werd van de dood en ik had hem een keer tegen een verwachtingsvol familielid horen zeggen: 'Hij zegt dat hij van je houdt, meer dan je ooit zult weten, en dat het hem spijt dat hij er niet meer is.' Een eenvoudige en effectieve boodschap, maar wellicht niet precies wat de overledene had willen zeggen.

Meestal loog ik niet echt, maar verdraaide ik de waarheid een beetje of haalde ik de scherpe kantjes er een beetje af om het verdriet van de nabestaanden met een halve waarheid wat te verzachten. Soms werkte het ook de andere kant op, wanneer ik niet tegen de dode kon zeggen wat de levenden hem wilden laten weten. Eén keer had een zoon bij zijn dode vader gestaan en gezegd dat hij hem haatte. Hij haatte hem om alle keren dat hij hem had geslagen en zijn moeder had geschopt, terwijl hij op de grond had gelegen en hem had gesmeekt op te houden. Hij wilde dat hij zou creperen in het hiernamaals, vanwege alles wat hij hun had aangedaan. En dat zou ik moeten zeggen tegen de oude verschrompelde man die het een paar ogenblikken daarvoor nog had uitgesnikt, om vergiffenis had gesmeekt en aan me had gevraagd of hij naar de hel zou gaan?

Het was vreemd om een vak uit te oefenen waarin geloof zo'n belangrijke rol speelde, terwijl ik zelf niet gelovig was. Niet dat ik dat van de daken schreeuwde. Tot mijn achttiende ging ik met mijn vader naar de zondagsmis; mijn moeder was helemaal niet gelovig. Daarna ging ik gewoonweg niet meer, behalve dan naar de uitvaartdiensten. Als volwassene van achttien vond ik het mijn goed recht om ermee op te houden. Ze hadden me daar niet kunnen overtuigen van het bestaan van de hemel of de hel, al was het voor mij niet meer dan normaal om mensen te kunnen horen die niet meer konden ademhalen. Wat is dat toch fascinerend aan het mens-zijn – het een niet geloven omdat je het merkwaardig vindt, maar het andere, wat bijna net zo bizar is, volkomen acceptabel vinden. Voor mij was het een kwestie van bewijsmateriaal. Waar de doden naartoe gingen nadat ze hun zegje hadden gedaan, wist ik niet.

Dus draaide ik om de vraag van die bange man heen, zoals wel vaker wanneer het op geloofskwesties aankwam. 'Trevor zegt dat je hem veel pijn hebt gedaan. Dat hij je dat niet zo gemakkelijk kan vergeven.'

'Toe dan, vertel hem de rest,' spoorde zijn zoon me aan.

Ik weet nog wat ik op dat moment dacht. Waarom waren wij mensen niet dapperder? Waarom durfden we bij leven niet te zeggen waar het op stond? Waarom lieten we ons door angst achtervolgen, het zwijgen opleggen? En waarom was ik nu degene die tegen deze man moest zeggen dat zijn zoon blij was dat hij dood was? Dat kon ik niet, dus begon Trevor tegen zijn vader te schreeuwen en op zijn borst te beuken tot pap en Niall hem wegtrokken. Snikkend liet hij zich op een stoel zakken. Ik zat naast hem en had het gevoel dat ik hem in de steek had gelaten. Wat ook zo was. Zijn vriend kwam erbij en wiegde hem heen en weer, tot zijn gehuil overging in zacht gejammer en hij opstond om weg te gaan. De dienst woonde hij niet bij. Ik weet niet eens of hij de rekening wel betaald heeft.

Als er nog meer mensen in dit vak waren geweest die de doden konden horen, was het misschien niet zo moeilijk geweest, niet zo'n zware last, niet zo eenzaam. Misschien was het beter geweest als het iets was wat iedere begrafenisondernemer te bieden had, als een optie die extra kosten met zich meebracht: 'Wilt u er het gesprek-met-uw-dierbare-pakket bij? Wat dat per uur kost? Driehonderd. Maar als het gesprek korter dan een uur duurt, brengen we natuurlijk niet het volle uur in rekening.'

In deze bedrijfstak werd er nooit zo openlijk over geld gesproken. Het was een goed bewaard geheim tussen begrafenisondernemers. Het gesprek over geld met de nabestaanden vond op fluistertoon plaats, en soms zelfs helemaal niet, totdat de rekening werd bezorgd en iedereen zich belangstellend oprichtte.

Maar wij Mastersons waren de enigen in onze soort. Wat wij deden was voor de buitenwereld net zo vreemd en bizar als dat het voor ons vanzelfsprekend was. We hadden zelfs onze eigen hashtags: #KilcrossOplichters, #Dodelijkeleugenaars en mijn persoonlijke favoriet, het beleefdere #OngemanierdeBegrafenisondernemers. Daarnaast waren er natuurlijk ook hashtags vanuit het andere kamp: #GeschenkvanGod, #JeanieIsOprecht, #MastersonsGezegend. Er waren gelovigen en ongelovigen. De eerste groep klopte bij ons aan, de tweede groep kalkte liever lelijke teksten op onze deur, zoals SALEM, wat mijn vader op een ochtend op een van onze buitenpoorten had aangetroffen.

'Stelletje snotneuzen,' had hij getierd toen hij de vijfliterfles allesreiniger uit de bijkeuken kwam pakken, die daar speciaal voor dit soort gelegenheden stond.

Zelf was ik er niet zo zeker van dat het door een stel tieners was gedaan, ook al had hun wreedheid geen grenzen gekend toen ik zelf nog op school had gezeten. Volwassenen, zo realiseerde ik me toen ik er zelf een was, konden al net zo teleurstellend zijn.

Op de vele congressen en bijeenkomsten met vakgenoten die elk jaar in Ierland werden georganiseerd mengde ik me glimlachend tussen de andere begrafenisondernemers. Sommigen glimlachten terug, anderen knikten slechts en hielden afstand. Wij Mastersons konden een gezelschap even netjes en vakkundig in tweeën delen als een warm mes dat met een chocoladetaart kon. Meestal werd ik er neerslachtig van, maar zo nu en dan experimenteerde ik wat door me aan te sluiten bij een groepje aanwezigen in pak dat met elkaar stond te praten, om te kijken hoelang het zou duren voordat het groepje uiteenviel. Toch konden zelfs degenen die zich beleefd uit de voeten maakten niet anders dan jaloers zijn op ons succes. Het was nou eenmaal een feit dat de stoffelijke overschotten maar naar ons toe bleven komen, vanuit de verste uithoeken van het land, en aan andermans neus voorbijgingen. Het geloof in Ierland was sterk genoeg om ervoor te zorgen dat ons bedrijfsresultaat er gezonder uitzag dan dat van veel andere uitvaartondernemingen. Op een gegeven moment beweerde een kerel in Galway dat hij de doden ook kon horen. Hij viel echter door de mand toen hij Barry, de kat van de familie, verwarde met een van de zoons van de overledene. Er waren geen anderen. Alleen wij, de vader en dochter die over het algemeen schoorvoetend maar vaak ook respectvol getolereerd werden.

Ik weet niet hoe het voor mijn vader was voordat ik erbij kwam. Waarschijnlijk was het ontzettend eenzaam om als enige die gave te hebben, en een vrouw met wie hij daar niet over kon praten. Al had hij altijd Harry nog om zijn last mee te delen.

Ted Masterson, de vader van mijn vader, was de eerste begrafenisondernemer in onze familie. In de jaren zestig kocht hij een eenvoudige kruidenierswinkel op. Een klein pand aan een lang stuk land dat uitkeek op Church Street, met achter op het erf een grote gezinswoning aan Water Lane. In die tijd waren de twee gebouwen nog niet met elkaar verbonden. Pas later ging Ted verbouwen en kwam er een verbindingsgang tussen de twee panden.

In de oorspronkelijke winkel was een zijkamer waar de overledenen uit het stadje werden opgebaard door Mrs Simmons, de voormalige eigenaresse, die het van haar moeder had overgenomen. Het opbaren werd zo ongeveer als een dienst aan de gemeenschap beschouwd, een vriendendienst aan de priester. In die tijd werd er nog niet gebalsemd, maar werd de overledene alleen gewassen en aangekleed en door Mrs Simmons en de nabestaanden in een eenvoudige kist naar de kerk aan de overkant gedragen. Een betere plek voor een begrafenisonderneming kon je niet bedenken: in dit vak draaide alles om de locatie.

Toen het uitvaartwezen in de jaren zeventig in opkomst was en balsemen populair werd, rook Ted geld. Hij greep de kans met beide handen aan en reisde af naar Dublin om te leren hoe het werkte, een machine te kopen en het zelf te proberen. In die tijd vielen er weinig diploma's te halen. Zelfs nu nog hoef je alleen een paar trainingssessies te volgen bij iemand die bereid is zijn kennis te delen. Later nam Harry het van hem over. Het is nog steeds vooral een mannenwereld, wat vreemd is aangezien vrouwen al eeuwen voor hun overleden familie en buren zorgden, hen wasten en aankleedden, voordat wetenschap, geld en testosteron om de hoek kwamen kijken.

De interesse van mijn vader lag niet bij het balsemen, maar bij het regelen van de ceremonie, het praten met de familie, de priesters en de grafdelvers. Hij verzekerde iedereen ervan dat alles onder zijn vakkundige leiding goed zou komen. Naar verluidt begon hij kort nadat Ted het pand had gekocht met de doden te praten, toen het eerste lichaam uitgestald lag op de tafel in dat zijkamertje.

Hun moeder Jean, mijn grootmoeder, naar wie ik ben vernoemd, had er ook enige aanleg voor, heeft Harry me verteld toen ik nog jonger was. Harry, de bewaarster van onze familiegeschiedenis.

'Dan hield ze op met waar ze mee bezig was, bijvoorbeeld met de afwas in ons huis aan Tryell Street, nog voordat we de begrafenisonderneming hadden, en zei ze even niets. Ze stak alleen haar hand op om Dave en mij het zwijgen op te leggen, alsof ze ergens naar luisterde. En dan zei ze: "Er is iemand gestorven." En pa, jouw grootvader, als hij er tenminste was, zei dan: "Ja, natuurlijk is er iemand gestorven, er sterft elke seconde wel iemand." Daarna ging ze weer verder met haar werk en zei: "Nee, een bekende van ons." En ja hoor, binnen een uur verspreidde het nieuws zich dan door de stad en werd er bij ons aangeklopt door iemand die kwam zeggen dat een van onze buren of een neef was overleden. Telkens wanneer dat gebeurde, keek je opa Ted met een glimlach naar haar. Ik houd mezelf altijd voor dat hij dit pand voor haar heeft gekocht, omdat hij wist dat ze een soort zesde zintuig had. Alleen verongelukte ze kort nadat hij de hypotheek had afgesloten. Ik vraag me vaak af of ze de ochtend dat het gebeurde haar eigen dood heeft voelen aankomen.' Op dat moment zweeg ze even en zag er heel verdrietig uit.

Ik legde zacht mijn hand op de hare en zag haar glimlach weer terugkomen toen ze naar mijn vingers staarde. 'En daarna begon pap de overledenen te horen,' zei ik, om haar aan te moedigen de rest van ons levensverhaal te vertellen.

'Daarna begon hij ze te horen, ja.' Ze lachte en was met haar aandacht weer helemaal bij mij. 'De mensen stonden in de rij omdat ze via hem met hun dierbaren wilden praten.'

Die momenten behoren tot mijn favoriete herinneringen: Harry met haar verhalen, de overledenen en ik. Het waren eenvoudiger tijden, waarin er nog niets van me werd verwacht. Geen leugens, niet de last van de waarheid, geen schuldgevoel. Op dat moment was ik nog vrij om op elk moment te zeggen wat ik maar wilde zeggen.

# Hoofdstuk 8

Die avond zat ik op de bijrijdersstoel van de lijkwagen, naast Niall, die de korte afstand naar de kerk reed om Bernadette daarheen te brengen voor de avondwake. Gekleed in onze zwarte wollen jassen reden we achter mijn vader aan, die in rokkostuum voor ons uit liep. Achter ons liepen Helen en de kleine gemeenschap van Rathdrum, tot we uitkwamen bij de open deuren van de Saint Xavier-kerk en pastoor Dempsey, die Bernadette al stond op te wachten. Op dit soort momenten praatten we nooit met elkaar, behalve dan om elkaar instructies over het werk te geven. Anders zouden de nabestaanden achter ons nog denken dat we zaten te kletsen in plaats van ons te concentreren op de taak die voor ons lag. Elke beweging die we maakten, elk woord dat onder werktijd over onze lippen kwam ging alleen om hen en de overledene. We waren zwijgzaam en plechtig, zo op hen gericht dat ze nooit zouden denken dat er ook persoonlijke gedachten in ons omgingen.

Naast de lijkwagen liep Arthur. Die had zijn uniform verruild voor zijn zwarte pak, klaar om te assisteren wanneer de kist na aankomst op de draagbaar getild moest worden.

De rit van de begrafenisonderneming door de poorten van Saint Xavier en over de geasfalteerde oprit naar de grote houten deuren duurde hooguit twee minuten als je door kon rijden en vijf in het tempo van een begrafenisstoet. Mijn vader vond niets zo mooi als het moment waarop hij zijn hoge hoed onder zijn rechterarm nam en langzaam voor de lijkwagen uit liep, met de stoet rouwenden daar weer achteraan. Van dit moment, waarop hij de touwtjes in handen had, genoot hij het meest, veel meer dan van de boodschappen van degenen die nu voorgoed stil waren.

Bernadette zou vannacht in de kerk blijven, in afwachting van de dienst en de begrafenis de volgende dag. Na de korte ceremonie, waarbij er werd gebeden, de zegen werd uitgesproken en er gelegenheid was tot condoleren, zat er voor ons weinig anders op dan de lijkwagen weer naar de overkant van de straat te brengen. Terwijl Niall de motor startte, tikte Arthur op zijn raampje en wees naar de poorten om aan te geven dat hij die altijd open- en dichtdeed. Niall knikte en reed Church Street in, klaar om de auto te keren. Ik zag Arthur de gietijzeren poort weer dichtduwen en afwachten tot Niall de auto geparkeerd had.

'We zouden jou een baan moeten aanbieden,' zei Niall voor de grap, terwijl hij uitstapte en in zijn zakken voelde of hij niets had laten liggen. 'Kom je nog binnen, Arthur?'

'Nee, ik ga naar huis, naar Teresa.' Hij maakte aanstalten om weg te lopen.

Ik riep hem na: 'Heb je je pen al gevonden?'

'Nee, die is nog steeds spoorloos.' Hij sloeg zijn ogen ten hemel en schudde verdrietig zijn hoofd, verslagen omdat hij iets was kwijtgeraakt wat net zo bij hem hoorde als zijn gevoel voor humor, zijn bezorgroute en zijn liefde voor tuinieren.

Mikey werkte weleens voor ons, maar alleen als we wanhopig waren. Bijvoorbeeld toen we ons realiseerden dat er op Helen na geen familie was die Bernadettes kist de volgende dag naar het altaar kon dragen tijdens de uitvaartdienst. In plaats daarvan koos ze voor ons vieren, Harry, Niall, Mikey en ik. Op die manier hoefde ze niet na te gaan welke buren het zouden willen doen en kon ze niemand voor het hoofd stoten door de verkeerde mensen uit te kiezen. Wij vieren stonden aan weerszijden van Bernadette. De kist werd niet gedragen, maar op de draagbaar voortgeduwd door drie van ons, aangezien Mikey niets wilde aanraken.

Mijn broer had een hekel aan de doden. Die waren de reden dat hij het huis uit was gegaan. Hij beweerde dat hij gelukkiger zou zijn wanneer hij in een ruimte woonde die niet met hen verbonden was. Dat er voor zijn hypermoderne tuinhuisje alleen plek was op een paar centimeter bij de gevel van de rouwkamer vandaan leek hem niet te deren. De ruimte ertussen was genoeg om hem gemoedsrust te bieden.

Toen Mikey nog klein was, was hij het tegenovergestelde van mij. Hij wilde niets met het familiebedrijf te maken hebben, liet de balsemruimte links liggen en weigerde de gang in te gaan tussen onze woning en het bedrijfsgedeelte, tenzij hij werd gedragen. Zelfs dan zette hij een keel op.

'Hemeltjelief,' zei mijn moeder vaak wanneer ze zijn zwaaiende armen en schoppende benen in bedwang probeerde te houden als ze naar mijn vader moest om iets te bespreken. Dan keek ik op naar mijn broer in haar armen, verbaasd dat hij zo walgde van wat er zich achter die deuren bevond. Na een tijdje gaf mam het meestal op en zei tegen mij dat ik mijn vader moest halen. Als Mikey toch naar de balsemruimte moest, pakte hij mijn mouw altijd beet. Niet mijn arm, maar de onderkant van mijn mouw, die hij tussen duim en wijsvinger vastpakte, zodat de stof uitrekte. Hij liet geen moment los, terwijl ik hem aldoor voorhield dat het wel goed zou komen en dat het niet lang zou duren, tot ik hem weer veilig naar de keuken bracht.

Hij deed alleen weleens een klusje voor ons zodat hij wat extra geld had voor de speciale aanbiedingen die buiten zijn jaarabonnement op de militaire geschiedenisuitgaven van *Osman's* vielen, dat pap voor hem betaalde. Het abonnementsgeld was nogal fors en zorgde er elk jaar voor dat mijn vader briesend door de keuken liep, alsof hij voor het eerst van die afzetterij hoorde. Mam zei dan altijd dat hij zich niet zo druk moest maken en dat het niet in geld uit te drukken was hoe gelukkig hun zoon ervan werd. Mikey kende de gang van zaken in het uitvaartwezen goed. Ook al deed hij het met tegenzin, hij was de ideale invaller. Hij deed zijn werk zwijgzaam en plechtig, precies zoals er van hem verwacht werd.

Nadat Bernadette was begraven op Ballyshane Cemetery liepen Mikey en ik samen naar de SUV. Ik had van plek geruild met Harry en gevraagd of zij met Niall mee terug wilde rijden in de lijkwagen, zodat ik een paar minuten alleen met mijn broer had. In ons leven waren er veel momenten geweest waarop ik graag fysiek contact met hem had gehad. Een eenvoudig spontaan klopje op zijn arm misschien, of – toen ik nog kleiner was – een joviale omhelzing die elk moment kon overgaan in een nekklem of een flinke wrijfbeurt over elkaars hoofd. Nu we wat ouder waren, had ik graag mijn arm door de zijne gehaakt of mijn hoofd op zijn schouder laten rusten op weg naar de SUV. De nabestaanden waren weg en we waren alleen met de graven, de zingende vogels en de last van het aanstaande pensioen dat ons voor het eerst in tweeëndertig jaar tijd van elkaar zou scheiden. Maar die dingen behoorden bij Mikey geen van alle tot de mogelijkheden. Als je hem wilde aanraken, moest je dat eerst vragen en werd dat gevolgd door een onderhandeling over waar dan precies, hoeveel druk je wilde uitoefenen en hoelang. In plaats daarvan liepen we op veilige afstand van elkaar naar de SUV en reden de hoofdweg door Kilcross op, lang nadat de genodigden waren vertrokken.

'Dus je ziet het wel zitten om naar Baltimore te verhuizen?' vroeg ik.

'Ja hoor. Maar dat wil niet zeggen dat ik mijn kast niet ga uitbreiden, mocht je dat soms denken.'

'Dat weet ik. Dat heb ik ook niet gezegd. Niemand bemoeit zich met wat je bouwt. Die plek is helemaal van jou.' Ik lachte om zijn spanning weg te nemen.

'Pap zegt dat ik in het nieuwe huis de spelletjeskamer kan krijgen om al mijn spullen in te zetten. Kun je je die kamer nog herinneren?'

'Natuurlijk. Hoe zou ik al die keren nou kunnen vergeten dat ik je heb verslagen met tafeltennis?' plaagde ik hem.

'Kijk, daar ga je weer met je leugens, Jeanie. Ik heb jóú verslagen. Ik heb de medailles nog.'

Op vakantie hielden Mikey en ik ons jaarlijkse tafeltennistoernooi, of 'TTT', zoals hij het noemde. In het vakantiehuis waar mijn ouders binnenkort hun intrek zouden nemen was een spelletjeskamer met planken vol legpuzzels en aftandse dozen met Cluedo en Muizenval en een enorme pingpongtafel in het midden. Van de regels van tafeltennis hadden we geen flauw benul. In die tijd waren we echter groot fan van Wimbledon, dus speelden we volgens de regels van het herentennis, niet gehinderd door enige vorm van genderdiscriminatie. Eén wedstrijd kon wel de hele week die we daar waren duren, en Mikey hield de score nauwgezet bij. De winnaar kreeg een medaille die pap had gekocht, plus een etentje naar keuze in een van de vele uitstekende restaurants in het dorp, op kosten van mam. Mikey won altijd. Hij koos er niet voor om bij O'Driscoll's te gaan eten, waar ze de lekkerste frietjes serveerden, of bij The Blue Nile, waar de sappen uit de hamburgers op onze kleren dropen, waar mam dan weer hysterisch van werd, of bij Tanta's, waar ze pizza's hadden met een perfecte dunne bodem. In plaats daarvan wilde hij altijd naar de crêpekraam op de kade. Daar zaten we dan met zijn vieren pannenkoeken als avondeten te eten, met onze voeten boven het water bungelend, lachend en intens tevreden.

'Ga je me nog een beetje missen?' vroeg ik.

Met zijn linkerhand pakte hij zijn rechterduim beet en wreef over de huid, zoals altijd wanneer het over emoties ging. 'Ja.' Door het raampje keek hij naar de drie koeien in een weiland vlak bij de rotonde, waarvan de koppen boven de haag uitstaken. 'En Niall ook. En Arthur. Maar we komen af en toe nog naar huis. Dat heeft pap beloofd.' Hij knikte in zichzelf en, dat dacht ik tenminste, naar de koeien. 'Ik denk dat ik mijn verzameling ga opdelen.' Nu we weer op het veilige terrein van oorlogsvoering waren, keek hij weer door de voorruit en hield op met wrijven, al bleef hij zijn duim wel vasthouden voor het geval dat ik bleef aandringen. 'Ik zou per huis verschillende periodes uit de geschiedenis kunnen aanhouden. Misschien kan ik eens naar andere leveranciers kijken om mijn collectie uit te breiden. Beauford's schijnt ook goed te zijn. Daar bestelt Colm vaak dingen. Maar ik weet nog niet of ik dat wel aandurf.'

Colm was zijn internetvriend die ook alles verzamelde wat met de militaire geschiedenis te maken had en op de PlayStation 4 games speelde die om middeleeuwse knokpartijen draaiden. Colm en Mikey hadden elkaar nooit in het echt ontmoet en leken daar ook geen behoefte aan te hebben. Voor Mikey was de onlinewereld, waarin je niet sociaal hoefde te zijn, een geschenk uit de hemel. In tegenstelling tot de meeste ouders hadden die van ons het toegejuicht dat hij zich in die wereld onderdompelde. Op zijn vijftiende was zijn leven daar immers alleen maar mooier door geworden.

Toen ik nog klein was en me ervan bewust werd dat Mikey geen vriend had die met hem wilde spelen, zoals ik Peanut had, stond ik erop om in zijn slaapkamer met mijn speelgoed te spelen, terwijl hij met zijn eigen speelgoed bezig was. We waren allebei tevreden met dat stilzwijgende samenzijn. Toen hij het gamen ontdekte, leek hij mijn aanwezigheid niet meer zo nodig te hebben, maar bleef ik toch nog een tijdje naar hem toe gaan en veinsde ik interesse in die nieuwe wereld, terwijl hij met zijn onzichtbare vrienden kletste. Uiteindelijk gaf ik het op en liet hem met rust, omdat ik inzag dat hij zich wel redde.

'Hm, dat zal best lastig worden, ja. Maar je hebt nog tijd genoeg voordat je hoeft te beslissen. Het duurt nog zeker een halfjaar voordat je moet gaan inpakken.'

'Ja. Inpakken. Daar kijk ik niet naar uit. Zou Niall me willen helpen? Die is heel goed in dat soort dingen. Hij kan goed logisch nadenken. Wil jij het aan hem vragen?'

'Natuurlijk, maar dat kun je ook zelf vragen.'

'Ja, maar het is beter als we het hem allebei vragen. Dan weet hij dat het belangrijk is.'

'Geen probleem. Je weet dat we alles voor je willen doen. En we zullen ervoor zorgen dat de verwarming aanstaat als je weg bent, zodat het er niet vochtig wordt, mocht je wat spullen willen achterlaten.'

'Misschien moet ik maar eens aan pap vragen of ik er nog een abonnement bij kan krijgen. Ik weet niet of hij daar positief op zal reageren.' Ik zag dat hij weer over zijn duim begon te wrijven.

'Mikey, wat zeg ik nou altijd?' vroeg ik met een grijns.

'Dat is waar ook. "Als je geld nodig hebt, klop dan nooit eerst bij pap aan, maar altijd bij mam."' Hij grinnikte.

'Ik ga je missen, Mikey. Zonder jou zal het hier niet hetzelfde zijn. Het lijkt me heel eenzaam.' Het was niet mijn bedoeling geweest om hem meteen weer in mijn emoties mee te sleuren, maar het was eruit voor ik er erg in had. Ook zonder te kijken wist ik dat die arme duim van hem nu waarschijnlijk vuurrood was. 'Sorry, dat had ik niet moeten zeggen. Ik bedoel, zo erg wordt het nou ook weer niet. Ik heb altijd Niall nog, en Harry.'

'En Arthur,' voegde hij daaraan toe.

'Inderdaad.'

Tegen de tijd dat we terug waren en Mikey de deur van zijn tuinhuisje achter zich dicht had gedaan, werden we alweer opgeroepen. Niall had zich al omgekleed en droeg nu vrijetijdskleding. Toen ik binnenkwam, had hij één arm in de mouw van zijn jas en had hij zijn autosleutels in zijn hand.

'Wie is het?' wilde ik weten.

'Timothy Lennon.'

'Tiny? Mooi is dat. Dat moet ik nog een eeuwigheid aanhoren.'

Vragend keek hij me aan.

'Arthur had hem dit weekend weer op zijn lijst gezet,' legde ik uit.

'Aha.'

'Wil je dat ik met je meega?'

'Nee, ik ga niet.' Inmiddels had hij beide armen in zijn mouwen gestoken en schudde hij met zijn linkerarm om de mouw van zijn trui omlaag te krijgen. 'Harry en David kunnen het wel alleen af.'

'Waar ga jij dan naartoe?'

'Ik wachtte op jou. We gaan samen weg.' Hij had de hoop opgegeven dat het goed zou komen met zijn mouw en loste het nu op door zijn rechterhand in zijn mouw te steken.

'Echt? Hoezo dan?'

'We moeten er nodig even tussenuit om over dat gedoe met de pensionering te praten.'

Het gebeurde niet vaak dat ik Niall zo vastberaden zag, dat ik wist dat hij zich echt niet op andere gedachten zou laten brengen.

'Kan ik me eerst nog even omkleden?'

'Oké, als je maar opschiet. Ik wacht in de auto.'

# Hoofdstuk 9

Vergeleken met de basisschool leek de middelbare school wat makkelijker, aangezien ik sterker stond in een groepje van vier. We waren als het isolatiemateriaal van een keukenboiler: ondoordringbaar. We beschermden elkaar tegen wat de rest over ons te zeggen had. Daardoor kregen we wat meer eelt op onze ziel of werden we doof voor hun aanhoudende gepest. Mijn leeftijdsgenoten waren niet zo snel veranderd of volwassen geworden als ik had gewild en konden het nog steeds niet laten om de draak te steken met mijn leven.

'Hé, Morticia, doe je ook aan seances?'

Ik liet hun kwinkslagen langs me heen gaan, alsof er nooit iets was gezegd. Met mijn vrienden aan mijn zijde liep ik gewoon door, zonder op of om te kijken. Behalve wanneer ze over Mikey begonnen: 'Die broer van jou is kierewiet, wist je dat?' Dan ging ik met mijn volle één meter zevenenvijftig voor hen staan en zei: 'Durf dat verdomme nog eens te zeggen.'

Vervolgens liepen ze gewoon lachend weg, terwijl Peanut, Ruth en Niall me tegenhielden voordat ik dingen deed waarvan ik later spijt zou krijgen.

Mikey had op een basisschool voor speciaal onderwijs gezeten, maar door zijn bovengemiddelde intelligentie kregen mijn ouders het advies om hem naar een reguliere middelbare school te sturen. Toen ik naar de brugklas ging, zat hij op dezelfde school, maar dan twee klassen hoger.

Elke dag zocht ik hem tijdens de lunchpauze op om te kijken hoe het ging. Een gedeelte van de tijd kreeg hij extra begeleiding, maar in de pauzes stond hij er alleen voor. Dus brachten we die tijd samen door en zorgde ik ervoor dat hij iets at. Als ze tijdens de geschiedenisles een interessant onderwerp hadden behandeld, was hij soms nog steeds verdiept in zijn boek en vergat hij te eten. Ook keek ik of hij hulp nodig had om zijn boeken voor de middaglessen bij elkaar te zoeken.

De anderen wisten dat ik daar te vinden was. Niall zocht het vaakst contact met Mikey, door over de nieuwste PlayStation-games te beginnen. Als Niall en ik voor de pauze niet hetzelfde vak hadden, zat hij er soms al wanneer ik aankwam, diep in gesprek met mijn broer. Dan bleef ik op een afstandje staan wachten en naar die ontluikende vriendschap kijken. Met een glimlach. Soms zag Niall me staan en bloosde en grijnsde hij voordat hij zich weer op Mikey richtte, terwijl ik Mikeys tas doorzocht en zijn broodtrommel voor zijn neus zette.

'Was je weer op bezoek bij dat gekke broertje van je, Dorothy?' Die vraag kwam op een dag van Damien Rath, een klootzakje dat in hetzelfde jaar zat als wij. In de derde klas was hij me Dorothy gaan noemen, naar het personage uit *The Wizard of Oz*. Ik nam niet de moeite om te vragen waarom hij me niet gewoon de Boze Heks van het Westen noemde. Dat leek me vanuit hem bezien een veel toepasselijkere bijnaam. Die dag liep hij achter ons, nadat de bel was gegaan en ik bij wijze van afscheid naar Mikey had gezwaaid.

'Kop dicht, Rath.'

Ik zal nooit weten waarom Niall die dag besloot tegen hem in te gaan. Ik draaide mijn hoofd naar hem toe en vroeg me af waarom hij Damien niet gewoon negeerde, aangezien we allemaal wisten dat we hem maar beter konden laten raaskallen in de hoop dat hij er uiteindelijk geen lol meer aan zou beleven en weg zou lopen.

'Bemoei je er niet mee, Longley. Ik had het tegen haar.'

Niall liet geërgerd zijn hoofd hangen en ging voor Damien staan. 'Zo praat je niet tegen een vriendin van me.'

'O, je voelt jezelf een hele kerel, hè, Nialler?' Er verspreidde zich een grijns over Damiens brede wangen en hij begon met grote ogen van opwinding naar Niall te wijzen. 'Jij valt op het zusje van die griezel, of niet soms?'

'Wat ben je toch een eikel.'

'Je valt echt op haar, hè? Nou, dat zal voor haar wel een welkome afwisseling zijn, om een keer te neuken met iemand die nog leeft.'

Niall haalde met zijn vuist uit naar Damien, maar Ruth kon nog net op tijd zijn arm vastpakken. Damien bleef maar lachen en wijzen, terwijl hij verder liep. 'Lulhannes,' riep Ruth hem met opgestoken middelvinger na, en ze liet Nialls arm los.

'Dank je,' zei ik tegen Niall.

Hij haalde zijn schouders op om zijn schaamte van zich af te schudden en beende lokaal C12 in.

Zonder die drie had ik de middelbare school niet overleefd.

Meestal zaten we bij mij thuis. Omdat Mikey zo'n beetje permanent in zijn slaapkamer zat en mijn ouders allebei werkten, was ik net een enig kind en kon ik doen wat ik maar wilde. Toen we wat ouder waren, smokkelden we weleens alcohol mee of pikten die uit de drankenkast van mijn vader. Tot het derde jaar hingen we gewoon rond in de woonkamer, aten we mierzoete dingen waar je als veertienjarige beter van af kon blijven en hadden we het over ons beperkte wereldje. Het was perfect.

Meestal ging het over de mensen uit onze klas. Of de leraren, die stonden ook hoog op ons lijstje. Elk interessant stukje informatie dat we hadden opgevangen uit gesprekken van anderen werd door ons helemaal uitgeknepen en ontleed, tot we er alles uit hadden gehaald wat erin zat. Als we daarover uitgepraat waren, ging het over het dier waar Peanut nu weer verzot op was, of over het nieuwe kapsel dat Ruth had leren maken en waarvan ik hoopte dat ze het op mij zou demonstreren. Van ons vieren was Niall het terughoudendst met zijn nieuwtjes, die meestal te maken hadden met Gaelic football of gewoon voetbal. Het ontging ons bijna dat hij het winnende doelpunt had gescoord in de finale van de competitie in het graafschap, ware het niet dat me die vrijdagavond iets aan hem opviel. Een luchthartigheid, een gulle lach waardoor ik vermoedde dat er iets was gebeurd. Toen ik er uiteindelijk achter kwam, tekende ik een belachelijke felicitatiekaart voor hem, met een klavertje en een voetbal erop. Tekenen is nooit mijn sterkste kant geweest.

Maar Niall hield zich nooit in wanneer het over ons ging, over de Mastersons. Wanneer we met zijn tweeën waren, vroeg hij om een rondleiding door de uitvaartonderneming. Daar ging ik in mee, mits er niemand was; levend of dood. We gingen naar de rouwkamer, ik liet hem de selectie kisten in onze toonzaal zien, of ik streek met mijn vingers over het bureau van mijn vader en vertelde wie we die week hadden opgebaard en wat ze hadden gezegd.

'Ik snap er niks van, Niall,' zei ik op een dag toen ik op de stoel in de balsemruimte zat, waar de kleren van de overledenen meestal op werden klaargelegd. Volgens mij zaten we in het derde jaar, dus we zullen vijftien zijn geweest. Ik werkte ongeveer sinds een jaar parttime voor mijn vader. Als officiële werknemer met een echt salaris, niet langer als enthousiaste vrijwilliger. Hij zei dat hij me alvast wilde inwerken voor wanneer ik na school fulltime in dienst zou treden. 'Mensen die niet met dit vak zijn opgegroeid zijn er nooit zo in geïnteresseerd. Ze willen allemaal wel de griezelverhalen horen, maar zoveel nieuwsgierigheid maak ik nooit mee. Misschien moet ik maar eens tegen Damien Rath zeggen dat jij van ons tweeën de griezel bent,' zei ik voor de grap.

'Ik kan het ook niet goed uitleggen. Ik vind het gewoon fascinerend. Jíj fascineert me.' Hij stond naar de balsemvloeistof te kijken, met zijn rug naar me toe. Zijn handen lagen op de knoppen van de open kastdeurtjes en hij leek zich nog niet helemaal te realiseren wat hij gezegd had. Toen dat wel gebeurde, deed hij de deurtjes snel dicht en draaide zich om. 'Ik bedoel, wat je doet, dat je met dode mensen praat en zo, dát vind ik fascinerend.'

Voor zover ik me kan herinneren, was dat de eerste keer dat ik het voelde, dat mijn hart een sprongetje maakte. We hadden het er allemaal wel over dat we mensen 'leuk vonden', in elk geval had Ruth het daar vaak over, maar tot dan toe had ik het nog nooit zelf ervaren en had niemand mij ooit leuk gevonden. Het was fijn dat iemand, als ik het tenminste goed aanvoelde, meer in me zag dan de dood. Ik glimlachte even om het compliment, maar klemde daarna vlug mijn kiezen op elkaar. We vielen allebei stil, met gloeiende wangen van schaamte.

'Hoe voelt het nou echt?' vroeg hij uiteindelijk, terwijl hij tegen de balsemtafel leunde. 'Je weet wel, om met hen te praten?'

Hoewel we dit gesprek al vaker hadden gevoerd, voelde het op dit moment zo anders dat het net zo goed de eerste keer had kunnen zijn.

'Nou, zoals ik altijd al heb gezegd, is het niet eng. Het voelt net zo vanzelfsprekend als het gesprek dat we nu voeren.'

'Alleen zijn zij dood.'

'Ja. Maar meestal vind ik het wel prettig. Al zit ik er soms ook helemaal naast als ik iets tegen hen zeg.'

'Hoe bedoel je?'

Ik verschoof op mijn stoel, omdat het onwennig voelde om dit met iemand anders te bespreken dan met mijn vader. Ik moest mezelf in herinnering brengen dat ik me altijd veilig had gevoeld bij Niall. 'Nou, ongeveer een maand geleden lag hier een man die John Kavanagh heette. Hij vroeg of ik tegen zijn broer Noel wilde zeggen dat hij zijn aandeel in het boerenbedrijf had nagelaten aan hun neef Eamon, omdat die een veel betere boer was dan Noel ooit zou zijn. Ik weet niet wat er tussen die twee was voorgevallen waardoor hij dat had besloten of waarom hij het aan mij kwijt wilde. Ik had geen tijd om het te vragen, en anders had ik het nog niet gedaan. Dat hoort niet bij het werk; het zou alleen mijn eigen nieuwsgierigheid bevredigen. Het gaat om hen, niet om mij, of zelfs om hun familie. Alleen is mijn vader het daar niet altijd mee eens, want hij vindt het het beste om de levenden tevreden te houden.'

'Kijk, dat vind ik nou fascinerend.' Niall wees enthousiast naar me. 'Je zegt van die verbazingwekkende dingen. Toen we klein waren, was je al zo... hoe zeg je dat... diepzinnig. Konden die eikels op school je maar zo horen praten.'

'Ja hoor. Dan zouden ze me alleen nog maar gestoorder vinden.'

'Wat heb je tegen die broer gezegd?'

'Eigenlijk zou ik dit soort dingen niet met je moeten bespreken. Mijn vader zou me vermoorden als hij het wist, maar ik vind het gewoon niet fijn dat hij zegt dat we er soms een draai aan moeten geven. Dat we niet altijd moeten zeggen waar het op staat.'

In die tijd begon ik mijn vraagtekens te plaatsen bij de regels, zoals alle vijftienjarigen dat doen. Het beleid dat mijn vader eropna hield, dat het soms nodig was om te liegen, leek me niet eerlijk. Het diende alleen om onszelf te beschermen. Dat kon toch niet de bedoeling zijn, zei ik tijdens de discussies die we dat jaar elke avond aan de eettafel leken te voeren. Mijn moeder weigerde zich in onze discussies te mengen. 'Ik bemoei me er niet mee,' zei ze wanneer ik steun bij haar zocht, als een vrouw die al te vaak tevergeefs had geprobeerd haar mening te geven.

'Hoe dan ook,' vervolgde ik tegen Niall, 'mijn vader stond buiten gehoorsafstand, dus leek dit me een uitgelezen kans om aan hem te bewijzen dat liegen niet de beste aanpak was. Daarom heb ik het aan Noel doorgegeven. Ik keek hem aan en zei dat de boerderij naar die neef zou gaan, omdat Eamon volgens John een betere boer was dan hij ooit zou worden. Precies zoals John het gezegd had.'

'Ga weg.'

'Ik weet het, erg, hè? Ik stond stijf van de zenuwen, maar wilde het per se doen. En Noel... Dat was trouwens een boom van een kerel met armen en benen zo breed als die deur daar... Noel werd knalrood. Ik wist zeker dat hij door het lint zou gaan. Mijn vader kwam naar ons toe rennen en ging pal voor me staan, voor het geval dat.'

'Jezus, en toen?'

'Hij begon te huilen, die arme man. Hij zakte in elkaar op een stoel en was ontroostbaar. Ik voelde me zo schuldig, alsof ik degene was die het had gezegd, wat in zekere zin misschien ook zo was. Het duurde heel lang voor hij weer iets kon zeggen. Hij zat daar maar, met die kolenschoppen van handen voor zijn ogen. Daarna stond hij op en liep weg, zonder om te kijken. De volgende dag kwam hij niet eens naar de begrafenis. Twee dagen later werd hij gevonden op de boerderij. Hij was dronken en dreigde zichzelf een kogel door zijn kop te jagen.'

'Shit.'

'Ik was er kapot van toen ik het hoorde. Het liefst was ik naar hem toe gegaan om mijn excuses aan te bieden, maar mijn vader zei dat ik het er beter bij kon laten zitten. Dit werk is gewoon niet te doen. Of je iets nou wel of niet doorgeeft, er wordt altijd iemand teleurgesteld.'

'Was je vader kwaad op je?'

'In eerste instantie wel. Later zei hij alleen dat hij lang genoeg in het vak zat om te weten dat de levenden niet alles hoeven te weten. In dit geval moest hij toegeven dat Noel er toch wel achter was gekomen, maar daar ging het hem juist om. Ik had mezelf al die ellende kunnen besparen, want de notaris zou Noel toch wel ingelicht hebben. Daarna gaf hij me een knuffel en zei dat ik mijn weg nog wel zou vinden, net als hij.'

Ik wriemelde nerveus met mijn vingers, terwijl ik terugdacht aan de ellende die ik had aangericht. Mijn moeder was er ook door van streek geweest. Die week had ik de slaapkamerdeur van mijn ouders wel twee keer dicht horen gaan en haar tegen mijn vader horen tieren omdat hij me hieraan blootstelde. Ik was zelfs een dag thuisgebleven van school.

'Jij bent echt de dapperste persoon die ik ken.'

'Echt?' Ik trok mijn neus op bij het horen van dat grote en in mijn ogen belachelijke compliment.

'Ja, echt.' Hij knikte en wendde zijn blik weer af, waardoor we weer terug waren bij waar we mee begonnen waren: schaamte. Het leek of hij overwoog om nog meer te zeggen. Ik sloeg mijn benen over elkaar om me schrap te zetten voor een bekentenis van persoonlijkere, diepgaandere aard. Alleen kwam er iets uit waarop ik niet had gerekend.

'Zou ik er misschien een keer bij mogen zijn als het gebeurt?'

'Als wat gebeurt?'

'Als je met een overledene praat.'

'O… Nou ja, zoiets kun je niet echt plannen. Ze gaan niet altijd dood wanneer je dat wilt. Trouwens, mijn vader en Harry schermen deze plek en de cliënten het liefst af. Als ze wisten dat we hier nu waren, zouden ze me vermoorden.'

'En als ik nou balsemer zou willen worden, net als Harry? Zouden ze er dan bezwaar tegen hebben? Dan maakt het toch gewoon deel uit van de training?'

'Wil je dat dan?' vroeg ik geschokt, waardoor ik in één klap veranderde in een van die ongelovigen die mij normaal gesproken met open mond aanstaarden.

'Ja, waarom niet?'

'Omdat je dan de rest van je leven beledigd wordt door mensen die niet beter weten, dáárom niet. Ik kan niet anders, jij wel. Jij kunt alles worden wat je maar wilt. Volgens Miss McEntee ben je de beste van de klas in technisch tekenen. Ze zegt dat je denkt als een ingenieur.'

'Dat kan wel zo zijn, maar... Ik weet het niet, ik kom hier gewoon graag.' Zijn rechterhand kwam een beetje los van zijn knie. Hij gebaarde met zijn handpalm naar boven naar de kamer en keek van de muur voor zich naar de kast. 'Dit dóét me echt iets.'

Als ik zo dapper was geweest als hij even daarvoor had beweerd, had ik misschien gevraagd of deze plek hem iets deed, of ik. 'Dus je meent het echt?' vroeg ik in plaats daarvan. 'Maak je geen grapje?'

'Ken je me nou onderhand nog niet, Jeanie? Ik zou je nooit zo voor de gek houden. Nooit.'

'Oké. Nou, dan zal ik het eens vragen.'

'Bedankt. Echt, dat meen ik.' Zijn blik was oprecht toen we elkaar aankeken, zo lang als we konden opbrengen zonder beschaamd in elkaar te krimpen. Op dat moment begon ik me af te vragen of het ooit iets zou kunnen worden tussen ons.

# Hoofdstuk 10

Tegen de tijd dat ik na de begrafenis van Bernadette weer beneden kwam, was het een halfuur later en zat Niall al in de auto te wachten.

Geërgerd omdat het zo lang had geduurd scheurde hij de poort uit, zonder die achter ons af te sluiten. 'Mikey heeft gezegd dat hij het doet,' zei hij, omdat ik vragend achteromkeek. Hij bleef strak voor zich uit staren.

Toen we stonden te wachten voor de afslag vanaf Church Street naar de hoofdweg, zwaaide Ciara Considine, de apotheker, naar ons, werd er getoeterd door Miles Walker van de autogarage en tikte Ursula Martin op het raampje om te vragen of we al wisten wanneer Tiny's uitvaart was. Soms wilde ik dat ik een onbekende was in Kilcross, iemand van buitenaf. Tenzij zo iemand zijn kop boven het maaiveld uitstak, bijvoorbeeld door een prijs te winnen die duidelijk naar een van de oorspronkelijke bewoners had moeten gaan, werd hij over het algemeen met rust gelaten. Ook al was zo iemand helemaal kierewiet, dan nog zou er gezegd worden dat dat niet zo verwonderlijk was, aangezien hij hier niet uit de buurt kwam. Het was een vrijbrief om anders te zijn dan anderen en toch buiten beeld te blijven. En om niet naar mensen te hoeven zwaaien.

Niall reed verder het binnenland in. We zeiden weinig en ik greep die kans aan om mijn ogen rust te gunnen. Het werkte meditatief om even geen verplichtingen te hebben, om alleen te zijn met Niall, en ik liet zijn ergernis over het lange wachten van me af glijden.

Een uur later reden we het parkeerterrein van de Woodstown Lodge op, een peperduur houten hotel in Scandinavische stijl, aan Lough Inver. Toen we uitstapten, keek ik Niall glimlachend aan.

'We worden verwacht voor de lunch,' zei hij. 'Of nou ja, we wérden verwacht. Misschien is onze tafel inmiddels wel vergeven.'

'Hoe heb je dat nou voor elkaar gekregen? Heb je dit weken geleden al gepland?'

'Nee.' Over de motorkap heen keek hij me aan. 'Ik heb vanmorgen gebeld en net zo lang gehuild tot ze een plekje voor ons vrijmaakten.'

Hoewel ik wist dat hij een grapje maakte, had zijn toon iets serieus, alsof hij zich nog steeds niet over mijn getreuzel heen had gezet, of alsof er hem nog iets anders dwarszat.

'Werkt dat echt?'

'Nee,' gaf hij toe. 'Ze hadden een afzegging.'

Ik legde mijn over elkaar geslagen armen op het dak van de auto, liet mijn hoofd erop rusten en keek naar het hotel en het meer, dat er stil bij leek te liggen. Toen ik één oog samenkneep en met wat meer inspanning keek, zag ik toch enige beroering, rimpelingen als een trekkende zenuw in een slaap, eigenzinnig en uit de maat.

'Kunnen we hier niet gaan wonen?' vroeg ik, met mijn gedachten bij de luxueuze hotelkamers waar ik nog nooit in had overnacht, maar waaraan ik me in de brochure wel vaak had vergaapt.

Niall liep om de auto heen om zijn arm om mijn middel te slaan.

'Kom,' zei hij. 'In dit tempo krijgen we niet eens te eten, laat staan dat we hier kunnen gaan wonen.'

'Je bent veel te goed voor me,' zei ik toen ik aanschoof aan de met wit linnen gedekte tafel naast het hoge raam met uitzicht op het water.

'Dat weet ik,' zei hij met zijn eerste oprechte glimlach van die dag.

Eindelijk leek de spanning uit de lucht te zijn.

De ober kwam de menukaarten brengen en schonk ijswater voor ons in. Hij ging weg, maar kwam vrijwel direct terug met een mandje met warm brood en twee schaaltjes boter waarvan ik me voorstelde dat die daar die ochtend vers gekarnd was.

'Het komt wel goed. Nu je vader met pensioen gaat, bedoel ik.' Niall glimlachte meelevend, terwijl de boter in zijn opengesneden broodje smolt.

'Ja, dat zeggen ze allemaal.' Het kwam er sarcastischer uit dan ik het bedoeld had, waardoor de lucht tussen ons weer betrok en we een stap terug deden, naar die plek waar hij niet zeker van me was. Dit was geen onbekend terrein voor ons. Het was al jaren zo dat we ons binnen een paar tellen in plaats van meelevend ineens gefrustreerd konden voelen.

'Snap je het dan niet, Jeanie?' Hij liet een ongelovig lachje horen. 'Dit is onze kans om eindelijk een eigen leven te krijgen. Dit gaat niet alleen om de zaak, maar ook om ons. Eindelijk een eigen huis, eindelijk de tijd en de ruimte om onze gevoelens de vrije loop te laten, zonder bang te hoeven zijn dat er iemand meeluistert. Niet dat je ouders dat expres zouden doen, hoor.' Zijn hand schoot omhoog om te onderstrepen dat hij het niet vervelend bedoelde. 'Het lijkt me alleen precies wat we nu nodig hebben. De timing kon niet beter.'

Het bleef me verbazen hoe verschillend twee mensen ergens over konden denken. Voor mij was deze aankomende verandering iets negatiefs, Niall bruiste van het optimisme.

'Dat zal dan wel...' Ik wist een schuldbewust glimlachje op te brengen en keek naar mijn handen, waarmee ik even geleden nog een tomaat-venkelbroodje had gepakt waar ik nu niet meer enthousiast van werd. 'Zo had ik het nog niet bekeken.'

'Je moet gewoon vertrouwen hebben, Jeanie. In jezelf, in ons en in het feit dat we dit kunnen. Als we maar open en eerlijk tegen elkaar zijn, kan dit een nieuw hoofdstuk voor ons worden.'

'Je zult me wel ontzettend ondankbaar vinden. We krijgen zomaar een huis en een bedrijf in de schoot geworpen en ik sta te stampvoeten als een klein kind.'

'Niet waar.'

'Nou, ik sta anders ook niet te trappelen van ongeduld.'

'Nee, maar dat begrijp ik best. Ik weet wat die plek met je doet. Dat je het er heerlijk vindt, maar dat het werk ook veel van je vergt. Dat je van je werk houdt, wil nog niet zeggen dat je er soms niet onder gebukt gaat. Of denk je soms dat Obama elke ochtend na het wakker worden dacht: wat ben ik blij dat ik de president van Amerika ben?'

'Ik ben nou niet bepaald de president van Amerika.'

'Een ander voorbeeld dan. Je houdt van mij, maar dat wil niet zeggen dat je elke minuut van de dag van me houdt.'

Het was een onschuldige vergelijking. Op het eerste gezicht was er niks verdachts aan. Toch zag ik geen ondeugende glimlach, maar een man die niet zeker was van mijn liefde voor hem. Hij nipte van zijn bronwater en zijn ogen schoten één tel naar de mijne, voordat hij de beweging van het glas naar het tafelkleed weer volgde, die hand die manoeuvreerde tot hij het perfecte plekje had gevonden. Zou dat het zijn? Had hij me hier mee naartoe genomen omdat hij wilde weten hoe het tussen ons zat?

De ober kwam onze bestelling opnemen. Hoewel we de menukaart nog amper hadden bekeken, maakten we toch een keuze. Met een glimlach beantwoordden we zijn vragen over hoe we onze tonijn en biefstuk bereid wilden hebben. Toen hij weer weg was, viel er een stilte, waarin ik niet goed wist hoe ik moest reageren op Nialls opmerking, en of er überhaupt wel een reactie van me verlangd werd.

'Mag ik je iets vragen, Jeanie?' Zijn woorden verlosten me van mijn dilemma. Er verschenen denkrimpels in zijn voorhoofd en hij streek met zijn vingers het tafelkleed glad. 'Wees alsjeblieft eerlijk tegen me. Ik moet dit weten, voordat we toekomstplannen kunnen maken.'

'Oké,' zei ik aarzelend, ongerust.

'Ligt het aan ons?'

Iets in mijn binnenste leek te verschuiven, los te komen. Hier hadden we het al vaker over gehad en ik wilde niet dat het vuurtje weer oplaaide. 'Wat bedoel je?' vroeg ik zacht.

'Nou, het loopt de laatste tijd niet zo lekker tussen ons, vind je wel?' Ik zag dat het hem moeite kostte om dit te zeggen. Zijn blik bleef op zijn onrustige vingers gericht. 'En...' Hij ging verzitten. 'Ik vraag me gewoon af of deze actie van je ouders de druppel is die de emmer doet overlopen. Of je je daardoor realiseert dat wij... Of liever gezegd, dat ik niet goed genoeg voor je ben.' Hij pakte zijn glas weer en dronk eruit, langer deze keer, voordat hij het precies op dezelfde plek terugzette.

'Dat slaat nergens op, Niall,' protesteerde ik, alsof die gedachte nooit bij me opgekomen was.

'Is dat zo?'

'Nou... ja. Waarom zeg je nou zoiets?'

'Weet ik het, misschien omdat je geen kinderen wilt. Omdat je zelfs nooit overwogen hebt om een huis voor onszelf te zoeken.

Het lijkt wel of je bewust blijft vastzitten in de wereld die je altijd hebt gekend, alsof je bang bent om daaruit te stappen. Ik zou niet weten waarom, behalve als het iets met mij te maken heeft.' Hij drukte zijn vuist tegen zijn mond, alsof hij wilde voorkomen dat er nog meer uit kwam, en keek om zich heen naar de andere gasten.

'Aha,' zei ik. 'Weer dat gedoe over kinderen.'

'Nee, zeg dat nou niet. Doe nou niet alsof het niets voorstelt, alsof we het niet eens zijn over hoe je een vaatwasser moet inruimen. Trouwens, dat is lang niet het enige. Ik bedoel, waarom slapen we na vier jaar nog steeds in de logeerkamer van je ouders?'

'Er passen wel drie gezinnen in dat huis.'

'Daar gaat het niet om.'

'Ik weet dat je altijd van een huis aan zee hebt gedroomd, maar ik dacht dat dat iets voor later was, een vakantiehuis, niet iets voor nu. Ik dacht echt dat je het oké vond dat we bij mijn ouders wonen. Je mag mijn familie toch graag?'

'Nee, Jeanie, ik hóúd van je familie. En ik heb ermee ingestemd omdat ze het ons zo makkelijk maken. Maar toen je vader zei dat ze weg zouden gaan en de zaak aan jou zouden overdragen, dacht ik: het is zover. Nu kunnen we echt samen iets opbouwen. Eindelijk, op ons tweeëndertigste, gaan we het met z'n tweetjes doen. Om Mikey hoef je je ook geen zorgen te maken. We kunnen het huis inrichten zoals we zelf willen. Dat ging er allemaal door mijn hoofd, maar toen keek ik naar jou en zag ik dat je er hartstikke bang uitzag. Alsof het beschermende laagje om je heen weggehaald zou worden. En ik dacht: wat is dit nou, ligt het soms aan mij? Vindt ze het eng om er alleen met mij voor te staan?'

'Nee, dat is niet...' Op dat moment werden onze voorafjes van krabpannenkoekjes en gemarineerde sint-jakobsschelpen voor ons neergezet, waardoor ik niet opnieuw met een slap excuus hoefde te komen. Volgens mij lukte het me niet eens om naar de ober te glimlachen. Maar ik zag hem wel weglopen naar een tafeltje aan de andere kant van het vertrek om de wijnglazen bij te schenken van een bejaard stel dat stapelverliefd op elkaar leek. 'Zullen we iets sterkers bestellen?' Misschien zou dat helpen.

'Nee, ik moet nog rijden, maar neem zelf gerust, als je wilt.'

'Laat maar,' zei ik verdrietig, alsof ik hem weer teleurstelde. Ik prikte wat in de krab, maar legde de vork al snel weer neer, met een misselijk gevoel.

Niall had zijn bestek nog niet aangeroerd. 'Ik word het beu, Jeanie. Ik word het beu om te leven zoals jij wilt. Om alles op jouw voorwaarden te moeten doen.'

'Niall, ik –'

'Nee, luister even.' Met een zucht wreef hij over zijn voorhoofd. 'Dit is net zo goed mijn schuld. Ik ben er gewoon in meegegaan. Hoe moet jij nou weten hoe het zit, als ik niet de ballen heb om het te zeggen?'

'Alsjeblieft, kunnen we niet –'

'Dus ik ga gewoon zeggen wat ik wil: kinderen, een huis aan zee –'

'Dat weet ik, Niall, alleen wil ik dit echt niet hier bespreken.'

'En...' Zonder acht te slaan op mij begon hij dingen af te tellen op zijn vingers. 'De grootste smart-tv van de hele wereld, die een volledige muur in onze woonkamer in beslag neemt. En een hond. Ik wil verdomme een hond.' Op dat moment liet hij zijn hoofd hangen, van schaamte of verdriet, dat wist ik niet zeker. 'Verdomme,' zei hij weer, terwijl hij in zijn neusbrug kneep. 'Ik heb geen honger meer. Nu zijn we hier eindelijk eens en wat doen we? Ruziemaken. Dit was niet de bedoeling.' Hij slaakte een diepe zucht.

Ik voelde me schuldig omdat hij zich zo voelde vanwege mij, vanwege ons. 'Ik wist niet dat je van honden hield,' merkte ik zacht op.

Hij keek me verslagen aan, zonder ook maar een grammetje

energie. 'Hoe kun je dat nou niet weten? Telkens als we er een zien, begin ik zowat te kwijlen.'

'Nee, sorry, ik bedoelde dat ik niet wist dat je er een wilde.'

'Nou... dan weet je het nu.'

'Wat voor hond? Ik bedoel, als we een hond zouden nemen, wat voor een zou je dan willen?'

'Een ruwharige teckel,' klonk het zacht.

'Wauw, je hebt hier echt goed over nagedacht.'

'Dat klopt. Ze zijn heel schattig.' Hij nam weer een slok water. 'Ze doen me aan jou denken. Klein en rustig, alleen met minder haar.'

'Dank je.' Ik wierp hem een glimlach toe, maar die werd niet beantwoord. 'We kunnen er wel een nemen,' vervolgde ik wanhopig.

'Natuurlijk. Fijn.' Uit zijn woorden klonk niets van positiviteit. Zelfs als ik op dat moment een hond tevoorschijn had getoverd, had hij volgens mij nog geen glimlachje kunnen opbrengen. Hij wendde zijn blik af.

'En we kunnen het een en ander aanpassen in huis. Een schrale troost vergeleken bij een huisje aan zee, dat snap ik, maar ik weet niet hoe we dat zouden moeten combineren met een eigen bedrijf in het binnenland.' Ik glimlachte nog eens, in de hoop dat hij het zou zien. In plaats daarvan wreef hij in zijn rechteroog. Ik wilde zeggen dat hij moest ophouden, dat hij nog iets zou beschadigen. Ogen waren veel te kostbaar om zo driftig in te wrijven.

'Laten we maar gewoon gaan eten,' zei hij. 'Voordat je het weet, zitten we weer in de dagelijkse sleur en zouden we willen dat we hier meer van genoten hadden.' Hij keek naar buiten, naar het water.

Dat was misschien wel de laatste volzin die hij die dag tegen me zei. Daarna kwamen er alleen nog antwoorden van één woord – een enkele keer twee woorden en als ik heel veel geluk had drie – op mijn pogingen om de dag nog te redden. Rookgordijnen in de vorm van conversaties, die zo min mogelijk met ons te maken hadden. In plaats daarvan hadden we het over de levens van andere mensen, over de plaatselijke voetbalbond, zelfs over het weer. Onze problemen bewaarden we voor een andere dag, een dag waarop we er misschien beter mee zouden kunnen omgaan, waarop we misschien wel de juiste antwoorden hadden, zekerder waren van elkaar. Een dag waarvan ik op dat moment nog niet wist dat hij niet zo ver weg was.

# Hoofdstuk 11

Vanaf de zomer van 2003, toen Niall zestien was, mocht hij in het weekend Harry assisteren. Mijn vader was ermee in de wolken. Hij mocht Niall al graag vanaf het moment dat hij ons huis was binnengestapt – een jongeman die niets dan respect toonde voor ons vak, een zeldzaamheid. Door de manier waarop hij met Mikey omging kon hij helemaal niet meer stuk. Als Peanut, Ruth en ik in de woonkamer zaten te kletsen, liep Niall vaak naar de kamer van mijn broer om *FIFA* met hem te spelen, een spel waar Mikey nooit veel aan had gevonden maar dat hij toch had gekocht omdat Niall het ook had. Als je het mijn moeder vroeg, bestond er geen mooier of vriendelijker persoon dan onze nieuwe assistent.

Twee weken later gingen we weer naar school, naar de vijfde klas. Mikey was klaar met school en had het nooit over studeren. Hij was tevreden met zijn beschermde leventje thuis in zijn slaapkamer. Ondertussen liepen Niall en ik nog samen door de gangen, als collega's, verzorgers van de doden, met opgeheven hoofd. We waren nog steeds gewoon vrienden. Hoewel we nog wel vaker blikken hadden uitgewisseld boven de balsemtafel, moest onze tijd nog komen. Toen bekend werd dat Niall voor ons werkte, liet hij de beledigingen over zich heen komen alsof er niets aan de hand was. Met die houding trok hij de aandacht. Evenals met de groeispurt die hij in de zomer had doorgemaakt. Hij had niet langer een gemiddelde lengte en bolle wangen, maar was een man van ruim één meter tachtig met krachtige gelaatstrekken geworden, die veel hoofden liet omdraaien. De gefluisterde woorden 'beschuitje eten' en 'lekker' achtervolgden hem door de gangen. Peanut, Ruth en ik waren het erover eens dat Niall zo'n beetje onze knappe grote broer was met wie iedereen wilde omgaan. Daar moesten we om lachen, al lachte ik niet zo hard als zij.

Tot die nieuweling kwam.

'Fionn Cassin, fotograaf.' Zijn stem had het zelfvertrouwen van een volwassene toen hij zich op een dag bij de kluisjes van de vijfdeklassers aan me voorstelde.

'O. Hoi.' Ik duwde de boeken die ik probeerde te sorteren terug in mijn kluisje en schudde hem de hand. Biologie en aardrijkskunde, mijn twee volgende vakken, waren niet langer mijn grootste zorg. In plaats daarvan maakte ik me druk om het puistje op mijn kin en of dat nog wel bedekt werd door mijn concealer. En of de kraag van mijn blouse recht zat en zich niet, zoals aan de linkerkant wel vaker gebeurde, terugtrok in de warmte van mijn trui, alsof hij het continu koud had. 'Ik ben Jeanie. Jeanie Masterson.'

Een paar weken later vertelde hij dat hij zich een weg door de menigte had gebaand om bij mij te komen, zonder zich erom te bekommeren dat iedereen hem, de vreemdeling, met minachting bekeek. Ik probeerde het te ontdekken in de spiegel op mijn kast; dat ene waardoor hij zich tot me aangetrokken had gevoeld. Maar ik zag alleen het meisje dat terugstaarde, tenger, met fijne gelaatstrekken en een lichte huid, zoals mijn moeder ons 'knappe uiterlijk' – zoals zij het noemde – samenvatte.

Niall stond naast me en sloeg Fionn vol argwaan gade. 'Niall Longley,' zei hij met uitgestoken hand, waarmee hij ons moment van wederzijdse waardering verbrak.

'Longley? Ik ken een dichter die zo heet. Familie van je?' Fionns blik had de mijne nog niet losgelaten. Hij had een Dublins accent, waardoor Ierse plattelanders normaal gesproken begonnen te zieden van verbitterdheid omdat ze zich tweederangsburgers voelden, ondergeschikt aan de behoeften en verlangens van de inwoners van de metropool. Voor mij klonk het als een verslavende melodie waar ik geen genoeg van kreeg.

'Nee.' Niall lachte, alsof hij die kerel maar een stadse sukkel vond. 'Wij houden hier meer van voetbal.'

'Jammer. Ik houd wel van poëzie.' Pas op dat moment draaide Fionn zich om zodat hij Niall de hand kon schudden.

Fionn benam me de adem, met zijn wolfachtige ogen en die glimlach die die scheve linkersnijtand blootgaf. Zijn zwarte haar was zo lang dat hij af en toe een lok uit zijn ogen moest blazen. Objectief gezien was hij misschien niet per se heel knap, maar hij had een ruig randje, eerder zelfverzekerd dan gevaarlijk. Toch bespeurde ik een piepklein vleugje kwetsbaarheid waardoor mijn hart op hol sloeg en ik tegen hem wilde zeggen dat hij zich geen zorgen hoefde te maken, dat wij voortaan wel voor hem zouden zorgen.

Op dat moment kwamen Peanut en Ruth erbij staan om dit opvallende exemplaar te observeren. Ze heetten hem welkom en vroegen waarom hij uitgerekend in Kilcross terecht was gekomen.

'Waarom niet?' Hij lachte vrolijk. 'Ik ben blij dat ik er ben. Moet je kijken, wat een welkomstcomité.' Hij gebaarde naar ons allemaal, maar zijn blik bleef een fractie van een seconde langer op mij rusten.

Vanaf die dag namen Peanut, Ruth en ik het op ons om Fionn wegwijs te maken op school. We wezen aan wie hij beter uit de weg kon gaan, met welke leraren hij niet moest sollen en welke snackbars de beste lunchdeals hadden. We kwamen alles over hem te weten wat hij kwijt wilde, maar als het over zijn vertrek uit Dublin ging, klapte hij dicht.

Ik wist dat Peanut hem graag mocht, alleen was ik er niet zeker van of ze hem ook echt leuk vond. In dat geval had ik een stap opzij gedaan. Dat had ze wel verdiend, nadat ze me jarenlang dapper in bescherming had genomen. Toen Fionn nog geen week bij ons op school zat en we op een middag over Dublin Road naar haar huis liepen, vroeg ik het op de man af.

'O nee, ik vind hem wel leuk, maar niet op die manier. Dat lange haar van hem doet me te veel aan Fred denken.' Fred was Peanuts oudere broer. Eigenlijk heette hij Tom, maar Peanuts vader had hem de bijnaam Fred gegeven, omdat hij hem deed denken aan de overmoedige ster van *The Flintstones.* Fred was de leadzanger in een band die Damage heette en volgens hem zelf een doorslaand succes zou worden. Door de jaren heen gingen we soms naar hun optredens achter in Fitzer's Pub, tot ze uit elkaar gingen omdat Fred tijdens optredens driftig met de microfoonstandaard zwaaide, waardoor de bassist uiteindelijk zijn arm brak.

Peanut beschouwde Fionn als een zielsverwant, net zoals ze mij ooit had gezien: iemand die geloofde in een leven buiten Kilcross. Al sinds de brugklas zat ze opgescheept met drie mensen die een leven voor zich zagen op de plek waar ze waren opgegroeid. Fionn was een nieuwe bondgenoot in haar zoektocht naar vrijheid en haar vaste voornemen om me ervan te overtuigen dat mijn lot, of liever gezegd mijn gave, niet betekende dat ik moest blijven.

'En hij gaat naar Londen,' vervolgde Peanut. 'Hij heeft alles al gepland, ook naar welke universiteit hij wil, en zo.'

'Dat snap ik nou juist niet, Pea. Waarom is hij dan naar Kilcross verhuisd? Londen ligt precies de andere kant op.'

'Dat zal wel door zijn ouders komen.'

Al en Jess, zo noemde Fionn hen. Niet eens 'Ma' en 'Da', zoals wij dachten dat kinderen uit Dublin hun ouders altijd noemden. (Mijn moeder vond het vreselijk dat hij zijn ouders bij hun voornaam aansprak. Dat was veel te stads, net als die liberale hippies van *The Irish Times.)* Ze waren naar het platteland verhuisd, om precies te zijn naar Drumsnough, een gehucht op ongeveer vijf kilometer van Kilcross, omdat ze de frisse lucht op hun huid wilden voelen, had Fionn uitgelegd. Als grafisch ontwerper kon Al vanuit huis werken, en Jess was maatschappelijk werkster en kon met de trein op en neer naar haar werk.

‘Ik denk dat ik ook naar Londen ga,’ merkte Peanut op. ‘Na mijn afstuderen aan University College Dublin, bedoel ik dan. Daar zitten ze vast te springen om een dierenarts zoals ik. Ga ook mee, dan kunnen we met zijn drieën in een flat gaan wonen. Dat lijkt me geweldig.’

‘Zeg dat morgen maar tegen Fionn. Hij zal je vast niet voor gek verklaren, zeker niet aangezien we hem pas vijf minuten kennen.’

‘Ja, misschien bewaar ik dat prachtige idee maar voor een andere keer. Tot nadat jullie getrouwd zijn, of zo.’

‘Wat? Ik ken hem nog maar net.’

‘O, kom nou toch. Denk je soms dat het niet opvalt hoe stil je bent als hij erbij is?’

‘Wat een onzin.’ Ik bloosde en schoot in de lach, waarmee ik duidelijk prijsgaf dat ze me doorhad.

Maar Peanut glimlachte niet zo breed als ik had verwacht. ‘Hoe zit het dan met Niall, Jeanie? Ik dacht dat jullie, je weet wel, op het punt stonden om iets met elkaar te beginnen. Vind je hem niet meer leuk?’

Opeens voelde ik het schuldgevoel zwaar op me drukken. Ik bleef staan en slaakte een diepe zucht. ‘Ik weet het niet, Pea. Sinds Fionn er is… Nu snap ik gewoon wat mensen bedoelen als ze zeggen dat je het meteen weet. O god, wat moet ik nou? Ik bedoel, misschien vindt Fionn me niet eens leuk en breek ik Nialls hart alsnog.'

Zijn hart begon al scheurtjes te vertonen. Fionn had een paar van zijn foto's meegenomen om aan ons te laten zien. Een van een oude man die uit het raam keek in een kamer boven een winkel, waardoor ik me eenzamer voelde dan ik me ooit had gevoeld bij het zien van iemand die ik niet kende. Een zwart-wit stuk speelgoed, achtergelaten op een bankje in het park, de eigenaar allang verdwenen en misschien ontroostbaar om het verlies. En een meisje dat stond te lezen bij een bushalte, terwijl andere mensen met een boog om haar heen liepen om niet tegen haar op te botsen. Iemand anders had misschien alleen oog gehad voor de drukte om haar heen, maar Fionn had de schoonheid van haar roerloze houding weten vast te leggen.

'Wauw,' zei ik tegen Niall, op weg naar Engels. 'Hij heeft echt talent.'

'Ik wist niet dat je van fotografie hield.'

'O ja, mijn vader is hobbyfotograaf. Je weet wel, die foto's boven de kerkbanken in de hal, van de zwaan in de gracht en de vrouw die met haar kind door Mary Street loopt? Die heeft hij gemaakt. Uit het leven gegrepen. Daar is veel talent voor nodig.'

'Ik zal er eens naar kijken.'

Ik wist dat hij niets liever wilde dan dat ik naar hem keek, zodat ik hem zou zien, hem écht zou zien staan, zoals voorheen. Maar dat kon ik niet. Niet nu ik Fionn had leren kennen.

'Moet je doen.' Ik ontweek zijn blik en deed alsof ik werd afgeleid door de meute vijfdejaars die lokaal A23 in dromde, dwars tegen een stroom tweedeklassers die eruit wilden in.

Nu liet Peanut haar hoofd hangen, alsof de oplossing op de stoeptegels geschreven stond. 'Nou ja, niks aan te doen,' zei ze na een paar tellen. 'Je kunt jezelf niet dwingen om iemand leuk te vinden omdat je je schuldig voelt.' Ze haakte haar arm door de mijne en trok me mee. 'Het komt wel goed met Niall. Ruth en ik zullen op hem passen. Trouwens, zowat alle meiden willen tegenwoordig iets met hem, dus hij hoeft niet eenzaam te zijn. Over Fionn zou ik me ook maar geen zorgen maken. Heb je gezien hoe hij naar je kijkt? Jullie passen goed bij elkaar. Allebei creatief.'

'Ik ben niet creatief.'

'Wel waar. Je *shortbread* is heerlijk. Trouwens, je hebt een bijzondere gave, dat wil ook wat zeggen.' Het duurde even voordat ze verderging, op serieuzere toon. 'Alleen snap ik nog steeds niet waarom je hier niet weg wilt, weg bij al die ellende waarmee je te maken hebt. Al die mensen die je dag in, dag uit aanstaren. Ik maak me zorgen om je, Jeanie.'

'Het gaat goed, hoor.'

'Je hoeft niet bij je ouders te blijven werken, dat weet je toch wel?'

Ik zei niets. Mijn vader stond te trappelen van ongeduld en kon niet wachten tot ik na school fulltime in dienst zou treden. Dat kon ik natuurlijk alleen mezelf verwijten. Doordat ik jarenlang een onstuitbaar enthousiasme had gevoeld voor die plek waren we er allemaal van overtuigd geraakt dat er geen twijfel bestond over wat ik met mijn leven wilde doen. Maar dat was lang voordat ik echt begreep hoe zwaar dit werk kon zijn.

'Straks kunnen we op drie paarden wedden,' zei pap vaak. 'Niet meer op twee en een beetje, als je het niet te druk hebt met je huiswerk. We wachten al een hele tijd op je, Jeanie. Nu wordt het een echt familiebedrijf.'

'Laat die arme meid toch met rust,' zei mijn moeder dan. Als ik dichtbij genoeg was, raakte ze mijn schouder even aan.

Meestal wist ik wel wat ik wilde, maar soms twijfelde ik. Wat waren we ver verwijderd geraakt van die ruimdenkende vader die had gezegd dat ik alles mocht worden wat ik maar wilde, en dat kleine meisje dat alleen maar in de balsemruimte wilde zijn. Sinds Niall erbij was gekomen, was mijn vader helemaal niet meer te houden. Hij zag al helemaal voor zich hoe perfect ons leven kon zijn en vond het hilarisch om aan de eettafel te verkondigen hoe fijn het voor hem was dat hij geen koppelaar in de arm hoefde te nemen, omdat ik zelf met de ideale man was komen aanzetten. Daar kon mijn moeder wel om lachen. Aangezien ze dol was op Niall vond ze het een prachtige gedachte, maar ik kreeg er de zenuwen van.

'Ik zie hoe moeilijk je het hebt, Jeanie,' drong Peanut aan.

Bij het horen van die woorden ging ik weer langzamer lopen.

'Al die verantwoordelijkheid die je voelt. En dan dit stadje. Het is te klein, iedereen weet alles van je. Om gek van te worden. Soms ben ik bang dat jouw gave eerder een vloek is. In Londen zou je ook voor een uitvaartonderneming kunnen werken, maar dan zou je niet hoeven doen wat je hier doet. Je zou het stil kunnen houden.'

'De doden zouden het wel weten. Ze zouden weten dat ik hen niet hielp.'

En hoe moest het dan met Mikey? Ik wist niet of hij het wel zou aankunnen, al die onrust als een van ons vertrok. Maar dat hield ik voor me. Ik wist dat Peanut zou zeggen dat het nu om mij ging, niet om hem, en dat wilde ik gewoonweg niet horen. In plaats daarvan keek ik naar de overkant van de straat, naar het parkeerterrein van een flatgebouw, waar een meisje van een jaar of acht uit een auto stapte en meteen een handstand deed. Ik benijdde haar om hoe vrij ze zich bewoog, zonder zorgen om wat de wereld van haar dacht, terwijl ze haar benen in de lucht zwaaide en even wankelend bleef staan.

'Nou, misschien wil je dan wel heel iets anders gaan doen. Londen zou goed voor je zijn. Je zou alles kunnen worden wat je maar wilde. Stel je eens voor, een leven zonder druk.'

Abrupt bleef ik staan, waardoor een jongetje dat ik herkende als een van de nieuwe brugklassers het fietspad op moest stappen om niet tegen ons op te botsen. Terwijl ik me verontschuldigde, vroeg ik me af hoeveel hij van ons gesprek had opgevangen.

'Geeft niks,' zei hij met het soort ontzag en blijdschap dat je voelde wanneer iemand uit een hogere klas tegen je praatte.

Toen hij verder liep, zag ik hem voorover leunen onder het gewicht van zijn rugzak. Met zijn tengere gestalte zag hij er zo onevenwichtig uit dat ik me afvroeg of ik moest aanbieden de tas voor hem te dragen. Maar hij liep zo snel door dat het moment al snel weer voorbij was.

'Ik snap dat je je zorgen maakt, Pea,' richtte ik me weer tot mijn vriendin. 'Echt waar. Maar het gaat prima met me.'

'Het spijt me, Jeanie. Ik wil gewoon dat het goed met je gaat.' Zacht kneep ze in mijn schouder.

Met een knikje liep ik verder.

'Zullen we het dan maar weer over jullie bruiloft hebben? Als bruidsmeisje wil ik graag een blauwe jurk aan.'

Ik lachte, opgelucht dat ze het liet rusten, waardoor ik nog meer van haar hield.

'Maar…' Arm in arm liepen we langs de garage en sloegen rechts af haar wijk in. 'Je moet wel ruim voor de bruiloft tegen Fionn zeggen wat je doet. Hoe eerder, hoe beter, als je het mij vraagt, voordat hij het van iemand anders hoort.'

Het zal de volgende dag geweest zijn, of in elk geval niet lang daarna, dat Peanut ondanks mijn bedenkingen de koe bij de hoorns vatte. We zaten op de vloer, tegenover de kluisjes. Peanut, Fionn en ik, met Peanut in het midden. Onze benen waren voor ons uitgestrekt en ze schoven als zuigers in en uit wanneer er mensen langs moesten. We hadden het over de vraag waarom iedereen nog steeds geobsedeerd was door Fionn, terwijl hij hier al twee weken was. Hij had Jasmine Daly naar hem zien staren, alweer.

'Dat zal nog wel een tijdje duren.' Peanut likte haar yoghurtlepel af en zwaaide er wijsneuzig mee door de lucht. 'Voor de Jasmine Daly's van deze wereld ben je namelijk een echte *bad boy.*'

'Een bad boy? Zo ben ik nog nooit genoemd.'

'Je komt uit Dublin, dat is al genoeg.'

'Aha.'

'Als je gewoon hier uit de buurt kwam, was overgeplaatst vanaf Saint Ciarán's en van scheikunde hield, net als ik, was je nu al oud nieuws geweest. Als fotograaf vinden mensen je exotisch, ook al kom je maar gewoon uit Dublin. En dan die jukbeenderen.' Met haar lepel wees ze naar zijn gezicht.

'O.' Aarzelend raakte hij zijn gezicht aan, alsof hij wilde checken of hij inderdaad zo exotisch was als ze zei. 'Bedankt, denk ik.'

'O nee, je bent mijn type niet. Ik houd meer van het type bolleboos, niet...' Ze likte weer aan haar lepel en liet haar tong even in de holte ervan rusten, terwijl ze voor zich uit staarde en probeerde te bedenken wat haar nou precies niet aanstond aan zijn uiterlijk. '...zo grungeachtig. Niet lullig bedoeld.'

Fionn grinnikte. 'Wauw, jij weet wel hoe je complimenten moet uitdelen, zeg. Eerlijk gezegd vind ik mezelf niet grungeachtig. Ik houd het er liever op dat ik er uniek uitzie. Al biedt dit prachtige uniform weinig ruimte voor zelfexpressie.'

'Misschien denkt Jeanie er wel anders over.'

'Is dat zo?' Hij leunde naar voren en keek me met een glimlach aan.

'Let maar niet op haar,' zei ik. Ik kon wel door de grond zakken.

'Moet je horen, knapperd,' vervolgde Peanut, alsof ik niet net met de nagels van mijn duim en wijsvinger in haar linkerbovenbeen had geknepen. 'Als ik jou was, zou ik maar snel mijn kans grijpen. Ze is een machtige vrouw, zie je. Ze is begrafenisondernemer.'

'Ja, zoiets hoorde ik gisteren al.'

Ik deed mijn ogen dicht, want ik wilde niet weten wat er nog meer was gezegd.

'Dat was te verwachten.' Peanut keek argwanend naar de andere vijfdeklassers. 'Wat hadden ze nog meer te zeggen? Werd er gescholden, heb je geruchten gehoord?'

'Niet echt. In elk geval niets waar ik iets van snapte. Trouwens, jullie hebben me goed voorbereid, dus ik heb gewoon beleefd geglimlacht en ben doorgelopen.'

'Heel verstandig. Je kunt het maar beter van ons horen, dan weet je hoe het echt zit.'

'Je maakt me nieuwsgierig.'

'Dat snap ik, maar als ik je dit vertel, mag je haar er nooit mee pesten, anders krijg je met mij te maken, oké? Ik wil later dierenarts worden, dus ik weet hoe je levende wezens kunt toetakelen.'

'Pea, kan dit niet een andere keer?' Ik keek om me heen om te zien of er niemand op ons lette en of Jasmine Daly haar post inmiddels had verlaten.

'Ze heeft een gave,' vervolgde Peanut, zonder acht op mij te slaan. 'Ze kan met de doden praten. Even maar, vlak nadat ze zijn overleden. Je zou kunnen zeggen dat ze hun problemen oplost, voordat ze definitief heengaan. Bijvoorbeeld wanneer er een trouwring kwijt is, of wanneer ze nog tegen hun familie willen zeggen dat ze van hen houden. Dat soort dingen.' Ze draaide zich naar me toe zodat ik het kon beamen, maar ik zei of deed helemaal niets. Ik staarde alleen voor me uit, te bang om Fionn aan te kijken.

'Wacht even. Zeg je nou dat Jeanie de doden kan horen?' Ik kon me wel voorstellen hoe verward hij hierbij zou kijken.

'Daar komt het wel op neer. Ze heeft het van haar vader. Net zoiets als dat gebeuren met "de zevende zoon".'

'De zevende zoon?'

'Ach, natuurlijk. Ik was even vergeten dat je niet zo wereldwijs bent, aangezien je uit Dublin komt.' Ik zag al voor me hoe brutaal ze grijnsde. 'Op het platteland zegt men dat de zevende zoon van een zevende zoon wratten kan genezen of, je weet wel, andere lichamelijke kwalen.'

'Juist.' Nu klonk hij nog verwarder dan eerst. 'Maar... Jeanie heeft maar één broer en is helemaal geen jongen.'

'Nee, natuurlijk niet. Ik probeer alleen maar uit te leggen dat bepaalde gaven van ouder op kind overgedragen kunnen worden.'

Ik wreef met mijn hand over mijn polyester broekspijp en kreeg vluchtneigingen.

'Is dit echt waar? Je houdt me niet voor de gek omdat ik uit Dublin kom?'

'Het is helemaal waar. Niall werkt er ook. Vraag het maar aan hem.'

Op dat moment ging de bel en ik stond meteen op, zonder hen aan te kijken. Ik wilde alleen maar zo ver mogelijk bij hen uit de buurt komen en begon me een weg door de menigte te banen. Ik had geen idee waar Peanut en Fionn waren en besefte dat ik geen boeken bij me had voor de volgende les. Het toilet, daar wilde ik heen. Op de derde verdieping, het hoogste punt van het gebouw, was er aan het einde van de gang een kleine toiletruimte. Die was alleen voor personeel bedoeld, maar dat kon me niet schelen. Als ik me daar maar kon terugtrekken, met de deur op slot, zou ik wel weer kunnen ademhalen.

Ik liep snel door, met gebogen hoofd, op de ene trap tegen de stroom in, op de volgende met de stroom mee. Eindelijk kwam de deur van het toilet in zicht, aan de andere kant van de gang. Ik hoefde er alleen nog naartoe te lopen, of te rennen. Maar net toen de opluchting me overspoelde, voelde ik een hand op mijn arm, die me uit de mensenmassa meetrok naar een nisje dat uitkwam op een leegstaand kantoor.

'Gaat het, Jeanie? Ik kon je bijna niet bijhouden.'

Het was Fionn.

Ik ontweek zijn blik en haalde mijn schouders op, aan de ene kant dolblij en aan de andere kant doodsbang voor wat er misschien komen ging. Ik keek door het glazen venster in de deur van het kantoortje naar het eenzame bureau met de bureaustoel. Naast de telefoon lag een Bic-balpen, een nieuwe toevoeging sinds de vorige keer dat ik hier naar binnen had gekeken, alsof iemand wat leven in de brouwerij had willen brengen.

Hij liet mijn arm los en vanuit mijn ooghoeken zag ik hem tegen de tegenovergelegen muur leunen. Zijn blik liet me alleen even los toen de laatste leerlingen zich langs ons heen haastten. Pas op het moment dat de deuren van de klaslokalen om ons heen dicht waren, zei hij weer iets. 'Ik wist het meteen toen ik je zag. Dat er iets met je was.' Hij haakte zijn linkerduim in zijn broekzak, waardoor zijn vingers vrij waren om zijn woorden kracht bij te zetten. 'Weet je, soms kijk je op een bepaalde manier wanneer anderen aan het woord zijn en... Ik geloof niet dat ik het goed uitleg, maar dan lijkt het echt wel of je dingen ziet die wij niet zien.'

'Ik zie geen geesten. Zo zit het niet.' Ik sloeg mijn armen zo strak mogelijk om mijn middel en hield mijn blik op de grond gericht, bang dat deze jongen op wie ik al half verliefd was er helemaal niets van zou begrijpen.

'Nee. Nee, dat bedoel ik ook niet. Zie je nou hoe slecht ik hierin ben? Nee, het lijkt net of je over een zintuig beschikt dat wij niet hebben. Iets telepathisch, iets invoelends, zoiets.' Toen ik niet reageerde, boog hij zich naar me toe om me aan te kunnen kijken. 'Het is prachtig om te zien. Dat weet je toch wel?'

Weer haalde ik mijn schouders op, al zocht mijn blik nu wel de contouren van zijn gezicht.

'Ik ben iemand die afgaat op gevoel, op instinct, en jij hebt een gave waarvan ik alleen maar kan dromen.' Hij schoof een eindje op, zodat hij zijn voetzool tegen de muur achter hem kon laten rusten. 'Je kunt me vertrouwen, Jeanie. Ik ben geen eikel. Maar ik ben wel jaloers.'

'Dat zou je niet zijn als er bij jou "weirdo" op je kluisje was gekalkt.' Ik keek weer naar mijn voeten, beschaamd omdat ik me zo kwetsbaar opstelde, bang omdat ik zo eerlijk was.

'Dus dat soort ellende heb je hier ook. Ik weet er alles van.'

Dat had ik niet verwacht. Dat deze jongen, wiens zelfvertrouwen net zo groot was als mijn gebrek aan lef, wist hoe het was om gepest te worden.

'Mijn ouders wilden hier niet alleen vanwege de frisse lucht naartoe. Ze wilden mij wat rust gunnen.' Nu was het zijn beurt om zijn blik af te wenden naar het lage plafond boven ons.

Dat gaf me de kans om naar hem te kijken, naar de welving van zijn kaak, naar zijn lange hals, blozend van het verlangen om die plekjes aan te raken.

'Ik viel gewoon altijd op. Een jongen met een camera die niet bang is om te zeggen waar het op staat trekt nogal de aandacht. Jess en Al hebben wel twee keer een nieuwe camera voor me moeten kopen toen ik op mijn vorige school zat.'

'O. Dat wist ik niet.'

'Hoor eens, ik wil het niet vergelijken met wat jij hebt moeten doorstaan, maar ik begrijp het wel een beetje.' Zijn betoverende glimlach keerde weer terug toen hij in de gang keek of de kust veilig was. 'Zullen we ervandoor gaan? De rest van de dag vrij nemen?'

'Spijbelen, bedoel je?' Ik kreeg vlinders in mijn buik van de spanning en van de angst omdat ik op het punt stond de regels te overtreden.

'Ja. Ik denk dat er nog veel meer is wat ik te weten wil komen over Jeanie Masterson.'

Ik liet mijn hoofd even hangen om mijn rode wangen te verbergen. 'Dus Peanut had toch gelijk toen ze zei dat je een bad boy bent?'

'Niet echt. Ik heb nog nooit gespijbeld.'

Ik schoot in de lach, meegevoerd door een golf van opwinding en gevaar die ik nooit eerder had gevoeld, en knikte. Daarna liepen we op onze tenen de brandtrap af en de dubbele deuren op de begane grond uit.

# Hoofdstuk 12

In zo'n klein stadje was spijbelen een riskante bezigheid. Iedereen zag je al van verre aankomen. Om elf uur 's ochtends zorgde het schooluniform er wel voor dat je opviel bij de vele goeddoeners die het als hun plicht zagen om de school te bellen, voornamelijk omdat ze zich 'zorgen maakten' om het kind, en natuurlijk helemaal niet vanwege het gevoel van macht dat ze ervan kregen. Als zij het niet waren, was het wel een leraar die tijdens een tussenuur naar de winkel ging en de secretaresse belde om te zeggen dat je was gezien. En ja hoor, Fionn en ik werden gespot, zodat ik later tegenover de teleurgestelde gezichten van mijn ouders aan de keukentafel zat en dingen te horen kreeg als: 'Dit is niks voor jou. Wat bezielde je toch?' en: 'Wie mag die Fionn Cassin dan wel zijn?' Ik kon alleen maar wezenloos terugstaren. Omdat ik wist dat ik nooit zou kunnen uitleggen wat er allemaal in me omging, reageerde ik met een slap en amper verstaanbaar 'Ik weet het niet'. Eigenlijk had ik op hen af moeten vuren dat ik van Fionn hield.

Daarna moest ik nog de volgende dag zien door te komen. Ik werd op het matje geroepen bij de rector, terwijl Fionn buiten op zijn beurt stond te wachten. De tijd die ik met hem had doorgebracht was het echter dubbel en dwars waard.

We waren naar de bioscoop geweest, naar de middagvoorstelling van *Lilo & Stitch.* We zaten tussen de luidruchtige peuters en hun moeders, langs het veel bewandelde pad van en naar het toilet. Ik geloof niet dat ik me in mijn leven ooit nog zo onbezonnen heb gevoeld. Zo ongeremd, zonder me erom te bekommeren wat anderen ervan vonden. Schrijf maar wat je wilt op mijn kluisje of aan de binnenkant van de wc-deuren, dacht ik, het kan me eindelijk niet meer schelen. We lachten boven onze popcorn, bekogelden elkaar met maiskorrels die niet gepoft waren, ruilden van drankje en aten van elkaars snoep. Na afloop liepen we, nog steeds in ons schooluniform, triomfantelijk door het centrum en gingen in het park onder mijn wilg staan.

Op dat moment werd hij ernstig. Hij keek naar de grond en wreef met zijn schoenzool over het gras, waardoor ik bang werd dat er aan al die vreugde abrupt een einde zou komen.

'Moet je horen,' begon hij, 'ik wil niemand voor de voeten lopen. Ik bedoel, ik ben hier nog maar net en ik wil geen problemen veroorzaken tussen jou en je vrienden, maar...'

Ik deed mijn ogen dicht en zette mezelf schrap voor de bekentenis dat hij verliefd was op Peanut, of op Ruth.

'...hebben Niall en jij iets met elkaar?'

Ik glimlachte en hief mijn gezicht opgelucht op naar de takken van de boom, waar de laatste energie van de zomer wegvaagde nu de herfst zijn intrede deed.

Kon ik maar beweren dat ik op dat moment zei dat hij gelijk had, dat er misschien iets tussen ons was. Of iets anders wat de waarheid eer aandeed. Een opmerking die in de stam van de boom gekerfd kon worden om aan te geven dat ik Niall niet zo snel vergeten was. Een teken van loyaliteit aan een vriend en niet, zoals het nu lijkt, een teken van verraad.

'Hoezo?' Dat was mijn reactie. Eén woord waarmee ik totaal aan Niall voorbijging, vergezeld met een quasiverlegen glimlach. Wat had ik anders kunnen doen? Mijn hart bonkte van verlangen naar die jongen die me met zijn blik leek op te slokken.

'Ik zat te denken...' Zijn woorden stierven weg, zijn mond verbreedde zich tot een glimlach. Zonder ook maar een spoortje aarzeling deed hij een stap naar voren, legde een hand in mijn nek en trok me naar zich toe. Bestaat er een woord voor dat gevoel wanneer twee monden elkaar voor het eerst raken? Zo niet, dan zou dat er wel moeten zijn. Een woord dat de vreugde beschrijft van een handstand op een parkeerterrein, het bevrijdende gevoel van op de fiets een heuvel af denderen, het genot van die eerste slok bier op een vrijdagavond. Het was fantastisch. Misschien een beetje onhandig en niet ritmisch en soepel genoeg, maar dat kon me niks schelen, en hem volgens mij ook niet. We lachten toen we ons even van elkaar losmaakten. Geen van beiden wilden we iets zeggen, we snakten alleen maar naar elkaars warmte en zachtheid.

'Nee,' zei ik uiteindelijk, 'er is niks tussen Niall en mij.'

Zodra ik thuis was, stuurde ik Peanut een berichtje. De volgende ochtend liepen we samen de school in. Peanut had per se eerder willen afspreken zodat ik haar alles kon vertellen. We zochten onze weg door de ochtenddrukte; we gingen met onze rug tegen de muur staan om leerlingen te ontwijken die achteruitliepen terwijl ze iets aan hun vrienden vertelden, of botsten tegen elkaar op wanneer er iemand vanaf de zijlijn de stroom in werd geduwd. De stemmen werden steeds harder, om zich boven de wirwar van woorden, liedjes, grappen en gegil uit verstaanbaar te maken.

Aan het eind van de gang zag ik Fionn op de vaste ontmoetingsplek van ons groepje staan, naast een groot raam met een vensterbank waar met wat moeite drie achterwerken op pasten. Toen Fionn Peanut en mij zag aankomen, ving hij mijn blik op en grijnsde een beetje – een zachte, vriendelijke, amper zichtbare beweging van zijn lippen die bij mij dezelfde reactie opwekte. Mijn mond trok naar de zijkant, omdat ik de neiging moest weerstaan om te lachen. Peanut zei iets, maar het ging volkomen aan me voorbij.

Met elke stap begonnen mijn wangen erger te gloeien van blijdschap. Ik zag Fionn zich afzetten tegen de muur om mijn rechterhand vast te pakken, om me een elegant rondje te laten draaien totdat ik tegen hem aan stond, met zijn linkerhand op mijn middel. Het paste precies. Onze blikken vonden elkaar. Twee seconden, hooguit. Lang genoeg om me het gevoel te geven dat ik op de koudste dag van de winter een duik in Lough Saor had genomen. Buiten adem en machteloos, in de handen van iets wat sterker was dan ik. Daarna duwde hij me voorzichtig terug in de stroom van leerlingen. De wereld leek zich wel op een afstandje te bevinden; er was niets anders dan hij en ik en dat duizelingwekkende moment.

Ruth en Niall kwamen twee minuten later aan. Tegen die tijd was Peanut al op de vensterbank gesprongen en gebaarde ze dat Ruth bij haar moest komen zitten, terwijl Fionn naast mij bleef staan. Ruth probeerde Nialls aandacht te trekken, maar ik zag dat hij afgeleid was toen ik de oude discman van mijn vader en een Nick Cave-cd die ik van Harry had gepikt tevoorschijn haalde en Finn een van mijn oordopjes aanbood. We draaiden 'The Mercy Seat' en knikten naar elkaar om de rake teksten.

Pea was al verdiept in een boek over kikkers dat ze de vorige dag in de bibliotheek had geleend. Ruth bestudeerde haar gelnagels en deed al geen poging meer om met Niall te praten, die alleen maar oog had voor Fionn en mij.

'Ik vind Ansel Adams goed,' zei Niall uit het niets, waardoor Fionn zijn oordopje wel moest uitdoen.

Ik deed mijn ogen dicht bij het besef dat Niall zich daadwerkelijk in fotografie had verdiept.

'Adams, serieus?' reageerde Fionn enthousiast, blij met elke kans die hij kreeg om het over zijn passie te hebben. 'Die is een beetje commercieel naar mijn smaak, maar ja, ik snap het wel. Wat vind je precies zo goed aan hem?'

'Weet ik niet. Hij weet iets vast te leggen wat moeilijk onder woorden te brengen is.' Nialls blik schoot in mijn richting toen ik naar hem keek, wensend dat hij dit niet zou doen, dat hij niet zou proberen mijn aandacht van Fionn af te leiden. Wat zag hij op mijn gezicht? Ik hoop vriendelijkheid en spijt, niet het beschamende medelijden dat ik voelde.

'Probeer het eens,' drong Finn aan, die het gesprek graag op gang wilde houden.

Toen Niall aarzelde, deed ik mijn ogen dicht en hoopte vurig dat hij niet zou happen in het aas dat Fionn zonder het zelf te willen had uitgezet.

'Het komt door het licht. Daar kan hij goed mee overweg.'

'Dat zeker. Maar waarom is hij beter dan wat Willy Ronis bijvoorbeeld in de jaren veertig en vijftig deed? Hoe hij mensen en wat het betekent om mens te zijn vastlegde? Je kent Ronis wel, toch?'

Niall haalde zijn schouders op en verloor duidelijk zijn interesse, terwijl Fionn net op dreef begon te komen.

'Ken je die ene foto van een naakte vrouw die over een wasbak gebogen staat, in een heel eenvoudige kamer, op het punt om zichzelf te wassen? Je ziet haar alleen van achteren en de kamer is helemaal kaal. Er staat één stoel en verder bijna niks. Als ik daarnaar kijk, zie ik de kern van de menselijkheid. Wacht, ik heb hem hier ergens.' Terwijl hij praatte, begon Fionn in zijn tas te rommelen. 'Ik bedoel, landschappen zijn prachtig en ik snap waarom mensen Adams goed vinden, maar Ronis legt onze kwetsbaarheid vast. Daar zit voor mij echte schoonheid in. Als ik die foto nou eens kon vinden, zou je wel zien wat ik bedoel.'

'Laat maar,' zei Niall, die zich steeds minder op zijn gemak leek te voelen.

‘Wacht, misschien heb ik hem thuis laten liggen.’ Fionn keek op van zijn tas en dacht even na. ‘Nee, ik weet zeker dat ik hem hierin heb gestopt.’

Toen Fionn onder veel gezucht verder zocht, legde ik voorzichtig mijn hand op zijn schouder. ‘Het is wel goed, Fionn, laat maar,’ fluisterde ik.

Hij hield op met waar hij mee bezig was en draaide zich naar me toe om me te zoenen. Als het op een ander moment gebeurd was, had ik hem langer vastgehouden, hem laten merken hoe erg ik naar hem verlangde. Maar gezien de situatie trok ik me terug, niet in staat om Niall aan te kijken en zijn onvermijdelijke teleurstelling te zien.

‘Laat nou maar, Cassin. Jezus.’ Nialls uitbarsting zette alles stil. Alle ogen werden op hem gericht.

Behalve die van mij. Ik kon zijn verdriet niet aanzien en wenste dat ik weer in de rouwkamer was om een overledene op zijn gemak te stellen. Als ik mijn vriend maar niet door mijn toedoen hoefde te zien lijden. ‘Niall,’ wist ik uit te brengen, terwijl ik mijn vingers strekte en weer tot vuisten balde. Een stille smeekbede, in de hoop hem te kalmeren en weer te veranderen in de evenwichtige jongen die we allemaal kenden.

‘Wat nou?’ Hij keek me aan. ‘Ik zei toch dat hij het moest laten zitten?’

‘Ik wilde het gewoon aan je laten zien.’ Fionn had zijn hand nog steeds in zijn tas.

Dat was het moment dat Niall naar hem toe liep, pal voor hem kwam staan en zijn tas hard tegen de muur kwakte.

‘Wat doe jij nou, man?’ Fionn maakte aanstalten om zijn spullen te redden.

Niall pakte hem echter bij zijn arm, zodat ze oog in oog kwamen te staan. ‘Het kan me geen reet schelen, Cassin. Jij wint, oké? Deze ronde is voor jou, net als al het andere.’

Daarna liet hij hem los en liep weg, onder de verbaasde zuchten en starende blikken van alle vijfdejaars, onder het aanzwellende geroep van 'vechten, vechten, vechten', voor het oog van de leraren die aan kwamen snellen om een einde te maken aan wat voor ellende er ook was losgebarsten.

# Hoofdstuk 13

Onze rit vanaf de Woodstown Lodge naar huis verliep zwijgzaam. Wat Niall en ik tijdens de lunch nog aan gespreksstof hadden kunnen opbrengen was inmiddels opgedroogd. Op alles wat ik zei, kreeg ik eenlettergrepige antwoorden terug. Nadat we het erf op waren gereden, begon hij zijn telefoon te checken, alsof hij in die drie kwartier duizend berichten en oproepen had gemist die zijn onmiddellijke aandacht vereisten.

Het had er alle schijn van dat ik niet gewenst was, dus liep ik naar binnen. Daar zat Arthur in de keuken met mijn vader te kletsen, zoals ik al verwacht had. Desnoods had hij de hele dag gewacht om mij te zien en de buit die Tiny Lennons dood hem opleverde op te eisen.

'Ik zei het toch?' Triomfantelijk keek hij me aan.

Ik haalde de Twix uit mijn zak die ik op weg naar huis had gekocht en gooide die naar hem toe. 'Ik dacht al dat je hier zou zijn.'

'Kijk toch eens. Eerlijk gewonnen.' Hij zwaaide met de Twix, die hij behendig met één hand had opgevangen, en staarde ernaar alsof het een gouden bokaal was waarvoor hij jaren had getraind.

'Tiny zal het vast fijn vinden om te horen hoe blij je bent dat hij eindelijk het loodje heeft gelegd.'

'Het was maar een grapje, Jeanie. Tiny was een goed mens. Eerlijk gezegd was ik erg op hem gesteld. Op zijn eigen manier was hij altijd vriendelijk voor me.'

'Wat had hij te zeggen, pap?'

'Tiny? Dat is waar ook, ik wilde net naar hem toe gaan.'

'Je bent nog niet met pensioen, hoor. Waarom heb je zo lang gewacht? Straks is hij er al niet meer.'

'Nou ja,' begon pap afwerend. Hij keek heen en weer tussen Arthur en mij, alsof hij op een van onze gezichten het volmaakte alibi zou vinden. 'Arthur viel precies binnen toen ik erheen wilde gaan en we raakten aan de praat.'

'Zeg, laat mij er even buiten.' Die arme Arthur zat weer eens tussen ons in.

'Ik ga wel,' zei ik met een diepe zucht. Daarna voelde ik me direct schuldig. Ik vroeg me af of ik niet beter naar Niall toe kon gaan om te redden wat er te redden viel en om een eind te maken aan die onverwachte, beladen stilte tussen ons.

Achter me hoorde ik de buitendeur dichtgaan en Niall langzamer dan gewoonlijk de hal door lopen. Hij duwde de keukendeur open, stopte de autosleutel in zijn zak en zei: 'Ik ga naar boven om de wedstrijd te kijken.'

Als mijn vader en Arthur er niet waren geweest, had ik hem misschien meteen aangesproken, maar nu voelde ik me niet vrij, dus hield ik het bij: 'Oké, als je daar zin in hebt.'

Hij liep met hangende schouders langs me heen om de koelkast open te trekken. 'Hoe gaat het met jullie?' wist hij uit te brengen.

'Goed, Niall, met jou?' reageerde Arthur.

'Was het eten daar een beetje te pruimen?' vroeg mijn vader. 'Misschien neem ik Gráinne er wel een keer mee naartoe om te vieren dat we binnenkort met pensioen gaan.'

Als ze zich al opgelaten voelden door onze afstandelijke houding, lieten ze daar niets van merken.

'Ja, het was heerlijk.' Niall hield vragend een flesje bier omhoog.

'Nee, dank je. Wij houden het vandaag bij sterker spul.' Om zijn woorden kracht bij te zetten stak Arthur zijn kop thee in de lucht.

Normaal gesproken zou Niall nog even bij hen zijn gaan zitten. Misschien zou hij zelfs een flesje bier met hen zijn gaan drinken bij McCaffrey's, als ze daar zin in hadden. Maar nu zag ik hem met zijn flesje bier naar de deur lopen. Zijn schouders leken gebukt te gaan onder de last van alles wat er nog onuitgesproken was tussen ons.

Ik liep achter hem aan naar de trap en kwam aan toen hij al halverwege was. 'Misschien kom ik ook wel nadat ik Tiny gesproken heb. Dan kunnen we misschien, je weet wel, verder praten.'

'Is goed.' Het kwam er slapjes uit, alsof ik er eindelijk in was geslaagd om het laatste beetje energie uit hem te wringen.

Ik overwoog hem terug te roepen, maar luisterde in plaats daarvan naar hoe hij met zijn lange benen met twee treden tegelijk de trap op liep. Ik stelde me voor dat hij zijn jas op de vloer van onze slaapkamer gooide, op het bed ging liggen, zijn schoenen zo luidruchtig mogelijk uitschopte en met op elkaar geklemde kaken naar de wedstrijd ging kijken, wie er op dit moment ook speelden.

Toen ik terugkwam, wisselden pap en Arthur een blik uit die ik vakkundig negeerde en liep ik meteen door naar de deur achterin. 'Ik ga maar eens kijken of Tiny er nog is.'

'Gelijk heb je, lieverd. Ik kom er ook zo aan.' De woorden van mijn vader glipten nog net naar binnen, voordat de deur achter me dichtviel.

Harry had de balsemruimte al opgeruimd. Alles lag er keurig bij. Schoon en fris, precies zoals ze het graag had. Haar liefde voor reinheid en orde beperkte zich niet tot het werk. Haar appartement, waarvan velen misschien zouden denken dat het een bonte verzameling was van katten, dromenvangers en petroleumkachels, was in werkelijkheid spaarzaam ingericht met wit en chroom. Hier en daar was er een vleugje kleur, zoals in de koningsblauwe theedoeken met een afbeelding van een limoen in het midden, of in de mosgroene kussens op haar lichtgrijze bank, die ongetwijfeld met de hand waren geweven in een huisje in Donegal en gevuld met het dons van de familiegans. Ze had stijl, die Harry.

'Hoi,' riep ik, zo opgewekt mogelijk.

Harry stond over Tiny heen gebogen, die al opgebaard in de rouwkamer lag. 'O!' Ze sprong naar achteren, met haar hand tegen haar borst, en draaide zich om naar de deuropening. 'Jij bent vroeg terug.'

'Ja. Sorry dat ik je liet schrikken.'

'Welnee, ik schrok helemaal niet.' Dat beweerde ze dan wel, maar ze kon me niet recht in de ogen kijken. Ze liep bij Tiny vandaan in mijn richting en streek haar zwarte bobkapsel glad. 'Lekker geluncht?'

'Heerlijk.'

'Mooi zo.' Het kwam er langzaam uit, waardoor ze pas uitgepraat was toen ze voor me stond. Haar oprechtheid roerde mijn toch al gevoelige traanklieren. 'Ik hoop dat het geholpen heeft.'

Aha. Nu dacht ik te begrijpen waarom ze zich zo opgelaten voelde. Net als iedereen, waaronder ikzelf, maakte ze zich zorgen om hoe ik met het nieuws van mijn ouders omging.

'Ik wil nog iets met je bespreken, Jeanie,' vervolgde ze. 'Het gaat over de toekomst. Wat mij betreft ga ik nog lang niet met pensioen, dus ik wil zo lang mogelijk je rechterhand blijven. Als je het goedvindt, tenminste.'

'Natuurlijk vind ik dat goed. Dit is geen vijandige overname, Harry.' Ik lachte. 'Zonder jou zou ik het niet kunnen.'

'Jawel,' zei ze, met zoveel warmte in haar stem dat ik wist dat ik zou gaan huilen als dit nog een seconde langer zou duren.

'Ik zal maar eens kijken of hij nog iets te zeggen heeft.' Ik gebaarde naar Tiny en liep naar paps kantoor om mijn kruk te halen. 'Ik mag hopen dat mijn vader je wel geholpen heeft om hem in de kist te leggen,' riep ik over mijn schouder.

'Natuurlijk.' Zoals altijd nam Harry het op voor haar broer.

'Dan zou je toch ook wel verwachten dat hij even was gebleven om te horen wat Tiny te zeggen had.'

'Dat was hij ook van plan, maar toen riep Arthur hem en werd hij afgeleid. Ik wilde hem net gaan halen.'

Inmiddels stond ik weer bij haar, met mijn kruk voor me. 'Het lijkt wel of pap het al opgegeven heeft.' Met mijn vingers streek ik over de witte leren bekleding van de kruk. 'Waarom denk jij dat hij met pensioen gaat, Harry?' Daar had je het, het vermoeden waarvan ik niet eens wist dat ik het had gehad. Open en bloot, wachtend op antwoord.

'Hij is gewoon moe. Hij heeft rust nodig.' Ze leek me nog steeds niet aan te kunnen kijken.

'Schrok je toen hij het tegen je zei?'

'Nee, niet echt. Als er een weddenschap had gelopen over wanneer Dave Masterson met pensioen zou gaan, had ik er misschien wel een mooi zakcentje aan overgehouden.'

Op dat moment vroeg ik me af hoe het jaren geleden voor haar was geweest, toen haar vader had besloten alleen de naam van zijn zoon op de eigendomsakte te zetten. Had ze nu opnieuw het gevoel dat ze op een zijspoor werd gezet?

'Ruth is nog langs geweest,' veranderde ze subtiel van onderwerp. 'Ze wil de salon graag van je moeder overnemen en het pand van me huren.' Ted had Harry toch wel iets nagelaten in zijn testament: het gebouw ernaast, met de kapsalon beneden en het appartement boven. Mijn moeder was haar huurder.

'Dus ze heeft je te pakken gekregen. Ik zei al dat ze beter langs kon komen.' Toen ik er die ochtend zo lang over had gedaan om me klaar te maken, had Ruth me gebeld, niet in staat haar opwinding te bedwingen bij het vooruitzicht dat ze eindelijk de kapsalon zou kunnen overnemen. 'Het wordt geweldig, Jeanie. Jij runt de uitvaartonderneming, ik de kapsalon. We zouden speciale aanbiedingen kunnen bedenken. Dan doe ik het haar van de nabestaanden voor de helft van de prijs en kun jij een tarotlezing of zoiets voor mijn klanten doen.'

'Ik ben geen waarzegster, Ruth. En mensen hebben meestal geen zin om zich te laten opdirken als hun echtgenoot net gestorven is.'

Ze was echter niet te stuiten en zei dat al die mannen in pak ons erbij zouden willen hebben op hun belangrijke prijsuitreikingen. 'Straks worden we nog uitgeroepen tot ondernemers van het jaar. We gaan alles winnen, niet alleen die speciale prijs voor vrouwen. Straks maken wij hier de dienst uit.'

Onwillekeurig was ik in de lach geschoten, wat op een dag als vandaag inderdaad een prijs verdiende.

'En, mag ze het van je huren?' vroeg ik aan Harry.

'Waarom niet? Ik mag Ruth graag.' Ze glimlachte. Harry leek nooit een dag ouder te worden. Ze zag er nog exact hetzelfde uit als toen ik vijf was.

'Tussen ons zit het ook wel goed, toch?' Opeens werd ik overvallen door het verlangen naar de liefde en vriendschap van deze vrouw. 'Je vindt het toch niet erg dat mijn vader de zaak aan mij overdraagt?'

'De droom van een eigen bedrijf heb ik lang geleden al laten varen, schat. Niet dat het ooit echt een optie is geweest. Je grootvader was zijn tijd niet bepaald ver vooruit. Het stond van meet af aan vast dat de zaak naar Dave toe zou gaan. En het is niet meer dan logisch dat jij het stokje van hem overneemt, dat heb je verdiend.' Ze gebaarde van zichzelf naar mij. 'Tussen ons zit het altijd goed, lieverd.'

Toen ze me omhelsde, klampte ik me uit alle macht aan haar vast.

'Goed.' Ze liet me los. 'De hulptroepen zijn gearriveerd, dus ik laat het verder aan jou over.' Ze gaf me een kus op mijn wang, pakte haar paraplu, ook al was het een stralende dag, en vertrok.

Ik ging naast Tiny zitten. Het was niet nodig geweest om hem al te ver toe te dekken. Er viel niets te verhullen, geen oneffenheden, geen slechtzittende kleding. Soms gaven de nabestaanden ons kleding die niet zo goed paste, zeker wanneer de overledene een lang ziekbed had gehad. Tiny lag er perfect bij.

'Timothy,' zei ik, 'ben je er nog?'

Het bleef even stil voordat de woorden er krakerig en rauw uit kwamen, als een stem die vroeg op de ochtend nog op gang moest komen. 'Ben jij dat, David?'

'Nee, ik ben het, Jeanie. Zijn dochter.'

'Maar ik wachtte op hem,' zei hij geërgerd.

'Ik kan hem wel halen, als je wilt.'

'Nee, nee. Ik...' Hij zuchtte. 'Het is al te laat. Ik kan het ook wel tegen jou zeggen. Maar zeg alsjeblieft Tiny. Zo heeft mijn moeder me genoemd op de dag dat ik geboren werd, zodra ze zag wat een joekel ik was.'

'Het spijt me. Ik weet nooit zo goed wat ik met bijnamen aan moet.'

'Geeft niks.' Hij leek al wat minder geïrriteerd.

'Hoe voel je je, Tiny? Gaat het goed?'

'Het is weleens beter gegaan.'

Daar moest ik om grijnzen.

'Ik wist al een tijdje dat dit eraan zat te komen, dus eigenlijk zou ik er niet van moeten opkijken. Alleen zijn er gewoon geen woorden voor het vreselijke besef dat je nooit meer terugkomt. Dat de kop thee die je voor jezelf hebt gezet nooit opgedronken zal worden en dat alles wat je in je leven hebt gedaan tot het verleden behoort. Dat die dingen bepalen wie je bent, hoe je herinnerd zult worden. Op dat moment… zou je gewoon willen dat je het een beetje anders had aangepakt.'

Mijn hand bewoog naar zijn schouder.

'Doodgaan gaat nog veel verder dan angst. Heb je dat weleens vaker van iemand gehoord?'

'Ik hoor zoveel over –'

'Het is net of God een heel nieuwe emotie heeft geschapen, alleen voor het moment dat de dood zich aandient. Toen ik nog klein was, stond ik voor een paard dat begon te steigeren. Ik was nog maar een jaar of vier en mijn hele lichaam trilde van angst. Ik had me nog nooit zo verloren en alleen gevoeld. Ik dacht dat ik er geweest was en wilde alleen maar naar mijn moeder toe, maar er was verder niemand. Ik voelde meteen een leegte in mijn hart. Nee, erger nog, het was een soort diepe, brede kloof van eenzaamheid. Zo voelde het ook om dood te gaan, maar dan honderd keer erger.'

Wat kon ik zeggen tegen deze man die alles was kwijtgeraakt? Ik voelde me zo schuldig over het feit dat ik nog kon ademen en hij niet dat ik een brok in mijn keel moest wegslikken. 'Wat erg voor je, Tiny.' Mijn woorden waren al net zo zwak en nutteloos als mijn extra kneepje in zijn schouder.

'Maar goed, ik ben er nog even, ik heb nog een laatste momentje met de levenden. Laat ik dat maar niet verspillen.'

'Heb je om een bepaalde reden gewacht, Tiny? Kan ik iets voor je doen?'

'Ja,' zei hij met een vastberadenheid die als hij nog geleefd had waarschijnlijk vergezeld was gegaan van het rechttrekken van zijn das, waarbij hij dan zijn hoofd omhoog en opzij zou bewegen, zoals mannen in overhemd dat soms doen. 'Toevallig wel. Arthur Aherne.'

Daarna kwam er niets meer. Geen uitleg. Alleen maar zijn stilzwijgen, in afwachting van mijn vraag.

'Onze Arthur, de postbode?'

'Ik heb iets van hem. Zijn pen.'

Het duurde even voor het tot me doordrong.

'Zijn pen?' Ik vond het tegelijkertijd vermakelijk en verdacht. Een verwarring van V's, waardoor ik niet wist of ik nou opgelucht moest lachen of een verklaring moest eisen.

'Ja.'

Stom genoeg vroeg ik me af of Tiny het misschien over een gewone pen had, een BIC-pen die Arthur aan hem had uitgeleend. Het kwam wel bij me op dat het belachelijk was dat een dode man de energie zou opbrengen om met me te praten zodat hij een ordinaire balpen kon teruggeven, maar ik deed toch mijn best om helderheid te krijgen. 'Je bedoelt die zilveren pen die hij altijd in zijn zak heeft zitten en die nog van zijn moeder is geweest?'

'Ik weet van wie hij is geweest.' Hij zweeg weer even, alsof hij zich afvroeg of hij wel verder moest gaan. Of ik echt wel te vertrouwen was. Even later stak hij toch van wal. 'Ik heb hem uit de zak van zijn jasje gepakt, toen hij dat over de rugleuning van een van de keukenstoelen had gehangen. Hij ging even naar het toilet en toen heb ik de pen gepakt.'

Hier had ik geen rekening mee gehouden. Voordat hij het had uitgelegd, had ik me afgevraagd of de pen uit Arthurs zak was gevallen en onder Tiny's keukentafel was gerold, of dat hij hem had laten liggen nadat hij hem om de een of andere reden had gebruikt. Aan diefstal had ik niet gedacht.

Achter me hoorde ik zachte voetstappen, de tred van iemand die niet wilde storen. Over mijn schouder zag ik mijn vader binnenkomen en met zijn vinger tegen zijn lippen naar de dichtstbijzijnde stoel sluipen. Ik was blij dat hij er was, dat ik deze last met hem kon delen.

'Mag ik vragen waarom je Arthurs pen hebt gepakt, Tiny?' Ik stelde de vraag bewust zo nadrukkelijk om pap bij te praten en zag zijn wenkbrauwen omhoogschieten.

'Hij is ooit van mij geweest. Ik heb hem op mijn vierentwintigste gekocht, van mijn eerste salaris als handelsreiziger. Ik stond tegen de toonbank van O'Dwyer's Pen and Fishing Tackle Shop geleund toen ze binnenkwam, Bess Aherne. In het voorbijgaan bewonderde ze de pen in mijn borstzakje. Jeetje, wat was ze een schoonheid.'

Arthur had het vaak over zijn moeder. Aangezien ze op zijn vijfde was gestorven, kon hij zich niet veel van haar herinneren. Soms zei hij dat hij niet zeker wist of hij haar echt bij de spoelbak in de keuken naar hem toe had zien buigen, of had gevoeld dat ze hem hoog door de lucht had gezwierd in het park. Hij vroeg zich af of hij die beelden had overgehouden aan de verhalen die zijn vader hem over hun gezinnetje had verteld, of hij die zo als zijn eigen herinneringen was gaan beschouwen. Behalve de pen had hij altijd een foto van haar in zijn borstzakje, samen met een foto van zijn vader.

'Op dat moment wist ik niet dat ze getrouwd was,' vervolgde Tiny. 'Ze droeg nooit ringen, ze zei dat het metaal haar huid irriteerde. Maar ik had toch wel van haar gehouden, hoe kon het ook anders? Ze had me in haar macht, dat is me daarvoor of daarna nooit overkomen met een vrouw. Ik kwam er pas achter dat ze getrouwd was toen ik haar met hem samen zag, met Nathaniel.'

'Arthurs vader?' Ik kende Nathaniel en zijn rustige manier van doen maar al te goed uit de verhalen. Een man die zijn leven had gewijd aan het liefdevol grootbrengen van zijn enige kind, nadat zijn vrouw op jonge leeftijd was gestorven. Hij werkte op het postkantoor en regelde daar een baantje voor Arthur toen die veertien was.

'Die, ja. Ze heeft het nooit ontkend toen ik het vroeg. Net zoals ik niet kon ontkennen dat ik van haar hield. Ik heb haar die pen gegeven toen we een maand samen waren. Een maand waarin ze bij me in bed had gelegen en we van elkaar hadden gehouden. Negen maanden later kwam Arthur ter wereld. Ik heb Bess hem zien grootbrengen alsof hij het kind van Nathaniel was. Ze heeft nooit met zoveel woorden tegen me gezegd dat Arthur mijn zoon was, maar ik wist het zeker. Net zo zeker als ik weet dat ik degene ben die die pen drie weken geleden heeft gestolen. Het komt door de haviksneus, die hadden we allemaal: mijn vader, mijn grootvader, en nu mijn zoon.'

Mijn blik schoot naar mijn vader en daarna naar links, alsof ik door de muren heen kon kijken en Arthur in de keuken kon zien zitten, etend van zijn Twix, zich er niet van bewust dat zijn verleden werd herschreven door de man die hem de afgelopen weken had buitengesloten. Mijn ogen vulden zich met tranen, maar ik drukte met mijn duim en wijsvinger in mijn ooghoeken om ze niet te laten ontsnappen.

'De affaire bleef duren tot ze op een dag niet meer langskwam. Als ik het niet in *The Kilcross Herald* had gelezen, had ik niet eens geweten dat ze was gestorven. Dan had ik gedacht dat de liefde gewoon over was.'

Toen hij even stilviel, bekeek ik hem van opzij, in een poging een beeld te krijgen van de jonge man op wie Arthurs moeder verliefd was geworden. Hij was dun en ik kon nu zien hoe gebeeldhouwd hij eruit moest hebben gezien. Ik stelde me voor dat hij bruine ogen had; diepe, gevoelvolle ogen die geheimen leken te verbergen, of misschien wonden die Bess had willen genezen.

'Op de dag dat ze begraven werd, stond ik achter in de kerk. Toen ik die man met Arthur in zijn armen achter haar kist aan zag lopen, hoopte ik dat God mij ook bij zich zou roepen. Ik dacht dat mijn hart het gewoon zou opgeven, maar de Heer zorgde dat ik moest blijven boeten voor mijn zonden. Ik heb overwogen het heft in eigen hand te nemen, als je begrijpt wat ik bedoel. Ik was zo'n egoïstische slapjanus, ik dacht niet eens aan die knul van me, zozeer werd ik in beslag genomen door mijn eigen gebroken hart. Dat heeft zeventien jaar geduurd, dat ik niet meer wilde leven, maar het lef niet had om er een eind aan te maken. Op een dag kwam er een jonge postbode langs en wist ik dat hij het was. Hij zal toen een jaar of twintig zijn geweest. Omdat ik zo wereldvreemd was, deed ik de deur open om mijn post aan te nemen, ook al had ik een brievenbus. Daarna wachtte ik elke dag bij het raam, tot ik hem zag aankomen. Dan deed ik alsof ik net op het punt stond om te vertrekken of wilde kijken wat voor weer het was. Zo begon onze vriendschap. Soms kwam hij binnen om een kop thee te drinken. Ook al wist ik dat hij het druk had, ik nodigde hem altijd uit en hij zei nooit nee. Hij had het vaak over zijn moeder en zijn vader, Nathaniel, die tegen die tijd al overleden was. Eén keer liet hij me de pen zien, apetrots omdat hij die had geërfd. Veertig jaar lang heb ik naar die pen in zijn zak gekeken en het dubbelleven dat ik met zijn moeder leidde opnieuw beleefd, zonder te laten merken wat er in me omging. Toen werd ik ziek. Twee jaar later werd ik opgegeven. Arthur was de enige die bij me op bezoek kwam. De enige die ik binnenliet, afgezien van de mensen van de maaltijdvoorziening. Ze hebben wel geprobeerd om thuiszorg voor me te regelen, maar ik heb die mensen weggestuurd en gezegd dat ze niet terug hoefden te komen. Hij had niet hoeven komen, weet je, hij had geen idee hoe de vork in de steel zat. Hij kende me alleen als die ouwe mopperkont die niemand in het stadje echt mocht. Maar toch klopte hij een paar keer per week bij me aan om te kijken of het wel goed met me ging. Die ene dag stond hij, zoals ik al zei, op om naar het toilet te gaan en liet hij zijn jasje over de stoel hangen. Ik leunde er gewoon naartoe, alsof het de normaalste zaak van de wereld was om die pen terug te pakken die zij ooit had vastgehouden, de pen die ons bij elkaar had gebracht. Daarna wilde ik hem niet meer zien. Ik kon mijn zoon niet onder ogen komen, omdat ik wist dat ik iets had gestolen wat hem dierbaar was, maar ik wilde de pen ook niet teruggeven.'

Het bleef langer stil dan ik verwacht had.

'Tiny?' vroeg ik paniekerig, in de hoop dat hij er nog steeds was.

'Maar nu wil ik hem teruggeven.' Hij vond nog een restje adem om door te gaan. 'Ik wil tegen hem zeggen dat het me spijt dat ik die pen heb gepakt, dat ik tegen hem gelogen heb. Hij zit in mijn binnenzak. Pak hem maar.'

Ik wierp weer een korte blik op mijn vader. Die keek toe terwijl ik Tiny's jasje openknoopte zodat ik mijn linkerhand eronder kon laten glijden om naar het koude materiaal van de pen te tasten. Toen ik hem te pakken had, keek ik naar dat tere voorwerp in mijn uitgestrekte handpalm en deed mijn ogen dicht om mezelf te beheersen. 'Ik heb hem, Tiny.'

'Wil jij hem alles vertellen?'

Automatisch keek ik naar mijn vader, de man die maar al te bereid was om de waarheid te verdraaien. Het was allemaal te veel voor me, deze bekentenis drukte te zwaar op me. Zeker op die dag, omdat Niall amper een woord met me wilde wisselen. Ik wilde niet belast worden met deze waarheid, die ik nu aan Arthur zou moeten vertellen. Een man die Twixen voor me meenam en me aan het lachen maakte, een man om wie ik gaf. Ik wilde hem geen verdriet doen. Maar wat moest ik anders? 'Natuurlijk,' zei ik, zo zacht dat ik me afvroeg of hij me wel gehoord had.

'Ik heb alles aan hem nagelaten. Het huis, het geld. Alles is voor hem. Uiteindelijk zal hij er dus vanzelf wel achter komen, wanneer de notaris contact met hem opneemt. Maar ik wil niet dat hij het op die manier moet horen. Eigenlijk wil ik graag dat je vader het hem vertelt, daarom wachtte ik op hem. Ik weet dat ze een goede band met elkaar hebben. Arthur had het vaak over hem.'

'Mijn vader is er inmiddels ook. Hij heeft alles gehoord,' zei ik, opgelucht omdat deze last van mijn schouders werd gehaald. Ik keek weer naar pap, wiens vriendelijke glimlach was weggestorven op zijn gezicht.

'Mooi zo.' Tiny had een trilling in zijn stem, een teken dat hij op het punt stond te vertrekken. 'Dan ga ik maar, als jullie het niet erg vinden.'

Ik knikte, mijn tranen dreigden weer te vallen. Ik veegde ze weg en wachtte tot ik mezelf weer in de hand had. 'Rust zacht, Tiny.' Het kwam er krachtiger uit dan ik verwacht had, gedragen door een zucht. Ik raakte zijn schouder weer aan en wachtte tot het stil bleef.

'Je gaat het toch wel tegen hem zeggen?' vroeg ik toen mijn vader naast me kwam staan en ik hem de pen gaf.

Hij knikte somber. 'Nou...' zei hij vol ongeloof. 'Dat zag ik niet aankomen.'

'Had jij hier enig idee van?'

'Ik? Nee.'

'Sorry, ik wilde je nergens van beschuldigen of zo, het is alleen zo...'

'Triest,' vulde hij aan.

Ik knikte. Op dat moment voelde ik hoofdpijn opkomen, wat altijd begon met een kloppend gevoel in mijn slapen.

'Het spijt me dat het allemaal op jou neerkwam, schat. Dit had ik moeten doen. Het kan niet makkelijk voor je zijn geweest om dat allemaal aan te horen, zeker het gedeelte over...' Hij maakte een vaag handgebaar, niet in staat om de woorden uit te spreken.

'Het was eigenlijk allemaal verschrikkelijk. Ik kan nog steeds niet geloven dat Tiny zei dat hij…' Ik maakte mijn zin niet af en kneep mijn ogen samen tegen de volgende pijnscheut. Met mijn vingers begon ik mijn hoofd te masseren. 'O god.' Ik voelde de muren – plus alles wat me verteld was, plus alles wat Niall en ik eerder die middag wel en niet tegen elkaar gezegd hadden – op me afkomen. 'Ik heb frisse lucht nodig, geloof ik. Je gaat Arthur toch wel alles vertellen, zoals Tiny heeft gevraagd?' vroeg ik, al onderweg naar de tuindeuren.

'Ja. Ik zal tegen hem zeggen dat Tiny zijn pen had en…' Hij aarzelde even, alsof het allemaal te hartverscheurend was om onder woorden te brengen. '…en de rest,' besloot hij somber.

Bij de open deur bleef ik staan, bang dat mijn vader het niet aankon en, zoals hij al zo vaak had gedaan, zou besluiten de levenden te sparen. 'Ja, maar dan moet je wel écht alles vertellen, pap.' Ik snakte naar de bries die ik al op mijn hand voelde. 'Maak het niet mooier dan het is. We hebben het niet over zomaar iemand, maar over Arthur.'

Hij keek naar de pen in zijn hand, alsof die daar nu pas was verschenen. 'Oké,' zei hij zacht. Zo te zien was hij van zijn stuk gebracht en bang voor alles wat hij aan zijn vriend zou moeten vertellen.

Ik deed de deur achter me dicht, waardoor zijn laatste opmerking: 'Maar Jeanie…' gesmoord werd. Toch kon ik niet terug naar de verstikkende sfeer in die kamer. Ik snoof de lucht op en maakte me uit de voeten, terwijl ik me vasthield aan mijn overtuiging dat hij deze keer vast wel de hele waarheid zou vertellen.

# Hoofdstuk 14

Fionn en ik hadden bijna een jaar verkering toen Al en Jess een wilg in hun tuin plantten.

'Jullie komen als geroepen,' riep Jess opgewekt toen we op een vrijdagavond aankwamen. 'Het eten is zo klaar.'

Dat weerhield Fionn er niet van om twee boterhammen uit de broodtrommel te pakken en mij er een aan te bieden, die ik afsloeg. Hij begon het brood droog op te eten, zonder boter. Daarna ging hij bij zijn moeder staan, bekeek haar plannen voor de tuin en stelde voor dat als ze toch bomen wilde planten, ze dan ook een wilg kon nemen, mijn lievelingsboom. Jess kocht er een voor me, of liever gezegd voor Fionn, de zoon voor wie ze alles overhad. Hoewel het een relatief jonge wilg was, zat er genoeg blad aan, zodat Fionn en ik in de schaduw ervan konden zitten wanneer de zon de aarde uitdroogde. Dan praatten en lachten we en luisterden we ieder door één oortje van een koptelefoon naar muziek, terwijl we naar hun huis keken.

Tijdens etentjes bij de familie Cassin deed ik altijd nieuwe ervaringen op. Ze aten halloumi of zoeteaardappelrelish die fluweelzacht aanvoelde in mijn mond. Er werd gepraat over het milieu of over de tentoonstellingen in de Royal Hibernian Academy. Ze vonden het prettig dat ik een onbeschilderd doek was dat ze naar eigen inzicht konden inkleuren. Het waren vriendelijke, zorgzame mensen. Mensen die hun hoeveelheid plasticafval inperkten door handgemaakte zeep uit de buurt te gebruiken die naar rozentuinen rook, die navulbare flessen voor vloeibaar wasmiddel en wasverzachter in de natuurwinkel kochten, lang voordat iemand anders daar ook maar bij stilstond. Ze kochten *The Irish Times* en *The Observer* in het weekend en *The Kilcross Herald* op dinsdag, om een band te krijgen met hun nieuwe woonplaats en te begrijpen wat de plaatselijke bevolking zoal bezighield. Sport, countrymuziek en *The Late Show*, vertelde ik, waardoor ze moesten lachen.

Ze namen Fionn en mij mee naar toneelstukken in het Arts Centre, waar reizende toneelgezelschappen stukken opvoerden van Oscar Wilde, Frank McGuinness en Edna O'Brien. Voorheen was ik daar alleen geweest voor het kersttoneelstuk, van deze wereld had ik nooit enig besef gehad. We gingen naar kunsttentoonstellingen in de hal van het gemeentehuis en stonden voor schilderijen die mij niets zeiden, maar die Fionns aandacht minutenlang konden vasthouden. We gingen naar de Gallery of Photography Ireland in Dublin, om in stilte te kijken naar de werken van Bobbie Hanvey, Colman Doyle, Elizabeth Hawkins-Whitshed – of Greenshed, zoals ik haar steeds per ongeluk noemde.

'Is het voor jou ook zo, als je met de doden praat?' vroeg hij op een zaterdag, toen ik mijn vader om een vrije dag had gesmeekt. We waren al vroeg met de bus naar Dublin vertrokken om naar de Civic Offices te gaan, waar het werk van aanstormende Ierse fotografen werd tentoongesteld. 'Je weet wel, dat er niets anders is dan zij en jij en die… connectie?' Met zijn hand tegen zijn hart keek hij naar een zwart-witfoto van een jongen van een jaar of acht, die met een camera tegen zijn oog gedrukt in de lens van de fotograaf keek.

'Ja,' zei ik, enthousiast knikkend, trots omdat onze werelden met elkaar verbonden waren door de spirituele connectie die we tijdens ons werk voelden.

'Niet iedereen begrijpt dat. Niet iedereen kan op waarde schatten hoe allesoverheersend dat is. Hoeveel sterker het is dan wijzelf.' Hij bleef naar de foto kijken. 'Daarom passen wij zo goed bij elkaar.' Zonder me aan te kijken pakte hij mijn hand van mijn schoot en bracht die naar zijn lippen om er een kus op te drukken. 'We begrijpen elkaar, we begrijpen de behoefte aan stilte om na te denken en in andermans hart te kunnen kijken.'

Hij bleef mijn hand vasthouden, terwijl ik hem van opzij gadesloeg en wenste dat ik ook zo welbespraakt was. Bij hem voelde ik me gekoesterd en uniek, alsof ik elk moment van zijn verlangen naar mij waard was. Ik was stapelgek op hem: hoe hij zijn vingers boog en strekte voordat hij zijn camera oppakte, hoe zijn blik naar rechts bewoog wanneer hij iets probeerde uit te leggen, zoals hoe je de juiste camerahoek kon bepalen.

Op dat moment hield ik zo intens veel van hem dat ik zijn gezicht naar me toe draaide om een kus te kunnen drukken op die lippen die altijd iets van elkaar geweken leken te zijn, alsof hij vol ontzag was voor het leven zelf. 'Ik houd van je,' zei ik, terwijl ik hem in de ogen keek. Hij kende me beter dan wie dan ook, hij kende elk stukje van mij dat bepaalde wie ik was en wat ik voelde.

'Dat wil ik je al horen zeggen sinds de dag dat ik je leerde kennen.'

Ik keek naar zijn ogen, zijn glimlach, zijn huid die leek te glanzen onder mijn verwondering. 'Dan had jij het als eerste moeten zeggen,' zei ik lachend.

'Nee, het was het wachten waard.'

'Zeg het dan nu maar.' Ik pakte zijn arm beet en kneep erin, smachtend naar zijn liefdesverklaring.

'Ik houd van je, Jeanie Masterson. Dat heb ik altijd gedaan en dat zal ik altijd blijven doen.'

Die avond bedreven we voor het eerst de liefde met elkaar. We waren naar Lough Fen gegaan om de veranderende lichtval te benutten. Hij bleef maar foto's van me maken. Ik heb er nog eentje, ergens. Die heb ik niet al te lang geleden tevoorschijn gehaald om te kijken naar mijn gezicht dat was opgeheven naar de lucht, met mijn ogen dicht, zittend op een ijskoude rots. Op een gegeven moment hield hij op, liet zijn camera om zijn nek hangen en keek naar me. Net toen ik wilde vragen wat eraan scheelde, stond hij op en pakte mijn hand. Hij voerde me mee, diep het bos in, buiten de paden, om me tegen een boom aan innig te kunnen zoenen. Daar deden we het, zonder ons ergens om te bekommeren, terwijl de scherpe geur van zijn zweet in mijn neus drong en mijn spijkerjasje onder de donkere vlekken van de natte boomschors kwam te zitten.

Met Fionn braken die cruciale jaren aan waarin ik leerde waar het in relaties om draait en ik eindelijk loskwam van 'hoe het ook had kunnen zijn' tussen Niall en mij. Zoenen, friemelen, ruziemaken, het weer bijleggen en met elkaar vrijen in een belachelijk tempo op de krapste plekjes, zoals een toilet beneden of een eenpersoonsbed wanneer er verder niemand thuis was. Wachten op berichtjes die uitbleven en op telefoontjes die te laat kwamen. Nagelbijten en nergens anders aan kunnen denken, niet aan wat de docent zei en zeker niet aan wat de doden zeiden. Alleen maar in beslag worden genomen door het beeld van zijn gezicht en de herinnering van zijn hand in de mijne, onderweg naar school. Een heerlijke tijd. Stof voor slecht geschreven poëzie en herinneringen die voorgoed een pijnlijke plek achterlaten, zelfs in het hart van een negenentachtigjarige.

Al die tijd hield Niall zich afzijdig, bracht hij minder tijd met ons groepje door dan voorheen, al had hij nog steeds een hechte band met Ruth. Hij hield zich bezig met de vele meisjes met wie hij verkering had, al duurde het nooit lang. Ik had verwacht dat hij misschien ontslag zou nemen, maar daarvoor had hij te veel interesse in de doden. Op zaterdag werkte hij nog steeds samen met Harry, die hem leerde hoe hij de overledenen moest wassen, hoe hij hun haar moest borstelen en de make-up moest aanbrengen. Ze beweerde dat hij een natuurtalent was en keek glimlachend en goedkeurend knikkend toe wanneer hij aan het werk was. Als er geen overledenen waren, dweilde hij de vloeren, waste de handdoeken en lakens, vulde de voorraad aan en dronk met mijn vader thee in de keuken of speelde met Mikey op de PlayStation. Maar wanneer we moesten samenwerken, kon ik het voelen; die opgelaten sfeer tussen ons die we allebei weg probeerden te lachen. We werden nooit meer zo hecht als voorheen. Er was een kloof tussen ons ontstaan. We praatten met elkaar alsof we niet meer waren dan kennissen. Hoewel ik hem miste, vond ik dat ik niet het recht had om meer te verlangen van de jongen die ik had teleurgesteld.

Tegen de tijd dat januari aanbrak in ons laatste schooljaar, leek ieder van ons zijn toekomst al te hebben uitgestippeld. Peanut zou naar Dublin gaan om voor dierenarts te studeren, Ruth bleef in Kilcross om schoonheidsspecialiste of kapster te worden – dat wist ze nog niet precies – en Niall zou bij ons in de leer gaan als balsemer. Ik zou ook blijven, om fulltime in het familiebedrijf te werken.

Een paar maanden daarvoor was mijn moeder in paniek komen aanzetten met brochures van verschillende universiteiten. Daarin had ze opleidingen omcirkeld tot architect, scenarist en animator; beroepen waar ik nooit ook maar een greintje belangstelling voor had getoond. Al had ze wel mijn aandacht weten te trekken met de opleiding tot cateraar. Ik zag mezelf al in een felgeel schort vrolijk scones bakken, in een hemelsblauw geschilderd eetcafeetje op een straathoek in de een of andere verre stad.

'Ik zou je trouwste klant zijn,' merkte ze op, toen ik zo stom was om erover te beginnen.

'Niet als dat eetcafeetje in Parijs staat. Dat is nogal ver weg om even op en neer te komen vanuit Kilcross.'

'Parijs. Stel je voor. Alles kan, lieverd, dat weet je. Als je dat echt wilt, zorgen we dat het voor elkaar komt.'

'Ik ga geen eetcafé openen in Parijs, mam. Ik blijf hier.'

'Weet je het zeker? Misschien moet je nog eens met de decaan gaan praten.'

'Miss Curtis heeft alle mogelijke persoonlijkheidstests al op me uitgevoerd. Iets in de zorg, komt er steeds uit. Dus dit is perfect. Ik zorg voor mensen die al dood zijn.'

'Ik maak me gewoon zorgen om je, lieverd.'

'Ik red me wel, mam. Echt waar.'

Achteraf bezien had ik in de maanden daarna, met de dromen die ik kreeg, misschien wel op haar steun kunnen rekenen.

Fionn had zijn plannen niet bijgesteld sinds ik hem had leren kennen. Hij wilde nog steeds naar Londen. Als kind was hij daar een keer met zijn ouders geweest en waren ze bij toeval op een fototentoonstelling gestuit waar het werk van de studenten van het London College of Art te bewonderen was.

'Hij stond met zijn mond vol tanden,' vertelde Jess. 'We moesten hem paaien met allerlei dingen, waaronder de belofte van zijn eerste camera, voordat hij daar weg wilde gaan. Moet je je voorstellen, hij was pas negen. We hadden gehoopt hem met pizza te kunnen omkopen, maar nee hoor, die Canon heeft ons tweehonderd pond gekost. Sindsdien is hij er niet meer van af te brengen, toch, knul?' Boven de tafel stak ze haar hand uit naar haar zoon, die glimlachend van haar naar mij zat te kijken, twee vrouwen van wie hij zich nooit zou afkeren.

Voor zijn portfolio wilde hij graag een reportage maken over ons bedrijf. Ook al hadden mijn ouders zich inmiddels wel over hun wantrouwen heen gezet tegen de jongen die hun dochter aan het spijbelen had gebracht, ze hadden zich nooit echt bij hem op hun gemak gevoeld. Mijn moeder vond iedereen uit Dublin verdacht, zeker iemand die constant een camera in de hand had en die regelmatig op haar richtte. Het duurde niet lang voor ze tegen me zei dat als hij dat nog een keer deed, ze hem de deur zou wijzen. En mijn vader... Nou ja, het leek wel of die van het begin af aan doorhad dat als iets zijn toekomstplannen voor de begrafenisonderneming en mijn rol daarin overhoop kon halen, het Fionn Cassin was. Hoewel ze er nooit iets over zeiden, was ik me er sterk van bewust dat ze het jammer vonden dat het niks was geworden tussen Niall en mij.

'Ik heb gehoord dat je naar Londen gaat, jongeman,' zei mijn vader op een middag in januari van achter zijn *Sunday Independent,* terwijl we zaten te wachten tot mijn moeder traditiegetrouw de zondagse lunch op tafel zette.

De eerste keer dat Fionn bij ons had gegeten, een jaar daarvoor, had hij een kapitale fout gemaakt. Mijn moeder had ons al aan tafel geroepen en we namen stilletjes plaats, zoals we gewend waren wanneer zij kookte. Als we ook maar een kik gaven, werd ze alleen nog maar gestrester. Op dat moment zei hij: 'Kan ik ergens mee helpen, Gráinne? Jess zegt dat ik een natuurtalent ben in de keuken.'

'Nee,' reageerde mijn moeder kortaf, met bezweet voorhoofd en één hand beschermend voor het rundvlees dat in de schaal lag te sissen, alsof Fionn er elk moment mee vandoor zou kunnen gaan. 'En ik heb liever dat je Mrs Masterson zegt.'

Mam was niet bepaald een zelfverzekerde kokkin. Ongeduldig,

dat dekte de lading beter. Ze verwonderde zich altijd over mijn bakkunsten. Maar elke zondag wilde ze ons met alle geweld een uitgebreide maaltijd voorzetten.

'Dat klopt,' reageerde Fionn nu op de opmerking van mijn vader, enthousiast als altijd om over zijn toekomst als fotograaf te kunnen praten. 'Het College of Art in Londen heeft een uitstekend programma. Ik heb wel een prospectus bij me, als u die wilt zien.' Hij maakte aanstalten om op te staan en in zijn cameratas te rommelen, die ver uit het zicht van mijn moeder in de woonkamer lag.

Mijn vader stak een hand op, waardoor één kant van de krant sierlijk naar binnen vouwde. 'Laat maar, jongen.'

'Wat zeg je, pap?' Mikey keek op van zijn boek over de Slag van Karari.

'Nee, jij niet, jongen. Ik had het tegen Fionn.'

'O.' Mikey verdiepte zich weer in zijn boek, blij met de rust, en slurpte van zijn MiWadi, zijn lievelingsdrankje.

Ik keek mijn vader nijdig aan en vroeg me af waarom hij Fionn het niet gewoon had laten zien. Zo'n grote moeite was dat niet, maar hij bleef halsstarrig voor zich uit kijken, hoewel hij heus wel wist dat ik hem aanstaarde.

'Wanneer vertrek je?'

'Aan het eind van de zomer. Als ik word aangenomen, natuurlijk. Eerst moet ik mijn portfolio nog indienen. Trouwens, daar wilde ik het nog met u over hebben. Zou ik misschien een reportage mogen maken over u en uw bedrijf?'

Mijn vader zette zijn bril af en legde de krant op tafel. 'Hoe bedoel je?'

'Nou, ik dacht dat ik misschien foto's zou kunnen maken als Jeanie, Harry en u aan het werk zijn. En van Niall, als hij dat wil, om vast te leggen hoe mooi het is, wat jullie hier doen.'

'Mooi? Zo zouden maar weinig mensen het noemen,' zei mijn

vader lachend. Met zijn ellebogen steunde hij op tafel, waardoor de krant kreukte. Het uiteinde van een van de poten van zijn bril liet hij tegen zijn lip rusten, alsof deze jongen zijn interesse had gewekt. Een buitenstaander zou dit misschien als een meesterlijke zet van Fionn zien, maar zo manipulatief was hij niet. Het zou nooit bij hem opgekomen zijn om iemand naar de mond te praten die zichzelf best handig vond met een camera. Fionn wilde gewoon zo'n mooi mogelijk portfolio samenstellen.

'Bekijk het lekker.' Dat was mijn moeder, op de achtergrond. 'Stomme rotklonten.'

Ik keek om en glimlachte bemoedigend, maar ze zag het niet omdat ze driftig in de jus stond te roeren.

'Ach, waarom ook niet?' zei pap. 'Als je maar niet komt wanneer er klanten zijn.'

'Dat spreekt vanzelf. U bepaalt wat wel en wat niet kan.'

'Dat is dan afgesproken.'

'Kan ik deze week al beginnen? Mijn portfolio moet begin maart bij hen binnen zijn.'

'Ik zou niet weten waarom niet.'

'Uitstekend.'

'Vertel eens, je bent toch niet van plan mijn dochter mee te nemen, hè?'

Fionn keek van mij naar mijn vader, alsof hij werd overvallen door plankenkoorts.

'Want in dat geval gaat het niet door,' voegde mijn vader eraan toe.

Het liefst wilde ik ter plekke dood neervallen. In de rouwkamer bij Mrs Swarbrigg gaan liggen, die me nog geen uur daarvoor had toevertrouwd dat ze wilde dat ze haar droom om danseres te worden had nagejaagd en niet eenenvijftig jaar lang in de modezaak van haar familie aan het einde van Mary Street was blijven werken.

'Nee. Daar hebben we niet eens over nagedacht.' Het kwam er net iets harder uit dan strikt noodzakelijk was, waardoor ik me afvroeg of hij er wél over had nagedacht, net als ik. Ik droomde ervan. Ik zag ons al door de straten van Londen lopen en in een appartement met hoge plafonds trekken, met uitzicht op de Theems. En kinderen, een jongen en een meisje. Ik zag hen al voor me, met mijn zwarte krullen en Fionns spectaculaire ogen. Ik hield nu al van hen. Hoe vaak ik er voor het slapengaan ook over nadacht, het leek allemaal onmogelijk. Mijn leven was hier, ik moest doen waarvoor ik in de wieg was gelegd, en ik dacht niet dat ik het ergens anders zou kunnen, zonder mijn vader.

'Dat is dan duidelijk.' Mijn vader vouwde zijn krant netjes op.

'Hier komt de rosbief.' Mam zette mijn vader het eerste bord voor. 'Kranten, boeken en camera's aan de kant. Tast toe nu het nog warm is...' zei ze, gevolgd door een zachter en teleurgesteld: '...en aangebrand.'

Fionn maakte er een reportage in zwart-wit van, die hij 'De zorg voor de doden' noemde. Je zag mijn vader die bij een lege kist in de balsemruimte met Harry stond te praten; mijn vader die achter zijn bureau zat en door het raam van zijn kantoor naar buiten keek (en volgens mijn moeder precies op Clark Gable leek); mijn vader die vanuit de deuropening van het bedrijf ernstig in de camera keek; mijn moeder die er die dag met alle geweld bij had willen zijn en met een make-upkwast een beetje foundation aanbracht. En mij, in een shot dat van onderaf en opzij was gemaakt en waarop ik een van de lakens uitschudde waarmee we de lichamen toedekten. Met het gekraak van frisgewassen katoen nog in mijn oren had hij me vastgelegd, het laken opbollend in de lucht voordat het neerkwam op de balsemtafel. Niall had niet aan de reportage willen meewerken.

De foto's waren prachtig, ingetogen en respectvol. Mijn ouders moesten ervan blozen en ik straalde toen Fionn met ons om de keukentafel ging zitten om de afdrukken te laten zien. Mikey werd er ook bij gehaald, maar die was te eerlijk om te doen alsof het hem iets interesseerde, dus bleef hij in een catalogus van *Osman's* zitten bladeren.

'Ze zijn prachtig, Fionn. Echt prachtig,' zei mijn vader vol bewondering.

'Dat is fijn om te horen. Ik vind dat je goed kunt zien hoe vredig het hier is.'

'Ach, we doen ons best,' kwetterde mam, die over de schouder van mijn vader meekeek.

Harry gniffelde omdat haar schoonzus opeens zo betrokken was bij een bedrijf waar ze normaal gesproken met een boog omheen liep.

Ik kon merken dat Fionn zich een stukje omhoog had weten te werken op de lijst van mensen die mijn moeder graag mocht, al stond hij nog niet zo hoog als Niall. Die dag had ze nog gezegd dat Niall het gezondste, dikste haar had dat ze ooit had gezien. Dan kon je bij haar al niet meer stuk, al had hij genoeg andere positieve eigenschappen.

'Zouden we hier een paar kopieën van kunnen krijgen?' wilde pap weten. 'Tegen betaling, uiteraard. Ze zouden het goed doen op de website of in een folder.'

'Daar hoeft u niet voor te betalen. U bent al zo vriendelijk geweest om me u van uw werk te laten houden.'

'Ik sta erop.' Mijn vader keek hem over zijn bril heen aan, een teken dat hij geen tegenspraak duldde.

'Oké, nou, zeg maar welke u wilt hebben, dan laat ik ze afdrukken. Het enige wat ik ervoor terug wil, is dat u vermeldt dat het copyright bij mij ligt, als u besluit een foto te gebruiken.'

De foto's bleven een tijdje op onze website staan en hebben nu nog steeds een ereplaatsje aan de muur in paps kantoor. De foto waarop hij achter zijn bureau zat, stelde hij in als profielfoto op Facebook. Maar toen Niall later onze sociale media ging beheren, zei hij dat de foto's te gedateerd waren en koos hij afbeeldingen uit van lelies en kabbelend water.

'Ga met me mee,' zei Fionn later die avond tegen me, toen iedereen weg was en we de restanten van de fish-and-chips hadden opgeruimd die mijn vader had gehaald. 'Naar Londen, bedoel ik.'

In de maand die het hem had gekost om zijn portfolio af te maken hadden we het er niet één keer over gehad. Misschien waren we allebei bang voor wat de ander zou zeggen, maar het stond tussen ons in als een gat in de weg dat we aldoor moesten ontwijken.

'O,' reageerde ik. Het moment van mijn dromen werd werkelijkheid, maar toch keerde mijn maag zich zowat om van angst.

'Moet je horen, Jeanie.' Fionn deed de vaatwasser dicht en zette de pot mayonaise die ik vasthield op het aanrecht zodat hij mijn hand kon vastpakken. 'Peanut en ik denken allebei dat het goed voor je zou zijn.'

'Hebben jullie het over mij gehad?' vroeg ik verbaasd. Langzaam trok ik mijn hand terug, gekwetst omdat ik was gedegradeerd tot die ene vriendin met problemen over wie je onder vier ogen moest praten.

'Ik was gewoon benieuwd naar wat zij dacht dat je zou zeggen.'

'Dat had ik je ook wel kunnen vertellen. Ze denkt dat ik gered moet worden.' Opeens voelde ik een overweldigend verdriet bij het besef dat hij me misschien ook zag als iemand die gevangenzat, iemand die door hem gered moest worden. Ik ging aan de tafel zitten, met hangende schouders en met mijn handen slap in mijn schoot. 'Denk jij er ook zo over? Vraag je het daarom? Hoort dat bij het plan dat jullie hebben gesmeed om mij tegen mezelf te beschermen?'

Hij kwam op zijn hurken voor me zitten, pakte mijn handen weer vast en keek me ernstig aan.

'Want,' vervolgde ik terwijl ik me verzette tegen de neiging om te huilen, 'ik hoef niet gered te worden. Ik heb het hier prima naar mijn zin. Ik heb werk dat ik echt heel graag doe. Ik heb een leven. Je hoeft je niet over me te ontfermen alsof ik een zielig geval ben.'

'Nee, nee, Jeanie... Dit komt helemaal verkeerd over. Ik vind je geen zielig geval. We hebben zoiets moois samen. En eerlijk gezegd denk ik al een hele tijd na over ons en over Londen, al lang voordat je vader erover begon.' Hij aarzelde even. 'Ik denk dat ik gewoon de steun nodig had, of misschien de goede raad, van degene die jou het beste kent.' Hij glimlachte in een poging mij ook een lachje te ontlokken. 'Ik wilde gewoon zeker weten dat ik het niet zou verknallen. Dit is niet niks, hoor. Straf me alsjeblieft niet omdat ik het goed wilde doen.'

Ik keek naar hem, zag de eerlijkheid in elke plooi van zijn prachtige gezicht, smolt bij het zien van die scheve snijtand toen hij weer glimlachte. Met een knikje gaf ik me gewonnen, waarna ik mijn lippen op elkaar klemde en me concentreerde op onze in elkaar geslagen handen, die nog steeds op mijn knieën lagen. Praten durfde ik nog niet, uit angst dat mijn stem zou trillen.

'Je weet dat Al en Jess met me meegaan, toch? We gaan allemaal verhuizen. En ik... Nou ja, ik hoop niet dat je het erg vindt, maar ik heb gevraagd of ze het goedvinden als jij ook meegaat. Daar hebben ze ja op gezegd.' Hij leunde dichter naar me toe. 'Ik denk dat daar iets veel groters op je wacht dan dit stadje je te bieden heeft, Jeanie.'

'Zoals?' vroeg ik schor, doodsbang bij de gedachte aan hoe het zou voelen om weg te gaan. Daar zou ik mijn vader zeker mee kwetsen en eerlijk gezegd zou ik me ook verloren voelen. Misschien had ik mijn familie en de doden wel net zo hard nodig als zij mij.

'Ik heb het over Londen, Jeanie. Daar barst het van de energie en de mogelijkheden.'

Het leek wel of hij zichzelf beschreef. Ik beschouwde hem altijd als een licht wit veertje dat door het grauwe Kilcross werd geblazen en weigerde te landen. Hij huppelde voort en vond opwinding in de kleinste details. In het onkruid tussen de stoeptegels in Mary Street, in de kromming van de kaak van een voorbijganger, in de glimlach van de dochter van een begrafenisondernemer. Het maakte me bang. Ik besefte dat ik nooit het gevoel had dat ik helemaal kon voldoen aan het beeld dat hij van me had. Door dat besef veranderde er iets, het zette een domper op mijn dromen van een leven hierna.

'Ik kan niet weg, Fionn, ook al zou ik het willen. Vanwege de zaak.'

'Juist, ja. Daar komt het altijd weer op neer.'

'Ze hebben me nodig. Mijn vader is van mij afhankelijk. Hij heeft al zo lang gewacht tot ik hier fulltime zou komen werken. Bovendien zijn de overledenen er nog… Samen kunnen we er veel meer helpen. En vergeet Mikey niet.'

Hij knikte, alsof het altijd weer hetzelfde liedje was. 'Maar ze kunnen je niet hier houden, Jeanie. Dat kunnen noch de levenden, noch de doden, als je het niet wilt. Je hebt zelf voor het zeggen wat je met je leven wilt doen.'

Misschien had ik gewoon moeten zeggen dat ik het niet durfde en het daarbij moeten laten. Hoe ik het ook bekeek en hoe erg ik ook worstelde met de last van de doden en mijn familie, hier wist ik wie ik was en dat mijn gave ertoe deed, voor mij, voor de gemeenschap, voor de overledenen. In Kilcross was ik bijzonder. Daar in Londen zou dat allemaal wegvallen en zou ik niets voorstellen, niemand zijn, meeliften op andermans succes. Ik was te bang om kwijt te raken wat zo bepalend voor me was en toch, tóch vroeg deze jongen van wie ik hield me het erop te wagen.

'Kunnen we het even laten rusten?' In gedachten rende ik al verder bij hem vandaan, maar ik kon hem niet teleurstellen, niet op dat moment.

'Oké, goed dan. Denk er maar over na.'

'Alsof ik dat al niet elke minuut doe sinds ik jou heb leren kennen.' Die gefluisterde woorden kwamen eruit met hetzelfde gemak als waarmee ik voor hem was gevallen.

'Waarom doen we het dan niet gewoon?' Met hernieuwd enthousiasme liet hij zich op zijn knieën op de vloer zakken.

'Omdat ik jou niet ben,' riep ik uit. 'Voor mij is alles gewoon niet zo zwart-wit.' Ik barstte in tranen uit.

'Nee, nee, nee.' Hij richtte zich op zijn knieën op zodat hij zijn armen om me heen kon slaan en me zachtjes kon wiegen. 'Dit was niet mijn bedoeling. Het spijt me. We laten het even rusten, oké? We hebben nog alle tijd.'

Ik knikte tegen zijn borst aan, met mijn hoofd plat tegen zijn hart waarvan ik hield met elke korte, benauwde ademteug die ik nam.

# Hoofdstuk 15

Ik heb nooit nee gezegd tegen Fionn. Dat wilde ik niet. Ik kon het woord niet over mijn lippen krijgen. Maar sinds hij het me die eerste keer had gevraagd, begon hij er om de paar weken over. Mijn antwoord was altijd hetzelfde: dat ik er nog steeds over nadacht. Dat was ook zo. Ik dacht de hele maand juni nergens anders aan, ook niet toen we tijdens onze examens met honderd man in rijen van tien in de gymzaal zaten; onze hoofden gebogen in een gespannen, ijverige stilte. Net als in die heerlijke julimaand, waarin we onze vrijheid vierden door te zwemmen in Lough Saor. En in augustus, toen ik hem zijn spullen zag pakken en hij me tersluiks aankeek, alsof hij zich afvroeg of ik nog iets ging zeggen.

Op een zaterdagmiddag trof Harry me alleen aan in de rouwkamer, waar ik me schuilhield. Er was geen overledene, ik zat gewoon in mijn eentje na te denken over hoe het nu verder moest.

‘Gaat het, Jeanie?’ vroeg ze toen ze bij me kwam zitten.

‘Ja hoor.’ Ik probeerde geruststellend te glimlachen. ‘Heb je iets voor me te doen?’

Toen ik aanstalten maakte om op te staan, hield ze me tegen. ‘Nee, ik maakte me gewoon zorgen om je. Wil je erover praten, of…’

Ik vroeg me af waarom ik niet eerder aan haar had gedacht, aan deze vrouw die ik onvoorwaardelijk vertrouwde. ‘Het gaat om

Fionn,' gaf ik toe, blij dat ik mijn last met iemand kon delen. 'Hij heeft gevraagd of ik met hem meega naar Londen.'

'O.' Ze zette grote ogen op. 'En... Wat heb je gezegd?'

'Niks.' In mijn voorhoofd verschenen denkrimpels. 'Ik houd van hem, echt waar, maar ik ben bang.'

'Och, meisje toch.' Ze wreef over mijn arm. 'Weten je ouders hiervan?'

'Nee! Vertel het alsjeblieft niet door.'

'Oké. Het is al goed.' Ze wuifde mijn zorgen weg, in een poging me gerust te stellen. 'Toevallig was ik op jouw leeftijd ook van plan om naar Londen te gaan.'

'Echt?' vroeg ik, stomverbaasd over het feit dat zij misschien hetzelfde had meegemaakt.

'Het is er nooit van gekomen.' Haar gezicht betrok en ze wendde haar hoofd af.

'Waarom niet?'

'Door deze plek.' Haar blik gleed langs de wanden van de rouwkamer, alsof die jaren geleden hun versteende handen hadden uitgestoken en haar hier hadden gehouden. 'Ik stond in tweestrijd. Ik verwachtte steeds maar dat ik op een dag wakker zou worden en het zeker zou weten: Londen of hier, hier of Londen. Dat het opeens zo klaar als een klontje zou zijn.'

'Dat heb ik nou ook.' Ik leefde helemaal op, kon niet geloven dat ik iemand gevonden had die het begreep. Daarna nam mijn humeur weer een duikvlucht, omdat ik eraan dacht dat de tijd drong. 'Maar ik zal hem binnenkort toch iets moeten vertellen.'

'Och, liefje.' Toen ze de tranen in mijn ogen zag, sloeg ze haar armen om me heen. 'Je vindt heus je weg nog wel. Er zal iets gebeuren waardoor je in de juiste richting wordt gewezen, dat beloof ik.'

'Ging het bij jou ook zo?' Ik maakte me los uit haar omhelzing om haar aan te kunnen kijken.

'Nou, ja, ik denk van wel. Hoe langer ik zo in de war bleef, hoe duidelijker het me werd dat het niet de bedoeling was dat ik ging, omdat ik het anders wel geweten had. Dat hield ik mezelf tenminste voor. Dus ben ik gebleven. En daar ben ik blij om. Het is hier zo slecht nog niet.' Ze knipperde langzaam met haar ogen, alsof ze nog veel meer te zeggen had, maar ervoor koos dat niet te doen. Daarna pakte ze mijn hand beet. 'We zouden je wel missen als je wegging.'

'Dat weet ik,' fluisterde ik, terwijl ik in die verdrietige, bezorgde ogen keek, waar een voor mij onbekende geschiedenis achter in schuilging.

Kwam het door het schuldgevoel dat ze in me zag, dat ze zo snel opstond en van zich afzette wat haar dwarszat?

'Let maar niet op mij,' zei ze. 'Wat jij nodig hebt, is een lijstje met voors en tegens. Ik ben hier klaar voor vandaag, dus zullen we naar Kate's Kitchen gaan, de grootste calorieënbom van de menukaart bestellen en een lijstje maken?'

'Oké.' Ik glimlachte, opgelucht en aangemoedigd door haar vriendelijkheid.

Die lijst maakte me niets duidelijk wat ik niet al wist. Maar hoewel het antwoord waarnaar ik op zoek was nog net zo ongrijpbaar leek als eerst, deed het er niet zoveel meer toe nu ik me niet meer zo alleen voelde.

Uiteindelijk was het Mikey die onbedoeld uitkomst bood. Een jaar daarvoor, toen hij negentien was, had Arthur een baantje voor hem geregeld. Tot ieders blijdschap en Mikeys grote vrezen had Arthur een goed woordje voor hem gedaan bij Brian Fitzgerald, de eigenaar van Fitzer's Pub. Hij had hem ervan overtuigd dat hij een parttime barman nodig had die het beste overdag kon werken. Mikey bleek het er reuze naar zijn zin te hebben, met name als hij bestellingen moest rondbrengen of een fust moest vervangen. Hij genoot ervan om de kelder schoon en netjes te houden. Een jaar lang hing er een gevoel van trots om hem heen, dat vooral zichtbaar was in zijn manier van lopen. Op de vijf dagen in de week dat hij naar de pub liep, kwam elke voetstap trefzeker neer op het trottoir. Hij had zijn plekje veroverd in de wereld, iets wat hij nooit voor mogelijk had gehouden.

Een jaar later, aan het eind van augustus, stortte alles in. Er was al meer dan eens geld verdwenen uit de kassa en hoewel Arthur volhield dat Mikey daar net zomin achter kon zitten als Brian zelf, werd Mikey ontslagen. Het zorgde voor veel onrust bij ons thuis, voor zwijgzame maaltijden, afzondering in het tuinhuisje en eindeloze bezoekjes van Arthur. Niets kon de wond die bij mijn broer was geslagen minder diep maken. Niet paps zachte schouderklopjes, niet mams uitroepen over onrecht en wraak, niet Arthurs minder drastische belofte om Brian tot inkeer te brengen. Ik was de enige die Mikey toeliet, die avond aan avond bij hem mocht zitten om eindeloos naar oorlogsdocumentaires te kijken. Eigenlijk had ik alleen oog voor hem en sloeg mijn hart telkens over wanneer ik zag hoe verdrietig hij was om het verloren doel in zijn leven. Eén keer greep hij zelfs mijn mouw vast, net als toen we nog klein waren. Het kostte me moeite mijn tranen te bedwingen. Ik kon hem niet alleen laten. Zelfs al had mijn gave me op dat moment in de steek gelaten en had mijn vader erop gestaan dat ik mijn spullen pakte en naar Londen ging, dan nog had ik het niet gekund.

Uiteindelijk hield Fionn op het te vragen. Peanut probeerde me niet meer over te halen, niemand vroeg me nog uit Kilcross weg te gaan. Maar toch, in de verste uithoek van mijn ziel vroeg ik me af of ik iets heel moois aan me voorbij liet gaan.

Aan het begin van september trok ik mijn capuchontrui strak om me heen toen Fionn achter in de auto van zijn ouders stapte om voorgoed weg te rijden. Ik had tegen hem gezegd dat ik uiteindelijk wel zou komen. Maar niet op dat moment, niet zolang Mikey behoefte had aan stabiliteit. Een halfjaar, een jaar, hooguit. Trouwens, zijn ouders en hij hadden de ruimte nodig om te wennen aan hun nieuwe leven in Kennington, had ik troostend gezegd. Ze konden het niet gebruiken om zich ook nog om mij te moeten bekommeren. En hij zou toch nog wel op bezoek komen? Ze hadden besloten hun huis in Kilcross voor korte periodes te verhuren, dus ze zouden heus nog weleens naar huis komen. Bovendien zou ik ook bij hem op bezoek gaan.

Dat deed ik ook. Heel vaak.

Tijdens mijn eerste bezoek liepen we voor mijn gevoel langs de hele lengte van de Theems, langs de South Bank, langs Shakespeare's Globe. Ik maakte me niet druk om de blaar op mijn linkervoet toen ik zijn hand vasthield en hij lachend bleef staan om me midden op het wandelpad te kunnen zoenen, waardoor de andere wandelaars met een boogje om ons heen moesten lopen. En dan was er nog dat bezoek kort daarna, toen we de liefde bedreven op het tapijt in de woonkamer van hun woning in Kennington, zodra zijn ouders de deur uit waren. Drie maanden later nam hij me mee naar een tentoonstelling op zijn universiteit waar hij bij moest helpen. Ik ging op een brok steen zitten waarvan ik aannam dat het een stoel was maar die bij de tentoonstelling bleek te horen, hij liep ongeveer elke vijf minuten langs en knipoogde dan naar me. Twee uur lang stond ik in mijn eentje tegen een muur geleund, nippend van een glas lauwe witte wijn, tot hij me mee naar huis nam en daar met al zijn kleren nog aan op zijn bed in slaap viel. Een maand later gingen we uit met zijn nieuwe vrienden, Marko, Ellie en Tyrone, en zetten ze het op een zuipen. Ik glipte naar buiten, zodat hij met hen over mensen kon praten die ik niet kende. Daar belde ik Peanut, die inmiddels op de campus in Dublin en daar met veel plezier studeerde.

'Houden jullie nog steeds van elkaar?' vroeg ze. Het geluid van stemmen op de achtergrond vervaagde toen er een deur dichtviel.

'Natuurlijk.'

'Waarom bel je me dan tegen een waanzinnig duur tarief, op zaterdagavond om elf uur?'

'Omdat ik je mis?'

'Ja hoor, je hebt me vorig weekend nog gezien toen ik thuis was. Waar ben je?'

'Bij een pub, The Dog and… nog wat, samen met zijn vrienden van de universiteit.'

'Duck. Hij heet vast The Dog and Duck. Klinkt heel Engels.'

'Hij is zo gelukkig, Pea.'

'Dat is toch juist mooi?'

'Maar hij is híér gelukkig, in deze wereld, zonder mij.'

'Hoe zijn zijn vrienden?'

'Heel aardig.'

'Mááár?'

'O, dit klinkt vast stom, maar hij heeft de hele avond mijn hand nog niet vastgehouden. Hij zoekt altijd wel op een gegeven moment mijn hand onder de tafel, maar vanavond niet.' Ik voelde me schuldig. Het was niet eerlijk om te denken dat zijn vrienden mijn plekje in zijn hart hadden ingenomen. Toch wilde ik het aan iemand toegeven, het loslaten, en misschien van haar horen dat ik me niet zo moest aanstellen.

'Is dit niet gewoon de volgende fase in jullie relatie? Dat wil nog niet zeggen dat hij niet meer van je houdt.'

'Dat weet ik wel. Het voelt alleen alsof zijn leven niet meer om mij draait, maar om deze plek.' Dat gevoel knaagde al een paar weken aan me. Ik wist dat het onvermijdelijk was dat hij werd afgeleid, ook al was het maar tijdelijk, omdat hij hier moest wennen.

'Hij moet daar een leven opbouwen, Jeanie. Dat gaat niet vanzelf. Trouwens, liefde blijft niet altijd zo obsessief. Die beweegt en verandert, maar dat hoeft niet slecht te zijn.'

'Je klinkt echt als een vrouw van de wereld, Pea.'

'Ach, dat is niet zo moeilijk, als je een relatie hebt met een narcist.'

'Hoe gaat het met Rob?'

'Nog net zo met zichzelf bezig als altijd, maar ik kan hem toch niet weerstaan.'

Rob was een eikel uit Kildare die zichzelf een bekakt Dublins accent had aangemeten. Pea wist dat hij een sukkel was, maar toch lukte het haar maar niet om hem aan de kant te zetten. Daar hadden we het al vaak over gehad. 'Jeanie, je wist van tevoren dat het niet makkelijk zou worden om zo ver bij elkaar vandaan te wonen. Je kunt niet verwachten dat jullie telkens als jullie elkaar zien meteen helemaal op elkaar afgestemd zijn. Dat is te veelgevraagd van hem, maar ook van jezelf.'

'Dat weet ik, maar ik had niet verwacht dat het zó moeilijk zou zijn.'

'O, Jeanie, kon ik je maar even een knuffel geven. Het komt wel goed. Probeer er niet te veel over te piekeren. Ga terug naar binnen, bestel een cocktail of zo, en pak zíjn hand beet. Wacht niet tot hij het initiatief neemt. Hij is een goeie jongen. Probeer je gewoon te ontspannen en erin mee te gaan. Oké?'

'Oké. Je hebt gelijk.'

'Goed zo. En kom volgend weekend eens naar Dublin, als de doden je kunnen missen.'

'Doe ik. De groeten aan Rob.'

'Ik ga hem echt niet de groeten van je doen, anders denkt hij nog dat je verliefd op hem bent. Hup, plezier maken, jij.'

Tot mijn grote vreugde keek Fionn opgelucht toen ik weer binnenkwam, alsof ik urenlang weg was geweest. Hij pakte meteen mijn hand en gaf me een zoen op mijn wang. Toch wist ik dat dit heen en weer reizen, dit steeds maar onderbreken van de levens die we hadden gekozen, er niet makkelijker op zou worden. Op een gegeven moment zouden er concessies gedaan moeten worden.

Alsof hij mijn gedachten had gelezen belde hij een week later om te zeggen dat hij drie weken daarna niet naar huis zou komen, hoewel we dat afgesproken hadden. Hij had nagedacht en vond het voor ons allebei niet eerlijk als we ons in allerlei bochten moesten wringen. Misschien konden we het er beter bij laten zitten, zei hij. We moesten onszelf de rust gunnen om ons leven op zijn beloop te laten. Tenzij ik natuurlijk van gedachten was veranderd en had besloten te verhuizen.

'Nee, dat dacht ik al,' reageerde hij op mijn stille paniek, die weer in volle hevigheid toesloeg. 'Wat denk je ervan? Zullen we het gewoon even zo laten?'

'Dat is goed.' Ik was allang blij dat hij niet voor me stond, zodat hij niet kon zien hoe kapot ik ervan was. 'Ik begrijp het.'

'Dus dat was het dan?' vroeg hij, een stuk minder zeker van zijn zaak nu het telefoongesprek op zijn eind liep.

'Ik denk het?' antwoordde ik met een wedervraag.

Mijn familie liet de weken van stilte en tranen die daarop volgden over zich heen komen. Pap praatte in zijn eentje met de doden in plaats van de last met mij te delen, Harry gaf me elke keer een knuffel als ik binnenkwam om in kleermakerszit op de kledingstoel te gaan zitten. Mijn moeder gaf Ruth zelfs een paar uur vrij om mijn haar te doen. Mikey klopte op mijn slaapkamerdeur. Dat kwam zo zelden voor dat ik hem binnenliet, waarna hij zonder iets te zeggen naast me kwam zitten en in een van zijn nieuwste tijdschriften ging zitten lezen.

En dan was Niall er nog. Ondanks de kloof die er tussen ons was ontstaan, zette hij regelmatig een kop thee voor me als ik in pyjama aan de keukentafel zat. Hij vulde de verschrikkelijke poel van mijn verdriet op met verhalen die hij op een cursus in Dublin had gehoord van de andere balsemers in opleiding. Zoals het mysterie van de fles whisky die elk jaar op het graf van een man verscheen op zijn verjaardag. Zijn vrouw snapte er niets van, maar nam de whisky toch mee naar huis om die met kerst in de cake te verwerken. Of de vijftig brieven in de vestzakken van de vrouw die haar tweelingzus na haar dood elke week was blijven schrijven. En de baby die zo klein was dat ze speciaal een kistje hadden moeten laten maken, dat van de moeder per se geel had moeten zijn.

Allemaal ondergingen ze elke kreun, elke traan, elke boze blik. Tot er op een vrijdagavond, een maand na het telefoontje van Fionn, op de voordeur werd geklopt. Daarna klonken er haastige voetstappen op de trap, klopte Harry op mijn slaapkamerdeur en zei ze dat ik me moest aankleden. Eenmaal beneden zag ik Fionn in de hal staan, nerveus ijsberend tot ik verward voor hem ging staan. Hij nam mijn gezicht tussen zijn handen en zoende me zo hartstochtelijk dat Harry zich in de keuken terugtrok, met de deur dicht. Zonder iets te zeggen pakte hij mijn hand en hield een taxi aan om me mee te nemen naar zijn huis. Het huis dat Al en Jess nooit hadden verkocht en ook nooit zouden verkopen. Daar liet hij zijn vrijwel lege rugzak op de grond vallen en voerde me mee naar zijn kamer, waar we de liefde bedreven.

'Ik weet niet wat me bezielde,' zei hij toen we na afloop lagen uit te hijgen. 'Het leek gewoon zo zinloos om ermee door te gaan. Ik zag het zo somber in dat ik dacht dat er niets anders op zat dan ermee stoppen. Maar we kunnen er iets van maken, toch, Jeanie?'

'Ja.' Ik hield die kristalheldere blik vast, wilde geloven in deze versie van onze toekomst.

We bleven de rest van de nacht en de volgende dag in elkaars armen liggen, zonder toe te geven dat we onszelf natuurlijk maar wat wijsmaakten, dat het al te moeilijk was gebleken om te proberen er iets van te maken. In werkelijkheid gebruikten we die kostbare uren om afscheid van elkaar te nemen, om onszelf te bevrijden zodat we verder konden met ons leven, zonder de last van onze liefde.

Toch gingen we als echte verslaafden nog regelmatig de fout in. De vier jaar daarna belandden we meermaals in elkaars armen, wie er ook bij ons was wanneer de ander belde. Het maakte hem niet uit, en mij ook niet, dat hij iets met Sophie had, of was Amber tegen die tijd al in het spel? Misschien ging het er vooral om dat we over de macht beschikten om elkaar te kunnen krijgen, ongeacht met wie we op dat moment samen waren. We speelden een spelletje met elkaar. Ik probeerde hem af te troeven door een relatie met iemand aan te gaan, en andersom. Zelf had ik Aaron, Alex en Paul gehad, die ik in al dan niet beschonken toestand had leren kennen, leuk had gevonden en soms zelfs nog een keer had gezien.

Onze verslaving duurde voort tot ik op mijn tweeëntwintigste verjaardag naar Londen ging om hem te verrassen. Ik kwam de hoek van Methley Street om met een fles taxfree champagne in mijn tas en bleef abrupt staan toen ik hem op de drempel van zijn huis een vrouw zag zoenen. Ze was beeldschoon. Zwart, sierlijk en in één woord betoverend. Ik zag dat hij haar tegenhield toen ze aanstalten maakte om weg te gaan. Hij legde zijn hand in haar nek en trok haar naar zich toe met dat verlangen dat ik zo goed kende en dat me deed denken aan onze eerste zoen. Zo bleven ze in de deuropening staan, verloren in elkaar, tot ze toegaf en weer naar binnen liep. De deur viel achter hen dicht. Mijn maag kwam in opstand, mijn hart maakte een duikvlucht om zich te verschuilen voor de pijn bij de aanblik van wat ik meteen herkende als liefde.

Ik ging er als een haas vandoor.

Luidruchtig snikkend, zonder me erom te bekommeren wat anderen van me vonden. Tot ik me tegen de muur van het metrostation omlaag liet zakken, met hangende schouders, met mijn troebele ogen gericht op de oude pisvlekken en platgetrapte kauwgom. Ik keek op naar die drukke stad met zijn rode bussen, torenflats, geschreeuw, getoeter en muziek en was voor het eerst blij dat ik er nooit naartoe was verhuisd. Alles wat ik wilde was thuis: Kilcross en de overledenen, meer had ik niet nodig.

Eindelijk was ik er klaar mee, dacht ik. Tussen Fionn Cassin en mij was het definitief voorbij.

# Hoofdstuk 16

Na Tiny's bekentenis over Arthur vluchtte ik bij het huis vandaan en liet de wind langs me heen gaan, in de hoop zo van die bonkende hoofdpijn af te komen. Ter hoogte van de SuperValu, waar de mensen na hun werk nog snel een boodschap gingen doen, hield ik mijn hoofd gebogen en probeerde niemand aan te kijken. Ik passeerde pubs waar muziek werd gedraaid, winkels die allang dicht waren, scholen die er donker bij lagen. Ik ijsbeerde over bruggen over de gracht. Liep door het rode licht. Slingerde om auto's heen die op het trottoir geparkeerd stonden, om mensen die in de weg liepen en om fietsen die op slot waren gezet tegen lantaarnpalen. Tot ik alles voorbij was en in mijn eentje verder liep.

Het bracht me geen rust, alleen maar flitsen van alle dingen die ik niet op een rijtje kreeg, waar ik geen oplossing voor had, die mijn hersenen in en uit raasden als slecht geregisseerde acteurs. Hoe sneller ik liep, hoe sneller de flitsen kwamen. Tot ik aankwam bij de lage muur van het monument dat drie jaar eerder was opgericht ter nagedachtenis aan de Paasopstand van 1916. Buiten adem bleef ik staan, met mijn blik gericht op de namen op het blok graniet: Dan O'Loughlin, Patsy O'Loughlin, Cáit McNamara, Eamonn Kelly... In totaal twaalf mensen die naar Dublin waren opgerukt om zich bij de gewapende opstand aan te sluiten en daarbij het leven hadden gelaten. Wie had er tegen hen gepraat toen ze stervend op straat hadden gelegen, of achter de barricades bij het postkantoor? Wie had te horen gekregen wat ze nog tegen hun dierbaren wilden zeggen? Zij hadden niemand gehad, maar toch had de wereld gewoon doorgedraaid. Ze hadden geleefd en waren gestorven. Dat ze geen Jeanie Masterson aan hun zijde hadden gehad om hun laatste fluisteringen te horen maakte eigenlijk geen bal uit op de dag dat ze doodbloedden op O'Connell Street, of wel soms?

Ik keek op en zag de spreeuwen langs de avondlucht trekken, alsof ze door onzichtbare muren werden voortbewogen. Ik zou net als mijn ouders kunnen weglopen om het allemaal achter me te laten. Niall en ik zouden dat huis aan zee kunnen kopen, zoals hij wilde. We zouden een hond kunnen nemen en de doden kunnen vergeten. Misschien, ja, heel misschien zouden we zelfs over kinderen kunnen nadenken.

Ik belde Peanut.

Na twee keer overgaan nam ze al op. 'Ik zat net aan je te denken.'

'Stoor ik?'

'Nee. De kinderen liggen op bed. Anders ligt op de bank te slapen en ik zit naast hem en probeer erachter te komen hoe die jongen ook alweer heette die vroeger achter ons zat bij Engels. Met dat rossige haar.'

Na haar studie was Peanut naar Londen verhuisd om te gaan werken in de dierenartsenpraktijk van een knappe, rijke Noor die Anders heette. Het was liefde op het eerste gezicht en Rob de Narcist werd eindelijk verbannen naar dat stukje van de hersenen waar je gênante herinneringen wegstopt. Niet lang daarna, op haar vijfentwintigste, was ze erachter gekomen dat ze in verwachting was van een tweeling, Oskar en Elsa, en waren ze naar Oslo verhuisd om de kinderen daar groot te brengen.

'Liam Conway?'

'Ja, die bedoel ik. Weet jij of hij skiet?'

'Dat weet ik niet, maar ik kan het hem wel vragen als ik hem weer eens bij Casey's zie zitten, met zijn bierbuik op de bar, terwijl hij zijn zevende pint achteroverslaat.'

'O, dus hij woont nog daar. Vanmorgen was Anders aan het skiën en ik zweer dat ik iemand zag die sprakend op hem leek.'

'Sprekend.'

'Wat?'

'Het is sprekend, niet sprakend.'

'O. Jammer dat hij het niet was. Het was best leuk om hier eens een bekende tegen te komen, of om me in te beelden dat hij een bekende van me was.'

'Liam was een lul, Pea. Weet je niet meer dat hij altijd onze boeken uit onze handen sloeg als we voorbijliepen?'

'O ja, dat is waar ook. Best gek, hoe selectief het geheugen soms is. En, heb je nog nieuws?'

'Niks, hoor. Alleen stort mijn wereld in. Mijn ouders gaan weg. Niall wil niet alleen kinderen, maar ook nog een hond. En ik weet niet meer waarom ik dit werk eigenlijk doe. Er komt alleen maar ellende van.'

De paar minuten daarna praatte ik haar bij, terwijl Anders naast haar zo luidruchtig bleef snurken dat ze naar hun slaapkamer moest verkassen om me te kunnen verstaan.

'Het is best leuk om een hond te hebben, Jeanie. Misschien helpt het wel.'

'Serieus? Is dat je oplossing? Dat ik een hond moet kopen?'

'Overweeg je echt er de brui aan te geven? Na al die tijd?'

'Soms is het gewoon heel moeilijk en vraag ik me af of het wel iets uitmaakt of ik nou naar de doden luister of niet. Doet het er nou echt toe of iemand er wel of niet achter komt dat zijn vader niet zijn echte vader was? Wat heb je nou aan die kennis?'

'Ik weet niet precies waarover je het hebt, maar ik denk wel dat iedereen het zou willen weten als zijn vader niet zijn echte vader was. Wacht even, volgens mij hoor ik Oskar. Die slaapt de laatste tijd niet zo goed, om de een of andere reden. Hij heeft telkens nachtmerries. Een momentje.'

Ik hoorde het geritsel van beweging, vervolgens absolute stilte en nog meer geritsel omdat ze weer aan de lijn kwam.

'Loos alarm. Maar Jeanie, ik heb je nog nooit zo horen praten.'

'Ik weet het. Het voelt gewoon alsof het allemaal op losse schroeven staat, Pea. Alsof ik de controle kwijt ben.'

'Nu maak je me ongerust. Je neemt ook veel te veel hooi op je vork. Ik bedoel, weet je nog met dat meisje? Hoe heette ze ook alweer? Annie, of...'

Ik hoefde niet herinnerd te worden aan Anna-Lisa McGarry, twaalf jaar oud, begraven in een veld op nog geen anderhalve kilometer van waar ik nu zat, op dat koude muurtje. Ze was altijd in mijn gedachten. Hoewel ik geen antwoord gaf, voelde ik meteen het bekende prikken in mijn ogen.

'O, shit,' zei Pea. 'Nu hoor ik Oskar echt. Ik moet ophangen. Sorry hoor.'

'Natuurlijk, ga maar. Geef hem een kus van me.'

'Het spijt me echt. Ik bel je nog, oké?'

'Oké.'

'Dag, lieverd.'

Ik legde mijn hand tegen mijn ogen om de tranen terug te dringen die altijd kwamen wanneer de herinnering aan Anna-Lisa me bekroop. Het waren er nooit veel, maar genoeg om me eraan te herinneren dat voor mensen zoals zij mijn aanwezigheid en wat ik deed wel degelijk belangrijk waren.

Mijn vader had een stelregel: als de politie of iemand anders een beroep op ons deed om vermiste personen op te sporen, moesten we beleefd weigeren. Daar waren we niet voor. Met overledenen omgaan was al zwaar genoeg wanneer ze voor onze neus lagen, laat staan wanneer we langs de gracht of door het bos moesten lopen in de hoop dat we hen zouden horen roepen. Trouwens, hij vond dat we de afgelopen jaren al genoeg aandacht hadden gekregen in de media. We hadden al vaak de krantenkoppen gehaald in een plaatselijk dagblad en zelfs een paar keer in een landelijke krant. Meestal met positief nieuws, dat moest gezegd worden. Maar toch had mijn vader liever dat mensen ons gewoon ons werk lieten doen en dat we anderen niet op hun wenken hoefden te bedienen.

Op een avond stond Keith Hanley echter bij ons voor de deur. Hij had op school een klas lager gezeten dan ik, en ik mocht hem wel. Voornamelijk omdat hij nooit op me afgaf, omdat hij me nooit Morticia noemde. Het viel op als iemand geen meeloper was. Dan dacht je: kijk, dat is een fatsoenlijk mens, iemand die wel een gunst verdient, mocht hij daar ooit om vragen.

Het was nu drie jaar geleden. Niall en ik waren een nachtje weggeweest omdat we een jaar getrouwd waren en ik zat nog steeds in die heerlijke roes die na een uitje soms nog even blijft hangen. We waren naar de westkust geweest, wat altijd Nialls eerste keus was, door die uitgestrekte landschappen, grote hoogtes en wilde natuur.

Op Kiltern Beach stond hij eindeloos naar de horizon te staren, minuten langer dan mijn geduld toestond. Een eind verderop draaide ik me naar hem om met de bedoeling om te roepen dat hij moest opschieten. In plaats daarvan glimlachte ik slechts, vol trots omdat deze standvastige, lange man met zijn kortgeknipte haar en amper aanwezige baard van mij was.

'Kom mee,' riep ik, nadat ik dat gevoel nog een tijdje had gekoesterd. 'Mijn aanbod van daarnet blijft niet geldig.'

Op dat moment rende hij achter me aan, sloeg zijn armen om mijn middel en zoende me hartstochtelijk. Daarna begon hij me zo ongenadig te kietelen dat ik letterlijk omviel. Hij trok me overeind en gaf me nog een laatste zoen, voor hij zijn hand in mijn kontzak liet glijden en we verder liepen.

Eenmaal thuis hoorde ik de deurbel. In die tijd was Niall het nog niet zo gewend om open te doen. Hij woonde pas een jaar bij ons en wilde niemand voor het hoofd stoten. Ik heb er nooit bij stilgestaan hoe moeilijk het voor hem moet zijn geweest om zich aan te passen, om in te trekken bij een gezin met allerlei ingesleten gewoontes. Ik weet niet hoelang het duurde voordat hij niet meer afwachtte tot iemand anders de deur opendeed. Misschien weet hij dat zelf niet eens. Maar ik durf te wedden dat hij zich die periode, waarin hij een soort buitenstaander was in zijn nieuwe leven, maar al te goed herinnert.

'Jeanie, jou moet ik hebben,' zei Keith toen ik opendeed.

Na school was hij bij de politie gegaan. Sindsdien had hij in Dublin gewerkt, maar ergens in het jaar daarvoor was hij overgeplaatst naar zijn geboorteplaats. In zijn uniform en met die eeuwige glimlach leek hij nog steeds een jochie van twaalf, ook al was hij al achtentwintig. 'Kan ik je even spreken?'

Ik ging hem voor naar de keuken, waar we aan tafel gingen zitten. Een kop thee hoefde hij niet en ook de verleiding van een Twix van Arthur wist hij te weerstaan.

'Moet je horen, ik weet dat ik hiermee mijn boekje te buiten ga en ik zou het nooit vragen als ik niet zo'n sterk vermoeden had.' Hij zweeg even en keek me aan, misschien omdat hij zich afvroeg of ik nu al zou protesteren. Toen ik dat niet deed, vervolgde hij: 'Er is een meisje vermist.'

'Keith –'

'Wacht, laat me even uitpraten. Niemand weet dat ik hier ben. Dit is geen officieel verzoek. Maar dat meisje is nog maar twaalf en heeft niemand die haar steunt, Jeanie. Je zou haar eens moeten zien. Vel over been. Ze gaat elke dag naar school omdat ze het daar heerlijk vindt. Maar door de jaren heen heeft ze vaak blauwe plekken en botbreuken gehad, dat soort dingen. En ik... Ik weet het niet, Jeanie. Ik houd die eikel al een jaar in de gaten en ik vrees dat hij haar iets heeft aangedaan.'

'Wie?'

'Haar vader. Een ouwe zuipschuit. Maar niet zo ver heen dat hij niet meer weet wat hij doet, als je begrijpt wat ik bedoel. Hij is slim. Weet precies wat hij moet zeggen, en tegen wie. Hoe dan ook, haar tante Kay, de zus van haar overleden moeder...' Met zijn blik zocht hij de mijne om te benadrukken hoe tragisch het allemaal was. 'Ze kwam naar het bureau om aangifte te doen van vermissing. Mijn collega's zijn nu bij de vader thuis om hem te verhoren.'

'Ik zou graag helpen, maar –'

'Het zit zo. Haar tante zegt dat dat meisje altijd wegloopt als haar vader weer eens een van zijn buien heeft. Dan kruipt ze door een gat in de schutting achter hun huis en verstopt zich in het weiland tot hij weer rustig is. Maar volgens haar tante is ze nu niet thuis en ook niet in het weiland. Ze is nu al een dag weg en haar vader heeft het nog niet gemeld. Hoe zou dat komen, denk je?'

Ik haalde mijn schouders op.

'Die lul weet waar ze is.' Met zijn wijsvinger priemde hij naar de keukentafel. Hij keek er even naar, met zijn mond trillend van frustratie. 'Het enige wat ik van je vraag is dat je een wandeling gaat maken in die omgeving. Samen met Niall. Zelf kan ik het niet, want ik heb nu geen dienst. En, nou ja, ik ben al een keer gewaarschuwd dat ik me hierbuiten moet houden.'

'O?'

'Het is me niet in de kouwe kleren gaan zitten. Ze hebben me van de zaak gehaald omdat ik "me er te veel mee bemoeide" en "te emotioneel betrokken was". Als je het mij vraagt, kun je je niet genoeg met een zaak bemoeien wanneer het om een kwetsbaar kind gaat, maar kennelijk zie ik dat verkeerd. Ik breng Niall en jou er wel naartoe en dan houd ik zelf afstand. Gewoon twee mensen die een wandelingetje gaan maken, dat kan toch best? Het is het laatste huis in de rij. Jullie kunnen er gewoon langs lopen, over het hek klimmen om het weiland in te gaan en dat uitkammen. Als ze nog leeft, dan horen jullie haar misschien allebei, maar als ze dood is... Nou ja, dan hoor jij haar.' Hij keek me hoopvol aan, met iets opgetrokken wenkbrauwen.

'Als de politie daar al is, zouden ze het dan niet een tikje verdacht vinden als die lui van de begrafenisonderneming ook toevallig in dat weiland rondlopen? Straks worden we nog opgepakt. Het zou niet de eerste keer zijn dat er sprake is van een misverstand tussen de politie en ons.'

'Toe nou, Jeanie. Ik zou dit liever niet van je vragen, maar het is net of ik weet dat ze daar is. En ik weet dat je overleden mensen maar korte tijd kunt horen, dus het moet nu gebeuren. Ze is al een dag weg. Alsjeblieft. Ik zweer je dat ik nooit meer zoiets van je zal vragen.'

Ik riep Niall en legde de situatie in de gang aan hem voor, voordat hij de keuken in liep om alles nog eens van Keith te horen. Ik bleef voor de deur van de huiskamer staan. Daarbinnen zaten mijn ouders naar hun dagelijkse portie soapseries te kijken. Ik vroeg me af of ik moest aankloppen om mijn vader in te lichten. Of hij voor deze ene keer zijn eigen regel zou willen overtreden en met me mee zou gaan om haar te zoeken. Maar ik deed het niet. In plaats daarvan liep ik naar Niall toe en keek hem aan, bereid om hem het voortouw te laten nemen.

'Als we daar aankomen en het wemelt van de politie, dan doen we het niet, oké?'

'Oké, Niall,' stemde Keith toe. 'Misschien zijn ze inmiddels alweer weg. Ik weet niet waarom die kerel hen zo in zijn macht heeft, maar zij zien niet wat ik zie.'

'Misschien willen ze het niet zien.' Niall gaf een kneepje in mijn hand en we vertrokken.

Keith had gelijk; de politie was al weg. Boven brandde er in één kamer licht, achter het dichtgetrokken rolgordijn, maar verder lag het huis er rustig bij. Keith bleef in zijn auto zitten, uit het zicht, terwijl Niall en ik over het hek klommen.

Zodra mijn voeten de aarde raakten, hoorde ik haar.

'Hallo,' riep ze, vanaf de andere kant van het weiland. 'Ik ben hier.'

Ik keek naar Niall, en toen ik besefte dat hij haar niet hoorde, wist ik dat we te laat waren.

Haar stem klonk zwak, maar ook vastberaden. Ik begreep wel waarom Keith zich haar lot zo aantrok. Dit was een meisje dat ondanks alles wist wat ze wilde. En op dit moment wilde ze gevonden worden.

'Loop in de richting van de top van Tullogh Hill, zo ver als je kunt.'

In de schemering liepen we de heuvel op, tussen de bomen door, tot we bij de bosrand aankwamen. Daarlangs liepen we verder naar een hoop aarde, pas omgespit, afgedekt met takken uit een greppel. Als de politie de moeite had genomen om het gebied uit te kammen, dan was deze plek niet zo moeilijk te vinden geweest. Maar het was niet aan ons om ons af te vragen waarom ze dat niet gedaan hadden. In plaats daarvan knielde ik naast haar, terwijl Niall terugliep om tegen Keith te zeggen dat zijn voorgevoel klopte.

'Ze komen eraan, Anna-Lisa. Er is hulp onderweg.'

'Niemand kan me nu nog helpen.' Hoewel ze haar best deed om haar stem in bedwang te houden, kon ik horen hoe kwetsbaar ze was. ‘Papa zegt dat hij soms zijn eigen kracht niet kent. Maar zoveel pijn als gisteravond had hij me nog nooit gedaan.’ Ze aarzelde even voordat ze doorzette. ‘Hij vond het maar niks dat die politieman telkens langskwam om te kijken of het goed met me ging. Ik zei dat ik daar niks aan kon doen, dat ik er niet om gevraagd had, maar hij geloofde me niet en bleef maar schoppen en slaan. Ik kon het voelen toen mijn hart ermee ophield.’ Op dat moment brak haar stem onder het gewicht van haar eigen verdriet.

Ik begon in de aarde te wroeten. De grond drong onder mijn vingernagels toen ik probeerde bij haar te komen, om haar te laten weten dat ze niet alleen was. Maar ze was te diep begraven.

‘Ik… Ik wist dat het deze keer foute boel was,’ vervolgde ze huilend. ‘Ik probeerde het nog tegen hem te zeggen… dat het deze keer niet zou genezen, zoals die andere keren. Maar hij kon me al niet meer horen… niet zoals jij.’

‘Waarom heeft hij je pijn gedaan, Anna-Lisa?’ vroeg ik, buiten adem door mijn poging om bij haar te komen.

‘Hij zei dat de pijn daardoor weg zou gaan.’

Ik liet mijn hoofd op de grond zakken, met mijn ogen dicht. ‘Welke pijn?’ fluisterde ik. Ik probeerde haar niet te laten horen dat ik huilde en keek naar mijn handen, die de aarde streelden alsof ze haar handen aanraakten.

‘De pijn van het verlies van mama. Vier jaar, vier maanden en vier dagen geleden. Hij vond het niet prettig dat ik hem eraan herinnerde hoelang het geleden was. Ik wist dat hij daar nog gemener door ging doen. Maar toch zei ik het. Alsof ik echt zo’n kreng was als hij altijd zei.’

Achter me hoorde ik Niall en Keith over de compacte zomergrond aan komen rennen. Ze hijgden van inspanning.

‘Opstaan,’ riep Keith. ‘Sta op, Jeanie. Je verstoort de plaats delict. Ga daar weg.’

'Maar we zijn aan het praten.' Ik keek hem aan, niet bereid om nu al weer afstand van haar te nemen.

'Kom op, Jeanie.' Zijn hand lag al op mijn arm en hij trok me omhoog. 'Heeft hij het gedaan? Heeft ze gezegd dat hij het gedaan heeft?' De Keith die ik kende van zijn gemoedelijke glimlach en zorgzame aard kneep nu zo hard in mijn arm dat ik mijn hand naar hem ophief. Niet zozeer om hem weg te slaan, maar uit ongeloof omdat hij het in zich had om iemand pijn te doen. Hij keek me aan, me met zijn blik smekend om zijn vermoedens te bevestigen.

'Ja,' zei ik.

Hij drukte de buitenkant van zijn polsen tegen zijn ogen en zei: 'Fuck, fuck, fuck.'

Niall trok me tegen zich aan. Samen keken we naar Keith, tot die zichzelf bij elkaar raapte, zijn mobieltje pakte en zich omdraaide om de vondst te melden.

'Anna-Lisa?' Ik deed weer een stap in haar richting, maar bleef op gepaste afstand. 'Keith is er. De politieman die heeft geprobeerd je te helpen. We gaan je hier zo snel mogelijk weghalen. Daarna ga ik een tijdje voor je zorgen, bij mij thuis.' Ik kon het niet over mijn hart verkrijgen om 'bij de begrafenisonderneming' te zeggen. Niet dat ze niet wist dat ze dood was, maar dat woord leek me te cru voor iemand die nog zo jong was. 'Het spijt me. Ik vind het heel erg, wat er met je gebeurd is.'

Ze reageerde niet.

Even zocht ik naar woorden. Ik vond het moeilijk om te bepalen wat ik nu moest zeggen. 'Kan ik je nog ergens mee helpen, Anna-Lisa? Wil je dat ik iets tegen iemand zeg, wil je dat ik iets doe?'

'Zou je mijn pen kunnen halen?'

Die onverwacht onschuldige woorden waren zo ontwapenend dat ik Keiths waarschuwing vergat en me weer op mijn knieën liet zakken om alles wat ze zei op te vangen.

'Tante Kay had nieuwe pennen voor me gekocht. Een daarvan is paars en ik heb hem nooit kunnen gebruiken. Misschien kan dat wel waar ik nu heen ga.'

'Natuurlijk, Anna-Lisa, natuurlijk. Ik zal aan Keith vragen of hij ze zoekt.'

'En...'

Ik wachtte af, overal toe bereid voor dit meisje.

'...zou je kunnen vragen of papa nu ook dood is?'

'Hoe bedoel je?'

'Hij zei dat hij altijd al had geweten dat ik hem nog eens daartoe zou drijven.'

'O.' Ik wist niet goed wat ze bedoelde, tot het tot me doordrong. 'O jee.' Ik stond op en rende naar Keith toe. 'Misschien moet je een kijkje gaan nemen bij haar thuis.'

Op de achtergrond kondigden sirenes de komst van de politie aan. Het blauwe licht zwaaide als een plumeau over de daken van de huizen, tot ze bij ons aankwamen en Keith naar hen toe rende. Eerst wees hij naar ons, vervolgens naar het verlichte bovenraam van het huis.

'Keith gaat bij je vader kijken, Anna-Lisa. Maak je maar geen zorgen.' Het klonk me belachelijk in de oren. Ik wist niet hoe ze tegenover de man stond die haar zoveel geweld had aangedaan, maar het was eruit voordat ik erover had kunnen nadenken.

'Oké.' Haar stem klonk nu zwakker, er vielen gaten in wat eerst zo stevig was geweest.

Twee politieagenten kwamen op ons afgerend, schreeuwend en gebarend dat we daar weg moesten gaan.

'Ik moet gaan, Anna-Lisa. Het spijt me, ik zou willen dat ik langer bij je had kunnen blijven. Maar ik zie je later weer.'

Er kwam geen reactie toen Niall me wegtrok voordat de agenten bij ons aankwamen.

Ik heb haar stem nooit meer gehoord, ook niet toen haar gekneusde en gebroken lichaam dagen later op onze balsemtafel lag. Ik had nog nooit zo hard om iemand gehuild.

Nadat de autopsie was afgerond en al het bewijsmateriaal was vergaard, werd Anna-Lisa bij haar moeder begraven. De begrafenis moest wel even wachten, tot de politie haar etui had vrijgegeven. Toen Keith die kwam brengen, keek hij toe terwijl ik hem onder haar koude handen schoof, zodat ze er makkelijk bij kon. Niall had weer een wonder verricht. Hoewel ze er niet exact zo uitzag als het glimlachende meisje op de foto die haar tante Kay hem had gegeven, leek ze wel rust gevonden te hebben. Er was geen spoortje van pijn, verdriet of letsel te bekennen. Dat had hij allemaal weten te verbloemen.

Alleen Keith, Kay, Niall en ik waren aanwezig bij de besloten gebedsceremonie met pastoor Dempsey, voordat de kist werd gesloten en Anna-Lisa door ons vieren werd weggedragen langs de erehaag van haar klasgenoten tot aan de deuren van Saint Xavier. De tocht ging verder naar de overvolle kerk, waar de kinderen zongen en de leerkrachten huilden om het meisje dat ze niet hadden kunnen redden.

Daarna vroeg Keith weer overplaatsing aan. Naar de stad Cork, als ik me niet vergis. Zoals beloofd heeft hij me nooit meer om hulp gevraagd.

# Hoofdstuk 17

De ochtend nadat ik het aan mijn vader had overgelaten om met Arthur te gaan praten schrok ik wakker en keek om me heen in de donkere slaapkamer. Ik was me ervan bewust dat ik onrustig had geslapen en alleen was. Nialls kussen leek onbeslapen, terwijl hij daar toch echt had gelegen toen ik de vorige avond naar bed was gegaan. Het was veel te laat geweest om nog te praten – tot mijn opluchting, want ik wist niet hoeveel ik aan het gesprek zou kunnen bijdragen. Kennelijk was hij in de kleine uurtjes opgestaan. Misschien had hij door mijn gewoel niet meer kunnen slapen.

Hij was ook niet in de keuken toen ik beneden kwam, maar ik zag de deur van Mikeys tuinhuisje openstaan. Volgens de klok was het halfzeven. Hoelang zou Mikey al op zijn? Had hij die nacht liggen piekeren over hoe hij het moest aanpakken om zijn nieuwe kastruimte te vullen?

Ik tikte op het keukenraam tot hij zijn hoofd naar buiten stak. Daarna hield ik een mok omhoog en wees ernaar, maar hij schudde zijn hoofd en verdween weer. Door de vorige dag voelde ik me duf en overspannen. Ik ging aan de keukentafel zitten en vroeg me af of ik niet beter terug naar bed kon gaan. In plaats daarvan besloot ik toch koffie te zetten voor Mikey.

Even later stond ik met mijn offergave in de deuropening en

drong het niet alleen tot me door dat er binnen amper plek was voor ons tweeën omdat alle oppervlakken, zelfs de vloer, bezaaid waren met tijdschriften. Niall was er ook niet, al had ik dat inmiddels wel aangenomen. 'Goh, je bent flink bezig, Mikey.'

'Ja, ik heb besloten twee vliegen in één klap te slaan: uitbreiden en reorganiseren. In plaats van in periodes denk ik nu in regio's. Op die manier kan ik makkelijk bepaalde delen van de wereld meenemen als we verhuizen. Alleen wordt het nogal ingewikkeld wanneer het om veroveringen gaat. Kijk ik dan naar het gebied dat veroverd is, of naar het land van het bezettende leger?'

'Hoelang ben je al wakker?'

'Hoe laat is het nu?'

'Halfzeven.'

''s Ochtends?'

Ik knikte en hield mijn hart vast voor wat hij ging zeggen.

'Dan ben ik nu dertien uur bezig.'

'Mikey!'

'Ik raak steeds in de war. Halverwege bedacht ik dat het toch geen goed idee was, dus ging ik alles weer ordenen zoals het was, op datum. Daar ben ik begonnen.' Hij wees naar de lange rij tijdschriften op de vloer achter zijn bank, die overhelden als gevallen dominostenen. 'Maar nu vind ik al die stapels weer verwarrend. Het is te veel en ik vergeet steeds bij welk jaar ik gebleven ben.'

'Kan ik helpen? Als ik nou bijhoud bij welk jaar we zijn, dan kun jij in de stapels van de verschillende regio's zoeken naar de bijbehorende tijdschriften en kan ik ze op chronologische volgorde leggen. Misschien kunnen we eerst tien jaar doen en kun je daarna kijken of ik het goed heb gedaan. Wat vind je daarvan?'

Ik was me ervan bewust dat dit het probleem opwierp dat andere mensen zijn tijdschriften zouden moeten aanraken. Kennelijk gingen anderen, of liever gezegd wij, er te ruw mee om. Daarom liet hij ze alleen rondslingeren als hij er was om ze te beschermen. Op andere momenten waren ze opgeborgen op planken, zo ver mogelijk bij de amateurs vandaan. 'Ik zal heel voorzichtig zijn.'

'Geen vingerafdrukken.'

'Niet één,' reageerde ik, al wist ik niet hoe ik dat voor elkaar moest krijgen. 'Ik stel voor dat je eerst je koffie opdrinkt en misschien iets eet. Op een lege maag gaat dit ons niet lukken. Althans, mij niet. Kom, dan gaan we naar binnen.'

Ik ging hem voor en keek over mijn schouder om te zien of hij wel meekwam, voor het geval dat hij opeens van gedachten veranderde, zoals wel vaker gebeurde. Aan de keukentafel aten we ieder een kom Crunchy Nut-cornflakes. Als kind mochten we alleen op zondag zoetigheid eten. Alle andere dagen van de week stond mam erop dat we gewone cornflakes of pap aten. Die pap maakte zij klaar, dus dat had helaas een hoop gezucht, gesteun en klonten tot gevolg.

'Mikey,' begon ik, 'heb jij Arthur nog gezien voordat hij hier gisteren wegging?'

'Arthur?' Er drupte wat melk langs zijn kin, die zich in het kuiltje ophoopte. Het liefst had ik de melk weggeveegd, zoals mijn moeder al wel duizend keer had gedaan en ik als jong meisje nadeed, omdat ik leerde voor mijn oudere broer te zorgen.

'Ik vroeg me gewoon af of het goed met hem ging. Was hij misschien van streek?'

'Hoezo?' Mikey kreeg door dat hij geknoeid had en stond op om een stuk keukenpapier te pakken en zijn kin te deppen, in plaats van de rug van zijn hand te gebruiken.

'O, zomaar. Pap moest hem nog iets vertellen.'

'Ging het erover dat hij komt logeren nadat we verhuisd zijn?' Hij ging weer aan de ontbijttafel zitten. 'Hij heeft gezegd dat hij één keer per maand op bezoek komt, dat Teresa en hij heel graag in Baltimore komen. Hij zei dat ze dan in de tuin gaan kamperen.'

'Neem dat maar met een korreltje zout. In het huis is er ruimte zat. En ik vind Teresa niet echt een type dat graag kampeert.' Ik lachte.

'Hij zei dat ze op vrijdag na zijn ronde zouden vertrekken en ruim op tijd zouden aankomen om een pint te drinken bij Cotters. En natuurlijk komen wij ook geregeld terug. Dus ik denk niet dat ik hem erg zal missen, want we blijven elkaar heel vaak zien.'

De liefde die ik op dat moment voor mijn broer voelde was sterk genoeg om zich te uiten in een ongewenste knuffel, maar ik hield me in. Ik vroeg me af hoe goed ik ermee om zou kunnen gaan als hij straks niet meer vlak naast me woonde. Bij de gedachte dat zijn tuinhuisje straks zijn roemrijke aanwezigheid zou moeten missen kon ik wel janken. Ik legde mijn lepel neer en keek naar de zompige brij in mijn kom. Opeens had ik geen trek meer in de mierzoete versnapering die me amper twee seconden daarvoor nog een kinderachtige glimlach had ontlokt. 'Weet je nog dat Arthur bij Fitzer's Pub naar binnen walste om tegen Brian te zeggen dat Ernie dat geld had gestolen, niet jij? Hij zei dat hij in de verleiding was gekomen om Danny Tiernan tijdens het refrein van "Brown Eyed Girl" de microfoon uit zijn hand te trekken en de waarheid ten overstaan van alle klanten te verkondigen. Dat had ik graag willen zien.'

'Ja. Hij heeft mijn eer verdedigd, zoals het een trouwe kameraad betaamt.'

Twee jaar eerder waren we achter de waarheid over het gestolen geld gekomen toen Ernie Grace, die met Mikey had samengewerkt, was bezweken aan een longontsteking. Op dat moment was hij dement en woonde hij al een tijdje in een tehuis.

Zodra ik Ernie begroette, die er vredig bij lag, ging hij los. De woorden kwamen er als een explosie uit, alsof hij heel wat te bespreken had.

'Ik ben altijd een pathologische leugenaar geweest. Toen ik klein was, pikte ik thuis al snoepjes uit de kast. Daarna de sigaretten van mijn moeder. En geld. God sta me bij. Tegen het einde kon ik de waarheid niet meer van de leugen onderscheiden.'

'Oké, Ernie.' Ik legde mijn hand op de zijne, in de hoop hem te kunnen kalmeren. 'We hebben de tijd.' Ik vroeg me af of hij zo onrustig was door zijn dementie. Maar nee, het bleek dat de dood hem had genezen en hij weer bij zijn volle verstand was.

'Ik had het niet moeten doen. Ik wist dat het niet eerlijk was. Niet tegenover iemand zoals hij. Maar ik had een gokprobleem, zie je. En de familie Fitzgerald had genoeg poen om het niet te merken als er geld verdween. In het begin, althans.'

Ik aarzelde, want het begon tot me door te dringen wat hij bedoelde. Met grote ogen keek ik naar die man met ingevallen wangen. Het duurde even om een samenhangende reactie te formuleren, terwijl ik eerst achteroverleunde en daarna weer voorover.

'Ik was het,' vervolgde hij ongeduldig. 'Ik heb dat geld jaren geleden gestolen, toen ik nog met je broer samenwerkte. Ik zag mijn kans schoon om de nieuweling de schuld te geven. Een gokverslaving doet vreselijke dingen met je. Je bent overal toe in staat, het maakt je niet uit wie je kwetst. Snap je het nu?'

'Even voor de duidelijkheid, Ernie. Wil je nou zeggen dat je mijn broer erin hebt geluisd? Mijn broer, die in zijn leven nog geen vlieg kwaad heeft gedaan, die er als kind op stond dat mijn vader met hem terugging naar de kiosk omdat hij een penny te veel wisselgeld had gekregen? Die jongen heb jij een loer gedraaid?'

'Ja,' zei hij zwakjes. 'Daar komt het wel op neer.'

'O god.' Ik dacht terug aan de maanden dat mijn broer zo verdrietig was geweest. Dat ik had moeten aanzien dat hij niet meer had kunnen lachen, dat hij er kapot van was en geen begrip of vergiffenis kon opbrengen voor een wereld die zo wreed kon zijn.

‘Mijn broer,’ vervolgde ik woedend, ‘heeft sinds zijn ontslag nooit meer een ander baantje willen aannemen, weet je dat? Dat werk zou hij prima hebben aangekund. Het zou hem gelukkig hebben gemaakt, het zou hem iets van een normaal leven hebben gegeven. Maar dat is allemaal niet doorgegaan, omdat hij bang was dat iemand hem weer vals zou beschuldigen. Nu woont hij hier in een tuinhuisje, weet je dat? Hij komt er alleen uit als wij hem dwingen. Hij houdt zich daar al jaren schuil.’

‘Dat heb ik ook gedaan,’ ging Ernie zwakjes tegen mijn stortvloed van woede in. ‘Ik heb me verscholen achter de woede en boosheid van een geest die niet meer wist aan wie hij toebehoorde.’

Het was niet dat ik dit niet gewend was van de doden. Mensen die bij leven al niet zo aardig waren geweest, werden niet opeens een heilige omdat ze gestorven waren. Meestal werden ze weemoedig, konden ze niet geloven dat ze op die manier aan hun eind waren gekomen. Ze rekenden op ons medeleven. Zoals de vader van Anna-Lisa, die eindeloos had gehuild op onze balsemtafel. Mijn vader en ik hadden naast elkaar gestaan en hem aangehoord. De man had niet één keer naar haar gevraagd. Nee, hij had gehuild om zichzelf, om zijn dood, omdat hij geen andere uitweg had gezien.

Mijn vader zei altijd dat het niet aan ons was om een oordeel te vellen over de mensen die voor ons lagen, maar bij die twee mannen had ik daar grote moeite mee. Hoewel Ernie mijn broer niet met zijn vuisten had bewerkt, had hij wel een kwetsbare man veroordeeld tot een leven in afzondering, terwijl Mikey veel meer in zijn mars had dan zich druk maken over hoe hij zijn tijdschriften het beste kon ordenen. Bovendien was ik nog niet vergeten hoe die ramp van invloed was geweest op mijn beslissing over Londen.

Ik had niets meer te zeggen gehad tegen die man, die ik met alle liefde meteen naar de overkant van de straat had geduwd om hem aan pastoor Dempsey over te laten. Het bleef zo lang stil dat ik dacht dat hij misschien al was heengegaan.

'Was dat het, Ernie? Wil je verder nog iets tegen me zeggen, nu ik hier toch ben?' Ik voelde geen greintje compassie, ook al had ik dat misschien wel moeten hebben voor iemand die de afgelopen tien jaar in een warrige toestand had verkeerd.

'Nee,' zei hij. 'Dat was het.'

'Goed, ik blijf hier nog een paar minuten zitten, voor het geval dat je je nog bedenkt.' Hoewel ik geen woord meer met hem wilde wisselen, kon ik ook niet weglopen voordat hij er niet meer was. Dus leunde ik naar achteren, keek op mijn horloge en schatte dat het nog een minuut of tien zou duren, hooguit.

'Ik wil hem alleen nog graag mijn excuses aanbieden. Dat wil je toch wel aan hem doorgeven?' Het klonk zacht en smekend. 'Zeg maar tegen je broer dat wat ik gedaan heb verkeerd was. Zeg maar dat hij een van de beste werknemers was die daar ooit hebben gewerkt. Een goede barman. Veel beter dan ik, in elk geval. Ik had nog nooit iemand ergens zo goed orde op zaken zien stellen. Hij vindt het fijn als alles netjes georganiseerd is, hè? Hij was altijd aan het schoonmaken. En hij deed echt zijn best om met mensen te praten. Hij was niet zo'n prater, maar hij probeerde het wel. Ik zag hem vaak achter de bar de sportuitslagen lezen, zodat hij iets te bespreken had met de klanten.'

Mikey die het sportkatern las om contacten te leggen? Dat had ik nooit geweten. Ik werd overweldigd door verdriet toen ik wederom besefte dat alle verwoede pogingen van mijn broer om erbij te horen voor niets waren geweest.

'Ik had er spijt van. Ik heb vaak overwogen om alles op te biechten. Tijdens heldere momenten, voordat die ziekte mijn hersenen helemaal opvrat, heb ik wat instructies opgeschreven. Een soort testament, om het zo maar te noemen. Daarin stond dat ik na mijn dood hierheen gebracht wilde worden, zodat ik het aan jullie kon vertellen. Ik hoopte dat het na mijn dood weer beter met me zou gaan, dat ik ze weer allemaal op een rijtje zou hebben. Maar ik heb ook instructies voor mijn broer achtergelaten, om na de begrafenis contact met je op te nemen, om te vragen of het me gelukt was met je te praten. Hij heeft een brief waarin ik alles heb uitgelegd, voor het geval dat het niet zou lukken. Meer heb ik jullie na al die tijd niet te bieden, alleen de waarheid om het leed te verzachten.'

'Waarom heb je die brief niet gewoon naar me opgestuurd nadat je hem geschreven had?'

'Omdat ik een laffe dief was. Ik was bang dat je verhaal zou komen halen.'

'Dat had ik zeker gedaan.' Net als mijn ouders, om over Arthur nog maar te zwijgen.

'Ga je het tegen je broer zeggen?'

'Natuurlijk ga ik het zeggen. Maar Ernie...' Ik begon weer argwaan te krijgen, terwijl ik net een beetje ontdooid was. 'Vraag je om vergiffenis zodat je een rein geweten hebt, voor het geval dat er een God bestaat?'

'Ha, je hebt me door. Maar doet het er nou echt toe of ik de waarheid uit egoïsme heb opgebiecht of niet? Feit blijft dat jij het nu weet en dat Mikey het dus ook te horen krijgt.'

In zekere zin had hij gelijk. Ook al was het hem alleen te doen om zijn reputatie wanneer hij zich bij de hemelpoort meldde, de waarheid was het enige wat ertoe deed. Daarna bleef hij niet lang meer hangen. Het duurde hooguit een seconde of twee voordat ik hem nog een laatste keer riep en besefte dat het licht bij hem definitief was uitgegaan.

De volgende dag kwam er maar een handjevol mensen opdagen op de begrafenis. Achter in de kerk zaten Arthur en Mikey. Ze gingen niet mee naar de begraafplaats, maar sloegen wel een kruisje toen de verzorgenden uit het tehuis Ernie samen met Niall en mij door het gangpad reden.

Mijn vader knikte in het voorbijgaan discreet naar Mikey en Arthur.

'Pap zei dat het belangrijk is om te vergeven,' legde Mikey uit toen ik hem later vroeg waarom hij was gekomen. 'Maar ik heb hem niet vergeven. Zeg het maar niet tegen pap, maar ik ben alleen gegaan omdat Arthur zei dat hij ook zou komen.'

Na de begrafenis werd me de weg versperd door Ernies broer, een kleine, gedrongen man in een slechtzittend pak. Hij gaf me de brief, ook al zei ik dat Ernie alles al had opgebiecht. Toen ik liet vallen dat Ernie in het reine had willen komen met God, schoot zijn broer in de lach en zei dat hij nog nooit iemand had ontmoet die zo ongelovig was als Ernie.

'Hij wilde alleen een mis in de kerk omdat onze moeder zo gelovig was. Ik denk dat hij op die manier een beetje goed wilde maken wat hij haar allemaal heeft aangedaan.' Hij snifte, alsof hij zich schaamde voor de daden van zijn broer. Daarna wreef hij in zijn ogen, die dof waren van de staar, en hobbelde weg. Tijdens het lopen helde hij naar één kant over, om de een of andere aanhoudende pijn te verlichten.

Op dat moment besefte ik dat ik het bij het verkeerde eind had gehad. Ernie had de waarheid opgebiecht voor Mikey, niet voor zichzelf.

In de brief stond niets wat Ernie me niet al had verteld, maar toch leek het me belangrijk om hem aan Mikey te geven, als bewijs van zijn onschuld.

Voor hem veranderde het echter niets. Hij bleef in zijn tuinhuisje zitten en sloeg elke baan die hem werd aangeboden af. Dat waren er best wel wat, wederom met dank aan Arthur. Brieven sorteren op het postkantoor, ingegeven door Mikeys liefde voor organiseren. Of elke vrijdag twee uur lang de inventaris opmaken bij Billy's Books, ook al wist Billy zelf niet goed waarom hij daar iemand voor nodig had. Mikey weigerde altijd, hoezeer Arthur ook aandrong en hem aanmoedigde.

Die ochtend gingen Mikey en ik aan de slag om de tijdschriften op volgorde te leggen. Ik zocht niets achter het feit dat Niall nog niet was opgedoken. Waarschijnlijk was hij gewoon naar de logeerkamer verkast en wat langer blijven liggen. Pas toen mijn vader hem om kwart over acht kwam zoeken en zei dat hij nergens te bekennen was, ging ik kijken en realiseerde ik me dat het bed in de logeerkamer onbeslapen was en dat zijn hardloopschoenen nog in de bijkeuken stonden. Ik belde hem op zijn mobiel, maar na zes keer overgaan kreeg ik zijn voicemail. Bij de volgende poging ging de telefoon maar twee keer over, wat betekende dat hij me doelbewust had weggedrukt. Ik belde nog een keer, maar kreeg te horen dat de eigenaar het toestel had uitgeschakeld. Waar hij ook uithing, dit beloofde weinig goeds.

'Weet je zeker dat hij zijn telefoon niet opneemt, Jeanie?' Mijn vader, die nu midden in Mikeys tuinhuisje stond, begon in paniek te raken. Mikey liep zuchtend en steunend om hem heen, maar pap was zich er niet van bewust dat zijn aanwezigheid niet op prijs werd gesteld.

'Probeer het zelf maar, als je me niet gelooft.'

'Dat is helemaal niets voor hem, Jeanie. Is er iets voorgevallen tussen jullie?'

'Nee hoor, het gaat prima tussen ons.' Ik reikte langs hem heen naar de volgende stapel tijdschriften die Mikey me toestak.

'Bij welk jaar zijn we nu, Jeanie?'

'1874.'

'De Red River War. Eens kijken, die heb ik ondergebracht bij Noord-Amerika.'

'Weet je het echt zeker?' vroeg mijn vader. 'Toen jullie gisteren terugkwamen van de lunch, leek het niet zo goed te gaan.'

Ik sloeg geen acht op zijn bezorgdheid en veranderde snel van onderwerp. 'Nu je het zegt, hoe heeft Arthur het nieuws opgevat?' Ik ging iets zachter praten om Mikey niet te alarmeren. Niet dat iets hem van zijn sorteerwoede af zou kunnen brengen, maar toch.

'Nou, ik heb hem de pen teruggegeven, maar ik heb hem niet kunnen vertellen... wat Tiny heeft gezegd.'

'Kun je nou niet één keer eerlijk zijn?' Geërgerd kwakte ik een van de tijdschriften neer, waardoor Mikey met een ruk opkeek.

'Ik wilde het wel, maar... Nou ja...' Hij trok aan de manchet van zijn overhemd en wendde met een zucht zijn blik af. 'Het...' Weer maakte hij zijn zin niet af, alsof iets hem tegenhield. 'Er werd gebeld,' wist hij uiteindelijk uit te brengen. 'Andrew is overleden.'

Daardoor viel ik stil.

Andrew Devlin was vijfenveertig en leed aan hartfalen. De afgelopen jaren was hij ziekenhuis in, ziekenhuis uit gegaan en had hij meerdere behandelingen ondergaan in de hoop op een doorbraak, maar zonder succes. Zijn laatste maanden had hij doorgebracht in het hospice in Kilcross. Mijn vader had de familie pas een halfjaar geleden leren kennen, toen ze hem hadden gebeld om te zeggen dat ze eraan toe waren om samen met Andrew over de ceremonie na te denken. De eerste keer dat pap naar hen toe was gegaan, hadden ze twee uur over alle mogelijkheden gepraat. Het was een emotioneel gesprek geweest. Soms hadden ze met zijn allen gelachen om hun grappige anekdotes, maar er waren ook serieuze momenten bij waarop er een stilte viel. Hij had zijn hand teruggetrokken toen Sophie, Andrews moeder, de foto voor het gedenkplaatje niet had willen loslaten. Iedereen had naar haar gekeken terwijl ze die tegen haar borst drukte. Uiteindelijk was het Andrew geweest die de foto voorzichtig uit haar handen had gepakt en aan mijn vader had gegeven. Daarna had hij zijn hand in die van zijn moeder laten glijden, in de leegte die zijn glimlachende, vrolijke gezicht had achtergelaten.

Die dag had mijn vader er niet op aangedrongen nog meer knopen door te hakken. Hij had gezegd dat hij later terug zou komen om het een en ander door te nemen. Vanaf dat moment ging hij er elke week naartoe, ook toen de plannen allang vaststonden. Hij ging erheen om bij Andrew te zitten, met hem te lachen, hem *The Irish Times* – zijn favoriete krant – te brengen, of een boek waarvan hij dacht dat Andrew het mooi zou vinden. Soms keken ze samen naar een wedstrijd op tv of zat mijn vader gewoon naast Andrews bed wanneer hij lag te slapen. Om de een of andere reden werd hij heel sterk naar die man toe getrokken, of die jongen, zoals hij hem noemde. Het leven was er goed in om onze favoriete mensen uit onverwachte hoek te laten komen. Mijn vader vond het niet altijd makkelijk om een vriendschap op te bouwen terwijl de dood op de loer lag.

‘O, wat erg. Dat wist ik niet.’ Meteen had ik er spijt van dat ik me zo aan hem geërgerd had.

‘Weet ik, schat.’

Ik omhelsde hem en voelde zijn greep om mijn middel verstrakken, uit dankbaarheid en verdriet.

‘Ik wil even naar Sophie en Donal, zijn ouders. Dus ik hoopte dat Niall Andrew om tien uur kon ophalen.’

‘Desnoods kan ik wel gaan.’ Ik liet hem los. ‘Als hij er om halfnegen nog niet is, zal ik eens rondbellen.’

‘Ik heb 1875 en 1876 bij elkaar gezocht, Jeanie.’ Mikey liep met een boog om mijn vader heen en kwam met een stapel tijdschriften bij me staan. ‘Volgens mij is het tijd om alles nog eens te controleren.’

'Oké, Mikey.' Ik zag dat hij de laatste toevoegingen waarmee ik bezig was geweest begon door te nemen.

'Zal ik alvast iemand bellen, Jeanie? Arthur, misschien? Die kan andere mensen inlichten, zodat iedereen naar Niall kan uitkijken.' Pap haalde zijn telefoon al uit zijn zak.

'Oké, maar maak je maar geen zorgen. Niall is niet vermist. Hij is vast gewoon… een eind gaan wandelen, of zo.'

Op dat moment ging de poort piepend open. Mijn vader sprintte naar buiten en Mikey nam snel zijn plekje in, voor het geval dat hij nog terug zou komen. Met ingehouden adem hoorde ik mijn vader zeggen: 'Niall, daar ben je. We maakten ons al zorgen om je. Ik stond net op het punt om Arthur te bellen om te vragen of hij je tijdens zijn ronde had gezien.'

Pas toen de opluchting me overspoelde, drong het tot me door hoe ongerust ik was geweest. Ik ging in de deuropening van het tuinhuisje staan om naar hem te kijken, terwijl hij naar het huis liep. 'Hoi,' riep ik luchtig.

Hij draaide zich om en knikte, maar hij glimlachte er niet bij en wendde meteen zijn blik weer af toen hij naar binnen liep, met mijn vader in zijn kielzog.

'Goed, Jeanie, we kunnen weer verder. We zijn bij 1877, de Russisch-Turkse oorlog.'

Tien minuten later trof ik Niall in de keuken aan. Hij had zijn pak al aan, trok zijn stropdas recht en had de autosleutels voor zich op tafel liggen. Mijn vader was al naar Andrews ouders vertrokken. Niall draaide zich niet naar me om toen ik binnenkwam. Hij kende mijn tred, hij wist hoe mijn schoenen klonken, hij hoefde niet op te kijken om te weten dat zijn vrouw was binnengekomen en dat het tijd was om uit te leggen waar hij was geweest.

‘Mijn vader maakte zich zorgen om je,’ zei ik, met mijn rug tegen de dichte deur leunend.

‘Dat zei hij, ja.’

‘Heeft hij het verteld over Andrew?’

‘Ja.’ Meer zei hij niet. Dat was niets voor hem. Zo gevoelloos was hij niet.

‘Wat is er, Niall? Het ene moment lag je nog te slapen, het volgende moment was je verdwenen. Waar zat je?’ Ik liep verder de keuken in.

‘Bij Ruth.’ Hij keek me nog steeds niet aan.

‘Bij Ruth? Ben je in het holst van de nacht opgestaan om naar Ruth te gaan?’ Ruth en Derry woonden in een kast van een huis naast dat van Derry’s ouders, aan de andere kant van het stadje. ‘Ze heeft drie kinderen. Die hadden wel wakker kunnen worden.’

‘Nou, dat is niet gebeurd. En het was niet in het holst van de nacht, het was pas één uur. Hoe dan ook, toen ik haar gisteren een berichtje stuurde, zei ze dat ik altijd gebruik mocht maken van haar logeerkamer.’ Hij stopte de autosleutels in zijn zak.

‘Hoe bedoel je, “toen je haar een berichtje stuurde”?’

‘Ze wist dat we zouden gaan lunchen en vroeg hoe het was gegaan en... Nou ja, ik heb haar alles verteld.’

‘Alles? Wat viel er dan zoal te vertellen?’

Hij haalde zijn schouders op.

‘Jezus, Niall, je bent geen vijftien meer,’ zei ik geïrriteerd. ‘Ik ben je vrouw, niet je moeder. Gedraag je niet zo vreemd.’

‘Dus het dringt eindelijk tot je door dat je mijn vrouw bent?’

‘Waar slaat dat nou weer op?’

‘Getrouwde stellen behoren eerlijk tegen elkaar te zijn. Het lijkt wel of je dat niet altijd begrijpt. Het is maar net hoe het jou uitkomt. Weet je dat ik geen idee heb wat jou tegenwoordig bezighoudt? Nu heb je al dat gedoe met je ouders en duw je me nog steeds van je af, alsof we helemaal niet getrouwd zijn. Je houdt me aan het lijntje met al die smoesjes over kinderen krijgen terwijl ik de hele tijd al denk dat je helemaal geen kinderen wilt. Je kropt alles op, zoals altijd. Toen je na de lunch niet met me kwam praten, terwijl je dat wel beloofd had, was ik het zat.'

'Maar je leek helemaal geen zin te hebben om met me te praten.'

'Sorry hoor, dat ik geen vreugdedansje doe bij de gedachte dat mijn vrouw ook maar iets om me geeft.'

'Dus je bent gewoon vertrokken?'

'Ja.'

'Dat schiet lekker op.'

'In welk opzicht is dat anders dan wat jij doet? Je sluit je emotioneel voor me af.'

Ik snoof. 'Je lijkt Derry wel.' Derry was een moderne man die erg bezig was met zijn eigen emoties. Hij zei het meteen tegen Ruth als hij vond dat ze zich emotioneel voor hem afsloot. Normaal gesproken konden we daar met zijn drieën hartelijk om lachen. 'Hoe dan ook, dat doe ik helemaal niet.'

'Kom nou toch.'

'Ik praat nu toch met je?'

Argwanend keek hij me aan. Terwijl ik het vonnis afwachtte, ging ik in gedachten alle opties die ik had na. De hond die we zouden kunnen kopen, het huis waar we naartoe zouden kunnen vluchten.

'Je bent veranderd, Jeanie. Vroeger was je niet zo. Toen we ons verloofden, dacht ik precies te weten wat er in je omging. Dat ik je door en door kende. Daar was ik zo fucking blij om. Stom, vind je ook niet? Maar het was zo. Ik was zo blij dat je eindelijk van me hield en dat je me vertrouwde, want, oen die ik ben, ik was ervan overtuigd dat je in mij nooit zou kunnen zien wat je in die verrekte Fionn Cassin zag. Maar het voelde goed en eerlijk. Alleen weet ik nu echt niet meer waar we staan.'

Bij het vallen van die naam verdwenen al mijn smoesjes en uitvluchten als sneeuw voor de zon. Die naam, die verborgen zat in elke holte en groef van mijn lichaam, die op de gekste momenten zijn aanwezigheid kenbaar maakte, zoals wanneer ik de voordeur opendeed, mijn veters strikte of wakker werd op een koude winterochtend.

'Jezus, Niall. Dat is al jaren geleden.'

'Ben je soms vergeten dat ik je heb gezien nadat hij vertrokken was? Je was er kapot van, kreeg geen hap door je keel. Je was broodmager.'

'Ik was nog jong. Dit slaat nergens op.'

'Weet je, ik zat de hele tijd te wachten tot je zou zeggen dat het voorbij was tussen ons, maar die dag kwam maar niet. Volgens mij werd ik daar pas iets rustiger in toen we trouwden. En zelfs toen was er nog dat stemmetje in mijn achterhoofd dat zei dat ik nog niet zeker van mijn zaak kon zijn. Je bent net een gladde aal die ik probeer vast te houden, Jeanie. De laatste jaren had ik je te pakken, maar nu ben je me weer te vlug af. Ik bedoel, ik heb het geprobeerd. Toch? Je kunt niet zeggen dat ik mijn best niet heb gedaan om je aan het praten te krijgen. Ik wil het met je hebben over de toekomst, maar telkens vind je een manier om me af te kappen, om de afstand tussen ons te vullen door over andere onzin te beginnen, zoals een fucking hond.'

'Jij begon over een hond, ik niet.'

'Het bouwt zich al een paar jaar op. Sinds we het over kinderen hebben –'

'Ben je nou helemaal gek geworden? Jíj hebt het over kinderen.'

'Oké, goed dan. Zodra ik over kinderen begon, nam je afstand van me, en dat ben je blijven doen. Je grijpt alles aan om nog verder terug te krabbelen. Of niets soms?'

'Ik ben het spuugzat om het hierover te hebben.' Ik stak woedend mijn handen op en maakte aanstalten om weg te lopen. Door zijn volgende opmerking bleef ik echter als aan de grond genageld staan.

'Wanneer zullen we het er dan eens over hebben? Over vijf jaar? Of over tien jaar, of misschien als je in de overgang zit? We zijn tweeëndertig, zoveel tijd hebben we niet meer.'

'Klootzak.' Ik draaide me weer om en staarde hem doordringend aan.

'Weet je wat, Jeanie? Laat ook maar. Ik ben er klaar mee. Jij wilt dit leven. Je wilt dat we hier allebei wonen, dat we af en toe met elkaar neuken als het jou uitkomt, maar dan wel met een dubbele dosis van de pil, voor het geval dat een van mijn zwemmertjes op het droge weet te komen. Jij wint. Voor mij hoeft het niet meer.'

'Wat bedoel je?' Ik raakte in paniek van zijn woorden. Nog nooit had hij zo definitief geklonken, zo onverschillig. Het leek wel of hij een vreemde voor me was.

'Precies wat ik zeg.' Hij liet zijn hoofd zakken en keek naar zijn vinger, waarmee hij op de tafel begon te tikken. 'Volgens mij moeten we even uit elkaar, zodat we allebei kunnen uitzoeken wat we willen. Van Ruth mag ik haar logeerkamer zo lang als het nodig is gebruiken. Dus vandaag ga ik daar een paar spullen naartoe verhuizen. Trouwens, misschien doe ik dat wel voordat ik Andrew ophaal.'

'Wat? Dit meen je niet.' Was het echt zover gekomen dat hij het niet meer zag zitten tussen ons? 'Zo vreselijk ben ik toch niet om mee samen te leven? Ik bedoel, de laatste tijd heb ik het wel moeilijk met dat pensioen en zo, maar ga je nou echt gewoon weg?'

'Ik heb geprobeerd je te helpen. Maar het lijkt wel of er in jouw leven geen ruimte voor mij is.'

'Dat is niet waar. Blijf nou gewoon, dan komen we er samen wel uit, oké?'

'Nee, mijn besluit staat vast. Ik moet even afstand nemen. Het wordt me hier allemaal te veel. We kunnen niet vrij en eerlijk zijn als iedereen meekijkt en ons kan horen.'

'Wat moet ik dan tegen hen zeggen?' Het kwam er smekend uit, omdat ik niet moest denken aan hoe mijn ouders en Mikey naar me zouden kijken. De ongerustheid, het verdriet dat ik op hun gezichten zou zien wanneer ik het vertelde. Om nog maar te zwijgen van de vragen, het aanbod om te helpen, te bemiddelen. Nee, dit kon ik niet laten gebeuren.

'De waarheid, misschien? Probeer het eens, voor de verandering. Zeg gewoon dat we het moeilijk hebben.'

Daar had ik niets op te zeggen. De woorden kwamen niet. Ik was uitgeput en lamgeslagen door wat er gebeurde.

Hij tikte weer op de tafel en keek even mijn kant op, voordat hij naar de gang liep om de trap naar onze kamer op te gaan. Ik ging hem niet achterna. Misschien had ik meer moeten protesteren. In plaats daarvan ging ik verdrietig en in de war aan de tafel zitten. Boven hoorde ik hem stommelen en laden opentrekken. Zijn voetstappen gingen heen en weer tussen de badkamer en de slaapkamer. Daarna kwam hij weer naar beneden, bleef onderaan de trap staan en keek naar mij, verloren aan de keukentafel.

'Ik breng dit even naar Ruth. Daarna kom ik terug om naar het hospice te gaan.'

Het lukte me niet eens om te knikken.

Nadat hij nog even naar me had gekeken, liep hij de voordeur uit.

Ik rende naar de woonkamer om hem door het erkerraam na te kijken toen hij de tas over zijn schouder zwaaide en Water Lane overstak, zwaaiend naar de bestuurder van de auto die hem liet voorgaan. Hij liep verder met die vastberaden tred van hem en verdween uiteindelijk uit het zicht omdat hij Mary Street in sloeg.

# Hoofdstuk 18

Na mijn laatste tripje naar Londen belde Fionn niet meer. Hij stapte niet meer wanhopig in het vliegtuig om mij weg te kapen en te verklaren dat ik de enige voor hem was. Mijn voorgevoel was juist geweest. Wie die vrouw ook was, ze had de betovering tussen ons verbroken.

Ik weigerde uit bed te komen, me aan te kleden, te douchen, te eten. Mijn vader, Harry en Niall maakten de weken daarna langere dagen om mijn afwezigheid op te vangen. Ik zat maar op mijn kamer, in de hoop dat de telefoon zou gaan, de neiging onderdrukkend om hem zelf te bellen. In plaats daarvan belde ik Pea, soms wel twee keer per dag, om uit te huilen. Ruth kwam minstens drie keer per week langs met bergen chocolade en haar kappersgerei. In elk geval zagen mijn haar en nagels er tijdens die vreselijke periode wel goed uit.

'Ga een keer met Niall en mij uit, dat zal je goeddoen,' zei ze keer op keer.

Maar elke keer wees ik haar uitnodiging af.

Niall stuurde me grappig bedoelde teksten toe – al is 'laat je niet kisten' de enige die ik daarvan heb onthouden – en foto's van Ruth en hemzelf tijdens het uitgaan. Met hun glimlach moedigden ze me aan om mijn ellende van me af te zetten en te proberen verder te gaan met mijn leven.

Maar ik kwam in die tijd alleen in Mikeys tuinhuisje. De rollen waren omgedraaid, nu had ik zijn zorg nodig. Hij was de enige die nooit voorstelde mijn pyjama te verruilen voor normale kleding, een wandeling te maken of eens te glimlachen. Af en toe moest ik zijn militaire weetjes aanhoren, verder verlangde hij niets van me.

Op een morgen, vier maanden na de breuk, toen ik me eindelijk weer aankleedde, zat ik naar Mikey te luisteren. Die vertelde dat de Krimoorlog niet alleen als het eerste conflict uit de moderne geschiedenis werd gezien vanwege de wapens die er na de industriële revolutie geproduceerd konden worden. Het kwam ook doordat het het eerste conflict was dat in de media werd besproken.

'Je begrijpt het niet, Jeanie,' drong hij aan toen ik nogal lauwtjes reageerde. 'Die verslaggeving vanuit de Krim was voor hen net zoiets als Twitter en Facebook nu voor ons zijn. Het was schokkend.'

Als ik niet zo kapot was geweest van het verlies van Fionn, had ik mijn broer misschien even gemeden, vlak nadat zijn driemaandelijkse levering van *Osman's* was binnengekomen. Maar ik kon wel wat afleiding gebruiken, zelfs als dat betekende dat ik een twee uur durende monoloog moest uitzitten over de inhoud. En over wat er in het volgende kwartaal zou uitkomen, want *Osman's* stuurde met elke levering een nieuwsbrief mee waarin het goede nieuws werd verkondigd.

'Nee, ik snap het wel.' Ik probeerde wat overtuigender te klinken.

'Het mooiste is nog –'

'Wacht even, was dat nog niet het mooiste?'

Hij vertrok geen spier. Hij wierp me niet eens een vuile blik toe, hij haalde alleen adem om verder te vertellen.

'Wat is dat daar?' Mijn vinger kwam een beetje omhoog om in

de richting van een rood tijdschrift tussen zijn stapel nieuwe aanwinsten te wijzen.

'Waar?'

'Dat rode tijdschrift. Die van jou zijn toch meestal wit?'

'Ja, dat klopt.' Hij volgde mijn wijzende vinger naar de onderkant van de stapel, klaar om de indringer te ontmaskeren. 'Wat vreemd. Dat was me nog niet eens opgevallen.' Voorzichtig haalde hij de andere tijdschriften van de bedrieger af. 'O, nu weet ik het weer. Ze willen het diverser maken bij de uitgeverij. Een breder publiek aanspreken. Ingaan op de sociale geschiedenis. Daar heb ik nog over gemaild. Ik heb nadrukkelijk gezegd dat ik die bladen niet hoefde. Zelfs niet het gratis proefpakket. Maar ze hebben het toch opgestuurd.' Vol walging zwaaide hij ermee in mijn richting.

'Mag ik eens kijken?'

'Houd maar. Ik hoef het niet. Zoals je weet, ben ik alleen geïnteresseerd in militaire uitgaven. Wat bezielt die mensen daar? Aan mijn aankoopgeschiedenis kunnen ze toch wel zien dat ik maar één ding wil.'

Ik begon door het blad te bladeren, zonder hem erop te wijzen dat *Osman's* tot dan toe alleen over de militaire geschiedenis had gepubliceerd en dat Mikeys aankoopgeschiedenis daarom weinig zei over zijn andere voorkeuren. Terwijl hij niet uitgepraat raakte over hun miskleun en zich hardop afvroeg of hij nog een e-mail moest sturen om te laten weten hoe teleurgesteld hij was, liet ik me even afleiden door andermans verhalen en foto's, de spookachtige glimlachjes in zwart-wit waar ik langs bladerde. Tot het blad openviel bij een kleurenfoto van een vrouw die ergens in de zestig leek, bij een artikel met de titel 'Praten met de doden: het verhaal van een begrafenisondernemer uit Zuid-Frankrijk', geschreven door Marielle Vincent. Vluchtig las ik het door, terwijl Mikey bleef kakelen.

Het drong tot me door dat deze vrouw de doden echt kon horen en dat het niet gewoon een gewiekste kop was om de nieuwsgierigheid van de lezers te wekken. Ik sprong op uit de stoel, het eerste energieke wat ik in maanden had gedaan, en zwaaide met het artikel voor zijn neus. 'Mijn god, er is nog iemand, Mikey. Iemand die hen kan horen.'

Hij kneep zijn ogen samen alsof de bladzijden in zijn gezicht spuugden. 'Schreeuw niet zo, Jeanie. Daar kan ik niet tegen.'

'Jaja, oké. Sorry. Ik kan het gewoon niet geloven. Dit moet pap zien.'

Onderweg naar binnen keek ik het artikel nog eens door om zeker te weten dat ik gelijk had. Eigenlijk wist ik dat al, maar ik was bang dat ik me dingen inbeeldde. Alleen was er niets veranderd. Marielle Vincent was echt een van ons.

'Pap!' Ik keek in alle kamers, tot ik hem in de keuken aantrof, waar hij koffie voor zichzelf inschonk. 'Pap, dit geloof je nooit.'

'Jeanie!' Hij lachte. 'Wat fijn om je zo vrolijk te zien. Ik heb die glimlach gemist.'

Maar hoewel mijn vader het artikel best vermakelijk vond, was hij niet met stomheid geslagen. Hij hoefde niet te gaan zitten omdat hij bang was dat zijn knieën het zouden begeven, zoals ik. Hij ging niet meteen op Google Afbeeldingen meer foto's van deze wonderbaarlijke vrouw zoeken. Toen ik het tijdschrift op tafel legde, keek hij gewoon over mijn schouder mee en zei grinnikend: 'Wie had dat gedacht.'

'Ze praat met hen, net als wij,' benadrukte ik, voor het geval dat hij dat nog niet begrepen had. 'Al van kleins af aan. En het mooiste komt nog: vroeger was ze balsemer, maar nu niet meer. Dat wil ze niet. Haar man Bernard is drie jaar geleden gestorven en ze kon het niet over haar hart verkrijgen om die chemicaliën op hem te gebruiken. Dus nu wast en kleedt ze de overledenen gewoon bij haar thuis, net zoals Mrs Simmons dat vroeger deed. Nadat ze met hen heeft gepraat, begraaft ze hen bij haar in de wei, haar "gedenkweide", zoals ze die zelf noemt.' Verwachtingsvol keek ik naar hem op.

'Nou, dat is apart.'

'Word je hier nou niet nieuwsgierig van? Naar hoe het bij haar is begonnen en hoe ze ermee omgaat? Of iedereen in de rij staat om van haar diensten gebruik te maken, net als bij ons?'

'Ik ben heel blij voor je, lieverd, echt waar. Het lijkt me fijn om te horen wat de Fransen hiervan vinden. Geweldige filosofen, die lui. Heel diepzinnig.'

'Ik ga haar een mail sturen.'

'Goed idee.'

'Wil jij nog iets aan haar vragen?'

'*Où est la gare*?' Lachend sprak hij het enige zinnetje Frans uit dat hij zich nog van zijn schooltijd kon herinneren. 'Nee, dit laat ik liever aan jou over. Hé, wacht eens...'

Eindelijk, dacht ik, een beetje interesse.

Hij pakte het tijdschrift op en bekeek de voorpagina. 'Is dit een nieuwe reeks van *Osman's*?' Hij keek me aan alsof ík het kind was dat hem elke drie maanden een rib uit zijn lijf kostte. 'Ik mag hopen dat hij hier geen abonnement op wil.'

'Denk nou eens aan al die jaren, pap.' Ik kon nog steeds niet geloven dat hij hier zo achteloos op reageerde. 'We doen dit al die tijd al in ons eentje. Nu is er iemand met wie we kunnen praten, met wie we ideeën kunnen uitwisselen.'

'Ach, Jeanie, ik doe dit nu al zo lang. Ik weet zelf wel hoe het zit, ik heb er geen behoefte aan om het met iemand anders te analyseren. Maar neem gerust contact met haar op, als je wilt. Ik ben echt blij voor je.' Hij stond op en liep de keuken uit.

Ik bleef achter met het gevoel dat ik volkomen onbekwaam was.

De piekeraar, degene die zich zorgen maakte over wat ze tegen de doden zei, tegenover Meneer Kalm en Beheerst, die gewoon iets verzon waarvan hij dacht dat de levenden het graag wilden horen.

'Gaat het, Jeanie?' vroeg Harry toen ze twee tellen later binnenkwam.

'O, hoi.' Ik keek naar het artikel en vroeg me af wat ik nu moest doen. 'Heb jij weleens het gevoel dat je je werk niet aankunt, Harry? Dat iedereen om je heen superefficiënt is en het helemaal voor elkaar heeft, terwijl jij maar een hopeloos geval bent?'

'Soms schaam ik me door Nialls jeugdige enthousiasme wel een beetje omdat ik niet elke ochtend vrolijk uit bed spring bij het vooruitzicht dat ik weer een hele dag dode mensen mag wassen, maar dat zal wel aan mijn leeftijd liggen.' Ze ging tegenover me zitten, alsof ze wist dat er nog meer kwam. 'Hoezo, wat is er gebeurd?'

Ik knikte naar het tijdschrift.

Ze draaide het om zodat ze de kop kon lezen. 'Is dit echt waar?' Haar blik bleef op de pagina gericht, terwijl ze verder las.

'Ja, het is echt waar.'

'Jeetje.'

'Ja, toch? Ik bedoel, zelfs jij snapt het. Pap lijkt het allemaal niet te boeien. Hij is hier veel beter in dan ik. Elke keer dat er een overledene wordt binnengebracht, krijg ik buikpijn bij de gedachte aan wat hij of zij tegen me zal zeggen en wat ik zal moeten doen. Maar hij niet.'

'Dat weet ik niet, hoor, Jeanie. Volgens mij trekt hij het zich ook wel aan, maar –'

'Wat? Kan hij het beter verbergen dan ik?'

'Misschien.'

'Je hebt geen idee hoe eenzaam ik me hierdoor soms voel,

Harry. Dit klinkt vast belachelijk, maar soms is het net of ik de enige ben die de boel hier bij elkaar houdt.'

'Och, schat, maar dat is niet zo. Ik ben er ook nog.'

'Maar jij kunt niet begrijpen hoe het voelt. Hoe bang ik ben om het verkeerd te doen. En dan het liegen, Harry. Het dingen achterhouden en de waarheid verdraaien zodat iedereen zich er iets beter bij voelt. Dat kun je gewoon niet begrijpen.'

Ik zag dat haar gezicht betrok, dat mijn woorden haar pijn hadden gedaan.

'Nee, dat zal wel niet.' Ze trok haar handen terug en legde ze in haar schoot, waar ik ze niet kon zien. 'Vroeger praatte je heel vaak met me, vooral over de overledenen. Dat vond ik fijn. Ik mis het.' Ze keek me recht aan. 'Je weet dat ik je nooit zou veroordelen voor wat je over deze plek zegt, dat ik nooit zou zeggen dat je je er maar overheen moet zetten. Ik weet dat het moeilijk is, dat zie ik elke dag aan je gezicht.'

Ik vroeg me af wanneer en waarom ik ooit was opgehouden met deze lieve vrouw te praten. Ze was zo'n belangrijk onderdeel van ons leven, maar drong zich nooit op. Ze verhief nooit haar stem, vroeg nooit meer van ons dan ze redelijk vond.

'Het spijt me, Harry. Dat had ik niet moeten zeggen. Alleen heb ik zo'n behoefte aan iemand die precies hetzelfde meemaakt als ik, snap je dat?'

'Natuurlijk.' Ze wuifde mijn excuses weg, maar was nog steeds niet in staat me aan te kijken. 'Ik begrijp het. Ik ben blij dat je haar gevonden hebt. Iemand die je weer gelukkig kan maken, na alles wat je hebt meegemaakt.' Ze stond op om de waterkoker aan te zetten voor haar gebruikelijke kop heet water met een vleugje citroen.

Marielle Vincent zat niet op social media en bij *Osman's* wilden ze me geen adresgegevens verstrekken. Ze waren alleen bereid om een brief naar haar door te sturen. Een echte brief, geen e-mail.

Vol spanning wachtte ik haar reactie af, maar elke dag kwam Arthur met lege handen aan. Hij verzekerde me ervan dat haar brief niet in Ierland zoekgeraakt kon zijn. 'De gedachte alleen is al beledigend, Jeanie.'

'Wil je nou echt beweren dat An Post nog nooit iets heeft zoekgemaakt?'

'Dat moeten de Engelsen dan gedaan hebben. Een verraderlijk volkje is dat, denk maar eens terug aan de hongersnood.'

'Nu ben je echt niet geloofwaardig meer.'

'Of de Fransen? Die zijn altijd aan het staken. Over de Ieren hoor je nooit dat ze dat doen, of wel soms?'

Vier maanden later, toen ik al was vergeten dat ik ooit een brief had gestuurd, kwam er een e-mail binnen. Marielle stond in haar bericht stil bij het feit dat het een tijd had geduurd voordat ze had gereageerd, maar verontschuldigde zich er niet voor. Haar woorden waren kort en zakelijk. Ik kon niet goed inschatten of dat aan haar Engels lag of dat ze zo reageerde omdat ze sinds haar artikel weleens met onaardige mensen te maken had gehad. Ze vroeg om meer informatie over wie we waren en wat we precies deden. Vier dagen later mailde ik terug, precies laat genoeg om te laten merken dat ik haar bericht serieus nam, dacht ik. Misschien straalde het een zekere volwassenheid uit die ze zou kunnen waarderen en die zou bewijzen dat ik, anders dan alle andere mensen die haar hadden geschreven, haar geen kwade dingen toewenste of belachelijk wilde maken. Tegen de tijd dat ze me voor de derde keer een bericht stuurde, leek het erop dat ze me begon te geloven.

Daarna schreven we elkaar zo'n beetje elke week. In lange e-mails legden we uit wat er in de tussentijd was gebeurd en soms belden we elkaar, vooral als een van ons de ander niet goed begrepen had.

'Soms zijn de doden lafaards die ons gebruiken om hun vuile werk op te knappen,' schreef Marielle een keer over mijn favoriete onderwerp: de dingen die wij achterhielden. 'Maar wie kan hun dat kwalijk nemen? Zouden wij niet hetzelfde doen? Ik vind het niet erg. Ik geef hun boodschap door aan de familie. Dat spreek ik van tevoren af met de nabestaanden. Als ze bellen zeg ik bijvoorbeeld: "Misschien bent u niet blij met wat hij te zeggen heeft. U bepaalt of u het wilt horen. U mag altijd tegen me zeggen dat ik moet stoppen." Maar ik ben eraan gewend geraakt, aan de tranen, de rode gezichten, de woede. Ik heb niet veel klanten, misschien wel daarom. Veel families gaan liever naar hun plaatselijke uitvaartonderneming. Dat is prima, we kunnen niet allemaal zo dapper zijn.'

'Dat ben ik zelf ook niet,' reageerde ik.

Daarop schreef ze: 'Dat ik het zo doe, wil niet zeggen dat het goed is. Trouwens, meestal zijn de overledenen vriendelijk en zeggen ze dingen die troost bieden. Dat is het mooie aan dit werk. Houd je daaraan vast, Jeanie, als je het even niet meer weet.'

In gedachten hoorde ik het haar al zeggen met haar Franse accent, weelderig en zacht als een fluwelen kussen.

Voor het eerst had ik het gevoel dat wij Mastersons er niet alleen voor stonden.

Ik correspondeerde al een paar maanden met Marielle toen Niall me achter de computer van mijn vader aantrof, waar ik haar laatste e-mail zat te lezen. Sinds Fionn uit mijn leven was verdwenen, waren Niall en ik weer naar elkaar toe gegroeid. Er was een hernieuwde vriendschap ontstaan, die beter paste bij de levensfase waarin we ons op ons drieëntwintigste bevonden. Het gezeur van Niall en Ruth had eindelijk zijn vruchten afgeworpen en ze hadden me mee het uitgaansleven in gesleurd. Langzaam was ik weer tot mezelf gekomen, terwijl we popcorn aten in het groezelige licht van de plaatselijke bioscoop en op barkrukken en aan tafeltjes in restaurants commentaar leverden op de wereld.

'Balsemt ze de lichamen echt niet?' Niall ging op de zijkant van het bureau zitten, pakte een pen en draaide die als de baton van een majorette rond in zijn linkerhand.

'Nee, daar is ze mee gestopt.'

'Dus dan heeft ze hooguit vierentwintig uur de tijd voordat ze hen moet begraven?'

'Ongeveer. Dat is soms wel lastig, als ze een paar uur verderop wonen, zegt ze. Soms weigert ze ook gewoon.'

'Dus ze is geen loonslaaf?'

'Volgens mij laat Marielle zich door niemand als een slaaf behandelen.'

'Mag ik eens met haar praten over haar beslissing om te stoppen met balsemen? Haar misschien een e-mail sturen? Ik zou er graag meer over weten.'

'Ik vraag het haar wel. Dat vindt ze vast niet erg.'

'Ik wil het niet verpesten tussen jullie, dus dring maar niet aan als ze het niet ziet zitten.'

'Welnee, het is geen probleem. Dit is wel het minste wat ik kan doen, na alles wat je te verduren hebt gehad met mij en mijn... je weet wel, mijn gejank.'

'Wat? Dat was me niet eens opgevallen,' zei hij grijnzend.

'Ja, natuurlijk. Maar even serieus, ik vind het echt heel lief dat jullie me de hele tijd op sleeptouw nemen en proberen me op te vrolijken.'

'Ach, je valt best mee. Na drie mojito's, tenminste.' Met een glimlach voegde hij eraan toe: 'Het lijkt weer wat beter met je te gaan, Jeanie. Dat is echt fijn om te zien.' Na een korte aarzeling merkte hij op: 'Ik heb je gemist.'

Op dat moment gebeurde het. De knop van de aantrekkingskracht in mijn binnenste werd omgezet. Ik voelde het pulseren onder de dunne huid van mijn polsen, in de welving van mijn hals, in mijn oren. Het maakte zich luid en duidelijk kenbaar en eiste dat ik er iets mee deed. Ik begon van top tot teen te gloeien, duwde mijn haar uit mijn ogen en keek overal naar, behalve naar hem. Maar hij wist het. Ik zag de blosjes op zijn wangen. Door al zijn geëxperimenteer door de jaren heen had hij de tekenen leren herkennen. Glimlachend tikte hij met de pen op het bureau.

'Goed,' zei mijn vader, die zich vanuit de balsemruimte naar binnen haastte. 'We hebben een lastig geval, jongens. Een jonge vrouw van tweeëntwintig. Aangereden door een bestelbus met brood die achteruitreed op industrieterrein Ashdale. Op slag dood. Ik ken de familie vaag. De Howards, uit die nieuwe wijk, Greenlands. Alannah Howard.'

'O,' zei ik, 'op school zat er een Alannah Howard een klas lager dan wij. Toch, Niall?'

Zijn glimlach was verdwenen. Hij was wit weggetrokken en zijn eerdere blosjes waren op slag verdwenen. Met open mond staarde hij mijn vader aan.

'Ik wil best vragen of Harry komt als het te zwaar voor je is, Niall,' stelde pap hem gerust. 'Dit wordt niet makkelijk, zeker niet als jullie haar gekend hebben.'

'Gaat het wel, Niall?' vroeg ik toen hij niet reageerde.

'Ik heb haar zaterdagavond nog gezien.' Zijn woorden zweefden door de ruimte, door dat niemandsland tussen mijn vader en mij.

'Bij McGarry's?'

Hij knikte.

'O.'

'Ik denk dat ik beter Harry kan bellen.' Mijn vader pakte zijn telefoon al. 'Hoewel... ze heeft een hoofdwond.'

We keken allebei naar Niall, in de wetenschap dat hij de aangewezen persoon was voor deze klus.

'Niall?' vroeg ik voorzichtig. 'Durf je het aan?'

Hij keek van de pen in zijn hand naar mij en mijn vader. 'Ja,' zei hij, gevolgd door een amper hoorbaar: 'Natuurlijk.' Daarna stond hij op en liep vanuit het kantoor de tuin in.

Ondanks de verwondingen aan Alannahs achterhoofd was er toch de mogelijkheid tot een open kist, zoals de familie graag wilde. Het meeste kon aan het zicht worden onttrokken door haar haar en door de voering van de kist strategisch te plaatsen. Toch wist ik dat Niall daar geen genoegen mee zou nemen. Tegen die tijd kon hij de overledenen als geen ander oplappen. Op zijn drieëntwintigste had hij al een behoorlijke reputatie opgebouwd. Hij had een paar extra cursusdagen over het onderwerp bijgewoond in Dublin en eindeloos naar filmpjes op YouTube gekeken, waarin de besten uit het vak de nieuwste tips gaven. Er gingen dagen voorbij dat hij het nergens anders over had dan vulmiddelen, was en concealer. Zelfs bij Doyle's kenden ze hun beperkingen en vroegen ze soms of ze een lichaam naar ons toe konden sturen omdat ze Nialls expertise nodig hadden. Een hoofdwond zoals die van Alannah zou moeten worden aangepakt.

'Stel nou dat een van haar ouders haar een kus wil geven, zijn of haar hand op haar hoofd legt en dat gat voelt? Dat kan niet,' luidde zijn reactie op mijn opmerking dat hij het deze keer misschien kon laten zitten als hij het niet aankon. 'Het is mijn plicht om dit voor haar te doen. Ik ga ervoor zorgen dat ze er straks perfect bij ligt, alsof ze geen schrammetje heeft opgelopen.'

Hoewel ik zijn woorden wel had verwacht, had ik er niet op gerekend dat hij zo overstuur zou zijn. 'Weet je zeker dat het wel gaat?'

Hij gaf niet meteen antwoord, maar bleef naar haar kijken, tot hij uiteindelijk heel zacht zei: 'Zaterdag keek ze naar me. Je weet wel, zo'n lange, starende blik.'

'Oké.' Ik knikte. En daar had je het: een steekje van jaloezie.

'Ruth en jij zaten weer eens over Derry te kletsen.' Tegen die tijd had Derry Ruth al zeker drie keer mee uit gevraagd, maar die avond had ze eindelijk ingestemd met een afspraakje.

'Heeft ze al iets gezegd?' vroeg Niall, terwijl hij naar Alannah keek.

'Nee, ze is stil. Bij binnenkomst zei ze niets, en sindsdien heeft ze ook niets gezegd.'

Hij knikte. 'Ik heb een praatje met haar gemaakt. Ze heeft me zelfs haar nummer gegeven. Het zit nog in mijn jaszak.' We keken allebei naar zijn donkerblauwe jas aan het haakje naast de deur. 'Ik kan er met mijn verstand gewoon niet bij dat ze...'

'O, Niall.' Ik legde mijn hand op zijn arm.

Hij bleef er zo lang naar staren dat ik me afvroeg of hij aanstoot nam aan dat tedere gebaar op een plek die heilig zou moeten zijn. Of erger nog, zag hij het misschien als een ongewenste avance, met het oog op wat hij me zojuist verteld had? Hij deed een stap bij me vandaan. 'Kun je tegen haar zeggen dat ik even weg moet?'

'Natuurlijk. Maar ze praat niet, dus ik geloof niet –'

'Zeg het nou maar,' droeg hij me op.

'Oké.' Ik keek hem na, terwijl ik mijn hand op Alannahs schouder legde.

Toen hij na een tijdje nog niet terug was, liep ik achter hem aan naar de rouwkamer. De deur deed ik voorzichtig achter me dicht, om hem niet nog erger te laten schrikken dan ik al gedaan had. Zacht zei ik tegen hem: 'Het spijt me, Niall, als dat van daarnet, dat ik je aanraakte, niet gepast was. Ik wilde gewoon... Ik bedoelde er niets mee.'

Hij draaide zich naar me om. 'Het was lang geleden dat je me had aangeraakt.' Op zijn gezicht lag nog steeds die ietwat verbaasde uitdrukking van eerder.

'Dat zou best kunnen, ja.'

'Je was nogal afgeleid door een zekere Mr Cassin.' Zijn blik zocht de mijne, zoals Alannah zijn blik waarschijnlijk nog geen vijf avonden eerder had gezocht.

'O, die.'

'Die, ja.'

Hij bleef me even aankijken en haalde diep adem, zoals je zou doen voordat je een duik nam. Daarna wendde hij snel zijn blik af, alsof hij anders iets zou doen of zeggen waar hij later spijt van zou krijgen. Misschien was hij bang om toenadering te zoeken, bang om afgewezen te worden. Hoe dan ook kon ik het niet aanzien. Ik wilde niet dat deze geweldige man ook nog maar één moment verdriet had om mij, of door mij. Dus was ik deze keer degene die de afstand overbrugde. Toen ik bij hem kwam staan, voelde ik zijn ademhaling versnellen. Ik keek in die zachte bruine ogen waar ik het verdriet uit weg wilde halen en legde zacht mijn vinger tegen zijn linkerslaap. 'Het spijt me,' fluisterde ik.

Verbaasd fronste hij zijn voorhoofd. 'Wat spijt je?'

'Van Alannah. En omdat ik al die jaren niet naar je heb gekeken zoals je verdient.' Daarna drukte ik mijn lippen op de zijne, omdat ik hem die eerste zoen verschuldigd was. De splinters van mijn hart kregen een schok van levenslust waar ze het heel lang zonder hadden moeten doen.

Toen we ons van elkaar losmaakten, lachte hij even, beet op zijn lip en pakte met een knikje mijn handen vast. 'Betekent dit...' Met één oog dicht keek hij op. Om zijn prachtige lippen lag een grijns. '...dat je misschien echt een keer met me uit wilt?'

'Ja,' zei ik, oprecht gelukkig. 'Als je het me vraagt, dan zeg ik ja.'

'Misschien moet ik het dan maar eens vragen.'

'Misschien wel, ja.'

'Dan doe ik dat misschien maar eens.'

'Nou, ik verheug me er al op.'

'Mooi zo,' zei hij, voordat hij me naar zich toe trok om me weer te zoenen.

# Hoofdstuk 19

In de loop der jaren had ik zo nu en dan van Peanut iets over Fionn gehoord. Toen ze nog in Londen werkte, sprak ze af en toe met hem af, maar na haar verhuizing naar Oslo groeiden ze uit elkaar. Ik vroeg nooit door, ook al kostte het me al mijn zelfbeheersing om niet te vragen of hij nog steeds een relatie met háár had. Trouwens, ik had Niall en het ging goed tussen ons.

Op een donderdag liep ik echter over Mary Street en zag ik een man met een bekende tred op me afkomen. Ik was zevenentwintig. In de vijf jaar dat we elkaar niet hadden gezien was er geen contact geweest. We hadden niet gebeld of berichtjes gestuurd, hij was niet meer naar huis gekomen. En toch was hij daar. Zijn haar was korter, hij had een stoppelbaard en zijn cameratas hing over zijn linkerschouder, ter hoogte van zijn middel. Hij zag er ouder uit, vermoeid. Maar ondanks al die veranderingen, ondanks de afstand tussen ons, was ik meteen weer van hem in de ban. Opeens wist ik niet meer hoe ik mijn lichaam moest bewegen. Hoe moest ik bijvoorbeeld lopen? Welke voet moest eerst, de linker of de rechter? Door de opwinding bonkte mijn hart in mijn keel.

'Hoi,' zei hij eenvoudigweg, terwijl hij voor me bleef staan, net zo nonchalant alsof we elkaar elke donderdag tegenkwamen wanneer ik naar de bank ging om geld te storten.

'Hoi.' Ik probeerde net zo achteloos te doen als hij, maar mijn lichaam leek vastbesloten me te verraden, want ik krabde eerst aan mijn voorhoofd en probeerde vervolgens wat losgeraakte krullen achter mijn oor te duwen. 'Dus je bent weer thuis?'

'Een dag of twee maar. Je ziet er goed uit.'

'Jij ook.' Ik keek opzij, naar het raam van Kate's Kitchen aan de overkant van de straat, om die glimlach en die scheve tand maar niet te hoeven zien.

'Hoe gaat het met jou, Jeanie? Het is al een tijdje geleden.' De woorden kwamen er weloverwogen uit, met de nadruk op 'jou', alsof hij me duidelijk wilde maken dat het hem echt interesseerde hoe het met me ging.

'Goed, hoor. Met jou?' Misschien niet het antwoord dat hij verdiende, maar ik was te nerveus om iets diepzinnigers uit te brengen.

'Ja, je weet wel, prima, hoor. Ik logeer in ons oude huis. Het stond voor de verandering even leeg. Wie had gedacht dat er zoveel mensen in Drumsnough wilden wonen?' Hij lachte. 'Ik ben hier om even tot rust te komen. Jess zegt dat ik te veel gereisd heb. Ik werk voor een paar muziekfestivals in het Verenigd Koninkrijk en Europa. Het is volle bak geweest, de laatste tijd.'

'Klinkt goed. Dat reizen, bedoel ik.'

'Het is niet zo'n luxeleven als het lijkt, maar ach, het brengt brood op de plank. Daardoor kan ik in mijn vrije tijd fotograferen wat ik zelf wil.'

'Dus je woont niet meer in Methley Street, bij Al en Jess?'

'Nee, ik ben nu een volwassen man met een eigen stek. Een flat met twee slaapkamers in Brixton. Iets verder bij het centrum vandaan, maar het bevalt me er goed.'

'O, fijn.'

'Voorheen zag ik Peanut nog weleens, maar sinds ze naar Oslo is verhuisd, spreek ik haar niet meer zo vaak. Op zo nu en dan een berichtje na.'

'Ja, dat heeft ze gezegd.'

Zijn blik viel op mijn verlovingsring, die vanaf mijn ringvinger uitdagend naar hem fonkelde. Verbaasd keek hij op. 'Zozo. Peanut had me wel over Niall en jou verteld, maar ik wist niet dat het zo serieus was.'

'O, dat. Ja.' Vier maanden eerder, op eerste kerstdag, was Niall na het eten, vlak voordat we een spelletje Cluedo zouden gaan spelen, in het bijzijn van iedereen voor me op één knie gegaan en had hij de ring tevoorschijn gehaald. Sprakeloos had ik om me heen gekeken naar de gezichten van de anderen: mijn ouders, Harry en zelfs Mikey. Allemaal hadden ze breed geglimlacht. Mijn vader was al opgestaan om Niall te omhelzen voordat ik daadwerkelijk ja had gezegd. Wat ik daarna natuurlijk alsnog deed. En ik meende het, ook al dwaalden mijn gedachten even af naar een straat in Londen terwijl ik de felicitaties in ontvangst nam. Mam wist Mikey zelfs zover te krijgen dat hij ons een hand gaf.

Ik stopte mijn hand in mijn zak om de fonkelende ring te verbergen.

'Hebben jullie al een datum geprikt?'

'In juni, volgend jaar.'

'Trouwen op je achtentwintigste.' In zijn stem lag geen geamuseerd ongeloof. Eigenlijk klonk hij vooral heel verdrietig.

Omdat ik niet wist wat ik daarmee aan moest, lachte ik zijn opmerking weg. 'Zo jong is dat niet, we zijn geen achttien meer.'

'Nee, dat zal wel niet,' gaf hij toe. Zijn stem klonk nu zachter, zijn blik was op de grond gericht. 'Dat hadden wij kunnen zijn, als het allemaal...'

Het drong tot me door dat hij gelijk had. Als ik het lef had gehad om naar Londen te verhuizen en als hij niemand anders tegen het lijf was gelopen, waren we vast en zeker met elkaar getrouwd.

Mijn gedachtegang werd echter ruw onderbroken.

'Jeanie,' riep Miles Mercier in het voorbijgaan met opgestoken hand

'Alles goed, Miles?' riep ik terug, weigerend om nog langer stil te staan bij de herinnering aan Fionn die jaren geleden iemand anders in zijn armen had gehouden op de drempel van zijn huis.

'Niks te klagen,' riep Miles over zijn schouder, terwijl hij doorliep.

'Dus je bent gelukkig, Jeanie?' Inmiddels had Fionn zijn zelfbeheersing hervonden.

'Zeker weten.' Ik lachte, alsof dat een belachelijke vraag van hem was.

'Mooi zo.' Hij keek weer naar de grond. Met een glimlach die hem er niet echt gelukkig uit liet zien. Gelaten, misschien. Ja, dat was een beter woord.

'Nou, ik ga maar eens...' Om dit maar zo snel mogelijk achter de rug te hebben wees ik naar de bank. Ik kon geen seconde langer verdragen wat deze man met me deed, door alleen al in dezelfde straat te zijn. Op dat moment maakte ik voor het eerst de vergelijking met klittenband. We konden prima zonder elkaar, maar eenmaal samen klampten we ons aan elkaar vast met een wanhoop en een verlangen die aan hebberigheid grensden. Om ons uit elkaar te krijgen was een harde ruk nodig, die te vergelijken was met scheurende huid.

'Moet je horen, Jeanie...' Hij aarzelde even en keek naar de lucht. 'Kunnen we, eh... praten? Niet hier. Misschien later. Samen iets drinken?'

Zijn uitnodiging wakkerde het vuur in mijn buik aan, maar ik bood er weerstand aan. 'Ik weet het niet.'

'Het is belangrijk.' Zijn gezicht stond bloedserieus, alsof hij me uitdaagde om te weigeren. 'Alsjeblieft, Jeanie. Ik zweer dat ik daarna nooit meer iets van je zal vragen.'

De verleiding om alles uit mijn handen te laten vallen voor één seconde alleen met hem, waarin alles kon gebeuren, was heel erg sterk. Toch besefte ik hoe gevaarlijk het zou zijn. Ik kon het niet maken tegenover Niall. Niet na de lange weg die we samen hadden afgelegd, de bruggen die we opnieuw hadden moeten slaan en de gebroken harten die we hadden moeten lijmen voordat we de liefde hadden gevonden.

'Ik weet het niet, Fionn. We hebben het momenteel erg druk.'

Op zijn bezorgde gezicht brak een glimlachje door, zo mooi dat ik hem het liefst zou zoenen, alsof ik daar nog steeds het recht toe had. Het maakte me doodsbang dat hij me zo in zijn greep had.

'Natuurlijk, dat begrijp ik. Ik wilde alleen...' Met een zucht keek hij weer naar de lucht. Daarna schudde hij zijn hoofd. 'Ach, laat ook maar. Ik had het niet eens moeten vragen. Zit er maar niet mee.'

Toch moest er nog iets gezegd worden, dat voelde ik. Ik zou nog een offer moeten brengen.

'Het spijt me,' zei ik nogmaals.

'Nee, joh, ik begrijp het best.'

'Ik moet er nu echt vandoor.'

'Natuurlijk. Ja.' Hij ging aan de kant om me erlangs te laten, met mijn bonkende hart en mijn wangen waarvan ik vermoedde dat ze vuurrood waren. 'Ik ben nog een paar dagen thuis, je weet wel, mocht je toevallig in de buurt zijn.'

De wereld om me heen leek stil te staan toen ik weggleed in de schoonheid van die ogen. Ik zag zijn blik, waarmee hij me smeekte om het alsjeblieft toch te doen, om nog één laatste keer naar hem toe te komen.

'Ik... Ik moet echt gaan.' Ik wendde mijn blik af, schudde de betovering van me af en maakte me snel uit de voeten. Met gebogen hoofd, geconcentreerd op de stoeptegels waarop ik de ene voet voor de andere bleef zetten, zonder adem te halen. Tot ik in de bank verdween, waar ik met mijn rug tegen de koude muur leunde en mijn ogen sloot.

Tot mijn grote schande overwoog ik om tegen Niall te liegen, om niet tegen hem te zeggen dat ik Fionn had gezien. Wat had hij eraan om het te weten? We moesten niet die oude wonden openhalen en de pus eruit laten komen. Maar tegen de tijd dat ik thuiskwam, was het nieuws me al vooruitgesneld. Niall stond in de balsemruimte op me te wachten toen ik voorbijliep om de geldtas terug te leggen in paps bureau.

'Ik hoorde dat Fionn terug is,' riep hij. 'Jullie zijn samen gespot.'

'Aha.' Ik lachte overdreven. 'Door Arthur, zeker?'

'Hoe gaat het met hem?'

'Goed, hoor.' Ik bleef even bij het bureau treuzelen voordat ik moed verzamelde om naar de deur te lopen. Misschien had ik wat ik daarna zei beter voor me kunnen houden, maar ik geloof dat ik hem duidelijk wilde maken hoeveel hij voor me betekende. 'Hij wilde me vanavond zien.'

Op dat moment, toen ik de temperatuur voelde stijgen, besefte ik pas dat wat er tussen Fionn en mij was geweest en wat dat met Niall had gedaan nog steeds in hem voortleefde, als een ongewenste hartritmestoornis.

'Meen je dat nou?' viel hij uit, voordat ik tekst en uitleg kon geven.

'Het zit wel goed, Niall. Ik –'

'Ben je nou echt die twee jaar vergeten waarin jullie steeds naar elkaar teruggingen, zonder je erom te bekommeren of de ander al een relatie had? Denk je nou echt dat ik het oké vind als je vanavond naar hem toe gaat?'

'Nee, laat me even uitpraten.' Ik liep naar de balsemtafel toe en wilde zijn hand pakken, maar hij trok hem weg, zodat mijn vingers in het niets graaiden. 'Ik heb nee gezegd. Luister nou, Niall. Dat is jaren geleden. Sindsdien is er veel gebeurd. Ik heb jou nu. De zaken staan er anders voor. Je hoeft je nergens zorgen om te maken.'

Hoewel zijn woede weer zo snel verdween als hij gekomen was, had hij nog meer te zeggen. 'Toch maak ik me zorgen. Ik heb jarenlang moeten aanzien hoe gek jullie op elkaar waren. En nu, nu we eindelijk samen zijn, komt hij terug en denkt hij dat hij je gewoon van me kan afpakken.'

'Zo zit het niet, Niall. Echt niet.'

In werkelijkheid wist ik niet wat Fionn van plan was geweest. Misschien had Niall wel gelijk. Misschien was dat inderdaad wel gebeurd als ik naar Fionn toe was gegaan. Als hij had geprobeerd me vast te pakken, had ik dat toegelaten. Overweldigd door liefde, ontdaan van loyaliteit en plichtsbesef, alleen maar dankbaar voor dat ene kostbare moment. 'Ik ga niet naar hem toe. Het maakt me niet uit wat hij te zeggen heeft. Ook al zou hij me smeken om er met hem vandoor te gaan, dan zou dat nog niets uitmaken. Ik heb toch voor jou gekozen?' Ik hield mijn hand omhoog om de ring te laten zien die soms niet groot genoeg leek om te kunnen bewijzen dat ik het serieus meende met deze man die me had gered, die me met beide benen op de grond hield en me hier weer gelukkig had gemaakt. 'Ik houd van jou,' zei ik, en ik meende elk woord.

Toch reed ik de volgende dag naar Fionns huis en liet ik de motor een tijdje draaien, bij het begin van de oprit. Toen de deur openging en Fionn vanuit de deuropening naar me keek, hield ik zijn blik even vast. Het liefst wilde ik naar hem toe rennen, hem net zo hartstochtelijk zoenen als hij mij jaren geleden bij ons in de hal had gezoend. Toch deed ik het niet. In plaats daarvan liet ik mijn hoofd hangen, zette de auto in de versnelling en reed weg.

Later dat jaar hielpen Niall en ik een man die Maurice Hannigan heette.

Hij was naar ons toe gebracht vanuit Meath, het aangrenzende graafschap. We waren niet vanwege onze speciale vaardigheden benaderd, maar eenvoudigweg omdat we niet uit de buurt kwamen. Ik had nooit eerder zoiets meegemaakt; een man die zich op zijn vierentachtigste van het leven had beroofd. Toen hij voor me op de balsemtafel lag, vroeg ik me af waarom hij er in een hotelkamer een eind aan had gemaakt.

Ik ging ervan uit dat hij wel iets zou zeggen, zodat ik nog een laatste boodschap zou kunnen overbrengen aan zijn zoon Kevin, die was ingevlogen vanuit de Verenigde Staten. Het bleef echter stil.

Niall en ik kleedden hem uit, vouwden zijn pak, trui en overhemd op en legden die voorzichtig op de stoel, onder het schone pak dat zijn zoon was komen brengen.

'Dus hij zegt niks?' vroeg Niall.

'Nee, geen woord.'

Op het gezicht van Maurice lag een opstandige uitdrukking, alsof hij zich zijn leven lang nooit had laten dwingen om iets tegen zijn zin te doen.

'Misschien heeft hij geluk gehad en heeft hij alles kunnen zeggen voordat hij heenging.'

'Ik weet niet of je wel van geluk kunt spreken als iemand zelfmoord heeft gepleegd.'

'Nee,' zei ik, kijkend naar de ringvinger van Maurice en de glanzend rode afdruk van de ring die Niall had afgedaan. 'Natuurlijk niet.' In stilte begonnen we hem te wassen.

Omdat ik geen idee had hoe de stem van de man had geklonken, moest ik me daar een beeld van vormen toen ik de volgende dag kennismaakte met zijn zoon. Kevins stem deed me denken aan het geruststellende timbre van Marielle. Zijn mond hing een stukje open, waardoor hij er heel kwetsbaar uitzag, alsof hij niet de energie had om hem dicht te doen. Hij zat naast de kist in zijn handen te wrijven en keek afwisselend van zijn vader naar de grond. Dat ging minutenlang zo door.

Toen ik naast hem ging zitten, keek hij me aan. Was het angst wat ik zag, verdriet, of wist hij gewoon niet goed wat hij moest zeggen? Voordat ik hem op zijn gemak kon stellen, zei hij: 'Ik geloof dat je met hen kunt praten.'

'Soms praten ze inderdaad tegen me, maar hij heeft helaas niks gezegd.'

'Daar was hij goed in, ja.' Weer keek hij naar zijn vader.

'Ik zou willen dat hij iets gezegd had, zodat ik het aan jou kon doorgeven. Misschien zou het verklaren...'

'Niet nodig. Hij heeft een boodschap voor me achtergelaten. Hij miste mijn moeder. Eenzaamheid. Daar kwam het op neer.'

'O, het doet me goed dat te horen. Het is moeilijk als je met lege handen achterblijft.'

'Had hij maar veel eerder met me gepraat, dan had ik iets kunnen doen. Misschien had ik hem naar de States kunnen halen. Al had hij het daar vast ook vreselijk gevonden.'

Ik had enorm met hem te doen, omdat hij dat enorme schuldgevoel in zijn eentje moest dragen. 'Heb je hier nog familie?'

'Ik ben enig kind. Ik heb neven en nichten in Engeland. In Bristol en Cheltenham. Maar we kennen elkaar niet zo goed. Mijn vrouw is onderweg met de kinderen. We hebben er twee. Een jongen en een meisje.'

'Fijn dat ze komen.'

In de verte hoorde ik de keukendeur in huis dichtgaan.

'Wat moet ik nou tegen mijn kinderen zeggen? Ze zijn oud genoeg om het te mogen weten, maar ik weet niet hoe ik het moet uitleggen.' Hij verborg zijn gezicht achter zijn lange, slanke vingers en begon zacht te snikken. 'Meestal was hij maar een ouwe brompot. Maar hij was míjn ouwe brompot. Ik had er voor hem moeten zijn.'

'Nee, helemaal niet.' Het vreemde was dat ik het zei alsof ik daar het volste recht toe had, alsof ik er rotsvast in geloofde. Ik kan nog steeds niet uitleggen waar de woorden vandaan kwamen en waarom ik ze zo overtuigd uitsprak, alsof Maurice ze zelf had gezegd. 'Ik bedoel...' Ik probeerde mijn opmerking te verduidelijken zonder nog gekker over te komen. 'We hebben allemaal ons eigen leven en we doen ons best. Ik weet zeker dat jij ook je best hebt gedaan.'

Hij liet zijn handen zakken en draaide zich met een glimlach op zijn gezicht naar me toe. 'Dat zei hij ook al. Weet je zeker dat hij niets tegen je gezegd heeft?' Hij lachte even. 'Je had hem vast graag gemogen. De meeste mensen mochten hem graag. Hij was een rare snuiter – een rijke rare snuiter, dat wel. Maar hij had iets waar de mensen maar geen genoeg van kregen. Had ik dat ook maar. Hij was dyslectisch, maar dat heb ik nooit geweten. Hij zei dat hij geen idee had van wie ik mijn schrijftalent heb geërfd. Maar ik zou graag mijn talent voor een dagje ruilen met zijn charmes, om te weten hoe het leven voor hem was.' Hij liet zijn hoofd weer hangen, verloren in die gedachten over zijn vader.

'Wat denk je dat je tegen je kinderen gaat zeggen?'

'De waarheid, denk ik. Wat moet ik anders? Ik ga zeggen dat hun opa van hen hield. En dat zijn hart gewoonweg te ziek was om nog verder te kunnen.'

Ik knikte en glimlachte, onder de indruk van deze gebroken man.

'Vind je het ook niet gek dat we ons hele leven met iemand kunnen doorbrengen zonder diegene echt te leren kennen, zonder precies te weten hoe hij of zij in een bepaalde situatie zou reageren? Ik zou nooit bedacht hebben dat mijn vader op deze manier aan zijn eind zou komen. Maar nu ik hier zit, nu ik heb gehoord wat hij te zeggen had, snap ik het wel. Het is echt iets voor hem. Mensen zijn ondoorgrondelijk, hè?'

'Zeg dat wel.'

'Ja, jij weet natuurlijk precies waarover ik het heb. Je zult hier wel van alles over de vloer krijgen.' Nieuwsgierig keek hij me aan. 'Hoe werkt het eigenlijk precies, als je met hen praat?'

'Als ze dat willen, zeggen ze iets en dan kan ik hen horen. Zo simpel is het.'

'Wat zeggen ze dan?'

'Van alles. Soms hebben ze goede dingen te vertellen, andere keren is het heel verdrietig.'

'En dan moet jij het doorgeven aan mensen zoals ik, die al kapot zijn van verdriet?'

'Daar komt het wel op neer, ja.'

'Jeetje. Ik zou een artikel over je moeten schrijven.'

Ik lachte een beetje beschaamd, wist niet goed wat ik ervan moest denken. Ik dacht niet dat ik er klaar voor was om wereldbekendheid te vergaren. Maar toen dacht ik aan Marielle en hoe ons contact mijn leven had veranderd. 'In Frankrijk woont een vrouw die Marielle Vincent heet en die veel beter in dat soort dingen is dan ik. Misschien moet je eens met haar praten.'

Hij draaide zich weer naar zijn vader toe. 'Ik weet niet of ik in jouw schoenen zou willen staan. Het lijkt me een zware last om de waarheid met je mee te moeten zeulen.'

'Er zitten ook goede kanten aan.'

'En je kunt het niet aan- en uitzetten?'

'Nee. Het is er de hele dag, elke dag. Als ze willen praten, dan hoor ik hen.'

'Dus totdat je zelf sterft, blijf je hen horen, zelfs als je ermee wilt stoppen of met pensioen gaat. Ze blijven altijd tegen je praten.'

'Ja, dat denk ik wel.'

'Wie luistert er dan naar jou als jij gaat? Heb je kinderen aan wie je deze gave hebt doorgegeven?'

'Nee.' Ik glimlachte, verontschuldigend bijna, tegen deze onbekende man. Niall en ik hadden het nog niet over kinderen gehad. Ik wist niet of ik ze nog wel wilde. Vroeger was ik er heel zeker van geweest, maar nu was ik in de war. Deze vreemdeling bracht de angst onder woorden die al jaren stilletjes aan me knaagde maar die op dat moment glashelder werd. Als ik mijn gave doorgaf, zou een onschuldig kind net als ik gebukt gaan onder de druk en verwachtingen die daarmee gepaard gingen, om nog maar te zwijgen over de manier waarop anderen naar hem of haar zouden kijken. Dat was toch niet eerlijk? 'Nee,' herhaalde ik. 'Voorlopig ben ik de laatste van mijn familie.'

# Hoofdstuk 20

Voor mijn vrijgezellenfeest nodigde Peanut Ruth en mij uit in Londen, om in hun appartement in St John's Wood te komen logeren. Dat hadden ze na hun verhuizing aangehouden zodat Anders ergens kon overnachten wanneer hij in het Verenigd Koninkrijk moest zijn om te kijken of alles goed liep in zijn praktijk daar. Maar nu gingen ze zowel de praktijk als het appartement verkopen. Dit zou haar laatste bezoek aan hun eerste woning in Londen worden.

Eigenlijk had ik geen vrijgezellenfeest gewild, maar Ruth had net zo lang aan mijn kop gezeurd tot ik had toegegeven. Op dat moment was ze vier maanden zwanger van Amy, en ze had het er behoorlijk zwaar mee, dus Peanut dacht dat dit haar wel zou opvrolijken.

Hoewel Ruth die hele middag boven het toilet hing op het vliegveld, tijdens de vlucht en nadat we geland waren, kon ze haar geluk niet op omdat ze twee nachten bij Derry en Tom weg was.

'Ik houd van hen, echt waar, maar jezus, wat een rotzooi maken ze er thuis van. Telkens als ik net heb schoongemaakt, staat een van hen al weer in mijn nek te hijgen en komen er weer chocoladevingers op mijn crèmekleurige bank.'

'Ja, je moet echt eens tegen Derry zeggen dat hij daarmee moet kappen.' Lachend trok Peanut de eerste fles champagne open.

'Misschien kun je beter een leren bank kopen,' stelde ik voor.

'Bedankt voor de tip, maar ik kan niet tegen dat gekraak.'

'Nee, nu je het zegt, ik ook niet.'

De volgende middag gingen we winkelen in Oxford Street, op aandringen van Ruth. Toen we weer terug waren, zocht ze meteen haar bed op en viel in slaap, met haar kleren en schoenen nog aan. Peanut legde een deken over haar heen en vanuit de deuropening keken we naar haar prachtige babybuik die op en neer ging op het ritme van haar ademhaling.

'Heb je al tegen Niall gezegd dat je niet zeker weet of je kinderen wilt?'

Ik had aan Peanut verteld dat ik bang was om mijn gave door te geven.

'Nog niet, nee.'

'Vind je niet dat je dat moet doen voordat jullie elkaar, je weet wel, eeuwige trouw beloven?'

'Dat ga ik ook doen, alleen heb ik nog geen goed moment kunnen vinden.'

Ze knikte, alsof ze me er verder niet mee wilde lastigvallen op mijn vrijgezellenavond. Daarna keek ze weer naar Ruth. 'Jammer, hoor.'

'Wat, mijn twijfels over kinderen?'

'Nee, sufferd, dat ze in slaap is gevallen. Ik had grootse plannen voor vanavond. Er is een geweldige sushibar waar ik naartoe wil en voor daarna heb ik de perfecte jazzclub uitgekozen.'

'Jazz? Dat meen je toch zeker niet?'

'Nee, schat, maar je zou je gezicht eens moeten zien.' Lachend kneep ze in mijn wang. 'Het is een gewone club. Of liever gezegd een bar die tot laat geopend is en waar Anders en ik altijd naartoe gingen. Je kunt er ook dansen, als je wilt.'

'Gaat het goed tussen jullie?'

'Geweldig. Hij keek er echt naar uit om tijd alleen door te brengen met de tweeling. Ook al ben ik dol op hen, zoals jij me altijd in herinnering brengt, ze zijn doodvermoeiend. Hij neemt ze mee naar de blokhut. Je zou het eens moeten zien daar. Het lijkt dat houten krot in onze achtertuin wel, waar mijn vader zich altijd terugtrok als hij in alle rust een wedstrijd wilde kunnen volgen.'

'Hebben jullie het de laatste tijd nog over trouwen gehad?'

'Nee.'

'Maar dat wil je wel?'

'Ja,' zei ze, alsof dat een stomme vraag was. Ze keek me onderzoekend aan, terwijl ik nog wat champagne achteroversloeg. 'Als je niet zeker bent van je relatie met Niall, dan kun je altijd nog terug. Dat zou niemand je kwalijk nemen.'

'Behalve dan Niall, mijn ouders en Harry. En Mikey, niet te vergeten.'

'Hoe zit het met jou? Wat zou jij ervan vinden?'

'Ik zou het mezelf ook kwalijk nemen. Trouwens, ik houd van hem.'

'Toch ben je niet verontwaardigd en lijk je er niet van te walgen dat ik zoiets ook maar durf te opperen, zo vlak voor je grote dag.'

'Kunnen we het niet gewoon over Anders en jou en jullie prachtige blonde kindertjes hebben, en over hoe stinkend rijk jullie zijn?' Ik vroeg het lacherig, in een poging haar af te leiden.

'Natuurlijk. Als je dat echt wilt.' We namen weer een slok en keken naar onze snurkende vriendin. 'Ruth had het vanmiddag wel naar haar zin, hè? Prachtig, dat gezicht van haar, terwijl ze ons van de ene winkel naar de andere sleepte. Snap jij nou hoe ze dat voor elkaar kreeg op die ondingen?' Met haar champagneglas wees ze naar Ruths rode pumps met hoge hakken.

'Ik vond het op deze schoenen al zwaar genoeg, en dan ben ik niet eens vier maanden zwanger,' zei ik met een blik op mijn lichtblauwe sportschoenen met roze veters. 'Zullen we haar schoenen maar uittrekken?'

'Misschien maar wel. Zo kan ze toch niet lekker liggen?'

We liepen naar het voeteneinde, pakten ieder een voet beet en probeerden de schoenen voorzichtig uit te trekken. Alleen leken Ruths voeten wel vastbesloten om de schoenen aan te houden. We duwden en trokken, op en neer, heen en weer. We bleven wiebelen tot er niets anders op zat dan een harde ruk geven. Eerst telden we tot drie. Toen de schoenen loskwamen, werden we door de kracht tegen de muur geslingerd. Ieder met een rode schoen in de hand keken we elkaar aan, bang dat we haar wakker hadden gemaakt.

'Bedankt, meiden.' Zonder haar ogen open te doen draaide Ruth zich glimlachend op haar zij. Haar handen legde ze onder haar rechterwang, en ze nestelde zich met een tevreden zucht weer in het kussen.

Giechelend trokken we het dekbed over haar voeten en gaven er een klopje op.

'Denk je dat ze het vervelend vindt als wij samen uitgaan?' fluisterde Peanut toen we op het punt stonden de kamer uit te lopen. 'Ik wil je iets laten zien.'

'Ik vind het best, als zij het niet erg vindt.'

Peanut ging op haar hurken naast het bed zitten en vroeg aan Ruth of ze zin had om een uurtje of twee mee te gaan.

Ruth gebaarde dat ze weg moest gaan. 'Laat me met rust. Ik probeer te slapen.'

'Oké, vind je het dan goed als wij wel gaan?'

Ruth draaide zich gewoon om, zonder acht op ons te slaan.

Peanut wilde niet zeggen waar we naartoe gingen, maar stond er wel op dat ik iets netters zou aantrekken dan mijn Puma's met roze veters. Dus trok ik mijn rode knielaarzen met plateauzolen in de stijl van Harry aan, die ik voor een vijfje op de kop had getikt bij de kringloopwinkel. Al snel haastten we ons naar de Jubilee Line. Onderweg keek ze steeds hoe laat het was en trok ze me mee wanneer ik bleef staan om bij een restaurant naar binnen te kijken.

'Na afloop gaan we eten, beloofd. Of nee, misschien zijn er wel hapjes.'

We liepen kriskras door de straten, gingen onder bogen door die uitkwamen op steegjes en smalle zijstraatjes met witgeschilderde gebouwen en etalages waarin schilderijen te koop werden aangeboden tegen prijzen waarvoor je in Kilcross een huis kon kopen. Ze bleef staan voor een pand waaruit het geroezemoes van mensen opsteeg, als het gezoem in de bijenkorven van Simon, de vader van Niall.

'Wat doen we hier?' Ik keek naar de etalage, waar één grote foto hing. Het duurde even voordat het tot me doordrong waarnaar ik keek, maar al snel zag ik dat het een opbollend laken was, dat eruitzag als een golf of een plooi in een wit rozenblaadje. Elegant, weelderig en kostbaar.

'Dat meen je niet.' Mijn hand vloog naar mijn mond. Het was de foto waarop ik het laken in onze balsemruimte uitsloeg, van tien jaar geleden. Alleen stond ik er niet meer op. Alles draaide nu om het laken, weergegeven in sepia.

'Ik had tegen hem gezegd dat ik misschien zou komen. Dit is zijn eerste grote expositie in jaren.'

Ik bleef maar naar de foto staren, niet in staat om de woorden te formuleren die uiteindelijk wel zouden komen.

'We zijn aan de late kant. Zijn speech zullen we al wel gemist hebben; de Engelsen zijn nu eenmaal wat stipter dan wij.'

Toen Peanut aanstalten maakte om naar binnen te lopen, bleef ik roerloos staan. Zelfs toen ze mijn hand pakte en me naar binnen probeerde te trekken, gaf ik geen krimp.

'Jeanie? Wil je niet naar binnen?'

'Je… Je had het tegen me moeten zeggen, Peanut.'

'Dat weet ik, maar soms is het nodig dat je vrienden zoiets doen.'

'Hoezo?' Ik draaide me naar haar toe.

'Omdat ik wil dat je echt zeker bent van je relatie met Niall.'

'En dat dacht je te bereiken door me hier mee naartoe te nemen, naar Fionn Cassin.'

'Daar komt het wel op neer, ja.'

Ik liep langs de galerie heen naar een portiek, waar ik me op het opstapje liet zakken, met mijn hand tegen mijn voorhoofd.

Pea kwam naast me zitten.

'Ik houd van Niall, Pea. Dat heb ik al tegen je gezegd.'

'Ik weet dat je van hem houdt. Maar is hij de liefde van je leven?'

'Ja, natuurlijk.'

'Oké, moet je horen. We hoeven niet naar binnen. Ik heb niet tegen hem gezegd dat we zouden komen. Waarschijnlijk heeft hij me gewoon uit beleefdheid een uitnodiging gestuurd. Tenslotte heb ik hem al jaren niet meer gezien. Ik maak me gewoon zorgen om je, Jeanie.'

Ik keek naar mijn vriendin, die zich altijd en eeuwig zorgen om me leek te maken. Er bekroop me een schuldgevoel omdat onze relatie zo in elkaar zat. Dat zij het steeds maar voor me moest opnemen, me moest verdedigen, voor mijn geweten moest spelen. Mijn ergernis verdween op slag.

'Het zal wel aan de champagne liggen.' Met mijn knie stootte ik de hare aan, en ik glimlachte.

'Ja, daar zal het aan liggen.'

Ik lachte. 'Luister, dit slaat nergens op. Ik ben gelukkig met Niall en je hoeft je nergens zorgen om te maken. Ik ga gewoon naar binnen, dan kun je het zelf zien en hoef je er niet meer mee te zitten. Een halfuurtje, hooguit. We gaan proberen alle foto's van mij te zoeken, want dat zullen er wel veel zijn als hij echt zo gek op me was. Daarna gaan we terug naar Ruth, om er eens hard om te lachen. Afgesproken?' Ik stak mijn hand uit om de hare te schudden.

'Weet je het zeker?'

'Heel zeker.' Ik stak mijn hand nog wat verder naar voren. Toen ze hem schudde, schoten we allebei in de lach. We stonden op, liepen arm in arm terug naar de galerie en gingen naar binnen. Fionn was nergens te zien. Al was hij wel in de buurt. Ik kon zijn aanwezigheid voelen, dwars door de verstikkende drukte heen. Peanut koerste recht op de geïmproviseerde bar en de glimlachende serveerster af. Ze pakte twee glazen witte wijn en gaf mij er één, terwijl haar blik al naar de hapjes dwaalde waar de serveerster naar had gewezen. Ik had geen trek meer, had mijn buik vol van de zenuwen. Daarentegen stapelde Peanut drie crackers met paté op elkaar en schoof ze in haar mond.

'Wat nou?' Opstandig keek ze me aan, de kruimels vlogen in het rond.

'Zullen we...' Met mijn glas wijn wees ik in de richting van de foto's aan de muur.

'Ja, natuurlijk. Ik pak nog een paar van deze.' Ze keek naar haar wijn en toen het tot haar doordrong hoe weinig hapjes ze zou kunnen pakken als ze haar glas bleef vasthouden, sloeg ze het in één keer achterover en zette het neer. Daarna maakte ze nog twee stapels van haar eigen recept. 'Maak je geen zorgen, ik kom zo wel weer een glas halen,' zei ze tegen de serveerster, die het beu leek te worden dat Peanut steeds opnieuw iets kwam pakken. Daarna begonnen we aan onze ronde door het vertrek. 'Volgens mij vindt ze me leuk. Als ik op vrouwen viel, zou ik het wel weten.' Ze lachte.

Door mijn bijna hoorbaar bonkende hart vroeg ik me af in welke hoek ik hem zou aantreffen of wanneer zijn stem mijn oor zou bereiken. Misschien zou hij wel opeens naast me staan, zonder dat ik hem had gezien of gehoord. Die mogelijkheid liet me niet meer los, waardoor het lachwekkend werd dat ik deed alsof ik aandachtig naar zijn werk keek, naar zijn interpretatie van de wereld. Toch ging ik door, van de ene foto naar de andere, knikkend wanneer Peanut iets aanwees. Ik gaf commentaar met woorden die ik uit zijn woordenschat van lang geleden pikte: gezichtspunt, apex, diafragma.

Van een groot deel van de foto's kreeg ik de details niet mee. Niet dat ze niet goed waren, dat ze mijn concentratie en complimenten niet verdienden; integendeel, zelfs. Allemaal hadden ze het in zich om me weer naar hem toe te trekken, om alle liefde en bewondering die ik voor hem had gevoeld weer naar boven te halen. Momenten die uit het leven waren gegrepen, met zoveel detail en diepte vastgelegd door die mysterieuze kant van hem die precies wist wanneer hij moest afdrukken. Zijn werk was zo mooi dat ik zin kreeg om te huilen.

Voor de meeste foto's sloot ik me af. Ik repte me door het vertrek, zodat Peanut moeite had om me bij te houden, zeker aangezien ze steeds terug moest om eten en wijn te halen. Voor mij was dat de enige manier om me te wapenen tegen de drang om naar hem op zoek te gaan. Eén foto zorgde er echter voor dat ik abrupt bleef staan op mijn rode laarzen: een zwart-witte close-up van het gezicht van een meisje. In de bovenste linkerhoek was haar oog te zien, in de schaduw, terwijl de rest van haar gezicht in een straal licht werd gehuld, van haar rechterslaap tot aan haar kaaklijn. Het zorgde voor een contrast met het inktachtige duister van haar rechteroog, de scherpe hoek van haar jukbeen, haar volle lippen. Het ene oog dat goed zichtbaar was keek over de camera heen, naar iets buiten beeld. Ze was beeldschoon. Ik was het. Ik kon me niet herinneren dat hij die foto gemaakt had. Wist niet meer waar we waren geweest of waar die baan van licht vandaan was gekomen waardoor mijn huid zo straalde, waardoor mijn sproeten scherp afstaken tegen mijn bleke huid. Mijn adem stokte.

Peanut legde haar hand op mijn arm en zei: 'Jezusmina.'

Zwijgend bleven we staan, niet in staat om ons los te maken van dat boeiende gezicht, ook niet toen er andere mensen voor ons langs liepen en bleven staan om de foto te bekijken. Geen van allen keken ze om, brachten ze het in verband met de vrouw met die zwarte bos haar die met open mond achter hen stond. We bleven voor ons uit staren tot ze opzijgingen en het meisje weer in beeld kwam.

'Dus jullie hebben het gevonden,' zei hij. 'Ik wist niet zeker of je zou komen, Peanut. En ik had niet door dat je zo'n belangrijke gast zou meenemen.'

'Hé.' Peanut draaide zich naar hem toe om hem een kus op de wang te geven. 'Ja, ik wist het zelf ook niet zeker, maar hier zijn we dan. Ruth was ook bijna meegekomen, maar die ligt nu bij mij thuis te genieten van haar zwangerschap.' Met een glimlachje vervolgde ze: 'Het is hier een chique bedoening, zeg.' Ze gebaarde om zich heen naar het vertrek, de mensen, de foto's en natuurlijk de bar, waardoor de wijn in haar volle glas over de rand klotste. 'De hapjes zijn heerlijk, trouwens.'

'Fijn dat je ze lekker vindt.'

Ik had nog geen vin verroerd. Het was duidelijk dat ik iets zou moeten zeggen, maar mijn hersenen hadden er moeite mee om naar de juiste stand te schakelen.

'Jeanie, leuk je te zien. Bedankt dat je gekomen bent.' Met die wolfachtige ogen keek hij me aan.

'Ja, nou...' Ik moest slikken om mijn stem weer werkend te krijgen. 'Eerlijk gezegd wist ik van tevoren niet waar we naartoe zouden gaan.'

'O, op die manier.' Hij glimlachte naar Peanut, die ondeugend teruggrijnsde.

'Sorry, dat kwam nogal onaardig over.'

'Nee, dat geeft niet. Ik kan me voorstellen dat het best schrikken is om in een ander land een galerie in te lopen en je eigen gezicht aan de muur te zien hangen.'

Ik keek weer naar de foto, met samengeknepen ogen. 'Waar is deze gemaakt?'

'Bij mij thuis in Drumsnough. In mijn slaapkamer.' Beschaamd wendde hij zijn blik af, maar zijn glimlach bleef hangen.

Toen het tot me doordrong, sloeg ik mijn hand voor mijn mond. Ik moest tranen wegknipperen uit mijn ogen omdat ik me herinnerde dat als hij had uitgezoomd, mijn hele lichaam te zien zou zijn geweest, poedelnaakt. Zijn ouders waren weg en we hadden van de gelegenheid gebruikgemaakt om in zijn bed te kruipen, tot hij grote ogen had opgezet en had gezucht door de ontlading.

'*La petite mort*,' fluisterde hij in mijn oor, terwijl hij naast me op zijn rug ging liggen en zijn ogen even dichtdeed. Daarna stond hij op om iets te doen.

Nieuwsgierig door zijn gerommel ging ik rechtop zitten. Op dat moment had ik de warmte van de zon op de rechterkant van mijn gezicht gevoeld, was de duisternis doorkliefd door de kier tussen zijn gordijnen.

'Wacht. Niet bewegen.' Met zijn linkerhand waarschuwend opgeheven pakte hij zijn camera. Hij maakte zoveel foto's dat ik het irritant begon te vinden, weet ik nog.

'Eentje nog, alsjeblieft. Kijk eens naar de muur, naast de gordijnen. Zo ja, perfect.'

'Ik ga stoppen, hoor. Je ouders kunnen elk moment thuiskomen.'

'Die vinden het niet erg. Ik heb al vaker tegen je gezegd dat ze er alleen op hameren dat ik me verantwoordelijk en respectvol moet gedragen en het veilig moet doen.' Op zijn knieën ging hij voor me zitten, met zijn camera nog steeds in de hand, om nog een of twee foto's te maken voordat hij me weer zoende.

Tot die avond had ik het eindresultaat nooit gezien.

'Jezus,' zei ik.

'Het spijt me. Gaat dit te ver? Je zei dat ik alle foto's mocht gebruiken die ik van je gemaakt had. Dit is nog steeds een van mijn favorieten. Als je wilt, kan ik hem wel weghalen.'

'Nee, dat hoeft niet. Ik...' Ik ademde diep in. 'Ik was vergeten...' Ook bij mijn tweede poging werd ik onderbroken door een dringende behoefte aan lucht. 'Kan ik hier ergens...' Gaan zitten, wilde ik zeggen, maar in plaats daarvan maakte ik met mijn hand een cirkelbeweging bij mijn achterste, in de hoop dat een van hen me zou begrijpen.

'O, eh... Nee, sorry –'

'Ik moet even een luchtje scheppen, geloof ik.' Ik wees naar het raam, gaf Peanut mijn lege wijnglas en baande me door de mensenmassa een weg naar buiten. Daar hield ik me vast aan het traliewerk van het aangrenzende pand. Ik greep de tralies een voor een vast op weg naar het opstapje waarop we eerder hadden gezeten. Daar liet ik me op zakken om de buitenlucht op te snuiven.

'Wat een dramatische aftocht.' Peanut kwam naast me zitten met een glas water en een glas wijn, niet al te behendig vastgehouden met één hand, zodat de inhoud van beide glazen over de rand klotste. In haar andere hand had ze weer een paar hapjes. Ze bood me alles aan. Ik koos voor het water. Daar leek ze opgelucht om, want ze smikkelde en slurpte de rest op. 'Het leek wel een roman van Jane Austen, maar dan zonder de kostuums.'

'Ja. Dat heb ik voor jou gedaan, Pea. Ik dacht dat het de avond wat extra glans zou geven.'

'Hij doet het zowat in zijn broek.'

'Hoe bedoel je?'

'Hij denkt dat je hem gaat aanklagen.'

'Waarom zou ik?'

'Je kunt er een fortuin aan overhouden als je zegt dat je hem geen schriftelijke toestemming hebt gegeven.'

'Kom op, Pea. Heb je vandaag soms iets gebruikt zonder dat ik het gezien heb?'

'Was dat maar zo. Nee, het komt door de wijn. De laatste keer dat ik zoveel heb gedronken was voordat ik zwanger was van de tweeling. Die wijn is nogal sterk.'

'Misschien drink je gewoon te snel.'

'Dat zou ook kunnen. Hoe dan ook, hij wilde achter je aan gaan, maar ik heb hem tegengehouden. Ik zei: "Luister eens, maat, ik regel het wel."'

'Jeetje, je bent echt dronken.'

'Ik weet het.' Ze giechelde, sloeg het laatste restje wijn achterover en legde haar hoofd tegen mijn schouder. 'Ik denk dat ik zo maar even blijf zitten.'

'Mooi is dat.'

Terwijl zij een zucht slaakte en vrijwel meteen in slaap viel, legde ik mijn hoofd in mijn handen. Ik vroeg me af hoe ik hier was beland, in dezelfde hopeloze situatie waarin ik altijd terechtkwam als Fionn Cassin in het spel was.

'Gaat het weer?' Fionn kwam aarzelend op me aflopen.

'O, ja. Sorry hoor.' Ik glimlachte. 'Het was inderdaad even schrikken.'

'Dus ze had echt niet gezegd waar jullie naartoe gingen?'

'Nee.' Over Peanuts hoofd heen keek ik hem aan. 'Maar ze blijft een schat.'

'Mag ik?' Hij gebaarde naar de brede opstap.

'Natuurlijk. Maar moet je niet naar binnen om je foto's aan de man te brengen?'

'Die twee minuten kunnen ze me wel missen.'

We keken voor ons uit naar de straat, op dit zeldzame moment van rust op de zaterdagavond, terwijl we op veel drukkere straten in de verte muziek en gelach hoorden.

'Ik ben blij dat je gekomen bent.'

'Ja?'

'Ben je nog steeds niet getrouwd?'

'Over twee weken.'

Hij keek naar de grond en wreef in zijn handen. 'Ik had nooit gedacht dat jullie met elkaar zouden eindigen.'

'Dan ben je niet de enige.' Ik keek weer naar Peanut. 'Maar we passen goed bij elkaar.'

'Dan heeft het dus allemaal perfect uitgepakt.'

'Ja. Perfect.'

Er viel een pijnlijke stilte.

'Heb je de laatste tijd nog interessante dode mensen gesproken?' Met die woorden verbrak hij de impasse en zocht hij weer vertrouwd terrein op.

'Ja hoor.' Ik lachte en ontspande me een beetje. 'Een paar. Laatst nog iemand uit jouw kliek.'

'Mijn kliek?'

'Een Ierse Londenaar.'

'O, val ik nu in die categorie?'

'Annie Galvin. Vijfentachtig jaar. Ze was hier gestorven, in een verpleeghuis. Had niemand meer over. Ze kende niemand, behalve ene Samantha van het London Irish Centre, die om de paar weken bij haar op bezoek kwam. Elke keer als Annie haar zag, zei ze dat ze ervoor moest zorgen dat ze na haar dood naar huis werd gebracht, naar Kilcross. Het was haar liefste wens om bij haar ouders begraven te worden. Maar ze had geen rooie cent. Toen het einde naderde, zette Samantha een crowdfundingactie op. Twee dagen na haar dood lag Annie bij ons en vertelde dat ze zou willen dat ze nooit was weggegaan. We hadden het over alle dingen die zij zich nog van het stadje kon herinneren en ik vertelde haar wat er zoal veranderd was. Het was echt een lief mens. Toen ze klaar was om te gaan, bedankte ze me heel beleefd en nam ze afscheid.'

'Kijk, door dat soort verhalen kan ik wel begrijpen waarom je daar gebleven bent.'

Het duurde even voordat ik reageerde. 'Ja, ze was me er eentje.' Ik keek naar het einde van de straat, waar een taxi tot stilstand kwam. Er stapte een man uit, die zijn kraag opzette en verdween in een gebouw dat er volkomen donker bij lag. Dit was Annies wereld, een stad waarin raadsels en eenzaamheid hand in hand gingen. 'Ben je blij dat je naar Londen bent verhuisd?' Nieuwsgierig draaide ik me weer naar hem toe.

'Nou en of. Het is hier geweldig. De mogelijkheden zijn eindeloos. Het voelt alsof ik mijn lot in eigen handen heb.'

'Dus het gaat je niet alleen om het geld?'

'Natuurlijk is dat wel belangrijk, alleen probeer ik het wel in perspectief te zien. Maar ik heb het geluk dat mensen mijn werk mooi vinden, zodat ik de opdrachten voor het uitkiezen heb. Voorlopig, althans. Tot ik weer passé ben.'

'Hoe gebeurt zoiets dan?'

'Door gemakzucht. Het is belangrijk dat je nooit denkt dat je er al bent, dat er niets meer te leren valt. Want er is altijd wel iets te leren.'

Daar moest ik om grinniken.

'Wat is er zo grappig?'

'O, niks. Het komt gewoon door jou. Dat vond ik altijd zo leuk aan je. Die zucht naar nieuwe dingen, om te ontdekken, te creëren, je grenzen te verleggen. Zo ben ik nooit geweest. Ik snapte nooit wat iemand als jij in mij zag.'

Ik schaamde me voor die openhartige woorden, die me net zo gemakkelijk afgingen als mijn ongedwongen glimlach als hij bij me was.

'Begin je nou weer? Na al die jaren?' Hij leek bijna boos, alsof ik hem weer teleurstelde. 'Heb je weleens in de spiegel gekeken, Jeanie? Sta je er weleens bij stil wat je doet? Ik bedoel, besef je wel wat je net allemaal over Annie zei? Jij bent de bijzonderste vrouw die ik ooit heb ontmoet. Ik ken er best een paar die het je behoorlijk moeilijk zouden kunnen maken, maar niemand is ook maar in de buurt gekomen van wat jij me liet voelen. Toen ik jou had, voelde het alsof ik echt leefde. Door de manier waarop je naar me keek kreeg ik het gevoel dat ik alles kon bereiken. En ik heb er altijd spijt van gehad dat ik jou niet datzelfde gevoel heb kunnen geven.'

Mijn adem stokte en ik sloeg beschaamd mijn ogen neer.

'Ik wilde zo graag dat je met me mee zou gaan, Jeanie. Ik dacht dat als ik je van deze wereld kon laten proeven, je wel zou beseffen hoe geweldig je was, hoeveel je in je mars had. Maar volgens mij deed het meer kwaad dan goed dat ik zo aandrong. Dus hield ik ermee op.' Nu was het zijn beurt om zijn blik af te wenden. 'Je moest eens weten hoelang ik erover heb gedaan om over je heen te komen. Hoe moeilijk het was om je geen berichtje te sturen of te bellen om je te smeken om in het vliegtuig te stappen en hier te komen wonen. Later hoorde ik dat je iets met Niall had en dacht ik: ja, dat snap ik wel. Dat is veilig terrein voor haar. Dat jaagt haar geen angst aan. Maar ik haatte hem erom. Stom, vind je ook niet? Terwijl ik hem eigenlijk had moeten bellen om hem te bedanken omdat hij je de zekerheid gaf die je nodig dacht te hebben.' Hij liet een verslagen lachje horen. 'Ik wilde alleen... Ik wilde gewoon dat je het met mij had aangedurfd, Jeanie. Dat je het hier had geprobeerd. Dat is alles.'

Toen zijn betoog erop zat, sloeg hij zijn hand voor zijn mond, maar toch had hij nog meer te zeggen. 'Ik ben die ene keer zelfs naar Kilcross teruggegaan om er zeker van te zijn, je weet wel, dat je hem echt wilde. Weet je nog dat we in Mary Street stonden en dat ik je vroeg naar me toe te komen, maar dat je nee zei? Later zag ik je voor mijn huis en dacht ik: oké, het is zover, nu gaan we er eindelijk voor. Maar je reed door.' Hij lachte. 'En toch ben ik nu nog steeds hopeloos met jou verbonden.'

Op de een of andere manier slaagde ik erin zijn blik vast te houden zonder het gevoel te krijgen dat ik zou stikken in mijn angst voor wie hij was en wat hij te zeggen had. Het leek wel of we weer terug waren gegaan naar dat moment in zijn slaapkamer, toen we elkaar echt konden zien. Hij leunde naar me toe om me te zoenen. En het voelde goed. Ik deed mijn ogen dicht omdat ik die aanraking voorgoed wilde vasthouden. Als een herinnering die buiten de tijd om kon bestaan en die alle kwetsbaarheid, stommiteiten, zwakte, kracht en liefde tussen ons bevatte.

Zijn hand gleed in mijn haar, begroef zich in de dikte ervan, klampte zich eraan vast om me dichter naar hem toe te trekken, waardoor Peanut loskwam van mijn schouder en kreunend omlaagzakte. Ik moest me van hem losmaken om te voorkomen dat ze haar hoofd stootte en legde haar hoofd in plaats daarvan bij me op schoot.

'Fionn?' Verderop in de straat riep een Engelsman zijn naam, die hij ook nog eens totaal verkeerd uitsprak.

Geërgerd deed hij zijn ogen een seconde lang dicht, waarna hij ze weer opende en mij aanstaarde. Hij drukte zijn voorhoofd tegen het mijne. 'Mocht je ooit beseffen dat je de verkeerde beslissing hebt genomen, dan wacht ik hier op je, oké? Ik houd van je, Jeanie Masterson, en dat zal ik altijd blijven doen.'

Zonder nog iets te zeggen of mijn reactie af te wachten, drukte hij een kus op mijn voorhoofd, stond op en liep weg.

Ik vertelde aan niemand wat hij die avond had gezegd. Niet aan Peanut, die ik wakker moest maken om ons naar huis te loodsen. Niet aan Ruth, die toen we terugkwamen nijdig was omdat ze de reünie had gemist en precies wilde weten wat hij had gezegd. Niet aan Niall, die ons in Dublin van het vliegveld kwam halen, waar ik mijn armen om hem heen sloeg en hem zoende met zoveel hartstocht dat Ruth een wolvenkreet liet horen. Ik was vastbesloten om hem te laten zien dat ik van hem hield en mezelf ervan te overtuigen dat ik de juiste keuze had gemaakt. Niemand hoefde het te weten te komen, besloot ik. Ik zou Fionns belofte diep in mijn binnenste bewaren, bij alle geheimen die de doden me hadden toevertrouwd, voor het geval dat ik er nog eens op moest terugvallen.

# Hoofdstuk 21

De eerste keer dat Niall en ik het over kinderen hadden was twee weken later, op onze bruiloft. Tijdens het diner zaten we aan de hoofdtafel, met pijnlijke kaken van het glimlachen naar de camera.

Niall kon zijn ogen niet van Ruth afhouden, die haar bolle Amy-buik met trots droeg.

'Wat?' vroeg ik, geamuseerd omdat hij zo afgeleid was door onze vriendin.

Ze liep langs de tafel waar we net het hoofdgerecht naar binnen hadden gewerkt, terwijl Gareth, de broer van Niall, opstond om te gaan speechen. Ruth zwaaide, blies ons een kushandje toe en trok met haar andere hand de zoom van haar oranje jurk wat op. Haar zachte krullen wipten op en neer omdat ze snel van het toilet terug naar haar zitplaats probeerde te komen, voordat de hilariteit losbarstte.

Niall lachte omdat ik zo nieuwsgierig was en pakte mijn hand. 'Ik zag jou opeens zo voor me, zo stralend.'

'Zo stralend voelt ze zich niet, hoor. Daarstraks zei ze nog dat het aanvoelt alsof ze een heel voetbalelftal in haar buik heeft zitten.'

'Toch kan ik niet wachten tot het voor ons zover is.'

'Wat, tot we een elftal gaan produceren?'

'Nou ja, we zijn al achtentwintig, dus een voltallige ploeg zit er misschien niet meer in. Een middenvelder en een paar verdedigers, dat lijkt me perfect.'

Ik lachte, misschien iets harder dan gepast was, waardoor hij me vragend aankeek. 'We hebben toch nog tijd zat? Het duurt nog jaren voordat we ons daarmee bezig hoeven te houden.'

'Natuurlijk.' Zijn glimlach werd mat, alsof hij wilde zeggen dat we het er later nog wel over zouden hebben. Daarna draaide hij zich van me af, met mijn hand nog in de zijne, en zei iets tegen Gareth, die zich naar hem toe had gebogen.

Op dat moment leunde Peanut, in haar zelf uitgekozen pastelblauwe bruidsmeisjesjurk, naar me toe. 'Wat denk jij, moet ik Anders uit zijn lijden verlossen?'

We keken allebei naar hem. Hij probeerde Elsa zover te krijgen dat ze ophield haar gelatinepudding in haar schoot te scheppen en deed tegelijkertijd een poging om Oskar tot de orde te roepen, omdat die achter Tom, Ruths oudste, door de zaal rende.

'Och, zo te zien redt hij het wel,' zei ze.

Tot mijn dertigste slaagde ik erin om het niet meer met Niall over kinderen te hebben. Vanaf dat moment voerde hij de druk op door te zeggen dat het hoog tijd werd. We wilden het immers niet bij één kind houden, anders was het zielig voor het kind. Dan zou het zich maar vervelen. Met wie zou het dan moeten spelen?

'En ruziemaken,' voegde ik daaraan toe, terwijl we op een van onze zeldzame rustige dagen de handdoeken en lakens die we voor de overledenen gebruikten stonden op te vouwen in de keuken. 'Kijk maar naar jou en je broer.'

Gareth en Niall konden het zelfs niet eens worden over de spelregels van Monopoly. Als we kerst bij de Longleys vierden, was het altijd hetzelfde liedje. De eerste tien minuten ging het goed, daarna stak hun concurrentiedrang de kop op en zei de een tegen de ander dat je drie keer hetzelfde aantal ogen moest gooien, niet twee keer, om de gevangenis te mogen verlaten.

'Van af en toe ruziën wordt de band alleen maar sterker,' vond Niall. 'Trouwens, als we maar één kind krijgen, moet hij of zij later in zijn eentje voor ons zorgen als we oud zijn.'

'Krijgen mensen daarom kinderen, zodat ze iemand hebben die voor hen zorgt als ze bejaard zijn?'

'In principe wel, ja. En er moeten meer mensen bij komen zodat die de belastingen kunnen betalen waarvan ons royale staatspensioen wordt bekostigd.'

'Goh, wat ontroerend. Zullen we dan maar meteen een kindje maken?'

'Heel graag.' Hij liet een handdoek uit zijn handen vallen en pakte me vast.

Lachend duwde ik hem weg. 'Niet iedereen krijgt kinderen, Niall. Kijk maar naar Arthur en Teresa.'

'Ik dacht dat die geen kinderen konden krijgen.'

'Ja, dat is waar.'

'Als we in dit tempo doorgaan, moeten we nog maar zien of het bij ons lukt.'

'Ik wil alleen maar zeggen dat er ook mensen zijn die geen kinderen hebben, maar toch hartstikke gelukkig zijn,' draaide ik eromheen.

'Je wilt toch wel kinderen?' Hij hield weer op met vouwen. 'Dat zeg je toch niet alleen omdat je weet dat ik ze wil?'

'Nee,' zei ik, alsof het idee alleen al belachelijk was. Inmiddels was ik ook gestopt met vouwen en wond ik een losse draad uit een van de lakens zo strak mogelijk om mijn pink.

'Wat is het probleem dan?'

'Ik ben er gewoon nog niet aan toe. Het voelt nog steeds als een hele verantwoordelijkheid. Alles zou erdoor veranderen.'

'Je bent al dertig, Jeanie. Zelfs als je nu meteen zwanger zou raken, zou je pas op je eenendertigste bevallen. Misschien zou je al wel vijfendertig zijn tegen de tijd dat de tweede kwam.'

'Jeetje, je hebt het al helemaal uitgedacht, zeg.' Ik trok aan de draad, die weer los was van mijn pink, steeds harder, tot hij kapotging.

'Je wilt toch geen groot leeftijdsverschil?'

'Tegenwoordig krijgt iedereen pas laat kinderen.'

'Ruth en Peanut niet.'

'Nee, zij niet. Andere mensen, bedoel ik.'

'Ja, maar die zijn er wel mee bezig. Wij zijn het nog niet eens aan het proberen.'

'Dat weet ik, maar kijk nou eens naar Ruth en Derry. Die zijn de hele tijd doodmoe. Als we met hen uitgaan, moeten ze om tien uur al weer naar huis.'

'Maar ze redden het wel. Ze zijn toch gelukkig? Wat is er nou, Jeanie? Ik begrijp het niet.'

'Nou...' begon ik nerveus, in het besef dat ik nu zou moeten toegeven waar ik zo bang voor was. 'Stel nou dat ons kind heeft wat ik heb?'

'Hoe bedoel je, wat jij hebt?'

'Je weet wel, dat ik met de doden kan praten.'

'O. Ben je daar bang voor?'

'Ik denk het wel. Ik bedoel, dat zou ik mijn kinderen niet toewensen. Mijn moeder was doodongerust over mij toen ze erachter kwam. Omdat ze wist wat me te wachten stond. Ze had mijn vader al genoeg zien worstelen met de last die de overledenen met zich meebrachten. Om nog maar te zwijgen van de levenden, die heel wreed tegen ons kunnen doen.'

'Hun genen zouden ook voor de helft van mij komen, weet je nog? Misschien worden ze juist wel net zo handig als ik.'

'Het is niet grappig, Niall.'

'Dat zei ik ook niet. Ik wist alleen niet dat je er zo over dacht.'

'Nou, dus wel. Ik wil niet dat ze van die gemene opmerkingen naar hun hoofd geslingerd krijgen en uitgescholden worden. Je weet hoe het was, Niall, je was er zelf bij. Dat kan ik mijn kinderen niet aandoen. En dat is niet het enige. Dit werk is moeilijk en het laat je nooit los. Je moet er elke minuut van de dag je aandacht bij houden.'

'Oké,' gaf hij toe. 'Zo had ik er nog niet eerder over nagedacht. Ik begrijp het wel. Maar wie weet erven onze kinderen die gave helemaal niet. Mikey heeft de gave van je vader ook niet. Mocht het wel zo zijn, dan hebben ze ons en je vader. Wij helpen hen er wel doorheen. Ze zouden er niet alleen voor staan.'

'Ik had mijn vader ook, maar toch voelde ik me alleen.'

'Dan zorgen we ervoor dat dat bij onze kinderen niet zo is.'

Toen hij bemoedigend glimlachte, knikte ik zwakjes. Daarna sloeg hij zijn armen om me heen, drukte een kus op mijn hoofd en trok me tegen zijn borst aan.

# Hoofdstuk 22

Op de dag van de avondwake voor Andrew Devlin, de vriend van mijn vader, werkten Niall en ik grotendeels zwijgend samen, als overdreven beleefde onbekenden. Hoewel ik steeds oogcontact zocht, weigerde hij me aan te kijken. Ik werd er doodmoe van om aldoor te proberen hem niet nog erger van streek te maken. Ik kreeg er niets voor terug, nog niet het dunste lijntje om me aan vast te klampen. Niet één keer betrapte ik hem erop dat hij stiekem naar me keek. Hij ging heel professioneel met zijn ongenoegen om.

Inmiddels had ik al drie gemiste oproepen van Ruth. De laatste keer had ze een bericht ingesproken.

'Jeanie, wil je niet met me praten? Ik wil het uitleggen over Niall. Ik kon gewoon geen nee tegen hem zeggen. Hij is mijn oudste vriend. Hopelijk kun je dat begrijpen. Ik vind dit vreselijk, ik wil helemaal geen partij hoeven kiezen. Ik ben er ook voor jou, oké? Bel me alsjeblieft terug.'

Ik stuurde haar een hartje om te laten merken dat ik het begreep, maar ik was nog niet in staat om haar meer te bieden.

Aan het eind van de ochtend waren we klaar. Toen Andrew keurig opgebaard lag, liep Niall de gang in en zei dat hij ergens iets ging eten. Normaal gesproken lunchte hij altijd in de keuken.

'Kun je niet nog even wachten, een uurtje of zo? Misschien zegt

Andrew nog iets. Dan is het wel fijn als je in de buurt bent, voor het geval dat ik je hulp nodig heb.'

'Voorheen zat je er ook nooit mee om dit soort dingen in je eentje te doen.'

'Nee, maar dan was jij altijd in de buurt. Het scheelde dat ik wist dat je in de keuken of op kantoor was.'

'Dus Jeanie Masterson heeft mijn steun nodig?'

'Is dat zo moeilijk te geloven?'

'Eerlijk gezegd wel.'

'Oké, ik weet dat we moeten praten over wat er tussen ons speelt en dat wil ik ook echt, maar nu moet ik dit doen. Het gaat hier om Andrew en ik heb je hier nodig. Wil je alsjeblieft blijven?' Ik voelde me volkomen uitgeput.

'Kun je Harry niet bellen?'

'Nee, Niall, ik wil jou. Zo hebben we het altijd gedaan.'

Hij liet mijn woorden even bezinken.

Het maakte me ontzettend verdrietig om hem te moeten smeken om iets wat altijd vanzelfsprekend was geweest in dit absurde leven waar het lot ons naartoe had geleid.

'Moet je vader dit niet doen? Ik had verwacht dat hij uitgerekend met Andrew wel zou willen praten.'

'Het valt niet mee als je zo'n hechte band met iemand hebt.'

Hij slaakte een diepe zucht en streek met zijn hand over zijn gezicht, voordat hij zich omdraaide en door de gang naar de keuken liep.

Twintig minuten later had Andrew nog geen woord gezegd. Ik begon me af te vragen of Niall gelijk had, of mijn vader dit beter had kunnen doen. Misschien was ik wel de reden dat Andrew zich stilhield. Toen hij eenmaal begon, kwam hij echter al snel los.

'Ik wilde niet dood, maar op het laatst keek ik er bijna naar uit.

Mijn hart was te ver achteruitgegaan. Ik was er klaar voor. En zij ook, mijn vader, mijn moeder en de rest. Ik zag dat ze dit achter de rug wilden hebben. Die grauwe gezichten van vermoeidheid, die verdrietige ogen, die bezorgde monden die geen woorden meer overhadden. Toch bleven ze maar praten, proberen om mijn lijdensweg te verlichten. Sinds de artsen me tijdens de laatste operatie niet zo goed hadden kunnen oplappen als ze hadden gehoopt, stond ik al met één been in het graf. Dat kon ik mijn familie niet langer aandoen. Dus begon ik los te laten, zodat zij hun leven zouden terugkrijgen.'

'O, Andrew, zo dachten zij er vast niet over.'

'Jeanie, ik ben hier niet voor dat soort dooddoeners. Die heb ik al genoeg gehoord.'

'Ik bedoelde niet –'

'Natuurlijk niet. Maar ik zal wel niet zo lang meer hebben, dus laten we eerlijk zijn in de tijd die me nog rest.'

'Was je bang?' Dat soort vragen stelde ik niet vaak aan de doden, maar vanwege mijn vader voelde het alsof ik Andrew kende, ook al sprak ik hem nu voor het eerst.

'Ontzettend. En mijn familie zag er meestal nog beroerder uit dan ik. Dat zei ik dan ook tegen hen, dan hadden we iets te lachen. Luchtigheid doet het altijd goed als de dood op de loer ligt.' Andrew had iets komisch, zodat ik me kon voorstellen dat hij de sfeer er overal beter op had gemaakt.

'Ja, dat werkt hier ook goed.' Ik glimlachte.

'Je vader is heel aardig voor me geweest, Jeanie. Ik weet niet wat ik zonder hem had gemoeten.'

'Was het niet vreemd om de begrafenisondernemer zo vaak op bezoek te krijgen? Dacht je niet telkens wanneer hij binnenkwam dat je laatste uur geslagen had?'

'Ik vond het fijn dat hij eerlijk tegen mij en mijn familie zei wat we konden verwachten. Van de dood, maar ook van het leven. Na een tijdje vergat ik helemaal wat hij voor de kost deed. Ik hoop dat hij net zoveel aan onze vriendschap heeft gehad als ik.'

'Dat denk ik wel, ja.'

'We konden elkaar vertrouwen. Met onze diepste gedachten, onze geheimen. Ik zei tegen hem dat ik verliefd was op een van de verpleegkundigen. Tanya. Die wist me altijd aan het lachen te maken. Ze praatte met me. Ik bedoel, ze praatte écht met me, niet zoals je uit medelijden praat met iemand die terminaal is. We hadden het over boekrecensies die ze in de krant had gelezen, nieuwe films, politiek, oude liefdes, ons lievelingseten, onze leukste vakanties, onze slechtste dates. Het klikte gewoon. Ik hing aan haar lippen.'

'Wauw.'

'O nee, zoek er maar niet te veel achter. Volgens mij was het niet wederzijds. Of misschien ook wel. Het maakte me niet uit. Misschien klinkt het egoïstisch, maar dat hield me die laatste maanden op de been. Die roes die ik van haar kreeg, van alles wat ik voelde.'

'Heb je het tegen haar gezegd?'

'Nee, zeg. Ik wilde het risico niet nemen dat ik haar kwijtraakte. Stel je voor dat ze zou zeggen dat het niet wederzijds was. Misschien zou ze dan niet meer langskomen of, erger nog, zich anders gaan gedragen tegenover mij. Ze zou een andere versie van zichzelf worden, gegeneerd en opgelaten. Alles zou voorbij zijn. Nee, het was beter om het voor mezelf te houden. Jij hebt Niall. Dus jij weet hoe kostbaar liefde is, toch?'

'Nou, ja. Natuurlijk.' Met mijn vingernagel tikte ik zacht tegen de zijkant van zijn kist, niet in staat naar hem te kijken.

'Moet je jezelf nou eens horen.' Als hij het had gekund, weet ik zeker dat hij op dat moment vermanend met zijn vinger had gezwaaid. 'Daar was ik nou ook bang voor bij Tanya: dat ze me een nietszeggend antwoord zou geven waar ik niets mee kon. Zo van: je bent een goeie vriend.'

'Zo bedoelde ik het niet. Trouwens, wat is daar zo erg aan? Dat is toch ook liefde?'

'Niet als je hoopt op het echte werk.'

'Zo eenvoudig is het niet altijd.'

'Niet?'

'Nee, ik denk...' Ik probeerde de gevoelens waarvoor ik me altijd had geschaamd onder woorden te brengen. 'Ik denk dat er verschillende soorten liefde in de wereld zijn. Zoals je ook verschillend gekleurde rozen hebt, verschillende soorten wind, wolken of spinnen.'

'Spinnen?'

'Varianten van hetzelfde. Sommige zijn hartstochtelijk en diepgaand en brengen je het hart op hol, andere zijn rustig en aangenaam: makkelijk, een beetje veilig.'

'Is dat dan geen vriendschap?'

'Nee. Nou ja, oké, bij alle vormen van liefde hoort ook vriendschap. Maar van daaruit kan liefde groeien, die dan sterker en dieper wordt. Mettertijd komt de hartstocht dan vanzelf.'

'Dus je vindt dat ik het tegen haar had moeten zeggen?' vroeg hij na een korte stilte.

'Misschien. Misschien had je haar een kans moeten geven. Ik bedoel, stel nou dat ze wél van je hield en dat ze nu verdrietig is omdat je bent heengegaan zonder dat ze dat heeft kunnen zeggen?'

'Hm. "Ik houd van je" is natuurlijk wel het mooiste wat je tegen iemand kunt zeggen. Mijn afscheidscadeau aan haar. Maar ik weet het niet, hoor. Ik ben nog niet zo overtuigd van die rustige, aangename liefde van jou.'

'Is dat niet de reden dat je hier bent? Meestal willen mensen dat ik iets doe, dat ik een boodschap doorgeef. Wil je niet dat ik met Tanya ga praten?'

'Ja, je vader heeft me precies verteld wat jullie doen en hoe jullie mensen helpen. Is hij trouwens in de buurt?'

'Nee, jammer genoeg niet.' Even voelde ik me opgelaten, omdat hij misschien liever mijn vader had gehad.

'Begrijp me niet verkeerd, hoor. Ik wilde juist checken of hij er niet was. Ik heb tegen hem gezegd dat hij niet moest komen. Dat wilde ik hem niet aandoen. "Laat het maar aan je dochter over," zei ik. "Als ik iets te zeggen heb, zeg ik het wel tegen haar."'

Ik glimlachte. 'Weet je, jaren geleden, voordat wij begrafenisondernemers ons ermee gingen bemoeien, werden overledenen door familie en vrienden of een van de buren gewassen en aangekleed. Er was niemand anders.'

'In dat geval ben ik blij dat jullie je ermee zijn gaan bemoeien. Mijn familie en vrienden hebben de afgelopen jaren al genoeg voor me gedaan. Ik zou niet willen dat ze dit ook nog zouden moeten doen. Trouwens, ik wilde graag met je kennismaken. Je vader had het aldoor over je. Ik wist het, van zijn pensioen.'

'O, dat.'

'Ik moet toegeven dat ik hem aangemoedigd heb. "Leef nu het nog kan," zei ik.' Zijn stem haperde, kreeg iets zwaks, waardoor hij misschien had moeten kuchen als hij nog had geleefd.

'Ja, ach, eerlijk gezegd heb ik het een beetje moeilijk met zijn drang naar vrijheid.'

'Ah, nu ben je tenminste eerlijk.' Het praten leek hem steeds meer inspanning te kosten. 'Dat heb ik ook tegen hem gezegd. "Zorg dat er geen dingen onuitgesproken blijven. Vertel dat meisje alles." Ik hoop echt dat hij dat gedaan heeft, Jeanie.'

'Hoe bedoel je?' Ik liet een verbaasd lachje horen.

'Het is niet aan mij om dat...' Zijn stem werd nu krakerig en vermoeid, klonk verder bij me vandaan.

'Blijf bij me, Andrew. Nog even maar. We gaan even rustig ademhalen, wij samen.' Hoewel ik wist dat hij geen werkende organen had, geen middenrif, geen longen en geen spieren om zijn borst uit te laten zetten, hoopte ik dat het geluid van mijn ademhaling genoeg zou zijn om hem vast te houden. Er was nog zo weinig tijd dat ik wist dat ik het antwoord op het raadsel waarvoor hij me had gesteld moest laten voor wat het was en me op hem moest concentreren. 'Vertel het nu maar, Andrew, nu het nog kan. Wat wil je dat ik doe?'

'Niets,' wist hij uit te brengen. Zijn stem was nauwelijks hoorbaar. 'Ik wilde gewoon nog eventjes onder de levenden zijn.'

Het was zo'n simpel verzoek, en toch vroeg ik me af of er meer achter zat, of hij iets achterhield. Maar het was te laat. Zijn tijd was bijna op, net als hij. 'Waarom ook niet?' zei ik. 'Zal ik dan maar tegen je blijven praten?'

'Heel graag. Ik wil horen hoe het is om nog te leven.' Hij dreef nu steeds verder af.

Tien minuten lang bleef ik naast hem in mezelf zitten praten. Ik wist donders goed dat hij er niet meer was, maar wilde niet ophouden tot ik absoluut zeker wist dat hij me niet meer kon horen.

Ik pikte Tanya er meteen uit. Ik schatte haar begin veertig en ze kwam me merkwaardig bekend voor. Misschien had Andrew haar gewoon zo goed beschreven dat het voelde alsof ik haar kende, dacht ik. Toen ze naast zijn kist stond, zag ik dat ze haar vingers op zijn schouder legde. Ik stelde me voor dat hij er hoop uit putte dat ze even aarzelde, met haar ogen dicht, voordat ze doorliep naar de nabestaanden. Ze omhelsde hen allemaal en fluisterde iets in hun oren dat ik vanaf die afstand niet kon verstaan. Donal bezweek bijna in de armen van de vrouw die zo goed voor zijn zoon had gezorgd.

Ik zag dat ze tussen de andere aanwezigen plaatsnam en haar hoofd liet hangen. Ze keek pas weer op toen mijn vader aangaf dat het tijd was voor de rouwenden, op de naaste familie na, om te vertrekken. Terwijl ik toekeek hoe hij instructies uitdeelde, vroeg ik me weer af wat hij Andrew had toevertrouwd, wat Andrew had gehoopt dat mijn vader me zou vertellen. Ondertussen ging ik bij Harry en Arthur staan om ervoor te zorgen dat de aanwezigen een erehaag vormden in de gang, op de oprit, op straat, tot aan de kerkdeuren, zoals de familie had gevraagd. Voordat mijn vader en Niall de kist sloten, nam de familie afscheid. Daarna hesen ze Andrew hoog op hun schouders en liepen ze langs de erehaag achter mijn vader aan. Arthur, Harry en Niall sloten de rij, voor het geval dat het gewicht de familie te veel werd.

Ik bleef net binnen de deuropening staan, terwijl iedereen stilletjes in beweging kwam zodra de kist gepasseerd was. Volgens een strenge choreografie liepen de achterste mensen naar voren, zodat de erehaag steeds verder reikte. Het was mijn taak om te wachten tot iedereen weg was, af te sluiten en achter de rest aan te gaan. Ik werd afgeleid door de hoge wilg in het park, waarvan de gebogen top nu boven de muur om ons erf uit te zien was. Door al dat gepraat over liefde met Andrew vroeg ik me af hoeveel eerste zoenen daar hadden plaatsgevonden sinds die van mij, zo lang geleden. Ik ging er zo in op dat het me niet opviel dat een van de aanwezigen uit de erehaag was gestapt, weg van de schuifelende mensen, om me op mijn arm te tikken.

'Hallo,' zei ze.

'Hallo.' Ik schudde de hand van de vrouw met de brede glimlach en begreep meteen waarom hij van haar had gehouden.

'Je kent me vast niet meer, maar ik ben Tanya. Jaren geleden hebben jullie voor mijn moeder gezorgd, Mary Delaney.'

'O ja, ik wist wel dat ik je ergens van kende. Natuurlijk, nu weet ik het weer.' Klinkt het heel vreselijk als ik zeg dat ik me haar niet kon herinneren, niet meteen? Later heb ik het opgezocht en wist ik het weer. Mary was een lieve vrouw, maar ze was er kapot van dat ze was gestorven, dat ze haar drie dochters en haar man van vijfenzeventig die niet eens wist hoe hij de tafel moest dekken had achtergelaten. Zo had ze het gezegd. Ze had het erg zwaar gehad.

'Je was zo vriendelijk tegen ons en tegen mijn moeder. Je zei dat ze rust had gevonden en niet had geleden. Het deed ons goed dat te horen. Dat was onze grootste zorg.' Nu ze mijn hand weer had losgelaten, speelden haar vingers met het gouden hangertje om haar hals. 'Heb je Andrew nog gesproken?'

'Ja, we hebben best een tijdje gepraat.'

'Fijn. Het is zo mooi, wat jullie voor ons doen, voor de nabestaanden. Zijn familie zal veel troost hebben aan zijn woorden. Het zijn goeie mensen, maar mijn hemel, wat hebben ze het zwaar gehad.' Ze keek naar de overkant van de straat. De buitenste rij rouwenden was nu bijna bij het eindpunt, de kist werd de kerk in gedragen. 'Ik ga hem heel erg missen, weet je dat? Hij was echt een verademing. Vaak worden mensen in beslag genomen door hun pijn, maar hij had altijd een glimlach voor me paraat.'

'Zoiets zei hij ook over jou. Jullie zijn goed bevriend geraakt, geloof ik.'

'Ja, zeker. We hielden van dezelfde dingen. En hij maakte me aan het lachen.' Haar gezicht klaarde op.

Ik glimlachte, slikte en vroeg me af of ik moest vertellen wat Andrew had opgebiecht, dat hij van haar hield. Ik deed mijn ogen dicht, probeerde hem me voor de geest te halen en vroeg me af of ik hem ermee zou verraden. Misschien was ik gewoon wanhopig en had dit niets met Andrew of die arme Tanya te maken. Misschien wilde ik, móést ik gewoon geloven dat alle liefde, ongeacht het type, goed genoeg was. Ik besloot op de liefde te vertrouwen.

'Hij was verliefd op je, wist je dat?' De woorden vlogen als vanzelf mijn mond uit, haastig, alsof ze bang waren dat ik ze bij hun staart zou pakken om ze terug te trekken. Ik rechtte mijn rug om wat meer zelfvertrouwen uit te stralen. Nu ik erover nadacht, zou het heel goed kunnen dat dit, ondanks zijn bedenkingen, de reden was dat hij had gewacht: zodat ik deze boodschap kon overbrengen. Hoewel ik behoorlijk zeker van mijn zaak was, kneep ik met mijn linkerhand in mijn rechterhand, precies zoals Mikey gedaan zou hebben. Haar reactie zou het risico vast dubbel en dwars waard zijn. Ik was zo overmoedig dat ik er zelfs aan toevoegde: 'Hij zei dat het echte liefde was en dat hij geen mooier afscheidscadeau kon bedenken.'

Ik was zo in de ban van mijn eigen waanideeën dat ik geen acht sloeg op Marielle, een vrouw die ik inmiddels als mijn geweten was gaan beschouwen en die nu op mijn schouder zat. 'Waar bemoei je je mee? Waarom zeg je dit allemaal? Daar heeft de overledene niet om gevraagd.'

'O.' Dat ene woordje ging zo gebukt onder verdriet dat het nauwelijks krachtig genoeg was om zich te laten horen. 'Ik, eh... Sorry, dat had ik niet verwacht.'

Ik keek weer naar mijn wilg en schaamde me. Was ik nou echt zo wanhopig dat ik deze nietsvermoedende vrouw opzadelde met mijn eigen sores? Ik keek naar haar gebogen hoofd. 'Je hoeft je nergens voor te verontschuldigen.'

'Hij was echt heel aardig en we waren goed bevriend. Alleen –'

'Nee, je hoeft het niet uit te leggen.' Ik legde mijn handen in een smekend gebaar tegen elkaar. Voordat ik het goed en wel doorhad, pakte ik de hare vast en gaf er een kneepje in. 'Het spijt me ontzettend. Ik wilde je niet van streek maken. Wil je misschien een glaasje water?'

'Nee, nee, dat hoeft niet.'

'Andrew wilde gewoon dat je wist hoeveel je voor hem betekende.' Nog steeds hield ik haar handen vast.

'Dat is lief van hem.' Ze dacht even na, beet op haar onderlip en keek me met een angstige blik in haar ogen aan. 'Weet je, misschien had ik ook wel van hem kunnen houden, of kunnen doen alsof om zijn laatste dagen op aarde beter te maken. Wat vind jij?'

Marielle zou zeggen: 'Zie je nou wat je aangericht hebt?'

'Ik weet niet of hij dat wel gewild had.' Ik kneep nog harder in haar handen.

'Nee, dat zal wel niet.' Haar blik was op de vloerbedekking gericht, terwijl ik haar gevangenhield.

Zelf liet ik mijn hoofd ook hangen. Ik nam niet alleen mijn schoenen, maar ook mijn leven onder de loep en hoorde Marielles zachte stem in mijn hoofd: 'Daarom bemoei ik me nou nergens ongevraagd mee.'

Na een poosje liet ik haar los. 'Dit is mijn schuld, Tanya. Ik had hier beter over moeten nadenken, maar soms heb ik het mis. Ik had niets moeten zeggen.'

Ze keek op, kalmer nu, en legde haar hand op mijn arm. Een vriendelijk gebaar dat ik niet verdiende. 'Als hij dat gezegd heeft, dan kon je het niet voor me achterhouden. Dan kon je er niet over liegen. Dat begrijp ik best. Je had geen keus.'

De tranen sprongen me in de ogen. Ik knikte en wendde snel mijn blik af, in de hoop dat mijn tranen keurig binnen zouden blijven en Tanya daardoor niet nog verder in mijn netten, die van onze familie, verstrikt zou raken. Ik liet haar in de waan dat ze gelijk had, dat ik het zwaar vond om de boodschapper te zijn. Dat het niets te maken had met het feit dat ik een leugenaar was, of een echtgenote die liefde opdeelde in categorieën – die ik nota bene met spinnen vergeleek. 'Het was een heftige dag.' Ik veegde langs mijn gezicht, omdat een of twee van die verraders waren ontsnapt. 'Heftiger dan ik me realiseerde.'

'Het geeft echt niks.' Tanya sloeg haar armen om me heen, net zoals ze bij Donal had gedaan. Hoewel ik dat helemaal niet verdiende, liet ik mijn hoofd op haar schouder rusten. 'Ik kan me niet eens indenken hoe zwaar dit werk is.'

Met een lachje kwam ik weer bij mijn positieven en maakte me los uit een omhelzing waaruit ik helemaal niet weg wilde. 'Het is vast niet zwaarder dan jouw werk.'

'Nee, misschien niet.'

Zo bleven we even staan, allebei glimlachend, terwijl ik nog steeds langs mijn gezicht veegde.

Uiteindelijk zei ze: 'Nou, ik moet maar eens gaan. Ik wil graag bij de wake zijn.' Ze wierp me een glimlachje toe dat bol stond van het schuldgevoel omdat ze niet van Andrew had gehouden en omdat ze mij nu in de steek moest laten. 'Weet je zeker dat het wel gaat? Ik kan een van de anderen naar je toe sturen, als je wilt.'

'Nee, het gaat echt wel.' Ik kon wel door de grond zakken om alles wat ik had aangericht. 'Ga maar, ik red me wel. Ik kom ook zo. Ik moet alleen nog even afsluiten.'

'Oké. Nou... Het was fijn je weer te zien, Jeanie. Ga zo door, je weet wel, met luisteren. Dat is belangrijk.'

Ik stak mijn hand op naar haar, waarna ze zich omdraaide en op een holletje achter de man aan ging die, begrijpelijkerwijs, hopeloos verliefd op haar was geweest.

# Hoofdstuk 23

'Jeanie?' vroeg mijn moeder verbaasd toen ze de kapsalon afsloot en bij me kwam staan. 'Moet je niet naar de avondwake?'

Ik stond nog steeds bij de open deur, geschrokken van alles wat ik tegen Tanya had gezegd. 'Ik ga zo. Ik moet alleen even...' Ik keek naar binnen, op zoek naar iets wat ik als smoesje kon aanvoeren. Aangezien ik er de fut niet voor had om iets te bedenken, zei ik maar niets meer.

Mijn moeder plukte een pluisje van mijn colbert. 'Gaat het wel, lieverd? Je zit niet lekker in je vel sinds we je over onze plannen hebben verteld, hè?' Ze kon nooit de verleiding weerstaan om aan mijn haar te zitten als we ons binnen een halve meter van elkaar bevonden. Deze keer was dat niet anders. Ze streek een weerbarstige krul van mijn wang, met een tederheid die ik wel kon waarderen. 'Je mascara is uitgelopen. Heeft dat stelletje dooien je weer van streek gemaakt?'

'Het gaat wel. Ik ben gewoon moe.'

De opkomst voor Andrews avondwake was zo groot dat het een tijdje duurde voordat iedereen in de kerk was.

'Weet je het zeker?'

'Ja.' Ik werd ongeduldig, zoals alleen dochters dat tegenover hun moeder kunnen zijn. Ik wilde niet toegeven dat ik een flater had geslagen bij Tanya.

Aan de overkant van de straat richtte mijn vader zich tot de mensen die buiten stonden te wachten en dirigeerde hen naar de plekken die binnen nog vrij waren.

'Mam...' Nu ik mijn vader aan het werk zag, kwam ik weer een beetje tot mezelf en dacht ik terug aan wat Andrew had gezegd. 'Voordat Andrew definitief heenging, zei hij iets vreemds. Hij zei dat hij hoopte dat pap eerlijk tegen me zou zijn. Weet jij wat hij daarmee bedoelde?'

'Meen je dat nou?' Ze lachte, maar het klonk net iets te schel. 'Wat raar. Ik zou het maar niet te serieus nemen.'

'Jullie houden iets voor me achter, of niet soms?'

Zonder acht te slaan op mijn vraag keek ze naar mijn vader, die verontschuldigend zijn hoofd schudde naar de overgebleven wachtenden, om aan te geven dat de kerk vol zat en dat ze buiten moesten blijven staan.

'Is pap soms ziek? Kon hij daarom zo goed met Andrew overweg, omdat hij begreep wat hij doormaakte? Is hij stervende?'

Mijn moeder zei niets, maar gebaarde dat ik moest meekomen naar de gang, buiten gehoorsafstand van eventuele voorbijgangers. Daar pakte ze mijn handen vast en keek me recht in de ogen. 'Jeanie, je vader is niet ziek. Denk je nou echt dat ik zoiets voor me zou kunnen houden? Ik zou moord en brand schreeuwen. De beste specialisten uit het land laten aanrukken... Nee, uit Europa.'

Opgelucht en vermoeid liet ik me op een van de kerkbanken zakken. Opnieuw begon ik te huilen. Het werd me allemaal te veel: dat fiasco met Tanya, Niall en ik, de druk van dit werk en nu weer de opluchting die ik voelde omdat mijn vader in elk geval gezond was. 'Wat bedoelde Andrew dan?' wist ik tussen de snikken door uit te brengen.

Ze gaf niet direct antwoord, maar keek naar de dichte deuren van de ontvangstruimte en de toonzalen, naar de rouwkamer met de wirwar van stoelen waaruit de aanwezigen waren opgestaan en waar nu geen overledene meer te bekennen was. Ze slaakte een diepe zucht. 'Deze plek heeft heel wat op zijn kerfstok.'

Vragend keek ik op, maar toen ze er niet verder op inging, liet ik het maar zo, te moe om aan te dringen. Zo bleven we even zitten, ik snikkend, zij geduldig wachtend tot de stilte en mijn broze zelfbeheersing waren teruggekeerd.

'Gaat het wel goed tussen Niall en jou, Jeanie? Ik hoorde hem gisteravond laat weggaan.'

Dat was genoeg om me weer aan het huilen te krijgen. 'Het is allemaal zo'n puinhoop, mam.' Ik snikte het uit.

'Lieverd, toch. Deze plek doet rare dingen met een mens. De muren zijn vervloekt, daar ben ik heilig van overtuigd. Het komt door al die geheimen en het hartzeer dat de doden met zich meebrengen. Ik zal het niet missen, Jeanie, dat beladen gedoe.' Ze legde haar hand op mijn schouder en wreef erover tot ik weer wat rustiger werd.

'Zo erg kan het toch niet geweest zijn? Het leek altijd zo goed te gaan tussen jullie.' Ik veegde de tranen van mijn wangen.

'We hadden heus wel onze zware momenten, geloof me. Maar vergeet niet dat ik de kapsalon had. Ik kon ontsnappen. Jij bent net als je vader, altijd hier. Je woont hier, je eet hier, je ademt deze plek in. Ik had iets anders voor je voor ogen, dat weet je. Maar jij leek van het begin af aan tevreden met dit leven.'

'Waarom heb je niet gewoon gezegd dat ik weg moest gaan toen ik de kans nog had?'

'Weet je dan niet meer dat ik heb geprobeerd je over te halen om te gaan studeren? Daar wilde je niets van weten. Je had het me nooit vergeven als ik was blijven doordrammen.'

'Dat weet ik.' Ik liet mijn hoofd hangen uit schaamte omdat ik met alle geweld hier had willen blijven, terwijl op mijn achttiende de mogelijkheid van 'iets anders' binnen handbereik was geweest. Had ik maar wat beter naar haar geluisterd en haar gezien als de bondgenoot die ze was.

'Trouwens, Harry en je vader zouden het me ook nooit vergeven hebben. Voor hen was je een geschenk uit de hemel. Je kletste met de doden alsof ze je vrienden waren. Het leek je zo gemakkelijk af te gaan. En je leek echt zin te hebben om hier fulltime te komen werken. Daarna, toen je iets met Niall kreeg en hij hier kwam wonen, leek het wel of het in de sterren geschreven stond, zo perfect was het. Niet alleen voor jou, maar ook voor ons. Ik vond het prettig dat je vader jullie had om de last mee te delen.' Ze kneep even in mijn schouder. 'Eerlijk gezegd had ik geen idee dat er iets aan scheelde. Al zie je er het afgelopen jaar wel moe uit, lieverd. Ik dacht alleen, je weet wel, dat dat kwam door het gedoe dat je in elke relatie wel hebt. Het is nooit bij me opgekomen dat het iets met de zaak te maken zou kunnen hebben. Het spijt me dat ik het niet aan je gevraagd heb, lieverd.'

'Nee, mam. Dit is niet jouw schuld.'

'Ik weet het niet, misschien hadden jullie na de bruiloft niet hier moeten komen wonen. Was het een te zware last voor jullie, om hier te wonen en te werken en dan ons ook nog eens de hele tijd om jullie heen te hebben?'

'Nee, nee, jullie hebben ons alle ruimte gegeven.'

'Je vader en ik hebben het weleens overwogen om een huis voor jullie te kopen. Maar zoals ik al zei, leken jullie allebei gelukkig. En toen begonnen we te spelen met het idee om met pensioen te gaan en zelf te verhuizen. Het leek de ideale oplossing.'

'Weet je...' Ik probeerde te glimlachen, te doen alsof hun ontsnappingsplan niet alles wat er de afgelopen week was misgegaan in gang had gezet. 'Ik ga het gewoon missen om met pap samen te werken. Het is zo belangrijk voor me dat ik alles met hem kan delen. Zonder hem wordt het maar een eenzame boel.'

'Lieverd, toch.' Ze wreef weer over mijn schouder en legde haar hoofd zacht tegen het mijne. De twee Masterson-vrouwen, ieder verloren in haar eigen zorgen. 'Ik ga wel met hem praten. Het is niet goed dat je het gevoel hebt dat je er zo alleen voor staat. Ik zorg wel dat het goed komt, lieverd. Laat het maar aan mij over.' Ze staarde naar de deur van de ontvangstruimte alsof ze daar al was en tegen mijn vader zei dat zijn dochter hem nodig had.

Hoewel ik niet echt geloofde dat er een oplossing was voor het verlies van de persoon van wie ik het meest afhankelijk was, werkten haar woorden troostend en brak er een oprechte glimlach op mijn gezicht door.

'Weet je...' Ze trok haar arm terug om op haar knieën te petsen, alsof ze zojuist de perfecte oplossing had bedacht. 'Je hoeft de zaak niet over te nemen als je dat niet wilt, Jeanie. We kunnen hem gewoon verkopen. Feeney's uit Dublin probeert je vader al jaren zover te krijgen dat hij de boel verkoopt.'

'Wat zou ik dan moeten doen? Ik heb verder geen opleiding.' Wat een vat vol tegenstellingen was ik toch ook. Nu raakte ik weer in paniek bij de gedachte dat mijn veilige dekentje van me af getrokken zou worden, terwijl ik me daardoor juist zo verstikt had gevoeld.

'Je kunt vast wel iets anders gaan doen, als je dat echt wilt,' hield ze enthousiast vol. 'Als kind vond je het heerlijk om te bakken, dus misschien is de cateringwereld iets voor jou. Je hebt weleens overwogen om een koffietentje te beginnen, weet je nog?'

'Maar hoe moet het met de overledenen als pap en ik er allebei niet meer zijn? Die mensen van Feeney's kunnen niet met hen praten.'

'De doden zijn dood, Jeanie. Ze hebben niets over jouw leven te zeggen.'

'En de nabestaanden dan? Pap zegt altijd dat het eigenlijk om hen draait.'

'Voor hen geldt hetzelfde. Ik maak me meer zorgen om jou.' Ze gaf een klopje op mijn knie. 'Het eerste wat je moet doen is het bijleggen met Niall. Jullie moeten weer nader tot elkaar komen. Er zijn dingen waarover ik het nooit eens zal worden met je vader, maar in elk geval zorgen we er allebei voor dat onze liefde sterk genoeg blijft om ons erdoorheen te slaan. Als dat lukt, kun je alles aan. Laat je vader maar aan mij over. Hij kan je helpen om een deel van je problemen op te lossen.'

Ik probeerde net zo enthousiast te zijn als zij, te doen alsof het net zo makkelijk was als het klonk, met een glimlach en een knikje. Dat deed ik vanwege al die keren dat ik als kind mijn toevlucht had gezocht bij mijn vader in plaats van bij haar, vanwege die keren dat ze me toen ik een tiener was had aangestoten zodat ik mijn handen uitstak en zij ze voorzichtig kon insmeren met haar favoriete belachelijk dure handcrème met sheaboter.

'Kijk, zo mag ik het zien.' Ze veegde de laatste tranen weg van mijn wangen. 'Geef me dat jasje eens.'

'Wat?'

'Geef hier, kom op.' Ze gebaarde naar mijn zwarte colbert. 'Ik val wel voor je in. Je boft maar dat we in de kapsalon alleen zwarte kleding dragen.'

'Alleen zitten er nogal veel glitters op je shirt.'

'Vandaar het jasje.'

'Maar je weet niet wat je moet doen.'

'Denk je nou echt dat ik door de jaren heen niet genoeg naar je vader en jou heb gekeken om te weten wat erbij komt kijken? Jij hebt rust nodig. En na het werk moet je naar je man toe gaan. Uitzoeken wat jullie allebei willen. Dit is je kans.'

'Hij wil een hond,' zei ik, terwijl ik het jasje uittrok en aan haar gaf.

'Een hond? Nou ja, dat is beter dan een Ferrari. Niet zo duur. Alleen stinkt een hond wel meer.' Ze trok aan het jasje tot ze vond dat ze er netjes genoeg uitzag. Daarna stak ze haar armen naar voren om te zien hoeveel bewegingsruimte ze had. 'Jeetje, die zestig jaren hebben zich wel laten gelden, hè? Het zit een beetje strak, maar het kan ermee door. Gelukkig heb je dezelfde bouw als ik.' Ze drukte een kus op mijn voorhoofd en liep naar de deur. Daar bleef ze even staan, ademde diep in en knikte, voordat ze dapper de straat overstak en me er op die manier aan herinnerde dat ik net zozeer haar dochter was als die van mijn vader.

# Hoofdstuk 24

Op de dag van Andrews uitvaart kwam Niall om negen uur binnen alsof hij tot twee nachten daarvoor niet in dat huis had gewoond. Alsof hij niet al vier jaar met me getrouwd was en alsof hij me de avond tevoren tot de grote teleurstelling van mijn moeder niet succesvol had ontweken door na zijn dienst niet terug te komen naar de zaak, maar ertussenuit te knijpen voordat ik er een stokje voor kon steken dat hij weer naar Ruth ging.

Ik zat al vanaf acht uur die ochtend in de keuken te wachten. Door het raam had ik hem een praatje zien maken met Mikey en ik had gehoord dat hij de buitendeur opendeed, maar daarna was hij meteen doorgelopen naar de balsemruimte. Ik had de neiging weten te bedwingen om meteen achter hem aan te gaan, omdat ik hem niet in het nauw wilde drijven of te wanhopig wilde overkomen. Maar misschien, dacht ik tot mijn eigen verwarring, moest hij juist zien hoe hard ik hem nodig had. Ik wist me geen raad.

Dus ging ik weer aan tafel zitten, achter mijn lauwe kop thee, het brood dat nog geroosterd moest worden, de boter en jam die mam voor me had klaargezet voordat ze naar haar werk ging. Ik had geen honger en vroeg me af of ik ooit nog trek zou hebben. In de bijkeuken stond de wasmachine te draaien, met de handdoeken die Harry er eerder die ochtend in had gestopt. Ze was ermee aan komen sjouwen zonder er iets over te zeggen dat dat werk de vorige dag al gedaan had moeten zijn en dat het niet haar taak was.

Ik bood haar een kop thee aan, maar die sloeg ze af.

'Heb je die broer van me toevallig al gezien?' vroeg ze.

'Nee, nog niet. Misschien is hij al vertrokken om de familie op te halen.'

'Gaat het een beetje met hem, nu Andrew is overleden?'

'Ja, ik denk het wel.'

Eerlijk gezegd wist ik het niet. Na de avondwake waren mijn ouders met Andrews familie meegegaan naar het Carmichael Hotel in de buurt, om iets te drinken en te praten. Dat had mijn moeder me vanmorgen verteld. Tegen de tijd dat ze thuis waren gekomen, had ik mezelf al opgesloten in mijn slaapkamer. Peanut had gebeld, maar net als de andere vijf keer dat ze me de twee avonden daarvoor had gebeld, had ik het niet aangekund om mijn eigen ellende nog een keer aan te horen.

Harry keek om zich heen en liet haar blik op het onaangeroerde eten vallen. 'Er hangt hier vandaag een trieste sfeer, Jeanie. Gaat het wel?'

Ik knikte, bleef naar mijn handen op de tafel staren tot ze vertrok en voelde me schuldig omdat ik iets voor haar achterhield.

Ik schrok toen de telefoon ging. Er waren in huis veel telefoons, zodat we altijd bereikbaar waren. Door de open keukendeur keek ik van de telefoon in de gang naar de telefoon op het uiteinde van het aanrecht en vroeg me af bij welke telefoon ik het snelst kon zijn en of ik het überhaupt wel zou proberen. Na drie keer overgaan hield hij op, vermoedelijk omdat iemand op kantoor had opgenomen. Ik besloot te wachten tot na het telefoongesprek. Dan had ik meteen een smoes om met Niall te praten. De ideale manier om het ijs te breken. Dus bereidde ik me voor, verzamelde ik moed, terwijl ik de boter, de jam en het brood opruimde, mijn mok leegkieperde en het aanrecht en de tafel schoonmaakte. Door het raam waarbij ik mijn handen waste en afdroogde zwaaide ik naar mijn broer, die precies op dat moment naar me keek vanuit zijn tuinhuisje. Ik hing de handdoek weer aan het haakje aan de kast onder de spoelbak en draaide me om.

Niall bleek roerloos in de deuropening te staan.

'Niall, je liet me schrikken.' Mijn hand vloog naar mijn borst en ik moest tot mijn eigen verbazing lachen.

'Er werd net gebeld.' Zijn woorden klonken vriendelijk, zijn gezicht zag er zachter uit dan ik het in dagen had gezien.

Mijn misplaatste vrolijkheid was in één klap verdwenen. 'Ja, dat hoorde ik. Ik wilde net komen vragen wat er was.'

Hij deed een stap in mijn richting, nog steeds met diezelfde uitdrukking op zijn gezicht.

Nu begon ik me echt zorgen te maken. 'Wat is er? Er is toch niets met mijn vader?' Misschien was hij in elkaar gezakt, had hij een hartaanval gekregen, een beroerte. Mijn moeder had vast tegen me gelogen om me te beschermen tegen de waarheid.

'Nee, nee.' Hij stak zijn hand uit om me gerust te stellen. 'Er is niets met je vader. Het gaat om...'

Ik keek op en kneep mijn ogen nieuwsgierig samen.

'...Fionn.'

Ik staarde hem aan en hoopte maar dat het lukte om mijn gezicht in de plooi te houden, om niet te laten blijken dat ik al vlinders in mijn buik kreeg bij het horen van die naam. 'Fionn Cassin, bedoel je? Heeft hij gebeld?'

'Nee, Jeanie. Het spijt me dat ik je dit moet vertellen, maar... hij is dood.'

Met een aarzelende glimlach keek ik naar hem, toen betrok mijn gezicht en staarde ik hem ongelovig aan. 'Dood? Dat kan helemaal niet.'

‘Hij is drie dagen geleden gestorven.’

‘Maar...’ Meer kwam er niet uit, de woorden ontglipten me meteen weer.

‘Het was darmkanker, zeiden ze. Kennelijk was het zijn wens om naar ons gebracht te worden. Daar heeft hij vlak voor zijn dood om gevraagd.’

Ik merkte dat ik weer op de stoel zat waaruit ik nog maar even geleden was opgestaan. Ik kon me niet herinneren dat ik van Niall daarheen was gelopen. De herinnering werd uit mijn hoofd verdrongen door de paniek. Ik weet nog wel dat ik naar de kruimels staarde die ik niet goed van tafel had geveegd. Belachelijk, dat ik me op dat moment, na misschien wel het grootste verlies in mijn leven, afvroeg of ik de vaatdoek moest pakken, ze met mijn ene hand in het kommetje van mijn andere hand moest vegen of ze gewoon op de vloer moest laten vallen.

‘Hij is al gebalsemd. Vanmiddag gaat hij mee met het vliegtuig, als wij tenminste akkoord gaan. Ik heb ja gezegd. Dat is toch wel oké?’

‘Kanker?’ Zijn vraag kwam in een wachtrij terecht totdat mijn hersenen alles hadden verwerkt. ‘Ik begrijp het niet. Hij is nog maar tweeëndertig.’ Ik keek naar Niall, alsof die het zou kunnen verklaren.

‘Meer weet ik ook niet.’ Hij haalde zijn schouders op en leek het jammer te vinden dat hij me niet meer kon vertellen. ‘Heb ik er goed aan gedaan om te zeggen dat ze hem hierheen kunnen sturen?’

In mijn herinnering duurde het een hele tijd voordat ik knikte, als een dronkaard die zijn bewegingen niet goed onder controle heeft. Uiteindelijk kwam het signaal door en lukte het me om te knikken, slechts één keer, zonder mijn blik van de kruimels af te wenden. Met mijn vinger veegde ik ze op een hoopje.

'Als het te veel voor je is, hoef je hem niet te zien of met hem te praten, Jeanie. Dat kan je vader allemaal doen.'

Ik schudde mijn hoofd. 'Nee.' Meer kwam er niet uit, verder waren er geen woorden die krakend hun weg naar buiten vonden. Ze zaten net zo vast als mijn lichaam, niet in staat om te bewegen, behalve dan dat ik mijn hoofd net ver genoeg omhoogbracht zodat Niall begreep dat niemand me ervan zou kunnen weerhouden om Fionn te zien.

'De uitvaart van Andrew begint zo.' Niall kwam dichterbij en bleef ongeveer een halve meter bij me vandaan staan.

'O ja, dat was ik vergeten.' Ik probeerde op te staan, want ik vond het niet eerlijk dat hij me zo verdrietig moest zien om een andere man.

Hij legde zijn hand vergevingsgezind op mijn rug, pakte mijn arm vast en duwde me weer op mijn stoel. 'Blijf maar hier, Jeanie. Ik heb al tegen Mikey gezegd dat hij zich moet omkleden. Harry komt ook, dus we redden ons wel. Arthur springt ook bij. Red je het wel in je eentje? Ik zou kunnen vragen of je moeder komt, of ik kan Ruth voor je bellen.'

'Nee, het gaat wel.' Ik dwong mezelf dat te zeggen, zodat hij niet zou zien dat ik vanbinnen instortte, openspleet, dat de barsten zich tot in elk hoekje van mijn lichaam verspreidden. 'Ik ben gewoon geschrokken, dat is alles. We kunnen pap vandaag niet in de steek laten.'

'Oké.' Hij keek naar de deur. 'We zijn pas rond twee uur terug, dat weet je, hè?'

'Natuurlijk. Maak je om mij maar geen zorgen.' Ik gebaarde dat hij gerust kon gaan.

Bij de deur draaide hij zich weer om. 'Ik zeg het wel tegen Ruth, maar hoe zit het met Peanut? Zal ik haar een berichtje sturen?' Er was geen spoor meer te bekennen van het verdriet en de woede van de afgelopen dagen. In plaats daarvan zag ik alleen de vriendelijkheid die ik van hem gewend was.

'O.' Ik keek naar mijn handen, die slap op mijn bovenbenen lagen, en dacht terug aan de laatste keer dat ik Fionn en Peanut samen had gezien, op dat koude opstapje, toen hij me naar zich toe had getrokken en had beloofd altijd van me te zullen houden. Ik knikte.

Zodra hij weg was, stond ik op, met mijn hand voor mijn mond om ervoor te zorgen dat er niets van mijn verdriet ontsnapte. Ik drukte mijn hoofd tegen de keukendeur om te luisteren. Pas toen ik de buitendeur hoorde dichtgaan, mijn broer hoorde protesteren en de motor van de lijkwagen hoorde, liet ik het allemaal los. Wat begon als gejammer werd een schreeuw, de tranen werden een stortvloed. De energie die me overeind had gehouden trok uit me weg, zodat ik me met mijn rug langs de deur omlaag liet glijden en in elkaar gezakt op de keukenvloer bleef zitten. Mijn lichaam schokte, stuiptrekte van verdriet.

Later, nadat Andrew in Ballyshane was begraven, nadat mijn ouders de koffietafel in het Carmichael Hotel hadden bijgewoond, Mikey zich allang weer had teruggetrokken in zijn tuinhuisje en ik urenlang op bed had gelegen, met mijn gedachten alleen maar bij Fionn en ons verleden en het leven dat we nooit hadden geleid, reden Niall en Arthur naar het vliegveld om Fionn naar huis te brengen. Nadat Niall had gecontroleerd of er tijdens het vervoer niets was misgegaan en nadat hij het nodige had bijgewerkt, bracht hij Fionn naar de rouwkamer, zette mijn kruk naast de kist en kwam me halen. Niall zag er afgemat uit, met rode vlekken op zijn gezicht door de ellende van die dag. Voor het eerst sinds lange tijd had ik er behoefte aan om hem aan te raken, om mijn hand tegen zijn wang te leggen. Uit dankbaarheid, uit liefde, om me ervoor te verontschuldigen dat ik ons dit allemaal op de hals had gehaald. Hij drukte een kus op mijn handpalm en liep bij me vandaan.

Ik bleef op de drempel van de rouwkamer staan, met mijn hand tegen het deurkozijn. Mijn blik was gericht op de eikenhouten kist, op de glanzend gepoetste handgrepen. Dat was altijd het laatste wat Niall deed: zorgen dat er nergens meer een vingerafdruk of vlekje te bekennen was. Daarna kwam ik snel in beweging. Ik deed alle deuren dicht om de rest van de wereld buiten te sluiten voordat ik naar hem toe ging, handenwringend en door mijn getuite lippen in- en uitademend om mezelf schrap te zetten.

Hoewel Fionn was vermagerd en zijn haar, of wat er nog van over was, kort, vlassig en wit was, was hij nog steeds, zonder enige twijfel, de man van wie ik hield. Als ik niet beter had geweten, had ik durven zweren dat Niall ervoor gezorgd had dat het net leek of Fionn gewoon in slaap gesukkeld was en elk moment wakker kon worden en slaperig naar me kon glimlachen.

Ik stond te trillen op mijn benen toen ik die verweerde, geaderde handen aanraakte. Ze leken bij een man van vijfenzestig te horen, niet bij iemand van tweeëndertig. Ik had het al zo vaak gezien, hoe mensen waren weggekwijnd. Handen logen niet. Toch waren ze me nog net zo dierbaar als toen ze me een rondje hadden laten draaien in de gang op school en ze me hadden aangewezen hoe ik moest kijken en waarheen, terwijl ik schoorvoetend model voor hem had gestaan. Roerloos en uitgeput lagen ze op zijn buik – zonder camera om vast te houden, niet meer in staat om de wereld vast te leggen in één seconde.

Ik keek naar zijn gezicht dat ik zo vaak had gekust, naar dat holletje in zijn schouder waar mijn hoofd zo perfect in had gepast wanneer we naar een film keken of in elkaars armen lagen uit te hijgen als onze ouders niet thuis waren. Die borst, waarop ik altijd mijn hand legde om zijn hart te voelen kloppen en waar ik mijn armen omheen had geslagen voordat hij uit Kilcross was vertrokken. Die lippen, waar altijd een geamuseerde glimlach omheen was verschenen door mijn verhalen over de doden, of gewoon wanneer ik de kamer binnenkwam.

Zijn dichtgeknoopte donkerblauwe pak, waar zijn keurig gesteven overhemd extra wit bij afstak. Het witte borduursel aan beide kanten op zijn revers, dat erop wees dat het een duur kostuum was. Geen stropdas. De kraag stijf en trots. Het bovenste knoopje open. Het kuiltje tussen de ingevallen sleutelbeenderen eerder een suggestie dan vol in het zicht. Die benen waardoor ik had moeten rennen om hem bij te houden wanneer we liepen, omdat ik voor elke stap die hij verzette twee stappen moest nemen, lagen er roerloos en sterk bij, alsof ze wachtten op het startsein. Leren schoenen die eruitzagen alsof ze over duizend straten hadden gelopen en honderd heuvels hadden beklommen, op zoek naar het juiste gezicht, de juiste skyline of de juiste handen om voorgoed vast te leggen op een foto. Had Al of Jess die schoenen uitgekozen voor zijn laatste momenten op deze aardbol? Misschien hadden ze samen zwijgend op hun knieën gezeten op een met kranten afgedekte keukenvloer. Jess met de schoenpoets, Al met de poetsborstel, om ervoor te zorgen dat hun zoon er op zijn best uitzag in de schoenen die hij het liefst droeg.

'Jeanie.'

Zijn stem barstte los, gehaast en paniekerig, als van een man die te lang zijn adem had ingehouden.

'Fionn!' Ik was er zo zeker van geweest dat hij het niet zo lang had kunnen volhouden. Die middag had ik mezelf keer op keer voorgehouden dat ik er niet op moest rekenen zijn stem nog te horen. Maar hier was hij dan, bij mij, naast me, in mijn oren. Helemaal van mij. 'Je hebt gewacht.'

'Ik heb zo mijn best gedaan om hier terecht te komen.'

'Je bent bij me teruggekomen,' zei ik, lachend door mijn tranen heen.

'Het meisje dat zichzelf niet bijzonder vond, en moet je nu eens zien.' Hij klonk nu wat minder gehaast, opgelucht omdat hij zijn bestemming had bereikt. 'Nu ik dood ben, ben jij de enige die me kan horen. Snap je het nu, Jeanie? Voor de rest van de wereld ben ik er niet meer, maar hier bij jou leef ik nog.'

Ik boog me weer over hem heen om zijn wang aan te raken. Toen ik voelde hoe koud die was, duwde ik het stemmetje in mijn hoofd weg dat me eraan probeerde te herinneren dat hoelang hij ook bleef en wat hij ook zei, hij niet meer hier was, niet echt. Ik sloeg er geen acht op. In plaats daarvan stelde ik me voor dat zijn huid warm aanvoelde, dat ik zijn hartslag kon voelen. Ik glimlachte om het geschenk van zijn aanwezigheid, van leven, van adem die niet werd opgesnoven.

'Jeanie, hoelang heb ik met je, hoelang duurt dit? Volgens mij heb ik niet veel fut meer.'

Ik deed mijn ogen dicht om me af te schermen voor zijn woorden, die me wilden losrukken uit mijn droombeeld van ons samen, voorgoed in het zwakke licht van deze kamer, beschut tegen alles.

'Jeanie, ben je er nog? Kun je me horen?' In de stilte die ik had laten vallen klonk hij kwetsbaar, als een blinde zonder stok, zonder echo, zonder geleidehond.

'Ik ben er nog. Ik ben er,' riep ik. 'Ik zit vlak naast je en ga nergens heen.' Met mijn hand streek ik troostend langs zijn wang, zodat hij zou weten dat ik er was, dat ik er altijd voor hem zou zijn. 'Wist je het?' fluisterde ik, kijkend naar zijn lippen, alsof die elk moment konden bewegen. 'Toen we elkaar zagen op de expositie, toen je al die dingen tegen me zei, wist je toen dat je stervende was?'

'Nee, daar ben ik vorig jaar pas achter gekomen.'

'Maar... waarom heb je het me niet laten weten? Ik had kunnen...'

'Wat, Jeanie? Wat had je kunnen doen? Niall in de steek laten, hier weggaan? Voor mij komen zorgen?'

Zijn woorden bleven in de lucht hangen en zorgden ervoor dat ik beschaamd mijn mond hield.

'Hoor eens, Jeanie. Ik heb je nu nodig. Meer dan ooit tevoren.'

Met die opmerking slaagde hij erin me weg te krijgen bij het randje van de wanhoop en me te laten luisteren. 'Oké,' zei ik zwakjes.

'Ik ben helemaal hiernaartoe gekomen om zeker te weten dat jij dit te horen krijgt en dat je het aan haar vertelt.'

Haar? Haar. Daar had ik niet op gerekend. Dat wilde ik niet. Ik wilde dat het nu alleen om ons draaide. Het ging om hem en om mij, wie er verder ook in ons leven was. Wist hij dat niet meer?

'Tia,' vervolgde hij. 'Mijn dochter.'

Zijn woorden troffen me als een dolksteek in mijn hart. Een dochter! Een leven dat hij had gecreëerd met iemand van wie hij had gehouden, iemand anders dan ik. Maar ik klemde mijn lippen stevig op elkaar, weigerend om ook maar één jammerkreetje te laten ontsnappen over de kinderen die we nooit samen hadden gekregen.

'Ze was pas vier toen ik die ene keer terugkwam naar Kilcross. Ik wilde je over haar vertellen. Ik had nog zoveel tegen je willen zeggen, in die laatste wanhoopspoging om je terug te krijgen. Maar je leek zo gelukkig en ervan overtuigd dat je bij Niall hoorde, dus...' Hij maakte zijn zin niet af.

'En haar moeder? Ben je...' De vraag die zo dapper maar toch timide over mijn lippen kwam, was geen vraag waarop ik het antwoord wilde weten. Maar het niet weten zou net zo pijnlijk zijn geweest.

'Ife en ik zijn niet meer samen. Het was een korte verhouding, tien jaar geleden, maar er is wel iets prachtigs uit voortgekomen.'

Zodra ik haar naam hoorde, wist ik dat het de vrouw moest zijn met wie ik hem had zien zoenen op de drempel van zijn huis. Het verdriet daarom leek nog net zo rauw aan te voelen als op de dag dat ik me buiten het metrostation op de grond had laten zakken. 'Volgens mij heb ik jullie een keer samen gezien. Ze was de mooiste vrouw die ik ooit gezien had. Het was op mijn tweeëntwintigste verjaardag. Ik was naar Londen gegaan om je te verrassen en zag jullie samen, in de deuropening van het huis in Kennington.'

De stilte bleef even tussen ons in hangen.

'Dat wist ik niet,' zei hij verslagen. 'Ik heb je niet gezien.'

'We waren op dat moment niet samen. We hadden elkaar niets beloofd, dus je hebt niets misdaan. Daarna heb ik het opgegeven. Ik besloot mezelf niet meer wijs te maken dat ik wel een manier zou vinden om hier weg te gaan.'

'O, Jeanie. Het spijt me.'

'En toen... Nou ja, toen kreeg ik iets met Niall. En hier zitten we dan.'

Er viel weer een stilte in het vertrek, dat leeg was zonder onze stemmen, onze mogelijkheden. Er was niets dan het verleden dat we vergooid hadden, de gezamenlijke herinneringen.

'Ik heb het met Tia vaak over jou,' begon hij weer. 'Over die geweldige vrouw die met dode mensen kan praten. Alleen gelooft ze me niet.'

'Nee,' zei ik met een toegeeflijk lachje. 'Dat geldt voor meer mensen.'

'Ze is een taaie, mijn Tia. Praktisch, nuchter. Ook al is ze nog maar negen, ze laat zich niet in de maling nemen. Ze wilde niet geloven dat ik na mijn dood nog met haar zou kunnen praten.

Maar ik heb gezegd dat ik het kon bewijzen. Dat ik jou had. Zo zit het, Jeanie. Daarom heb ik op je gewacht.'

Dus hij was hier helemaal niet voor mij.

'Voordat ik stierf, heb ik haar iets ingefluisterd waarvan ik graag wil dat jij het tegen haar zegt. Dan weet ze dat de doden met de levenden kunnen praten. Dat ze elke dag haar oren maar hoeft te spitsen en dat ik er dan ben.' Zijn stem klonk nu kleurrijk en melodieus, vol liefde voor haar. 'Ik weet dat het een risico was. Ik wist niet zeker of ik hier op tijd zou zijn om met je te kunnen praten. Ik heb Al en Jess gevraagd om ervoor te zorgen dat ik zo snel mogelijk hierheen gebracht zou worden. En ik heb aan Tia uitgelegd dat het niet altijd lukt, dat het soms al te laat is. Maar ik heb ook gezegd dat ik heel hard mijn best zou doen en dat ze niet moest denken dat ik er niet meer was als het niet zou lukken. Dat ze me op een gegeven moment in haar leven nodig zal hebben en dat ik dan op haar wacht.'

Het kostte me grote moeite om mijn emoties te bedwingen, om hem niet te storen bij wat hij wilde zeggen. 'Ik luister,' spoorde ik hem aan. Ik sprak met ingehouden adem, voordat ik mijn verdriet liet ontsnappen in een zo stil mogelijke zucht.

'Ik wil dat je tegen haar zegt dat ze dapper moet zijn. Dat dat een ongekende vrijheid oplevert.'

Onwillekeurig moest ik glimlachen. Het was ook zo ironisch dat ik, een vrouw van wie Fionn wist dat haar moed haar al vaak in de steek had gelaten, deze wijsheid zou moeten overbrengen.

'Zeg tegen haar dat ik er elke ochtend wanneer ze haar ogen opendoet zal zijn om met haar te praten, om mijn mening te geven over waarover ze ook piekert, of om tegen haar te zeggen dat ze geweldig is. Zo verdomd geweldig.' Hij zweeg even, en ik hoefde niet in zijn hoofd te kunnen kijken om te weten dat hij haar in gedachten vasthield, haar knuffelde, van haar hield. 'En...' Zijn stem werd zwakker, ik herkende de tekenen van een gebrekkige ontvangst. 'Citroen.'

'Citroen?' Gespannen leunde ik naar hem toe. Ik wilde zeker weten dat ik het goed had verstaan. Mijn hart bonkte van paniek en ik stelde me voor dat ik zijn borst nog steeds op en neer kon zien gaan.

'Dat is haar lievelingsgeur. Ze fluisterde het in mijn oor, vlak voordat ik mijn ogen sloot en bij haar wegging, zodat verder niemand het kon horen. Ze zei dat als je dat tegen haar zou zeggen, ze zou geloven dat het mogelijk is om me te horen.' Hij dreef verder af, zijn stem klonk steeds verder bij me vandaan.

'Dapper zijn en citroen,' herhaalde ik, verdrietig, in het besef dat zijn laatste woorden niet voor mij zouden zijn. Ik herhaalde de woorden nog een keer, harder nu, en dwong mezelf naar zijn knappe gezicht te kijken. Ik stelde me zijn brede glimlach voor op de dag dat hij Tia voor het eerst had gezien, op de dag dat ze haar eerste waggelende stapjes had gezet, of die keren dat ze een madeliefje had geplukt of achter een vlinder aan was gerend. 'Ik zal het tegen haar zeggen, Fionn.'

'Ze was alles voor me.'

Ik knikte en deed mijn best om door mijn tranen heen te glimlachen. Zelfs in onze laatste momenten samen klopte onze timing niet. Onze levens zouden voorgoed uit de pas lopen en toch voor altijd met elkaar verbonden zijn.

Het duurde even voordat ik besefte dat hij niets meer zei. Voorzichtig tikte ik op zijn schouder. 'Fionn,' fluisterde ik.

Geen reactie.

'Fionn.' Ik probeerde het nog eens, met een snik in mijn stem. 'Fionn.' Een laatste wanhoopspoging, voordat ik mijn hoofd op zijn borst legde en moest accepteren dat hij er niet meer was. Hij zou nooit meer onverwacht bij me op de stoep staan, ik zou me nooit meer afvragen waar hij was en of hij toevallig ook aan mij dacht. 'Ik had gewoon moeten gaan,' zei ik, in mijn ellende en wanhoop. 'Ik had mijn spullen moeten pakken en deze plek voorgoed achter me moeten laten. Vrij moeten zijn, net als Peanut en jij. Ik had gewoon bij je moeten aankloppen. Dan had je mij opgetild, me gezoend en me mee naar bed genomen.'

Ik keek naar hem in die donkere kamer, roerloos en log als een mistige avond. Ik spitste mijn oren om een teken op te vangen, een geluidje dat werd meegedragen op de bries van de dood. Ik hoopte nog één seconde te kunnen stelen van het lot dat hij tegemoet ging. Maar er was niets, alleen mijn ademhaling en mijn blik die wazig was van de tranen. Tot ik hem hoorde, ver bij me vandaan, alsof hij aan het einde van een verlaten weg stond.

'We zouden een geweldig stel zijn geweest, Jeanie.' Zijn stem klampte zich nog steeds vast, zette zijn nagels in de rotswand, zocht steun met zijn vingers, met een laatste restje energie dat ergens diep vanbinnen kwam. 'In Kennington is er een uitvaartonderneming, onder een brug. Daar had je kunnen werken. Ik heb het me wel duizend keer voorgesteld. Je zou elke dag thuiskomen met de verhalen van de dode zoons en dochters van Londen. Ze hadden je geweldig gevonden, net zo geweldig als ik je vond.'

Dat was het laatste wat ik van hem hoorde. Zijn tijd op deze plek, aan mijn zijde, zat er eindelijk op. Ik huilde uit op zijn schouder, maakte een rommeltje van wat perfect was geweest. Wat eerst droog was, raakte doorweekt door de last van het besef: een van ons leefde nog, de ander was dood. Eén hart klopte, het ander had voorgoed rust gevonden. De hoop, de mogelijkheid, de droom was uiteindelijk dan toch vervlogen.

Heb je je vingers weleens op het afvoerputje van een leeglopend bad gelegd en die bijna magnetische aantrekkingskracht gevoeld? Zo voelde mijn hart op dat moment ook aan. Alsof het uit me was gezogen, alsof ik het kwijt was, alsof ik het eindelijk niet meer onder controle had.

'Je had niet moeten doodgaan, Fionn. Ons verhaal had niet op deze manier moeten aflopen,' fluisterde ik, mijn stem gedempt in zijn hals. 'Wat moet ik nou zonder jou beginnen?'

# Hoofdstuk 25

Niall kwam me bij hem vandaan halen. Ik liet me door hem vasthouden, op mijn hoofd zoenen, terwijl ik het uitsnikte tegen zijn borst. Ik huilde openlijk, klampte me aan hem vast, wanhopig op zoek naar troost.

Toen het erop leek dat ik weer op mijn benen kon staan, sloot hij de kist en nam me mee naar de kerkbank in de brede hal, waar we zwijgend naar de dichte deuren tegenover ons gingen zitten staren. Telkens wanneer hij mijn ademhaling hoorde versnellen en ik weer wegzonk in mijn wanhoop, zocht zijn hand de mijne.

Misschien duurde het tien minuten, misschien korter, misschien langer. Ik kan niet zeggen hoelang we daar stilletjes zaten, ergens tussen verdeeldheid en saamhorigheid in, voordat Al en Jess aankwamen. Ik voelde me weer een klein meisje. Ik wist me geen houding te geven toen ik opstond om hen te begroeten, me liet omarmen door deze mensen die me ooit zo hartelijk hadden ontvangen in hun huis en me van hun zoon hadden laten houden.

'Heeft hij iets gezegd, Jeanie?' Jess maakte zich van me los, met haar handen op mijn schouders en haar ogen groot van verwachting. 'We hebben geprobeerd hem zo snel mogelijk hier te krijgen, maar er was vertraging op het vliegveld.'

'Hij heeft iets gezegd.'

'Wat dan?'

'Het ging voornamelijk over Tia.'

'Dat verbaast me niets. Hij was dol op dat meisje.' Ze leek zo trots op haar zoon. Het deed me denken aan die avond dat ze ermee had ingestemd een wilg in hun tuin te planten, aan hoe blij ze was geweest om haar zoon gelukkig te maken.

'Op jullie ook. Ik moest tegen Al en jou zeggen dat jullie geweldig zijn en dat hij het hartverscheurend vond om bij jullie weg te gaan.' Ik bewees maar weer eens een dochter van mijn vader te zijn door erop los te liegen, maar het kon me niet schelen, want het voelde goed. Trouwens, hoewel Fionn het niet had gezegd, was ik ervan overtuigd dat hij dat wel gedaan zou hebben als hij genoeg tijd had gehad.

'Ach, mijn jongen.' Ze trok me weer tegen zich aan. 'De wilg staat er nog steeds, Jeanie. De wilg die we voor jou hebben geplant. Hij is prachtig, met die hangende takken. Het lijkt wel of die boom weet dat we Fionn hebben verloren. Het is allemaal zo snel gegaan, vanaf de diagnose tot zijn dood. Het heeft nog geen jaar geduurd. Heeft hij dat gezegd? Hij was zo dapper.'

Haar man kon geen woord uitbrengen en leidde zichzelf af door mijn vader een hand te geven. Die was stilletjes binnengekomen en stond nu in de deuropening van de ontvangstruimte.

'We denken erover om weer hier te komen wonen,' vervolgde Jess. 'Dan zouden we zijn as onder die boom kunnen uitstrooien. Maar Tia is er natuurlijk ook nog. Het zou niet eerlijk tegenover haar zijn als ze haar vader niet in de buurt had. We weten ons geen raad.' Ze begon met harde, langgerekte halen te huilen tegen mijn schouder.

'Kom maar, lieverd.' Haar man probeerde haar zover te krijgen om mee te gaan naar het kantoortje, waar mijn vader de humanistische uitvaartceremonie en crematie waarom ze hadden gevraagd met hen zou bespreken. 'Eerst moeten we vanavond en morgen maar eens door zien te komen, daarna kijken we wel verder.'

Niall keek toe terwijl Jess me losliet. Ik wierp een blik op hem, beschaamd omdat hij hier getuige van was geweest, maar zijn gezicht verraadde niet wat dit allemaal met hem deed.

'Niall, toch?' Jess kreeg hem nu pas in het oog.

'Ja, Mrs Cassin. Mr Cassin.' Niall kwam erbij staan om hun een hand te geven. 'Gecondoleerd. Het is moeilijk te geloven dat Fionn op deze manier van ons is afgenomen.'

'Dank je, Niall,' zei Al met een knikje.

'En jullie zijn met elkaar getrouwd?' Jess pakte mijn hand en die van Niall en trok ons naar elkaar toe. 'Wat fijn.' Ze verstevigde haar greep en bleef tussen ons in staan alsof ze ons in de echt verbond. 'Heel fijn.' Haar blik dwaalde even af, naar een andere plek en een andere tijd, naar dingen die waren geweest en dingen die hadden kunnen zijn. 'Zoals je weet is Fionn nooit getrouwd. Maar gelukkig hebben we onze lieve Tia nog.'

'Jess, lieverd.' Haar man raakte zacht haar schouder aan.

'Hebben jullie kinderen?' vervolgde ze, zonder acht op hem te slaan.

Met een strakke glimlach schudde Niall zijn hoofd.

Haar hand omvatte nog steeds die van ons. Het begon pijn te doen, maar ik zou me niet terugtrekken, nooit, al bleef ze me de hele dag vasthouden.

'Kom, Jess. Dan gaan we met Mr Masterson praten. Er is nog een hoop te regelen en deze arme mensen hebben hun rust nodig.' Al pakte haar hand, zodat ze ons losliet, en sloeg zijn arm om haar heen toen ze samen het kantoortje in liepen. Mijn vader nodigde haar met zijn troostende stem uit om te gaan zitten, terwijl Al weer naar ons toe kwam. 'Kunnen we Fionn nog even zien voordat we gaan? Tia en haar moeder komen er ook aan. Ze zijn een wandelingetje gaan maken in het park. Kennelijk had Fionn het vaak met Tia over die plek, over de gelukkige tijden die jullie daar hebben beleefd, dus ze wilde het daar graag zien.'

'Natuurlijk kan dat,' zei Niall. 'Fionn is gereed als jullie straks klaar zijn.'

'Dank je.' Met een knikje ging Al weer naar binnen en hij deed de deur achter zich dicht.

Niall en ik bleven ernaar kijken, alsof hij elk moment weer open kon gaan. Toen dat niet gebeurde, keken we elkaar opgelaten aan. Het leek wel of we elkaar voor het eerst zagen.

Hij liep terug naar de bank en ging zitten, met zijn ellebogen op zijn knieën en met één hand omhoog om over zijn lippen te strijken. 'Heeft hij al die dingen over zijn dochter en over hen echt gezegd?' vroeg hij na een poosje.

Beschaamd sloeg ik mijn ogen neer, omdat ik zou moeten toegeven dat ik gelogen had. Ik ging aan de andere kant van de bank zitten. 'Het ging vooral over zijn dochter.'

'En over jou? Wat zei hij over jou?'

'Heel weinig.' Ik probeerde het zo neutraal mogelijk te laten klinken, zonder blijk te geven van mijn verdriet.

'Dus in zijn laatste momenten, in gesprek met een vrouw om wie hij specifiek had gevraagd omdat hij zo verzot op haar was, had hij het helemaal niet over jou?'

'Hij wilde een boodschap doorgeven aan Tia. Daarom is hij naar huis gekomen.'

'Dat was vast niet makkelijk voor je, na al die jaren en alles wat jullie samen hebben meegemaakt.'

Ik verdiende zijn medeleven niet en wilde dat net tegen hem zeggen op het moment dat de voordeur opengíng en er een meisje binnenkwam. Meteen stonden we op. Toen ze ons zag, aarzelde ze, alsof ze weer weg wilde gaan. Ze keek over haar schouder om steun te zoeken bij haar moeder, de vrouw die ik in Fionns armen had gezien.

'Hallo,' zei Ife. 'We zijn hier voor Fionn Cassin.'

'Ja, kom toch binnen.' Niall liep naar hen toe om de glimlachende vrouw en het ernstig kijkende kind een hand te geven. 'Jullie zijn Tia en...'

'Ife.'

'Ik ben Niall en dit is Jeanie. Onze innige deelneming.'

'Ha, de beroemde Jeanie Masterson.' Ife keek van mij naar haar dochter. 'Papa had het vaak over Jeanie, toch, Tia? Over haar bijzondere gave.'

Tia leek verlegen en reageerde niet echt, behalve dat ze me de hand schudde. Ik ving een glimp op van Fionn in de kromming van haar wenkbrauw, voordat ze weer afwezig voor zich uit staarde.

'Je vader is hier in goede handen, Tia,' merkte Niall op.

'Dat is goed om te horen, toch, schat?'

Tia keek omhoog naar haar moeder en kneep in haar hand alsof ze haar stilletjes ergens aan wilde herinneren.

'O ja. Tia vroeg zich af of ze haar vader misschien mag zien. In Londen hebben we al afscheid genomen, maar ze zou het hier graag nog een keer willen doen.'

'Natuurlijk,' zei Niall. 'Wacht hier maar even, dan zorg ik dat hij er op zijn best uitziet voor jullie.'

Toen hij weg was, gingen we op de banken zitten wachten. Vanaf die plek konden we de gedempte stemmen van mijn vader, Jess en Al horen.

'Je opa en oma zijn daarbinnen met Mr Masterson, mijn vader,' zei ik tegen Tia. 'Het zal wel niet zo lang meer duren.'

'Tia boft maar met zulke lieve grootouders.' Ife drukte een kus op het hoofd van haar dochter.

'Je vader raakte niet uitgepraat over jou, Tia,' zei ik terwijl ik me richtte tot het zwijgende meisje dat twee zitplaatsen bij me vandaan zat.

Ze keek me vanuit haar ooghoeken aan en klemde haar lippen op elkaar.

'Tia is er niet helemaal van overtuigd dat haar vader nog met haar kan praten nu hij er niet meer is. Ik heb al tegen haar gezegd dat ik daar niet aan twijfel. Zelf praat ik al zeventien jaar met mijn moeder. Wat kan die vrouw kletsen, zeg. 's Ochtends moet ik vaak zeggen dat ze haar mond moet houden, omdat we anders nooit de deur uit komen.' Ife lachte.

'Hij heeft echt tegen me gepraat, Tia. Geloof me maar.'

Deze keer keek ze me helemaal niet aan, maar staarde ze afwachtend voor zich uit.

'Oké, je vader is er klaar voor, Tia.' Niall verscheen in de deuropening van de rouwkamer. Binnen was de kist weer geopend. Niall wenkte hen naar binnen, terwijl ik even afwachtte en me afvroeg hoe ik dit zwijgzame meisje ervan zou kunnen overtuigen dat haar vader met me gepraat had. Hij had me er immers voor gewaarschuwd dat ze zich niets liet wijsmaken. Opeens kreeg ik een ingeving, en ik liep naar de toonzaal.

Na een paar minuten ging ik naar de rouwkamer, waar Tia haar sierlijke handen op de zijkant van de kist liet rusten en naar Fionn keek. Ife stond naast haar, met haar arm beschermend om haar schouder.

Ik bleef ter hoogte van Fionns voeten staan, twee stappen bij de kist vandaan, om hun de ruimte te geven.

Tia fluisterde iets tegen haar moeder, waarop die knikte en Tia de handen van Fionn aanraakte.

'Hij heeft me gevraagd iets tegen je te zeggen, Tia.' Ik deed een stapje in haar richting.

Tia keek me niet aan, maar Ife wel. Ze knikte bemoedigend.

'Hij zei dat je dapper moet zijn. Dat er heel veel mogelijk is, als je maar dapper bent. Dat het heel normaal en oké is om bang te zijn, maar dat je je angst onder ogen moet zien en moet zeggen: "Hier ga ik iets aan doen, want ik moet over die angst heen komen." Als je bang bent, zei hij, blijven er te veel deuren gesloten. Hij wilde juist dat alle deuren voor je zouden opengaan. Daar had hij gelijk in. Hij zei ook dat je goed moet luisteren of hij er is, vooral 's ochtends, omdat hij dan op je wacht om over van alles met je te praten. Bijvoorbeeld als je een rotdag op school hebt gehad, of als je verliefd op iemand bent.'

Haar ogen dwaalden naar me af, maar er kon nog steeds geen glimlachje af.

'En dit.' Ik kwam nog dichterbij, zodat ik de kist bijna kon aanraken. 'Hij heeft me verteld dat je iets tegen hem hebt gezegd wat alleen jij weet. Ik heb het opgeschreven, zodat je weet dat hij er echt voor je is.'

Ze nam de envelop aan en haalde voorzichtig het ene velletje papier tevoorschijn dat ik even daarvoor uit de toonzaal had meegenomen. Ik had er het woord op geschreven waarvan ik hoopte dat het haar op andere gedachten zou kunnen brengen: citroen.

Toen ze het las, keek ze me voor het eerst recht aan en glimlachte ze haar prachtig scheve snijtand bloot.

# Hoofdstuk 26

Die avond kwam Peanut. Rond tien uur belde ze aan en vloog ik haar in de armen. Zodra ze Nialls berichtje had gelezen, was ze vanuit de dierenkliniek naar huis gegaan om haar koffer te pakken. In de haast was ze geschikte rouwkleding vergeten, maar terwijl ze zich naar de laatste vlucht vanaf Gardermoen Airport haastte, bedacht ze dat ik als begrafenisondernemer de aangewezen persoon was om iets zwarts van te lenen.

'O, Jeanie,' zei ze. 'Ik kan het gewoon niet geloven.'

Mijn lichaam voelde nutteloos aan toen ik me op de bank in onze woonkamer liet zakken, waar we ooit hadden gelachen, kussens naar elkaar hadden gegooid en popcorn hadden gemorst, waardoor ik snel had moeten stofzuigen voordat mijn moeder de ravage zag. Op dit moment voelde het alsof ik honderd was. Ik wilde alleen maar in een diepe slaap vallen en nooit meer wakker worden om het verdriet niet meer te hoeven voelen.

'Volgens mij hebben we een borrel nodig.' Ze stond op en veegde haar tranen weg. 'Jouw vader had van al onze ouders altijd de lekkerste drank in huis. Bewaart hij die nog steeds in de keuken?'

Ik knikte en keek haar na, niet zo overtuigd van haar plan als zijzelf. Ik stelde me het bezorgde gefluister van mijn ouders in de kamer ernaast voor, terwijl ze vroegen hoe het met me ging. Tussen de tijd dat Fionns familie vertrokken was en Peanut was aangekomen, hadden ze bij me aan tafel gezeten. Er werd niet veel meer gezegd dan: ‘Arme schat’ en ‘Och, kindje toch’, of een combinatie van die twee, terwijl ik onophoudelijk huilde. Niall was alweer weg. Misschien naar Ruths huis, om naar de vier witte muren van de bekrompen logeerkamer te staren, of naar McCaffrey’s, om zich aan de bar af te vragen hoe het toch zo vreselijk had kunnen misgaan in zijn leven. Zijn vrouw was immers in tranen om een andere man. Ons afscheid aan het eind van de dag was net zo treurig geweest als het begin. Na ons gesprek met Tia had hij onbeholpen mijn hand vastgepakt, er een kneepje in gegeven en me een verdrietig glimlachje geschonken. Nadat hij was vertrokken had ik mijn vader gevraagd hem te gaan zoeken. Het waren de enige woorden die ik had kunnen uitbrengen. Niall had iemand nodig, zei ik, maar mijn vader weigerde me in de steek te laten en had Arthur gebeld om te vragen of die naar hem toe wilde gaan.

De eerste slok van Peanuts ongelofelijk sterke gin-tonic gaf me niet zozeer kracht, maar maakte me vooral aan het hoesten.

Peanut gaf een klopje op mijn been, terwijl ze zelf ook een flinke slok nam. ‘Daar was ik wel aan toe, zeg.’ Ze keek naar haar glas en huiverde. ‘Ik had tegen je vader gezegd dat hij er een dubbele van moest maken.’

‘Fionn had een dochter, wist je dat?’

Ze knikte.

‘Dat heb je nooit tegen me gezegd.’

‘Er is zoveel over hem wat ik je niet verteld heb. Net zoals ik veel dingen over jou niet tegen hem gezegd heb. Het ging goed met jullie. Jullie hadden allebei de draad opgepakt. Ik dacht echt dat ik er goed aan deed om jullie ademruimte te geven, zonder dat jullie alles hoefden te weten wat er in het leven van de ander speelde.’

‘Maar die expositie... Toen heb je me mee naar hem toe genomen.’

'Ja, ik weet het. Je leek zo... Ik was bang dat je twijfels had over de bruiloft en... Nou ja, we hadden al wat gedronken en op dat moment leek het een goed idee. Het spijt me, Jeanie. Echt waar. Als ik de tijd kon terugdraaien, zou ik het allemaal heel anders aanpakken.'

'Nee.' Ik slaakte een zucht, zo diep dat mijn hart er pijn van deed. Ik wist dat ik dat moment met Fionn, waarop hij had gezegd dat hij nog steeds van me hield, nooit had willen missen. 'Zit er maar niet mee. Je bedoelde het goed.' Ik gaf een kneepje in haar hand. 'Heb je Tia of haar moeder weleens ontmoet?'

'Nee. Zo vaak zagen we elkaar niet.'

'Ife, de moeder, is zo ongeveer de mooiste vrouw van de wereld. Maar kennelijk is Fionn niet lang met haar samen geweest. Tia, zijn dochter, is een schat. Ze lijkt veel op hem. Hij raakte niet uitgepraat over haar.'

'Dat kan ik me voorstellen. Ik zeur weleens, maar de tweeling is mijn alles. Ik zou mijn leven voor hen geven.'

Op dat moment voelde het alsof ik alles was kwijtgeraakt, zelfs de kinderen die ik nooit had gekregen. 'O god, Pea,' zei ik radeloos. 'Waar ben ik toch in verzeild geraakt? Fionn is er niet meer. Niall is weg. Mijn ouders staan te trappelen om hier weg te kunnen.'

'Wacht even. Is Niall weg? Sinds wanneer?'

'Twee dagen geleden.'

'Waarom heb je dat niet gezegd?'

'Weet ik niet. Ik vond het gewoon te moeilijk.'

'Maar ik heb je zo vaak gebeld, en je nam maar niet op.'

'Ik weet het, sorry.'

'Waarom is hij dan weggegaan?'

'Omdat hij er genoeg van heeft. Al die jaren heeft hij gewacht tot het voorbij was, wat het ook was dat er speelde tussen Fionn en mij. Daarna heeft hij de brokstukken aan elkaar moeten lijmen. Hij had beter verdiend.'

'O, Jeanie.'

'En vandaag heeft hij me zo moeten zien. Kapot van verdriet om een andere man.' De afgelopen zeven jaar heb ik me schuldig gevoeld om alles wat er in me omging, maar nu was dat gevoel nog tien keer zo sterk.

'Dus hij werkt hier nog wel, ook al...'

Ik knikte en nam een slok. 'Ik heb zijn leven vergald, Pea.'

'Helemaal niet. Hoe graag ik Niall ook mag, hij is een volwassen man. Hij wist waar hij aan begon. Dat je van Fionn hield. Hij heeft zelf besloten die gok te wagen. Daar heb je hem niet toe gedwongen. Je hebt hem niet in de val gelokt. Oké, nu loopt het even niet zo lekker tussen jullie, maar dat hoeft nog niet het einde te betekenen. Niet als je dat niet wilt.'

'Dat is het hem nou juist, Pea. Ik weet niet wat ik wil.'

'Je hield echt van Fionn, hè?'

'Ja.' Het kwam er krakerig uit. Voor de zoveelste keer die dag voelde ik tranen in mijn ogen opwellen. Ik vroeg me af hoe mijn lichaam nog steeds iets kon aanmaken waarvan ik had gedacht dat het nu allang op zou moeten zijn. Misschien waren deze tranen gemaakt van gin. 'Ik blijf maar denken dat ik met hem mee had moeten gaan naar Londen.' Ik veegde langs mijn ogen met de inmiddels rafelige tissue die mijn moeder me had gegeven, en nam nog een slok van mijn gin-tonic.

'Echt?' Peanut liet haar drankje in haar glas rondtollen. 'Heb je er weleens bij stilgestaan dat het ook mis had kunnen gaan als je daar was gaan wonen?'

'Hoe bedoel je?'

'Sinds Anders en ik kinderen hebben... Nou ja, daardoor ga je je realiseren dat het vuur in dat soort relaties, die je helemaal kunnen opslokken, makkelijk kan doven. Zeker als je te maken krijgt met de realiteit van boodschappen doen en wie er aan de beurt is om de wc schoon te maken. Weet je, Jeanie, misschien ben je niet zo dom geweest als je nu denkt. Misschien wist je ergens in dat slimme hoofdje van je, dat al sinds je peutertijd wordt belaagd door honderden wijze dode mensen, dat het niets zou worden en dat het beter voor je was om hier te blijven, in je vertrouwde omgeving.'

Deze alternatieve kijk op mijn leven was niet te bevatten. Ik tuurde in mijn glas en probeerde mezelf voor te stellen als de alwetende, zelfverzekerde vrouw die ze schetste, maar het lukte niet.

'Je weet dat dat gedoe met de doden gewoon op leugens berust, Pea. Dat heb ik al zo vaak tegen je gezegd. Ik vertel leugens om de levenden tevreden te stellen, daar komt geen wijsheid aan te pas. Vandaag heb ik het weer gedaan. Mijn leven is één grote leugen. Doen alsof ik niet naar Londen wilde. Doen alsof ik genoeg van Niall hield. Doen alsof ik hier gelukkig was, in dit stadje. Nee, Fionn en jij hadden gewoon gelijk. Ik had weg moeten gaan. Een eigen leven moeten opbouwen. Alleen was ik daar te schijterig voor.'

'Hm...' Ze leek haar theorie nog niet te willen loslaten. 'Ik ben niet overtuigd. Ik vraag me af of dat liefdesrookgordijn dat je hebt opgeworpen –'

'Rookgordijn? Ik heb het niet verzonnen, Peanut.'

'Nee, natuurlijk niet. Het spijt me, dat kwam er verkeerd uit.'

'Die keer bij de tentoonstelling zei hij dat hij nog van me hield. Hij zei dat ik hem moest opzoeken als ik ooit van gedachten veranderde over Niall.'

'Wat? Daar heb je nooit iets over gezegd.'

'Nee, tegen niemand, want ik dacht dat mijn besluit al vaststond. Maar als ik eerlijk ben, had je toch gelijk. Ik was niet honderd procent zeker van mijn relatie met Niall.'

'Weet je, het doet er niet meer toe. Wat ik maar wil zeggen, al komt het er helemaal niet goed uit, is dat het er misschien niet om gaat van wie je meer had moeten houden of met wie je ervandoor had moeten gaan, maar om wie je bent en wat je nou eigenlijk wilt met je leven.'

Er werd op de deur geklopt en mijn vader kwam binnen.

'Alsjeblieft, dames. Ik dacht dat jullie er nog wel eentje zouden lusten.' Hij zette nog twee grote gin-tonics op tafel. 'Maak je morgen om het werk maar geen zorgen, Jeanie. Dat is allemaal geregeld. We zijn er allemaal, je moeder, Harry, Arthur, Mikey en ik, dus je kunt het gerust op een zuipen zetten.'

'O, Mikey. De schat,' zei Peanut dweperig.

'En Niall?' vroeg ik, terwijl ik mijn glas pakte.

'Ja, Niall heeft gezegd dat hij ook zou komen.'

Ik knikte en kreeg weer het gevoel dat ik al die vriendelijkheid niet verdiende.

'O, ik moest van Gráinne vragen of je misschien iets wilt eten, Peanut. Ze zei dat je wel uitgehongerd moet zijn. De snackbar is hier vlakbij. Eerlijk gezegd denk ik dat ze toch iets voor je gaat halen, dus misschien kun je beter zelf iets uitkiezen, anders wordt het eten wat de pot schaft.'

'Wat is ze toch een schat. Ach, waarom ook niet? Een paar gefrituurde uienringen zouden er wel in gaan. Die heb ik al in geen jaren meer gegeten.'

'Wil jij ook iets, Jeanie?'

'Nee, dank je, pap.'

Hij liet ons weer alleen.

'Had ik al gezegd dat ze met pensioen gaan, Pea?'

'Ja. Het valt me wel op dat ik, weet ik het, veertien jaar geleden uit dit stadje ben vertrokken en dat iedereen gewoon verder is gegaan, alsof het hun niets kon schelen.' Ze nam een slok.

'Ik had naar je moeten luisteren toen we achttien waren en je zei dat ik hier niet moest blijven voor andere mensen. Stel je eens voor hoeveel gebroken harten ik had kunnen voorkomen als ik naar je had geluisterd, om over mijn eigen gebroken hart nog maar te zwijgen.' Ik keek naar het volle glas dat voor me stond, maar pakte het nog niet.

'Oké, genoeg van dat "had ik maar". Daar heeft niemand wat aan.'

Na dat standje bleven we zwijgend zitten drinken, met vertrokken gezichten omdat mijn vader nogal scheutig was geweest met de alcohol.

Uiteindelijk vroeg Peanut: 'Weet je wat wel zou kunnen helpen?'

Mijn hand met het glas bleef een paar centimeter bij mijn mond vandaan steken.

'Ga mee naar Oslo. Als je hier blijft, kom je er nooit uit. Ga met mij mee, morgen, na de uitvaart. Dan zetten we daar alles op een rijtje.'

'Wat?'

'Ja, ik weet het, het is een verdomd goed plan. Vanavond pakken we je koffer en leggen we iedereen uit dat je een tijdje meegaat naar Oslo. Het wordt geweldig. We kunnen nadenken en praten – of misschien niet praten, maar gewoon wandelen. Je zult de parken er prachtig vinden. We nemen gewoon een adempauze om even los te komen van dit alles. Is je paspoort nog geldig?'

'Volgens mij wel.'

'Oké, waar ligt het? We kunnen maar beter eerst kijken of het nog geldig is, voordat ik al te enthousiast word.' Ze stond op, maar ging meteen weer zitten en pakte mijn hand, alsof ze zichzelf tot de orde wilde roepen. 'Het spijt me, dat kwam er weer niet goed uit. Gezien de omstandigheden is enthousiast zijn niet de juiste term. Let maar niet op mij, het gaat er niet om hoe fijn ik het zou vinden als je met me meeging. Het gaat om jou. Je hebt tijd nodig om dit allemaal te verwerken.'

'Maar...'

'Maar wat? Waar zit je mee? De doden, je ouders, Niall, Mikey? Wie kan wachten, wacht wel, en wie dat niet kan, zoekt het maar uit. Kun je jezelf nou eens voor één keer op de eerste plaats zetten, Jeanie?'

De volgende dag gingen we na de dienst en de crematie bij St Jerome's naar Fionns oude huis in Drumsnough. Daar had de catering een buffet uitgestald in de stijl van Al en Jess: tempura van groenten met teriyakisaus, zeewiercrackers met hummus, gerookte wilde zalm op bruinbrood, geen worstenbroodje of kippenpootje te bekennen. Ik ving mams veelzeggende blik naar pap op, terwijl ze een paar hapjes op haar bord legde. Midden in de kamer zat Tia naast Ife op de bank beleefd de handen te schudden van de vele onbekenden die Fionn de laatste eer waren komen bewijzen. Op een gegeven moment kruisten onze blikken elkaar en zwaaide en glimlachte ik, waarop zij hetzelfde deed.

Wij vieren – Pea, Ruth, Niall en ik – stonden bij het grote raam in de woonkamer naar de tuin te kijken. Mijn wilg stond precies in het midden.

'Weten jullie nog die avond dat we hier om het kampvuur zaten dat Al had gemaakt?' vroeg Ruth. 'Dat was vlak voordat ze de bomen plantten. Fionn had het de hele tijd over de schaduwen die het vuur wierp, of zoiets, en hoe goed die het op de foto zouden doen. Uiteindelijk kregen we er allemaal genoeg van en doken we boven op hem, zodat hij eindelijk zijn kop een keer zou houden.'

'O ja, dat was ik vergeten.' Pea keek naar Ruth, met een glas biologische wijn in haar hand.

'Nu zou ik willen dat we dat niet gedaan hadden. Dat we hem gewoon hadden laten uitpraten.'

We keken weer naar de bomen, die er die dag rustig bij stonden. Er stond nog geen zuchtje wind dat ze liet ritselen. Ze leken met stomheid geslagen, net zo geschokt als wij omdat Fionn dood was.

'Ik ben een keer met hem naar Lough Saor gefietst,' vertelde Niall. 'We hebben nog gezwommen bij Corelli Rock. Ik had hem de oude fiets van Gareth geleend, die veel te klein voor hem was. Het zag er volslagen belachelijk uit, maar dat kon hem niets schelen. Ik had hem zelfs overgehaald om zijn camera een keer thuis te laten. Tijdens het fietsen trok ik mijn shirt uit, zo heet was het. Toen we die avond terugkwamen, was mijn hele rug verbrand. Volgens mij heb ik die nacht maar een uur geslapen, op mijn buik.'

'Dat weet ik niet meer.' Ik keek hem aan, verbaasd omdat die twee ooit iets samen hadden ondernomen, maar het geen van beiden tegen me gezegd hadden.

'Het was vlak voordat hij wegging. Jij was aan het werk. Harry had me die dag vrijgegeven. We kwamen elkaar tegen in het centrum en we dachten: we doen het gewoon. Eigenlijk hadden we nooit zo'n goede band gehad, maar die dag leek het net of we het allemaal achter ons lieten, net zoals ze tijdens de kerstbestanden deden in de Eerste Wereldoorlog. Het was echt gezellig.'

We vielen weer stil, allemaal met een verdrietige glimlach. De huid van mijn gezicht voelde strak en droog aan door het huilen.

'Klotekanker.' Pea wreef langs haar wang en hief haar glas. 'Op Fionn,' proostte ze treurig.

'Op Fionn,' vielen we haar bij. Nadat we onze glazen hadden laten klinken, vervielen we weer in onze overpeinzingen over de man die we vroeger hadden gekend. Pea sloeg haar armen om me heen, terwijl ik tevergeefs probeerde me groot te houden.

Later bleven Niall en ik voor ons huis in de auto zitten.

'Ik heb besloten een tijdje weg te gaan, om mijn gedachten op een rijtje te zetten.'

Met zijn vingers trommelde hij op het stuur. 'Waarnaartoe?'

'Naar Peanut.'

'Oké. Dus dat wordt wel iets langer dan een weekendje.'

'Ja, dat denk ik wel.'

'Weten je ouders het al?'

'Ik heb het vanmorgen tegen hen gezegd.'

Eerder die dag hadden mijn ouders met een bezorgde frons in hun voorhoofd tegenover me aan de keukentafel gezeten en gevraagd of ik het wel zeker wist. Ik had gezegd van wel. Ze hadden eerst elkaar aangekeken, en daarna mij. Met die nerveuze glimlach van ouders die nog veel meer wilden zeggen, maar het niet durfden, omdat ze dan misschien de balans in de verkeerde richting zouden laten doorslaan.

'En Mikey?'

'Ja, die weet het ook.'

Mijn broer had niet gewild dat ik wegging. Hij had gevraagd of ik er nog eens over na wilde denken, omdat het vast niet echt nodig was. Zo'n plotselinge verandering was voor niemand goed, zei hij. Daar was het lichaam niet op gebouwd. In plaats daarvan mocht ik zo vaak als ik wilde naar hem toe komen en konden we zelfs naar films kijken die niet zijn eerste keus zouden zijn, maar die hij wel in overweging wilde nemen. En we konden eten wat ik lekker vond, zelfs als hij het niet lustte. Want het leek hem serieus, heel eerlijk gezegd, echt waar, beter als ik niet wegging. Toch hield ik deze keer mijn poot stijf. Ik liet de onvermijdelijke verandering op hem inwerken, terwijl hij met zijn linkerduim over de rechter wreef en we een kleurenfilm over de Japanse verovering van Azië bekeken.

'Ik zou willen dat je mij liet helpen,' merkte Niall op. 'Dat is alles wat ik ooit heb gewild: dat je me toelaat.'

'Dat weet ik.' Meer had ik hem niet te bieden, dus wendde ik mijn blik af.

'Hoe heeft het toch zo uit de hand kunnen lopen, Jeanie? Soms snap ik dat helemaal, andere keren is het me een raadsel. Op dit moment voelt het gewoon verkeerd. Zo had het niet moeten gaan tussen ons.'

'Het spijt me, Niall. Voor mij loopt momenteel alles door elkaar. Ik ben zo in de war.' Net als Mikey begon ik over de huid van mijn rechterduim te wrijven.

Hij trommelde weer op het stuur, concentreerde zich daarop toen de stilte aanhield. Hij knikte en trommelde nog eens. 'Dus dit is het?' vroeg hij. 'Is het voorbij tussen ons?'

'Ik weet het niet.'

'Nee,' verzuchtte hij, 'ik ook niet.'

# Hoofdstuk 27

De eerste week bij Pea thuis werd ik zozeer in beslag genomen door alles wat er gebeurd was dat ik niet kon slapen. Ik at nauwelijks. De tweeling zag met grote ogen aan dat ik borden vol eten liet staan. Daar zouden zij een uitbrander voor hebben gekregen, terwijl ik van hun ouders alleen een begripvol knikje kreeg.

In het begin nam Peanut een paar dagen vrij in de kliniek en zaten we als de kinderen naar school waren in onze pyjama in haar appartement tegenover elkaar op de banken thee en koffie te drinken. Peanut zette me eindeloze hoeveelheden geroosterd brood met jam voor, die ik grotendeels onaangeroerd liet, terwijl zij op me inpraatte in een poging me erdoorheen te slepen. Tegen de middag overtuigde ze me ervan dat we frisse lucht nodig hadden en gingen we wandelen. Door de straten van Oslo, naar parken die zo uitgestrekt waren dat mijn geliefde stukje groen in Kilcross daar maar een lachwekkend klein stukje van in beslag zou nemen. Het was er zo weids dat je niet anders kon dan je longen volzuigen met schone lucht. Ze hield mijn arm vast, net als toen we vroeger door de gangen van de middelbare school hadden gelopen. Soms liep ze voor me uit om het zoveelste naakte standbeeld aan te wijzen dat ergens in een hoekje stond, en verwonderde ik me over haar. Omdat ze zo zelfverzekerd was, omdat ze precies wist wie ze was. Dat was altijd al zo geweest, al toen we nog klein waren.

'Hoe komt het dat jij zo gelukkig bent?' vroeg ik haar op een ochtend waarop ze me om halfnegen uit bed had gesleurd omdat ze met alle geweld wafels met me wilde gaan eten.

Zij had ze besteld met alles erop en eraan: jam, zure room en de vreemdst ogende bruine kaas die ik ooit had gezien.

Ik wilde er zelfs niet aan snuffelen en zat in plaats daarvan maar wat in mijn kale wafels te prikken.

'Hoezo, denk je soms dat ik elke minuut van de dag zo ben?' kaatste ze terug. 'Ik ben moeder, weet je nog? Kinderen zijn hier op aarde om ons te ergeren, net als mannen. Ik ben gewoon blij dat jij er bent, zodat ik nu eens op jou kan passen.'

'Vindt Anders het niet vervelend dat hij voor je moet invallen in de kliniek, terwijl jij me weer op de been probeert te krijgen?'

'Anders is een held. Noren ondergaan alles met een lach. Volgens mij vinden ze het wel prima zo. Alleen complimentjes, daar kunnen ze niet goed mee overweg. Wat dat betreft lijken ze erg op de Ieren: ze kunnen het niet hebben als iemand iets aardigs over hen zegt. Als ik het probeer, staat hij gewoon midden in het gesprek op om een glas water te halen, of zo. Soms doe ik het weleens bij wijze van grapje, als ik me verveel.'

'Jullie passen goed bij elkaar.'

'Ja, over het algemeen wel. Hij is heel rustig. Meestal bromt hij maar wat.'

'Dat doe jij ook.' Ik lachte.

'Zo, dus je kunt nog wel lachen. Ik dacht al dat je het verleerd was.' Glimlachend prikte ze nog een stuk wafel aan haar vork.

Anders was echt een prima kerel, die duidelijk dol was op Peanut. Alleen kon hij maar geen hoogte krijgen van haar beste vriendin. Hij staarde me aan zoals een orang-oetan naar een mens zou kijken toen ik tegen hem zei dat ik – naast alle andere problemen die ik had – niet zeker wist of ik wel het juiste beroep had gekozen.

'Dus je gaat iets anders doen, terwijl je al je hele leven met dit werk bezig bent?' Hij hield op met de sla wassen die hij op vrijdagavond voor het eten aan het klaarmaken was. Het was aan het eind van mijn eerste week bij hen.

Peanut stond er ook bij en sneed tomaten in blokjes. 'Jeanie, je moet weten dat Noren meestal hun hele leven hetzelfde werk blijven doen. Ze maken zelden een carrièreswitch.'

'Gaat het dan nooit vervelen?' vroeg ik aan Anders.

'Het is maar werk, het is niet wie we zijn. Skiën, vakanties naar onze blokhut, naar de sauna gaan, tijd hebben voor de mensen van wie we houden. Daar worden we blij van, die dingen maken ons tot wie we zijn. Niet ons werk. De echte vraag is waarom jullie Ieren je leven zo door je werk laten bepalen.'

'Tante Jeanie?'

Ik keek om naar Oskar, die op zijn buik voor de televisie lag te tekenen.

'Mama zegt dat jij met dode mensen kunt praten.'

Het was geen vraag. Het was gewoon een stelling waarvan hij, op die heerlijk zelfverzekerde manier van de Scandinaviërs, verwachtte dat ik erop in zou gaan.

Iedereen hield op met waar hij of zij mee bezig was. Anders draaide zich naar me toe en Elsa dook uit het niets op. Ik keek naar Peanut, die me met een knikje toestemming gaf om de waarheid te vertellen.

'Dat klopt,' begon ik. 'Ik heb het altijd al gekund. Al toen ik nog kleiner was dan jullie. Ik kan het net zo goed als dat jij kunt tekenen. Het is mijn talent, denk ik. Ze kunnen maar heel kort praten, ik hoor hen niet heel lang.'

Elsa kwam dichterbij en ging op haar knieën op de bank zitten, met haar handen op de rugleuning, om naar me te kunnen kijken. Oskar lag nu op zijn rug, steunend op zijn ellebogen. Zijn tekening was even vergeten. Anders sloeg afwachtend zijn armen en benen over elkaar, terwijl Peanut naar me glimlachte.

'Soms kan ik hen bijna niet horen en soms blijven ze maar heel even. Dan zegt een man bijvoorbeeld: "Zeg maar tegen mijn vrouw dat ik van haar houd en dat het me spijt." '

'Waar heeft hij dan spijt van?' vroeg Elsa, met datzelfde opgetrokken neusje dat Peanut had toen ze als zevenjarige in onze lege balsemruimte stond en vroeg waar al die gekleurde vloeistof voor was.

'Dat hij dood is. Omdat hij weet dat zijn vrouw daar verdrietig om is.'

'Wat zeggen ze nog meer?' vroeg Oskar vanaf de vloer.

'Nou, bijvoorbeeld: "Zeg tegen mijn man dat ik het geld voor de begrafenis in de binnenzak van mijn goeie zondagse jas heb gestopt." Of: "Zeg maar dat ze me niet dat afgrijselijke donkerblauwe pak moet aantrekken dat ze me zo goed vindt staan. Ik vind het spuuglelijk. Ik lijk er dik in." '

Daar moesten Elsa en Oskar om giechelen.

Zelf werd ik er ook vrolijk van. 'Echt waar, ik verzin het niet. De man die dat tegen me zei, heette Joe Plunkett. Ik moest het doorgeven aan zijn vrouw, die later die dag kwam aanzetten met precies het pak dat hij niet wilde.' Het was fijn om me te herinneren dat ik soms wél dapper genoeg was geweest om de waarheid te vertellen.

'En toen?' Elsa hield haar hoofd schuin en legde het op haar handen.

'Nou, ze was er niet blij mee, maar ik heb een kop thee voor haar gezet en we hebben het over hem gehad. Ze vertelde dat ze bang was dat ze niet alles zou kunnen wat hij voorheen in huis deed, zoals de vuilnisbakken aan de straat zetten en de radiatoren ontluchten. Ze heeft lekker uitgehuild. Daarna stond ze op en zei dat ze naar huis ging om zijn favoriete leren jasje, zijn T-shirt van Status Quo en een spijkerbroek te halen.'

'Dus je bent hun boodschapper. Als een soort engel,' merkte Oskar op, op de manier van een man die precies wist waarover hij het had.

'Zo zou ik het niet willen noemen, hoor.' Ik wendde mijn blik af en leek zijn vader wel, want ik wist niet hoe ik met zo'n compliment moest omgaan.

'Ik vind je wel een engel,' zei Elsa, voordat ze opstond en weer naar haar slaapkamer ging.

'Ik ook.' Oskar draaide zich weer op zijn buik om verder te tekenen.

'Mee eens,' merkte hun moeder op, voordat ze verderging met snijden.

Toen ik opkeek omdat ik dacht dat het klaar was met de complimenten, stond Anders nog steeds naar me te kijken, met zijn rug naar de spoelbak toe gedraaid. 'En dát wil je opgeven?' Hij schudde zijn hoofd en bromde nog wat, voordat hij nog meer sla ging wassen.

Peanut keek me met een glimlach aan.

Soms had Anders echt hulp nodig in de kliniek en moest Peanut bijspringen. Op de ochtenden dat ze aan het werk was en ik in mijn eentje achterbleef, ging ik wandelen of bezocht ik de toeristische trekpleisters. Ik keek naar voorbijgangers en vroeg me af of ze het verlies op mijn gezicht zouden kunnen zien. Hoe vaak had ik in Ierland niet over straat gelopen in de overtuiging dat ik precies doorhad wie er onlangs iemand had verloren? Ik treurde om Fionn, maar ook om Niall. Om alle vragen, problemen en onafgedane zaken tussen ons.

Na een week begon ik op begrafenisondernemingen te googelen, dwaalde ik door straten met onuitspreekbare namen en bleef ik staan voor een nietszeggend gebouw met dichte rolluiken en een eenvoudig naamplaatje naast de deur. Een paar keer liep ik erlangs, omdat ik me afvroeg of de stem van een dode man, vrouw of kind me vanaf zo'n grote afstand zou kunnen bereiken. Of die woorden zou zeggen die belangrijk waren, maar die ik niet kon begrijpen. Soms gebeurde dat ook daadwerkelijk, al klonken hun stemmen zwak en gedempt door de bakstenen, het metselwerk en de afstand tussen ons. Maar wat had ik kunnen doen? Aankloppen en erop staan dat de begrafenisondernemer zou luisteren naar die gestoorde vrouw die hun woorden probeerde uit te spreken? Uiteindelijk ging ik gewoon maar aan de overkant van de straat zitten, keek ik naar deuren die nooit opengingen en raakte ik steeds meer van streek omdat er niets was gedaan met de laatste woorden van deze mensen. Ik vroeg me af hoe, en of, ik ooit zou leren hun aantrekkingskracht te weerstaan.

Op de middagen dat Pea moest werken, haalde ik Elsa en Oskar uit school. Thuis maakte ik hun favoriete middagsnack klaar, pannenkoeken met jam, terwijl ze erop aandrongen dat ik nog meer verhalen over de overledenen zou vertellen. 's Avonds nam Anders alle spoedgevallen voor zijn rekening, zodat Pea bij mij kon blijven. Hoewel tijdens mijn verblijf een groot deel van het werk in de kliniek op hem neerkwam, keek hij niet één keer geërgerd wanneer hij thuiskwam en me alweer op de bank zag zitten, soms op precies dezelfde plek als waar hij me had zien zitten toen hij van huis ging.

Ik sprak hem aan op de ochtend dat ik eindelijk wegging, drie weken na mijn aankomst. Het was nog vroeg en ik hoorde hem rommelen toen iedereen nog lag te slapen. 'Anders,' fluisterde ik in de verder stille keuken.

Mijn aanwezigheid leek hem niet van zijn stuk te brengen. Hij zat al aan de keukentafel koffie te drinken en uit te kijken over de parkeerplaats van hun gebouw. 'Ik wilde je even bedanken omdat ik hier mocht logeren en omdat je me zoveel tijd met Peanut hebt gegund.'

'Dat heeft Sarah verdiend.' Hij noemde Peanut altijd Sarah. Toen ze elkaar voor het eerst zagen, was ze zo van hem onder de indruk dat ze dacht dat hij het kinderachtig zou vinden als ze vertelde hoe iedereen haar noemde, dus had ze hem de naam laten gebruiken die hij op haar cv had zien staan. Soms moest hij op haar schouder tikken voordat het tot haar doordrong dat hij het tegen haar had. Toen ze uiteindelijk toegaf hoe ze het liefst genoemd wilde worden, zei hij dat hij het wel leuk vond dat ze hem zo bijzonder had gevonden en dat hij Sarah graag als koosnaampje voor haar wilde blijven gebruiken, als ze het niet erg vond. 'Ze is gelukkig als jij er bent,' zei hij nu. 'Het is niet altijd makkelijk voor haar geweest om hier te wonen. Ze heeft zoveel opgegeven toen we besloten naar Oslo te verhuizen, dit is wel het minste wat ik kan doen.' Hij glimlachte. 'Trouwens, ik vond het ook gezellig. Die verhalen van jou zijn echt ongekend. Ik heb het aan iedereen in de kliniek verteld. Natuurlijk zijn er mensen die niet geloven dat je met de doden kunt praten, maar...' Hij pakte zijn snee geroosterd brood op en wees ermee naar me. '...ze willen je allemaal ontmoeten.'

Daar moest ik om lachen.

'Maak je maar geen zorgen. Ik heb gezegd dat ze je niet kunnen krijgen, omdat je al van mijn vrouw bent. En inmiddels ook een beetje van Oskar en Elsa, denk ik.'

We glimlachten naar elkaar.

'Heb je altijd geweten dat je kinderen wilde, Anders?'

'Ja, natuurlijk. Jij niet dan?'

'Ik weet het niet.' Ik haalde mijn schouders op. 'Als ik ertoe overgehaald zou kunnen worden, dan zou het wel dankzij Elsa en Oskar zijn. Ik vind het heerlijk om met hen om te gaan. Het zijn net volwassenen, maar dan gelukkig.'

Hoewel hij nog steeds glimlachte, kreeg zijn blik iets vragends. 'Je hecht wel heel veel waarde aan gelukkig zijn.'

'Wie niet?'

'Het is niet normaal om altijd gelukkig te zijn. Soms is geluk net zoiets als de zon die achter de wolken tevoorschijn komt. Het is vluchtig, dat bedoel ik. Verder draait het er alleen om je leven zo eenvoudig mogelijk te houden.' Hij wreef de kruimels van zijn handen. 'Dus je gaat ons vandaag verlaten?'

'Ja.'

'Kwam het door de blokhut? Ben je daardoor definitief op de Noren afgeknapt?' Hij lachte.

Peanut had me verteld dat wanneer Anders in het weekend niet met de kinderen ging skiën, hij hen meenam naar de blokhut van zijn ouders, op een uur rijden van Oslo, in het bos. Het weekend daarvoor had hij erop aangedrongen dat Peanut en ik in hun plaats zouden gaan. 'Het zou jammer zijn om naar Noorwegen te komen en niet echt te ervaren waar het voor ons om draait,' aldus Anders.

Peanut sloeg haar ogen ten hemel en liet haar hoofd achterovervallen tegen de bank. 'Maar het is daar zo koud, en er is geen elektriciteit.'

'Ja, schat, maar het is mei. Trouwens, je kunt het er warm krijgen door middel van de houtkachel en dekens. Neem gewoon veel soep mee, dan red je je wel.' Hij kwam achter haar staan om haar een kus op haar wang te geven.

'Jij bent veel beter in dat soort dingen, Anders.' Ze sloeg haar arm om zijn nek, zodat ze met haar vingers zijn oor kon strelen.

'Ga nou maar. Het komt best goed. Je hebt Jeanie toch?' Hij gaf haar nog een kus en ging weer rechtop staan.

We schoten allebei in de lach bij het idee dat ik survivalskills in me zou hebben.

'Als ze met dode mensen kan praten, kan ze vast ook wel een houtkachel aanmaken.'

'Schat, dat is net zoiets als zeggen dat jij vast ook wel een vliegtuig kunt besturen omdat je dierenarts bent.'

'Misschien kan ik dat ook wel. Ik heb het nog nooit geprobeerd. Trouwens, ik ben het beu om jullie te moeten aanhoren. Ga maar ergens anders over Kilcross roddelen.'

Zodoende waren we die vrijdag vertrokken naar de rode blokhut met gele kozijnen, aan het eind van een bospad. Daar hadden we overnacht, met alleen gas om op te koken en met olielampen. Onder de dekens hadden we wat afgekletst, met onze voeten bij de houtkachel. We hadden in een stapelbed geslapen en buiten naar de wc gemoeten.

'Nu je het zegt, die dubbele wc was voor mij echt de druppel,' zei ik die ochtend tegen Anders. In hun buiten-wc zaten twee gaten, compleet met wc-bril, naast elkaar, als twee zitplaatsen in een trein.

Hij lachte. 'Het kwam goed van pas toen de kinderen nog kleiner waren. Die zaten er niet mee.'

'Grapje, hoor. Daar ligt het niet aan. Ik mis de overledenen gewoon.'

'Niall dus niet?' Hij keek me aan, waardoor ik beschaamd mijn blik afwendde. 'Je hoort het gewoon niet zo vaak, dat iemand de overledenen mist. Dat zal Lily, de verpleegkundige in mijn praktijk, wel om te smullen vinden. Voor haar ben je net een soapserie. Ze kan steeds niet wachten tot ik weer aan kom zetten met een nieuw verhaal van jou. Ze zal het wel erg vinden dat je weggaat.

Haar neef is begrafenisondernemer en wil je ook graag ontmoeten. Hij denkt dat jullie hier samen een goudmijntje zouden kunnen creëren.'

'Niet als ik niet kan verstaan wat die dode Noren zeggen.'

'De meeste Noren spreken Engels, dus dat lijkt me geen probleem.'

In werkelijkheid had ik het prima naar mijn zin gehad in de blokhut. Daar leek de buitenwereld heel ver weg. Ik begreep precies wat Anders bedoelde wanneer hij zei dat je er terugging naar vroeger, naar een tijd van rust, zonder telefoon en televisie. Ik snapte waarom dat zo belangrijk was voor hem, voor hun gezin.

'Misschien hadden Niall en ik het wel gered als we zo'n blokhut hadden gehad,' zei ik tegen Pea toen we daar aankwamen en ik alle twee de kamers had bekeken.

'O ja, lekker knus.' Toen Pea met haar armen vol hout binnenkwam, zag ze er door alle laagjes die ze droeg uit als een michelinmannetje. 'Superromantisch.'

'Nee, maar ik vind het wel fijn om geen bereik te hebben. Niemand die belt. Niet in een stadje wonen waar iedereen alles van je weet.'

'Dus je weet nu zeker dat het over en uit is tussen jullie?' Ze liet het hout met een harde klap op de vloer vallen en slaakte een zucht. Dit was de eerste keer in dagen dat we het over Niall hadden.

'Ik weet het niet, Pea.'

'Heb je hem al gebeld?'

'Ik kijk minstens vijf keer per dag naar zijn telefoonnummer, telt dat ook?'

'Nee.'

'Ik zou niet weten wat ik tegen hem moet zeggen. Er is niets nieuws te melden. Er zou vast een pijnlijke stilte vallen, omdat we allebei te bang zijn om weer oud zeer op te rakelen.'

'Op een gegeven moment zul je toch een beslissing moeten nemen. Je kunt hem niet eeuwig aan het lijntje blijven houden en voor je ouders laten werken, terwijl hij niet weet of je nog terugkomt. Volgens mij voelt niemand zich daar prettig bij. En voor jou is het ook niet goed.' Ze wierp me een strak glimlachje toe en bukte zich om de houtkachel open te maken. 'Stom kloteding.'

'Zo eenvoudig is het niet, Pea. Soms vraag ik me af of ik niet gewoon in het vliegtuig moet stappen, hem in de armen moet vliegen en zeggen dat het me spijt en dat ik van hem houd. Maar ik weet dat dat gevoel na een paar tellen al weer wegtrekt en dat die oude twijfel dan weer de kop opsteekt: of ik wel genoeg van hem houd. Toch zou ik niet weten wat ik zonder hem moet.' Op dat moment piepte mijn telefoon. 'Ik dacht dat je zei dat we hier geen bereik hadden.'

'Ach, af en toe komt er wel iets doorheen. Dat is het Noorse gevoel voor humor. Ik trap er steeds weer in en denk dan dat ik het internet op kan.'

Het was een berichtje van Arthur.

'Zie je nou? Daarom heb ik Anders hier nodig. Zelf krijg ik die rotkachel nooit aan.'

'Hier, laat mij maar.' Ik bukte me om het hout anders neer te leggen, streek de lucifer af en zag het hout vlam vatten, alsof ik echt een expert was in vuurtjes stoken. Daarna las ik het bericht verder.

'In het dorp is er een koffietent. Dat is de enige plek waar je goed bereik hebt. Daar kunnen we morgenochtend wel naartoe gaan. Dan kunnen we wafels eten en kun jij Niall bellen.'

'Fuck.' Ik liet me op mijn hurken zakken. 'Ik geloof dat ik beter eerst mijn vader kan bellen.'

'O?'

'Schijnbaar heeft hij helemaal niet tegen Arthur gezegd dat zijn vader niet zijn biologische vader was. Nu heeft hij het van de notaris te horen gekregen.' Er ging een golf van schaamte door me heen omdat ik al die tijd dat ik daar was nog niet één keer aan Arthur had gedacht.

'Wat? Arthur de postbode? Daar heb je me niets over verteld.'

'Nee, dat zal wel niet.'

'Nou, voor de draad ermee.' Met al haar laagjes nog aan ging ze in een stoel zitten en wachtte af tot ik het verhaal over Tiny en Arthur uit de doeken deed. Na tien minuten werden er wat laagjes uitgetrokken, omdat het inderdaad warm begon te worden in de blokhut.

# Hoofdstuk 28

De volgende ochtend moest ik Pea uit bed sleuren zodat ze me met de auto naar het dorp kon brengen.

'Pap? Met Jeanie.'

Ik stond buiten de koffietent en keek door het raam naar binnen, waar Peanut haar handen om haar beker koffie had geslagen alsof dat de enige warmtebron op de planeet was en ze vreesde dat iemand die zou proberen te stelen.

'Jeanie! Hoe is het, schat?'

'Goed, hoor.'

'Mooi zo. Heb je al wat meer duidelijkheid?'

Sinds ik hier was, had ik mijn ouders al een paar keer gesproken. Elke keer had ik hun ervan verzekerd dat het beter met me ging. Alleen was ik duidelijk vergeten naar die arme Arthur te informeren.

Ik besloot er niet omheen te draaien. 'Ik kreeg gisteravond een berichtje van Arthur.' Toen ik het dorp met zijn vier gebouwen in verschillende kleuren in me opnam, vroeg ik me af waarom we kleur bij ons in Ierland nooit verplicht hadden gesteld. In Kilcross kwam de enige kleur van de rode kozijnen van de supermarkt.

'O, dat.' Zijn stem haperde.

'Pap, je had me beloofd dat je het hem zou vertellen. Hij trekt het zich erg aan dat hij het van de notaris heeft moeten horen.'

'Ik weet het, lieverd. Hij was hier gisteravond nog.'

'Gaat het wel met hem?'

'Dat komt helemaal goed. Ik ben ermee bezig.'

'Ik bedoel, ik weet dat ik je eraan had moeten herinneren, maar eerlijk gezegd begrijp ik er niks van dat je uitgerekend deze keer, uitgerekend aan hem, de boodschap niet hebt doorgegeven.'

'Dat weet ik, maar er is de afgelopen tijd ook zoveel gebeurd. Nu Niall ontslag heeft genomen…'

Hij zei nog meer, maar ik bleef steken op het nieuws over Niall. 'Heeft Niall ontslag genomen?' Het was niet zozeer een vraag als een manier om het gewicht van zijn woorden tot me te laten doordringen.

'Heeft hij dat niet tegen je gezegd?'

'Nee.' Het woord kwam aarzelend over mijn lippen, alsof het niet los durfde te komen.

'Hij heeft een baan aangenomen in Sligo, bij de Molloys,' legde mijn vader uit.

'O.'

'Sorry, schat. Hij zei dat hij het je zou laten weten.'

Ik schudde mijn hoofd en voelde dat er zich een druk opbouwde aan de onderkant van mijn schedel. Mijn hand drukte ik tegen mijn mond, zodat mijn vader de jammerkreet die me ontsnapte niet kon horen. Hij had het gedaan. Niall had de beslissing voor ons genomen, hij had zich losgemaakt van ons leven.

'Luister, Jeanie, ik kan het je uitleggen van Arthur. Dan begrijp je het misschien wat beter. Ik weet dat ik het tegen hem had moeten zeggen.'

Terwijl hij verder praatte, begon ik te trillen en kwamen de tranen. Ik kneep mijn ogen dicht en deed mijn uiterste best om hem niet te laten merken dat ik op instorten stond.

'Dat is ook een van de redenen dat ik met je wil praten. Je moeder zit me al jaren op de huid omdat ze wil dat ik het aan je opbiecht. Ze heeft gelijk, dat had ik veel eerder moeten doen. Het zit zo...'

Ik haalde de telefoon weg bij mijn oor, boog me voorover en probeerde adem te halen en niet te luidruchtig te huilen. Mijn telefoon lag plat tegen mijn knie, terwijl ik daar bibberend bleef staan en mijn ogen nog harder dichtkneep. Toen mijn vader met gedempte stem mijn naam riep, deed het me denken aan hoe de overledenen klonken wanneer ze op het punt stonden definitief heen te gaan. Ik ademde in, diep genoeg om me hierdoorheen te slepen, om te kunnen ophangen. 'Kan ik je later terugbellen? De ontvangst is hier heel slecht.'

'Oké, maar heb je gehoord wat ik zei, Jeanie? We moeten praten. Heb je enig idee wanneer je weer naar huis komt?'

Nu had ik niets meer, niets om voor naar huis te gaan. Mijn leven zoals ik het de afgelopen negen jaar had gekend was totaal en onherstelbaar veranderd. Wat mijn vader me ook wilde vertellen, het leek er niet meer toe te doen. Hij kon niets zeggen wat hier iets aan veranderde. Ik speurde het veelkleurige dorp af, op zoek naar het antwoord op waar en wat mijn toekomst zou zijn. Ineens kreeg ik een ingeving. 'Marielle,' zei ik, wanhopig proberend om zelfverzekerd te klinken, zodat ik maar kon ophangen. 'Ik ga voor Marielle werken.'

'Die vrouw in Frankrijk?'

'Ja,' zei ik kortaf, mijn tranen verdringend.

'Maar lieverd –'

'Peanut wil terug naar de blokhut, pap.' Door het raam zag ik Peanut glimlachen. Voor het eerst sinds we de stad hadden verlaten leek ze weer gelukkig, omdat haar een bord met eten werd voorgezet.

'Welke blokhut?'

'Ik moet ophangen.'

'Oké, maar we moeten binnenkort praten, Jeanie. Goed?'

'Ja. Natuurlijk. Sorry, pap.' Zodra ik had opgehangen, stuurde ik Niall een bericht.

*Je bent weggegaan.*

Terwijl ik wachtte, begon ik te ijsberen en beet ik op het velletje naast mijn duim. Ik stopte mijn hand onder mijn arm, maar kon het niet laten om toch weer verder te knagen. Zijn reactie liet niet lang op zich wachten.

*Het spijt me, ik moest je laten gaan.*

Ik snakte naar adem, wankelde onelegant naar een opstapje en liet het dorp in vlagen aan me voorbijgaan. Het geluid van een deur die openging, een auto die werd gestart, de roep van een stem. Op dat moment liet ik alles los. Mijn kreet kwam boven al het andere geluid in dat Noorse dorp uit, waarna Peanut kwam aanrennen en haar armen om het meisje dat ze had gered heen sloeg.

'Als het nodig is, kom je gewoon weer terug,' zei Peanut een week later bij de bewakingspoortjes op Gardermoen Airport, waar ze probeerde mijn kapsel te fatsoeneren. Ze leek mijn moeder wel.

'Dat doe ik, beloofd.'

'Het was zo fijn dat je er was.' Tot mijn verbazing begon ze te huilen. 'Ik heb zo'n heimwee.'

'Hé.' Ik omhelsde haar.

'Gek, hè? Toen we nog jong waren, was ik ervan overtuigd dat ik dit wilde. Ergens anders wonen, waar dan ook, als het maar niet in Kilcross was. Maar naarmate ik ouder word, ga ik het daar steeds meer missen. Terwijl jij nu juist je vleugels uitslaat.'

'Maar Anders en de kinderen dan, Pea?' Ik liet haar los en keek haar aan, bang dat mijn rusteloosheid onbedoeld iets bij haar had losgemaakt.

'Je weet dat ik het hier heerlijk vind, maar soms vraag ik me af…' Met een zucht schudde ze haar hoofd. Ze zette haar onzekerheid van zich af, alsof ze zich er niet door wilde laten meeslepen. 'Ik zat eraan te denken om, nu de kinderen het nog zien zitten, elk jaar in juli een hele maand terug te komen, in plaats van een week. Dan zouden we daar een huis kunnen huren.' Bezorgd keek ze me aan, terwijl ze haar tranen wegveegde. 'Maar dan ben jij er misschien niet meer, of wel?'

'Ik sta nog maar aan het begin van wat dit ook is,' zei ik, terwijl ik mijn hand op haar schouder legde.

Ze knikte. 'Dan zal ik het maar voor mezelf moeten doen, net als jij nu doet.' Ze snifte en slaakte een zucht om zichzelf weer in de hand te krijgen. 'Bel je me als je er bent?'

'Natuurlijk.'

'Ga nou maar, anders dwing ik je om weer bij me in de auto te stappen. En ze hebben het hier niet zo op ontvoerders.' Met zachte hand duwde ze me weg.

Het sloeg een deukje in mijn hart. Ik miste het nu al dat ze me beschermde en voor me zorgde. Ik voelde me zo bang als een kind dat voor het eerst haar eigen weg ging. 'Dank je, Pea. Zonder jou had ik het nooit gered.'

Ik ging in de rij staan en keek ongeveer elke minuut om om mijn hand op te steken, haar een kushandje toe te blazen, haar te zien knikken en zwaaien en weer over haar wang te zien vegen, voordat ik door het poortje ging en haar niet meer kon zien.

Eén vliegreis, twee bussen en zeventien uur later kwam ik aan in het plaatsje Saint-Émile. Daar werd ik opgewacht door Marielle

Vincent, die gekleed was in een mosterdkleurige jumpsuit, met een grijs tweedjasje en een rood-amberkleurige sjaal om haar hals. Ze zag er jonger uit dan haar vijfenzeventig jaar, met haar bleke huid die zachte plooien vertoonde bij haar mond en ogen. Ze had het weelderigste grijze haar dat ik ooit had gezien. Het zag er zó zacht uit dat ik de neiging kreeg om het aan te raken. Het kostte haar weinig moeite om me te herkennen tussen de grote groep passagiers die uit de bus stapte. Dat bleke, uitgeputte meisje met sproeten was moeilijk over het hoofd te zien.

'Daar ben je dan eindelijk, *ma chère.*' Ze was bijna één meter tachtig en moest zich vooroverbuigen om me op beide wangen een zoen te kunnen geven. 'Wat fijn om je eindelijk eens in het echt te zien. Dat maakt me heel blij.'

Misschien had ik het ook gewoon bij twee zoenen moeten laten. Ik weet niet of het door de vermoeidheid kwam, door de afstand die ik had afgelegd, door de uren die het me had gekost om bij haar te komen. Maar ik liet mijn bagage vallen, ging op mijn tenen staan, sloeg mijn armen om haar nek en hield haar stevig vast, terwijl ik haar uitvoerig bedankte.

Waarschijnlijk zag ik eruit als een klein kind dat zich aan haar moeder vastklampte, nu ik was aangekomen op deze plek. Bij deze vrouw die me zou leren om dapper, eerlijk en vriendelijk te zijn en om beter Frans te leren.

'O, wat fijn.' Ze sloeg haar armen ook om mij heen en lachte even in mijn oor. 'Al die jaren, en nu ben je er eindelijk.'

'Ik ben zo blij dat je ja hebt gezegd.'

Zes avonden daarvoor had ik haar gebeld om te vragen of ze het goedvond als ik kwam. Met trillende hand had ik de telefoon vastgehouden. 'Maar natuurlijk,' had ze gezegd. 'Ik wacht al negen jaar tot je een keer bij me langskomt. Je moet komen, ik zou niet anders willen.'

Ik had gebloosd om het compliment. Het was een prettig vooruitzicht om terug te kunnen naar de overledenen. 'Dank je,' had ik gefluisterd.

'*Viens*,' zei ze nu. Ze maakte zich van me los, liet me met mijn rechterarm bij haar inhaken en pakte een van mijn koffers op, terwijl ik de andere optilde. 'Er staan eten en wijn voor je klaar. Eet eerst maar wat, dan ga ik aan het werk. Pascal wacht op me.' Haar stem lonkte zacht naar me, als een bedje van mos. 'We hebben nog maar een paar uur. Pascal was al geen geduldig type toen hij nog leefde.'

'*Parfait*.' Mijn uitspraak van het Frans was verschrikkelijk. Het weinige wat ik me nog kon herinneren van het Frans dat ik op school had geleerd, voelde oud en verroest aan op mijn tong.

Marielle glimlachte naar me.

We liepen naar haar oude blauwe Citroën-bestelbusje. Later bleek dat ze het gebruikte om verschillende meubels uit haar huis in onder te brengen wanneer ze die niet nodig had voor de overledenen. Die leken nooit echt ergens naartoe te gaan, behalve erin en eruit. Ze waren het slachtoffer van haar voortdurende opruimwoede en haar moeite om dingen los te laten. Lucien, haar buurman, collega en – ook hier kwam ik pas later achter – haar vaste vriend, was degene die de spullen uit hun lijden verloste. Hij zette ze bij hem in de schuur tot ze vergeten was dat ze bestonden. Hij gooide nooit iets weg, voor het geval dat ze nog van gedachten zou veranderen. Dat was een van de vele stille tekenen van zijn liefde waarvan ik getuige zou zijn. Die dag stond er een stoel met rozenprint in het busje die zijn beste tijd had gehad, maar die ik later zou opeisen voor de kamer waarin ik sliep. Het raam daarvan bood uitzicht op een veld vol rode, gele en blauwe wilde bloemen, doorspekt met kleine houten gedenktekens, soms in de vorm van een hart, met een naam en een datum erop. Vier klinkerpaadjes voerden vanuit elke hoek naar een heuveltje in het midden, waarop een rond houten bankje stond. Vanaf daar konden bezoekers het graf van hun dierbare zien, waar die ook was begraven. Behalve bij de nieuwste graven was het in die wildernis moeilijk te zien waar het ene graf ophield en het andere begon. Er was een boek waarin de namen en graven werden bijgehouden, voor zoons of dochters die zelden langskwamen of mensen die een lang geleden uit het oog verloren familielid kwamen zoeken.

Marielles huis was niet de oude woning die ik me had voorgesteld, met witte gevels en blauwe luiken. Het was een modern huis met twee woonlagen, aan de rand van een dorp dat bedrijviger was dan ik uit haar omschrijving had opgemaakt. Ook met de doden kreeg ze veel vaker te maken dan ze door de jaren heen in onze telefoontjes en e-mails had gesuggereerd. Haar cliënten kwamen van heinde en verre. Kennelijk waren er nogal wat mensen die niet wilden dat hun dierbaren werden volgepompt met chemicaliën en die vooral wilden horen wat ze echt te zeggen hadden.

Lucien stond al op ons te wachten toen we de oprijlaan op reden. Hij nam zijn pet voor me af en stond erop mijn bagage naar binnen te dragen, voordat hij op een drafje achter Marielle aanging naar Pascal en zijn familie. Hoewel ik best honger had, liep ik mee en ging achter in de kamer zitten om te zien hoe Marielle zich naar Pascal toe boog en een boodschap doorgaf aan zijn wachtende weduwe. Er werd gehuild toen de weduwe haar hoofd voor het laatst bij haar man op zijn borst legde, voordat Lucien en Marielle hem in een prachtig wit katoenen laken wikkelden waarop langs de rand korenbloemen waren geborduurd. Ze legden hem op de draagbaar en droegen hem naar het graf.

Vanaf mijn plekje achterin had ik Pascals woorden wel gehoord, maar er weinig van verstaan. Toch had ik mijn ogen dichtgedaan en mijn vermoeide hoofd met een glimlach tegen het deurkozijn laten rusten. In die kamer, met die mensen, levend en dood, voelde het alsof ik weer een thuis had gevonden.

'Dus Niall en jij zijn niet meer bij elkaar?' vroeg Marielle die avond tijdens het eten. Door de telefoon had ik haar al grotendeels bijgepraat.

'Nee,' zei ik met hangend hoofd, boven mijn lege bord.

'Jammer, hij is een leuke man.'

Lucien bracht een stuk brood naar zijn mond, maar keek haar even ongerust aan.

'Maak je maar geen zorgen, ouwe man. Zo bedoelde ik het niet. Ik heb jaren terug gewoon genoten van onze mailwisseling over balsemen, dat is alles.' Ze keek weer even naar me, terwijl ze wat van de stoofpot op haar lepel schepte. 'Ik zat te denken dat het mooi zou zijn als je hier bleef tot ik doodga.'

'Wat?' vroeg ik geschrokken. 'Ben je ziek?'

Lucien legde het stuk brood neer en staarde haar ook aan.

Ze wuifde onze zorgen weg. 'Nee, maar ik zal toch een keer doodgaan. Dan lijkt het me fijn om te weten dat hier iemand is die kan horen wat ik te zeggen heb. Mijn laatste woorden zullen vast heel mooi en het wachten waard zijn.' Hoewel ze bij die laatste zin glimlachte, klonk de rest heel vastberaden en serieus.

Ik was op zijn zachtst gezegd opgelucht. Nu ik haar net gevonden had, zo voelde het althans, wilde ik haar nog niet kwijtraken. 'Het liefst blijf ik hier zo lang als ik welkom ben.'

'Mooi zo.' Ze keek Lucien weer aan. 'Nu ik hulp heb, lijkt het me goed als je bij je dochter in Parijs op bezoek gaat, voordat je te oud wordt om te reizen.'

Ik verslikte me zowat in mijn eten toen ik haar hem zo schaamteloos hoorde commanderen.

'Ik meen het. Kijk nou eens naar hem. Hij is helemaal kromgetrokken. Je houdt van dat meisje, Lucien, dus ik vind dat je naar haar toe moet gaan. Hoe vaak heeft ze je al niet gesmeekt om bij haar en haar gezinnetje te komen logeren?'

'Ik vind het maar niks in Parijs, met die brede straten en goudkleurige gebouwen. Ze vinden zichzelf daar heel wat.' Lucien was een man van weinig woorden, zeker als hij Engels moest spreken, maar wát eruit kwam, was wel raak.

'Het gaat niet om de plek, het gaat om wie er woont.'

Haar woorden raakten me, zoals je dat soms ook kon hebben met de tekst van een liedje. Dan werd je leven zo goed neergezet dat je je afvroeg hoe die zanger jou zo goed kon kennen.

'Delf eerst nog maar drie graven voor me. Zij heeft nog minder spieren dan een klein meisje.' Ze keek naar me zoals ze naar een lokale politicus zou kunnen kijken die ze niet graag mocht, maar die wel om haar stem vroeg. 'Vertrek overmorgen maar.'

Drie graven op één dag, dacht ik. Dat wordt nog de dood van die oude man.

Alsof hij mijn gedachten had gelezen keek hij naar me, naar de stoorzender in zijn gelukkige leventje met Marielle, die hij duidelijk aanbad. '*Cinq*.' Trots stak hij vijf vingers in de lucht. 'Drie stelt niets voor. Vroeger dolf ik wel tien graven op één dag.'

Marielle keek hem vol bewondering aan.

'Vijf. Ik zal er vijf graven.' Hij bracht nog een volle lepel naar zijn mond.

'Ik wist niet dat jullie iets met elkaar hadden,' zei ik later, toen ik stond af te wassen. Lucien was al weg en Marielle zat nog op haar stoel.

'Het kon gewoon niet anders, met een aantrekkelijke vrouw als ik en een weduwnaar als hij. Zo zit de natuur in elkaar.'

'Hoelang al?'

'Jaren. Zes of zeven, denk ik.'

'Daar heb je het nooit eerder over gehad.'

'Jij hebt ook nooit gezegd dat je overwoog om te vluchten. Zo hebben we allemaal wel dingen die we voor ons houden.'

Ik droogde de laatste potten en pannen af en hing ze aan de haken boven het fornuis.

'Trouwens, dit is ideaal. Hij woont daar, ik hier. Zo gaan we elkaar niet op de zenuwen werken.'

Haar alternatieve kijk op relaties beviel me wel.

Ze bleef me nog even aankijken en stond toen kreunend op, met haar hand tegen haar onderrug. 'Ik ga maar eens vroeg naar bed, denk ik. Ik wil mijn boek nog uitlezen. De moordenaar staat op het punt om ontmaskerd te worden en ik weet zeker dat het de politieagent is.'

'Hè, nou heb je het al verklapt. Nu kan ik het niet meer van je lenen.'

'Maak je geen zorgen, het is in het Frans geschreven.' Ze glimlachte. 'Ik ben blij dat je gekomen bent, Jeanie. Het is fijn om gezelschap te hebben. Zeker van iemand die de doden ook kan horen, ook al verstaat ze alleen Engels.'

'Ik vind het ook fijn. Denk je dat Lucien nog naar Parijs gaat?'

'Ja, het gebeurt maar zelden dat hij niet doet wat ik hem opdraag. Dat klinkt vreselijk, ik weet het. Maar ik doe het alleen omdat ik weet dat het goed voor hem is en dat hij niet zou gaan als ik het niet tegen hem zei. Zijn dochter houdt zielsveel van hem. Ze is bang dat ik hem te hard laat werken. En daar heeft ze gelijk in.'

# Hoofdstuk 29

Het was heel bijzonder om met Marielle samen te werken. Het deed me denken aan het werken met Niall, met zijn tweeën in de balsemruimte. Dat gebeurde vaak in stilte, maar tussendoor hadden we elkaar regelmatig met een glimlach aangekeken. Ik vond het prettig hoe synchroon het allemaal ging. Marielle leerde me de overledenen in een doodskleed te wikkelen. Mijn handen volgden de hare, kopieerden alles wat ze deed.

Marielle had een bepaalde manier van omgaan met de doden en hun familie. Als er iets moeilijks gezegd moest worden, merkte ik dat meteen. Dan draaide ze zich bij de overledene op de lange tafel vandaan en pakte de handen van het familielid vast. Soms lag er bij die persoon al een zorgelijke frons op het voorhoofd, en er werd naar Marielle gekeken alsof zij alle antwoorden had. Wat ook zo was, veronderstelde ik.

'*Écoutez*,' zei ze, waarna ze van wal stak. Haar hoofd hield ze een beetje schuin om de blik vast te houden van degene die ze zo vriendelijk toesprak. Ik zag haar tegen een vrouw zeggen dat haar echtgenoot hun oudedagsvoorziening had uitgegeven aan een wijngaard die niets had opgeleverd door de slechte grondkwaliteit. Zijn vrouw had woedend op zijn borst gebeukt en was daar een hele tijd op blijven liggen, tot Marielle haar voorzichtig van hem af had getrokken. Tegen de ouders van een vierjarig jongetje dat de weg op was gerend toen zijn vader even niet oplette, had ze gezegd: 'Victor zegt dat het hem spijt.' Zijn ouders hadden erop gestaan om zelf hun zoontje op de draagbaar naar zijn laatste rustplaats te dragen. Halverwege had de vader het echter niet meer aangekund en had Marielle het overgenomen, zodat Victor niet zou vallen.

Twee weken later kwam Lucien terug uit Parijs. Het leek wel of hij begreep dat Marielle en ik een bepaald ritme hadden opgebouwd en hij stelde niet één keer voor om zijn oude functie van assistent weer op te pakken. In plaats van zich te ergeren liet hij ons met rust en pakte de taken buitenshuis op: hij dolf nieuwe graven, snoeide takken waar iemand met zijn kleren achter zou kunnen blijven hangen, controleerde of de gedenktekens op de graven niet waren vervaagd in de zon.

Mijn Frans ging vooruit. Na een maand raakten mijn oren er al meer aan gewend. Soms kon ik een klein beetje verstaan van wat de doden zeiden en glimlachte ik bij mezelf als het iets grappigs was, nog voordat Marielle het herhaalde voor de man, de vrouw, de zoon, de dochter, of wie er ook naast haar zat te wachten.

Het voelde alsof er in dat stukje van de wereld geen druk was om de levenden te sparen. We hoefden alleen te luisteren en te herhalen, te luisteren en te herhalen, tot de stem was verdwenen en het tijd werd om het lichaam te begraven. Ik vroeg me af of ik mezelf er ooit toe zou kunnen zetten om hetzelfde te doen. Net als toen ik op mijn vijftiende het hart van Noel Kavanagh had gebroken, misschien alleen met een beetje meer compassie.

'Ze hoeven alleen te komen als ze dat zelf willen,' zei Marielle toen ik haar vroeg of ze het niet erg vond dat ze niet veel geld verdiende met haar werk. 'Het inkomen heb ik niet nodig. Ik doe dit omdat ik het kan en omdat het me gevraagd wordt. Als het morgen opeens afgelopen is, zal ik daar geen traan om laten. Als ze vinden dat ze bij iemand anders in betere handen zijn, ga ik lekker tuinieren en me de hele dag met mijn tomaten bezighouden. Ik doe het op mijn eigen voorwaarden, niet die van hen. We staan in dienst van de doden, niet van de levenden. De enige voorwaarde die ik stel is dat ik geen chemicaliën en leugens tolereer.'

Toen ik vertelde over mijn vaders theorie over waarom liegen soms goed was, zei ze: 'Ik neem het je vader en jou niet kwalijk dat jullie het zo hebben aangepakt, Jeanie. Alleen houd ik niet van liegen. Leugens richten te veel schade aan. De waarheid is soms lastig te verkroppen, maar je kunt het er maar beter uit gooien, anders gaat het rotten. Net als een flinke scheet.'

Ik verslikte me zowat in mijn slok thee.

'Wat, mag een vrouw soms geen "scheet" zeggen?' vroeg ze grijnzend.

Toen ik mezelf weer in de hand had, ging ik tegen haar in. 'Het is niet altijd beter, Marielle. Er zijn momenten geweest waarop ik de waarheid heb verteld, maar dat niet goed afliep.'

'Ja, maar je hebt de levenden er niet voor gewaarschuwd dat de doden niet altijd liefdevol zijn tijdens hun laatste momenten. Dat doe ik wel. Waarom zou ik het me aantrekken als anderen wreed zijn? Dat is mijn verantwoordelijkheid niet.'

'Vind je?'

'Onze verantwoordelijkheid ligt bij de doden, bij niemand anders.'

'Maar de levenden betalen de rekening.'

'Daarom zeg ik voordat ze bij me komen altijd dat het hun misschien niet zal bevallen waar ze voor moeten betalen. Dan hebben ze nog tijd om zich te bedenken.'

Op de dagen dat er geen overledenen werden binnengebracht, kwamen we rond het middaguur alle drie samen om te eten. Daarna, tijdens de warmste uren van de dag, trokken Marielle en Lucien zich terug in haar slaapkamer om een uurtje uit te buiken en te slapen. Zelf ging ik in de schaduw van de overhangende dakrand aan de oostelijke kant van het huis zitten en probeerde niet aan Niall te denken, of aan hoe het met hem ging.

In het begin zat ik daar op een houten plank die aan weerszijden werd ondersteund door zes bakstenen. Tot Lucien op een dag met een schommelstoel kwam aanzetten.

'Dat ding heb ik al in geen jaren meer gezien,' zei Marielle verrast toen hij de stoel in zijn kruiwagen over het pad naar het huis toe duwde. 'Een onding vond ik het. Hij kraakte te veel. Ik dacht dat ik hem weggegooid had.'

Lucien knipoogde naar me en zette de stoel op de droge aarde. Met zijn drieën keken we toe hoe hij heen en weer schommelde en uiteindelijk tot stilstand kwam. Op dat moment ging ik erin zitten, met mijn handen op de leuningen. Ik keek op naar dat heerlijke stel, kneep mijn ogen samen tegen de felle zon en was op slag verliefd.

'Er zit houtworm in,' merkte Marielle op. 'Nog een reden waarom ik er een hekel aan had.'

'Nu niet meer.' Lucien pakte de handvaten van zijn lege kruiwagen beet en ging ermee terug naar zijn schuur.

'Ik vind hem prachtig,' zei ik. 'Er hoeven alleen nog een paar kussens in.'

'Zeg dat maar tegen die regelneef daar, die heeft er misschien nog wel een paar.' Marielle knikte in de richting van Lucien.

'Ik hoorde het wel,' riep hij zonder zich om te draaien, met een vermanend vingertje erbij.

'Heb jij geen oude kussens meer die je kwijt wilt, Marielle?'

'Mijn spullen zijn niet oud, Jeanie. Ze zijn van goede kwaliteit en kunnen tegen een stootje.'

'Zoals die klok in de hal die telkens achterloopt, hoe vaak ik de batterij ook vervang?'

'Kijk maar in de garage,' zei ze, zonder acht te slaan op mijn geplaag. 'Het zou kunnen dat ik daar jaren geleden iets heb opgeborgen. In de tussentijd wil ik weleens weten wat die man nog meer voor mij verborgen houdt.' Ze liep achter Lucien aan.

Ik begon de garage te doorzoeken, die vol lag met haar oude rommel. Onder een wankele stapel dozen vond ik twee platte kussens die nodig opgeschud en gewassen moesten worden. Vanaf die tijd wiegde ik mezelf 's middags in de stoel in slaap of las ik een hoofdstuk uit een van de twintig vertaalde boeken van Agatha Christie die ik in de bibliotheek had gevonden en elke week leende met Marielles pasje. Lezen had altijd als gevolg dat ik tevreden in slaap viel en pas weer wakker werd als het huishouden weer tot leven kwam, ik Marielle hoorde praten of de telefoon hoorde gaan.

Soms stapte ik op Marielles oude fiets, waarvan Lucien de banden had opgepompt en de ketting had gesmeerd, om naar het centrum te gaan en daar koffie te drinken in een van de drie patisserieën. Na afloop dwaalde ik vaak over de markt om naar de kraampjes met vis en vlees te kijken. Rode poon, zeeduivel en makreel; varkensworstjes, varkensoren en varkenspoten; tomaten zo groot als appels, olijven, ansjovis en verse kruiden. Ik nam ze mee naar Marielle, in de verwachting dat zij er wel iets heerlijks van zou kunnen maken.

'Denk je soms dat ik een sterrenchef ben, alleen omdat ik uit Frankrijk kom? Koken is niet mijn sterkste kant. Vraag maar aan mijn man, daar.' Ze wees naar de gedenkweide. 'Bernard klaagde altijd dat ik zijn biefstuk liet aanbranden. Hij was de kok hier in huis.'

Dus zocht ik online in het Engels recepten op, in de hoop iets smakelijks klaar te kunnen maken. Soms smaakte het goed, maar veel vaker middelmatig. Dus hielden we het voortaan bij soepen, verse salades, gekookte eieren, kaas en brood, elke ochtend vers gekocht bij de bakkerij. Dat werd een van mijn favoriete klusjes. Om acht uur naar het centrum fietsen om in de rij aan te sluiten, terwijl Marcel, de mollige vrijgezelle bakker, breed glimlachte en in gebroken Engels met me kletste, ondanks het afkeurende getut van de mensen die achter me stonden te wachten.

Op een ochtend kwam ik terug met in mijn ene hand het knapperige stokbrood, dat ik probeerde niet fijn te knijpen, en mijn andere hand aan het stuur van de fiets. Aan het uiteinde van Marielles oprijlaan zag ik een bekend figuur uit een taxi stappen. Het verbaasde me niet dat een van hen uiteindelijk was komen opdagen. Toch was het nooit bij me opgekomen dat ze uitgerekend deze persoon zouden sturen.

Tweehonderd meter verderop stapte ik van de fiets en zag haar een kleine koffer uit de kofferbak halen. Toen de taxi langs me terugreed, stak ik bij wijze van begroeting mijn hand op. Ik kon maar niet loskomen van de Ierse gewoonte om te zwaaien naar elke auto die me voorbijreed, ook al zwaaide er niemand terug. Behalve dan Marcel, de bakker. Die klauterde zowat uit het raampje als hij me zag fietsen.

De vrouw verdween uit het zicht toen ze de oprijlaan op liep. De rest van de weg legde ik wandelend af. Bij de poort bleef ik staan om een stuk van het brood af te breken en op te eten, ook al zou Marielle dat vast irritant vinden.

'Zo, dus je leeft nog.' Marielle kwam naar buiten toen ik de fiets tegen mijn schommelstoel zette. 'Ik wilde net aan Lucien vragen om je te gaan zoeken met het bestelbusje. Je hebt bezoek.'

'Dat zag ik, ja.'

Ze pakte het brood aan en keek naar het gehavende uiteinde. Wat er over was brak ze doormidden, en ze gaf me de helft terug. 'Ik ga bij Lucien ontbijten. Je gast zal wel honger hebben. Maak maar iets te eten voor haar.' Ze liep over het pad naar wat kennelijk als een gat in de heg was begonnen, maar wat Lucien inmiddels breed genoeg had gemaakt om er met het bestelbusje doorheen te passen.

'Hallo, Harry,' zei ik.

In de overvolle keuken stond ze op me te wachten. In een kersenrood T-shirt, met een kersenrode sjaal om haar zwarte bobkapsel.

'Jeanie.' Ze liep naar me toe om me te omhelzen. 'Wat zie je er mooi uit. Je hebt een gezond kleurtje.'

Nu ze me omhelsde, besefte ik pas hoe erg ik haar had gemist. 'Ik vind het vreselijk, al die sproeten, maar toch bedankt.' Nadat we elkaar hadden losgelaten, leunde ik tegen het afdruiprek aan.

'Dat vind ik juist zo mooi. Als de Ieren de zon zien, komen hun sproeten tevoorschijn en wordt alles ermee bezaaid, als de narcissen in maart.'

'Dit is wel een verrassing.' Ik gebaarde dat ze moest gaan zitten en vulde de steelpan met water. Tot nu toe had ik Marielle er nog niet van kunnen overtuigen dat een waterkoker handiger was. Ik sneed het brood en pakte de kaas en tomaten. En jam, voor het geval dat ze liever iets zoets at. Dat alles legde ik voor haar op tafel. De borden en het bestek stonden er al. Marielle vond het verspilde moeite om steeds alles op te ruimen en de tafel opnieuw te dekken.

'Dit was mijn kans om wat zonnestraaltjes mee te pakken. De anderen zijn jaloers.' Ze glimlachte.

Uit beleefdheid glimlachte ik terug. 'Vroege vlucht?'

'Ik ben gisteravond geland en heb in een hotel in de buurt overnacht. Vanavond ga ik weer terug.'

'Wist Marielle dat je zou komen?'

'Nee, het leek me beter om het niet tegen haar te zeggen.'

Ik ging er niet op in, omdat ik aannam dat ze later nog wel zou uitleggen wat de reden was van dit geheimzinnige gedoe. Door het keukenraam keek ik naar Luciens huis en ik stelde me voor dat Marielle en hij daar brood zaten te eten. 'Je hebt zeker geen thee meegenomen?' vroeg ik, terwijl ik haar een mok voorzette. Ik was al bijna door het voorraadje van Barry's heen dat ik had meegenomen naar Oslo en van daaruit naar Saint-Émile.

'Toevallig wel.' Ze keek naar haar koffer, die in de hoek van de keuken stond.

Door de opluchting begon ik breder te glimlachen. 'Het is fijn je te zien, Harry. Vooruit, eet wat, anders denkt Marielle dat ik geen manieren heb.'

Harry nam een slok van haar zwarte thee. 'Heb je het hier naar je zin, Jeanie?'

'Ik vind het hier heerlijk.' Ik speelde met een stukje brood, nam een hap en legde het weer neer. Ik had geen trek meer, in tegenstelling tot anders wanneer ik het hele eind vanuit het centrum had gefietst.

'Hoelang ben je van plan om te blijven?'

Daar was hij, de vraag waarvan we allebei hadden geweten dat hij gesteld zou worden.

'Marielle heeft me nog niet gevraagd om te vertrekken. Trouwens, ze zei dat ze graag zou willen dat ik hier ben als ze doodgaat. Dus dat duurt nog wel even, denk ik,' antwoordde ik zelfverzekerd.

Harry knikte en glimlachte naar me. Daarna pakte ze ook een sneetje brood en sneed wat kaas af. 'Dus hoelang blijf je hier nog? Tien, twintig jaar?'

'Waarom niet?'

'Krijg je dan betaald?' Ze nam een hap van de kaas, maar haar blik liet me geen moment los.

'Nee, er valt niet veel te verdienen met wat ze doet. En Lucien en zij moeten er ook al van rondkomen. Maar kost en inwoning zijn wel inbegrepen.'

Ze legde haar brood neer. 'Heb je dan geen heimwee? Mis je het niet om een fatsoenlijk salaris te verdienen?'

'Ik ben gelukkig, Harry. Het is moeilijk uit te leggen, maar ik heb rust gevonden. Er is hier geen druk om ervoor te zorgen dat de levenden overal een goed gevoel aan overhouden zodat wij maar betaald krijgen. Het draait alleen om hen, om de overledenen.'

Ze keek naar haar bord.

Voor het eerst was haar leeftijd haar aan te zien. Ik zag hoeveel jaren er verstreken waren, welke tol dit leven, waarin de doden altijd stilletjes aanwezig waren, van haar had geëist. Met een zucht wendde ze haar blik af.

'Ben je hier om op me in te praten, Harry?'

Ze lachte even en keek me weer aan. 'Nee, eigenlijk kom ik iets uitleggen.'

'Uitleggen?'

'Ik kom uitleggen waarom we al tweeëndertig jaar tegen je liegen.'

# Hoofdstuk 30

Op dat moment wilde ik dat ik in de schaduw van het huis zat te slapen of in een Agatha Christie zat te bladeren in Luciens schommelstoel. Onderling waren we het niet eens over van wie die stoel nou eigenlijk was. Lucien zei van mij, ik zei van Lucien en Marielle zei van haar. O, kon ik me in plaats hiervan maar verliezen in de eenvoud van de raadsels die Agatha te bieden had. Wat Harry ook had te vertellen, ik wist dat het belangrijk genoeg was om de veilige haven die ik hier had gevonden overhoop te kunnen halen.

'Het zit zo, Jeanie. Om redenen die ons destijds goed leken en waarvan we dachten dat die het bedrijf zouden kunnen beschermen, hebben we ervoor gekozen iets te verzwijgen.'

'Hoe bedoel je?' vroeg ik lacherig.

'Zullen we een eindje gaan lopen? Ik kan wel wat frisse lucht gebruiken.' Ze stond op, maar wankelde en moest steun zoeken bij de rugleuning van mijn stoel.

'Wil je misschien een beetje water?' Ik liet al een glas voor haar vollopen en hield haar nauwlettend in het oog terwijl ze haar evenwicht hervond.

'Ja, misschien wel.' Ze pakte het glas aan, dronk het helemaal leeg en liet met gesloten ogen haar adem ontsnappen.

'Zo beter?' Ik legde mijn hand op haar schouder, voorzichtig, om haar niet te laten schrikken.

Ze knikte.

'Als je wilt, kunnen we wel naar de weide gaan,' stelde ik voor. 'Dit is het beste moment voor een wandeling. Later op de dag kan het heel heet worden.'

Ze ademde in, legde haar hand op de mijne en keek naar de achterdeur. 'Ja, graag.'

Het grindpaadje voerde ons door de weide, naar de flauwe heuvel in het midden. Harry leek er moeite mee te hebben om te zeggen wat ze wilde zeggen, dus vulde ik tijdens het lopen de stilte op door nog eens uit te leggen wat Marielle hier precies deed en hoe ze in het leven stond. Harry glimlachte om de verhalen over wat de doden in Frankrijk te zeggen hadden. Ik vertelde over de keer dat Marielle gebeld was door een buurman wiens hond was gestorven en die vroeg of ze hem in haar weide wilde begraven. Daar had ze mee ingestemd, maar ze had erbij gezegd dat ze geen honds sprak, dus dat hij geen wonderen hoefde te verwachten.

Harry lachte en zei: 'Dus er zijn er echt drie van ons, allemaal vrouwen.'

Inmiddels waren we aangekomen bij de cirkelvormige bank. Door het geluid dat opklonk toen we gingen zitten dacht ik dat ik haar verkeerd had verstaan. 'Drie van ons?'

Ze liet haar handen op haar knieën rusten. 'Drie van ons die met hen kunnen praten.'

'Met de doden, bedoel je? Maar Harry, dat kun jij helemaal niet.' Ik schoot in de lach. Het idee alleen al was belachelijk.

Ze zette haar zonnebril af, zodat ik haar in de ogen kon kijken en kon zien dat wat ze ging zeggen helemaal en hartverscheurend waar was. 'Jawel, Jeanie. Dat kan ik wel.' Met een diepe zucht keek ze naar de wuivende grashalmen, die hun kopjes lieten hangen om de zon hun nek te laten verwarmen. 'Tijdens de vlucht hiernaartoe heb ik me de hele tijd afgevraagd hoe ik hierover moest beginnen. Ik bleef me maar bedenken. Ik kon me niet voorstellen dat ik het hardop zou zeggen. En nu weet ik nog steeds niet hoe ik het moet aanpakken.' Ze slikte moeizaam en stak van wal. 'Toen we met ons bedrijf begonnen, was de arbeidsmarkt in Ierland hoofdzakelijk een mannenwereld. Dat gold niet alleen voor het uitvaartwezen, maar voor bijna alle bedrijfstakken. Je opa Ted was van de oude stempel en wilde het graag zo houden. Toen hij besefte dat ik de doden kon horen, was hij daar blij om. Volgens hem zou het "de ongelovigen", zoals hij ze noemde, aanspreken. Maar hij dacht ook dat het eerder geaccepteerd zou worden als een man het woord zou doen, in plaats van een "zeurende vrouw". Als de boodschap werd overgebracht door een meisje, wat ik destijds was, zou die niet zoveel waard zijn in de ogen van mensen die liever een sterke man zagen. Dat zei hij tenminste. Het leek hem beter om te zeggen dat Dave degene met de gave was, en wij gingen daar niet tegen in. Wat wisten wij er nou helemaal van? We waren nog jong. Hij was de volwassene, degene die oud en wijs behoorde te zijn.'

Bij de herinnering liet ze haar hoofd hangen. Haar vingers friemelden op haar schoot aan een tissue waarvan ik me niet kon herinneren dat ze die gepakt had.

'Als de doden ervoor kozen om iets te zeggen, dan luisterde ik daar in de beslotenheid van de balsemruimte naar en briefde ik aan Dave door wat ze hadden gezegd. Dat herhaalde hij dan wanneer ze al opgebaard lagen. Hij voerde een toneelstukje op, alsof ze op dat moment met hem praatten. Als het moest, verzon hij er dingen bij. Hij koos altijd voor de weg van de minste weerstand, met verhalen over liefde, gemis en gebroken harten. Je opa pronkte met hem, als een circusdirecteur die een bizar fenomeen aan de wereld liet zien.' Ze grinnikte een beetje treurig.

Vol ongeloof hoorde ik haar aan. Ik luisterde zonder bezwaar te maken, zonder ook maar mijn hand op te steken, zonder haar voor leugenaar uit te maken, ook al herschreef ze ter plekke onze geschiedenis.

'Het was niet prettig om zo het zwijgen opgelegd te krijgen. Om niet mee te tellen, alleen omdat ik een meisje was. Ik wilde ergens anders naartoe, ergens waarvan ik dacht dat het er allemaal niet toe zou doen. Ik droomde ervan om weg te gaan. Weet je nog dat ik een keer tegen je zei dat ik ook overwogen heb om naar Londen te verhuizen?'

Hoe zou ik dat nou kunnen vergeten? Toch kon ik me er niet toe zetten om zelfs maar te knikken.

'Dat kwam hierdoor. Ik wist zeker dat ik me daar wel zou durven uitspreken, dat ik daar wel dapper zou durven zijn. Misschien zou ik er mijn eigen bedrijf kunnen beginnen. Maar ik ben nooit gegaan. Ik durfde niet. Ik vond het dan ook best ironisch dat ik jaren later, toen ik in jouw ogen hetzelfde verlangen om te ontsnappen zag, heb gebeden dat je niet zou gaan.'

'Maar we...' Haar woorden schokten me zo dat het me eindelijk lukte om te protesteren. 'We hebben een lijst met voors en tegens gemaakt. Je wilde me helpen.'

'Dat klopt, Jeanie. Dat wilde ik ook echt. Ik zou je nooit hebben tegengehouden als je toch had willen gaan. Maar dat deed niets af aan mijn gevoelens. Jij gaf iets oprechts aan wat we deden. Ik had je daar nodig, maar ik wilde je niet met die leugen belasten, snap je?'

Vanuit mijn ooghoek zag ik haar met de tissue langs haar ogen wrijven. Ze schraapte haar keel en ging verder. 'Na de dood van je opa hebben je vader en ik overwogen om bekend te maken dat ik degene was die met de doden kon praten. Maar als je maar vaak genoeg te horen krijgt dat je niet goed genoeg bent, ga je daar vanzelf in geloven. Ik was niet zo dapper als jij. We waren bang voor wat de buitenwereld van ons zou vinden. Op dat moment waren we al jaren bezig. We hadden iedereen voorgelogen, het voelde alsof we niet meer terug konden. En toen kwam jij. Je was niet te houden. Wat een verademing was dat. Je liet me zien wat ik had kunnen... wat ik had móéten zijn.'

'Maar Harry... Ik heb altijd tegen jou opgekeken. Ik dacht dat jij alles kon doen, alles kon zijn, wat je maar wilde. Ik snap er niets van.'

'Mensen zitten ingewikkeld in elkaar, vind je ook niet? We weten niet altijd wat er in een ander omgaat. Maar jij hielp me om sterker te worden. Al die tijd was ik degene die iets van jou leerde.'

Ongelovig schudde ik mijn hoofd. 'Nee, dit kan niet. Als kind heb ik zo vaak met mijn vader naast een doodskist gezeten. We hoorden de overledenen allebei, Harry. Dat weet ik zeker.'

'Nee, Jeanie. Hij liet jou vertellen wat ze zeiden. Daar was hij heel bedreven in. Hij wist precies hoe hij jou het woord kon laten doen zonder dat je het zelf doorhad. Het hielp ook dat hij zei dat hij een beetje doof werd. Zo moeilijk was het niet. Toen Niall erbij kwam en je vader zag hoe goed jullie konden samenwerken, begon hij zich terug te trekken. Hij liet steeds meer aan jou over en bedacht een plan om het uiteindelijk allemaal aan jou over te laten, om eindelijk de leugens te laten varen. Jij was zijn uitweg.'

Zo bekeken was het heel logisch. Zelf had hij de ideale combinatie gevormd met Harry, daarna hadden Niall en ik ons daarbij aangesloten. In de loop der jaren had mijn vader steeds minder belangstelling getoond voor die kant van het werk en had ik meer taken op me genomen. Als hij toch aan de slag moest, had hij altijd Harry nog. En als er echt niks anders op zat, kon hij gewoon zeggen dat hij veel aan zijn hoofd had, waardoor hij niet alles had kunnen opvangen, en had hij aan mij kunnen vragen om het een en ander te verduidelijken.

'Dus...' Voor mij waren nog steeds niet alle puzzelstukjes op hun plaats gevallen. 'Al die jaren dat ik het gevoel had dat alles op mij neerkwam, was dat in feite ook zo?'

'In zekere zin wel.'

'Waarom hebben jullie het dan niet tegen mij gezegd? Waarom mocht ik dit niet weten? Ik dacht dat we een team waren.'

'Dat hebben we ook overwogen, echt waar. Maar toen dreigde je naar Londen te vertrekken. Je ging zo vaak naar Fionn toe dat we ervan overtuigd raakten dat als je erachter zou komen hoe de vork in de steel zat, dat genoeg zou zijn om je in zijn armen te drijven. We wilden niet dat je wegging. We hadden je nodig.' Ze wendde haar blik af en keek naar de spits van de kerk van Saint-Émile in de verte.

Van opzij keek ik naar haar, naar de vrouw die ik zo had bewonderd, naar de zelfverzekerde stand van haar kin. Nog steeds kon ik niet bevatten dat haar leven tot nu toe een leugen was geweest.

'En dat hele gedoe met Tiny en Arthur.' Nu drong het pas tot me door. 'Pap heeft hem niet ingelicht omdat hij niet wist wat Tiny had gezegd. Omdat hij geen kans had gezien om het hele verhaal uit me los te krijgen.'

'Precies. Weet je dat je me die dag bijna betrapt hebt? Ik stond net op het punt om met Tiny te praten toen jij aankwam. Twee seconden later en je had me doorgehad.'

Ik dacht terug aan haar verschrikte gezicht, aan hoe ze zich bij Tiny vandaan had gehaast. 'Jeetje,' zei ik met een sarcastische glimlach. Mijn blik viel op een bij aan de rand van de weide. Die vloog van bloem naar bloem, op zoek naar nectar, tot hij de juiste gevonden had. 'En mijn moeder weet hiervan?'

'Ja, die heeft het altijd geweten. Al heeft ze er nooit achter gestaan. Ze vond van begin af aan dat we eerlijk tegen je moesten zijn. Maar ze is altijd loyaal aan ons gebleven, hoe pijnlijk ze dat ook vond.'

'Pap moet het tegen Andrew gezegd hebben.' Nu begreep ik mijn gesprek met mijn moeder tijdens Andrews wake opeens een stuk beter. Dat ze niet had willen uitleggen wat zijn laatste woorden hadden betekend en dat ze had gezegd dat ze met mijn vader zou praten en dat ik het niet alleen hoefde te doen. Hier was de oplossing, de persoon die al die tijd al aan mijn zijde had gestaan: Harry.

Ik dacht terug aan al die keren dat mijn moeder me door de jaren heen op haar eigen manier had geprobeerd te beschermen, me had aangemoedigd om ook naar andere opties te kijken. Nu vond ik het jammer dat ik niet naar haar had geluisterd en haar daarmee een hoop zorgen en verdriet had bezorgd.

'En nu?' Inwendig werd ik steeds woedender op de vrouw die ik ooit had aanbeden. 'Moet ik dit nu ook geheimhouden? Ben je daarom hier? Want dat ga ik niet doen. Ik wil me daar niet meer mee bezighouden. Ik wil hier blijven.'

Ik zag dat Marielle uit Luciens huis was gekomen. Was mijn stem meegedragen door de wind? Rook ze onraad? Ze keek mijn kant op, met haar hand boven haar ogen. Op dat moment zag ze er oud en kwetsbaar uit. Ik voelde me schuldig om wat deze verstoring van haar leven met haar deed en stond op om te zwaaien. Als ik deed alsof ik vrolijk was, ging ze misschien wel weer naar binnen. Ze stak haar hand op, draaide zich om naar Lucien, die achter haar aan was gekomen, en loodste hem weer rustig mee het huis in. Ik bleef nog even zo staan, als bevroren, met mijn blik op Luciens huis.

Harry stond op om haar hand op mijn rug te leggen en me aan te sporen om weer te gaan zitten. 'Het spijt me, Jeanie. Dit zou jouw probleem niet moeten zijn. Het was niet onze bedoeling om je te kwetsen.'

Ik ging op de rand van het bankje zitten, niet zeker van wat ik moest doen. 'Waarom vertel je me dit nu?'

'Je vader begrijpt het best als je de zaak niet wilt overnemen. Dat begrijpen we allemaal. Ik ben hier niet om je te dwingen om naar huis te komen en weer aan het werk te gaan. Nou ja, in elk geval niet zoals eerst de bedoeling was.'

Ik keek om. 'Hoe bedoel je?'

'Je vader heeft gevraagd of ik de zaak zou willen overnemen, maar dat geldt alleen als jij dat echt niet wilt.' Ze wachtte af of ik bezwaar zou maken.

Ik kan niet ontkennen dat ik een steekje van jaloezie voelde, maar ik keek gewoon weer zonder iets te zeggen voor me uit.

'Ik heb ja gezegd,' zei ze zacht, aarzelend, aftastend. 'Maar ik zou het het liefst samen met jou doen. Zonder jou voelt het daar niet hetzelfde. Ik hoop dat je het ondanks alles ook mist. Als wij tweeën zouden samenwerken, zonder iets voor elkaar te hoeven verbergen, zou het voor ons allebei misschien makkelijker worden.'

Nieuwsgierig keek ik haar aan.

'Door jouw vertrek ben ik gaan beseffen dat ik al die leugens spuugzat ben. Ik wil niet stoppen met mijn werk, maar ik wil wel alles opbiechten. Het eindelijk wereldkundig maken. Het bedrijf een nieuwe start gunnen. Samen met jou. Bedenk eens hoever we samen zouden kunnen komen. Het zou een beetje zijn zoals wat je hier hebt, met Marielle. Maar dan met meer bewolking.' Ze lachte even. 'Zonder de weide en met meer balsemvloeistof. Al vind ik het ook een mooi idee om mensen in een doodskleed te wikkelen. De tijden veranderen, mensen willen tegenwoordig allerlei dingen, dus misschien –'

'Wacht even,' onderbrak ik haar. Het was me nog niet helemaal duidelijk wat ze nou precies in gedachten had en ik leunde achterover om me volledig op haar te kunnen concentreren. 'Het is één ding om op te biechten dat jij degene bent die de overledenen kan horen in plaats van mijn vader. Maar wat Marielle hier doet draait om veel meer dan die doodskleden. Ze vertelt de waarheid, de ongezouten, pijnlijke waarheid. Denk je dat wij daar ook toe in staat zijn?'

Nu ik haar zo uitdaagde, leek haar enthousiasme iets te bekoelen. Ik dacht dat dit het zou zijn, dat ze het bijltje erbij neer zou gooien. Een tijdlang staarde ze zonder iets te zeggen naar alles wat Marielle en Lucien hier hadden opgebouwd. Haar blik dwaalde van links naar rechts en bleef rusten op wat er voor haar lag. Met een zucht deed ze haar ogen even dicht, waarna ze het woord weer nam. 'Wat denk je hiervan, Jeanie? Eerst geef ik toe dat ik gelogen heb en kijk ik hoe dat gaat. Misschien zullen we wat klanten kwijtraken aan Doyle's, maar feit blijft dat wij de enigen in Ierland zijn die met de overledenen kunnen praten. Dat zou toch nog altijd wel iets waard moeten zijn. En daarna...' Haar stem haperde even en ze draaide zich naar me toe. 'Ik was er nooit op tegen om eerlijk te zijn over wat de doden te zeggen hadden, maar ik begreep wel waarom je vader niet altijd zei waar het op stond. Volgens mij wilde hij gewoon niemand kwetsen. Dat begrijp je toch wel? Hij had geen kwaad in de zin.'

Ik dacht terug aan al die keren dat hij had achtergehouden wat de doden hadden gezegd. Oké, ik wist nu dat hij soms gewoon maar wat verzonnen had, maar andere keren, wanneer Harry of ik hun laatste woorden aan hem had doorgegeven, had hij gewoonweg gedacht dat de nabestaanden het niet zouden aankunnen. Ik had hem de handen van de levenden zien vastpakken, ongeveer net zoals Marielle dat deed, en hem zien liegen of de waarheid zien vertellen. Maar ik had nooit getwijfeld aan de oprechte blik in zijn ogen, aan zijn behoefte om de last van de nabestaanden te verlichten. Daar was ik zelf getuige van geweest. En als ik de doden kon horen, was ik zeker in staat om vriendelijkheid te zien.

Ik knikte.

'Je hebt wel gelijk, Jeanie. We mogen best wat dapperder zijn als het om de waarheid gaat. Ik beloof niet dat we het altijd goed zullen doen. Misschien zullen er nog momenten komen waarop we de waarheid proberen te verzachten, maar ik wil het zeker proberen. Als jij me daarbij helpt, denk ik dat we een goede kans maken.'

Bij het horen van die woorden werd ik overspoeld door opluchting. In mijn hart wist ik dat ik daarnaar op zoek was: de bereidheid om een manier te zoeken om eerlijk te zijn. Die bereidheid zag ik nu. Eindelijk. Ik voelde mijn lichaam ontspannen. Mijn schouders zakten in, de spieren in mijn rug zuchtten van opluchting, mijn ogen vulden zich met tranen, deze keer van vreugde. Ik glimlachte zwakjes, voor het eerst sinds ze aan haar relaas was begonnen. Niets overdrevens; een klein, bijna onzichtbaar plooien van mijn lippen.

Toch ontging het haar niet. Ze greep meteen haar kans en pakte mijn handen vast. 'Ik vraag je alleen om erover na te denken, Jeanie. Je hebt thuis een leven opgebouwd en nu heb je de kans om daar een leven te leiden dat je minder stress bezorgt en dat een stukje... oprechter is.'

Opnieuw wendde ik mijn blik af, plotseling getroffen door alles wat ik zo lang voor Niall had achtergehouden. Ik had net zo goed gelogen als zij. En ik wist niet of ik het lef wel had om dat allemaal recht te zetten. 'Ik weet het niet,' mompelde ik.

Verder zeiden we niets. Ze liet mijn handen los, deed haar ogen dicht en leunde achterover op het bankje. Haar lichaam was uitgeput door alles wat ze eruit had gegooid. Zelf bleef ik op de rand van het bankje zitten om na te denken over mijn eventuele terugkeer naar Kilcross. Hoe zou dat voelen zonder leugens... en zonder Niall?

Alsof zij aan hetzelfde had zitten denken vroeg ze: 'Heb je Niall nog gesproken?'

'Nee,' antwoordde ik zacht, terwijl ik ging verzitten.

'Denk je dat het nog goed komt tussen jullie?'

'Ik kan niet…' Meer kon ik niet uitbrengen. Mijn paniek stak de kop weer op en ik gebaarde dat ik het er niet over wilde hebben.

'Ik weet het, Jeanie. Het spijt me. Ik had niet…'

Ik keek weer naar haar, naar haar hangende hoofd, en voelde me ellendig omdat ik zo scherp uit de hoek was gekomen. Ik vroeg me af hoe het voor haar was geweest om al die jaren niet zichzelf te kunnen zijn, om steeds maar naar mij te kijken en te willen dat zij dat was geweest. 'Ik heb een borrel nodig.' Snel stond ik op. Ik wilde het allemaal vergeten, al was het maar even, op wat voor manier dan ook. De zelfgemaakte cider die Lucien de vorige avond in Marielles koelkast had gezet leek me de ideale oplossing.

Harry kwam achter me aan. 'Is het niet een beetje vroeg voor alcohol?'

'Marielle neemt regelmatig een glas wijn bij het ontbijt.'

'Ik begin die vrouw steeds leuker te vinden.' Haar ademhaling werd gejaagder nu ik vastberaden doorliep.

'De Fransen hebben een veel gezondere relatie met alcohol dan wij. Ze zien het gewoon als een drankje, niet als een manier om de waarheid te verdringen.'

'Komen er vandaag nog overledenen binnen?' Ze ging wat harder praten zodat ik haar nog steeds kon verstaan nu ze een eindje achteropraakte.

'Voor zover ik weet niet.'

'Mooi zo. Ik zou graag het een en ander met Marielle bespreken.'

'Harry.' Abrupt bleef ik staan en draaide me naar haar om, zodat ze bijna tegen me op botste. Er was namelijk iets bij me opgekomen. 'Wist Niall hier al van toen hij wegging?'

'Nee.' Ze schudde haar hoofd. 'Hij weet van niets. God mag weten hoe hij over ons zal denken als hij hierachter komt.'

Ik knikte opgelucht. Dat was tenminste iets. Als ik ooit de kans zou krijgen, wilde ik het hem graag zelf uitleggen. 'Oké,' zei ik zacht.

Voordat ik me kon omdraaien om verder te lopen, pakte Harry mijn arm beet. 'Je zult toch wel overwegen om naar huis te komen?'

'Ja.' Mijn hart bonkte in mijn keel. Naar huis, dreunde het. Breng. Me. Naar. Huis.

# Hoofdstuk 31

Vier dagen later vertrok ik uit Saint-Émile. Ik nam maar één koffer mee, met genoeg kleren voor een week.

'Ik kom nog terug, Marielle,' zei ik toen ik in de keuken afscheid van haar nam.

Haar blik schoot bij me vandaan. 'Dat weet ik. Maar stel nou dat ik de kamer voor iemand anders nodig heb, en jij bent nog niet terug?'

Ik glimlachte. Wat kon die vrouw slecht liegen, zeg. Geen wonder dat ze dat in haar werk niet wilde doen. 'Hoezo, wie komt er dan?'

'Niemand. Maar het zou kunnen.'

'Ik heb al gezegd dat ik er voor je ben als je doodgaat, oud besje, dus ik kom nog terug. En je krijgt nog een waterkoker van me.'

'Ik hoef die Ierse waterkoker van jou niet. Ik ben tevreden met mijn steelpan. Trouwens, ik ben niet van plan om komende week dood te gaan.'

'De dood kan sneller komen dan je denkt, als je die kerel van je niet wat beter gaat behandelen.' Ik keek naar buiten, waar Lucien een kledingkast aan het verslepen was. Hij was er de hele ochtend mee in de weer geweest om hem haar huis uit te krijgen. Moeizaam, voetje voor voetje, was hij ermee de logeerkamer uit gelopen. Mijn hulp had hij niet gewild. Nu probeerde hij de kast met behulp van zijn dappere kruiwagen in de bestelbus te krijgen. 'Volgens mij kan hij je deze keer echt wel wurgen.'

'Ik dacht dat hij onderweg naar het vliegveld misschien wel een antiekwinkel zou tegenkomen waar ze die kast willen kopen.'

'Die verdwijnt dus in zijn schuur.'

'Waar heb je het over? Het is een prachtig meubelstuk.'

'Het was een bouwpakket, geen erfstuk van Lodewijk XIV.'

'Gelukkig maar. Mijn familie zou dat ding in de hens hebben gestoken als het van die klungel was geweest.'

Ze keek naar de koffer die naast me stond en de jas die over mijn arm hing. 'Heb je die wel nodig?'

'Ik ga de Ierse zomer tegemoet, Marielle. Ik neem je er wel een keer mee naartoe, dan zul je onze liefde voor regen wel begrijpen. Maar tot die tijd...' Ik sloeg mijn armen om haar heen. '...pas goed op jezelf, en wees een beetje aardig voor hem.' Toen ik haar een kus op haar wang gaf, klampte ze zich aan me vast, ongeveer zoals ik die eerste dag bij haar had gedaan. Allebei weigerden we definitief afscheid te nemen. Ik liep de tuin in, precies op het moment dat Lucien de deur van het bestelbusje dicht had gekregen en er hijgend tegenaan leunde. Ik vroeg maar niet of hij de deur weer open wilde doen zodat ik mijn koffer erin kon leggen. In plaats daarvan hield ik hem op schoot.

Arthur kwam me van het vliegveld halen. Dat had hij met alle geweld willen doen, zei hij zelf. Hij had een vrije dag genomen om mij ervan te verzekeren dat we nog steeds vrienden waren, ook al had hij het nieuws over zijn vader moeten vernemen van een notaris die hij nog nooit had gezien. Hij had niet eens de post bij hem bezorgd, zo'n onbekende was het voor hem. Hij nam het me niet kwalijk dat ik met mijn afwezigheid een aardverschuiving had veroorzaakt, om nog maar te zwijgen van het feit dat ik Nialls hart had gebroken. Die was inmiddels naar Sligo verhuisd. Sligo, van alle plekken die hij had kunnen uitkiezen. 'Hij wilde aan zee wonen,' beantwoordde ik een vraag die niet was gesteld.

Terwijl Arthur afrekende bij het tolpoortje voor de M4, vroeg hij of Niall al die jaren dan niet tevreden was geweest met de meren. Er was hier toch ook water genoeg?

Zwijgend keek ik naar het voorbijrazende landschap, tot Kilcross in zicht kwam.

Toen ik op ons erf uitstapte, kwam mijn broer geheel tegen zijn gewoonte in naar me toe om me te omhelzen.

'Ik vind al die veranderingen maar niks, Jeanie.' Hij liet me los en ging met zijn handen in zijn zakken voor me staan, zodat ik niet naar binnen kon.

'Dat weet ik. Maar moet je jezelf eens zien. Je hebt het overleefd, toch?'

'Toch vind ik het maar niks.'

Zijn verdrietige blik deed me bijna de das om. Ik keek naar Arthur, die meelevend glimlachte. 'Heb je de laatste tijd nog nieuwe tijdschriften ontvangen?' vroeg ik in een poging hem op te beuren.

Hij haalde zijn schouders op, ontweek mijn blik en keek opzij, naar de grond.

'O, Mikey. Ik weet dat het moeilijk is, maar dingen kunnen niet altijd bij het oude blijven, hoe graag je dat ook zou willen. Het is net als met je boekenkasten. Soms heb je meer ruimte nodig, anders past het allemaal niet meer. Zo was het bij mij ook. Ik had ruimte nodig, en tijd om al mijn gevoelens op een rijtje te kunnen zetten.'

'Heb je mij dan niet nodig?'

'Natuurlijk wel. Ik heb je ook gemist. Maar ik heb je wel geschreven. Je hebt mijn brieven en ansichtkaarten toch ontvangen?

En de boeken en dvd's? Ik weet dat ze niet in het Engels zijn, maar ik dacht dat je ze toch wel mooi zou vinden, vooral de plaatjes.'

Hij gaf niet meteen antwoord, nog steeds verbolgen over mijn vertrek. 'Een aantal van de dvd's is wel ondertiteld,' gaf hij toe. 'En ik heb een Noors en een Frans woordenboek besteld, dus nu ben ik de boeken aan het doornemen.'

'O, mooi.'

'Maar ik ben in het ene boek pas op bladzijde tien en in het andere op bladzijde veertien.'

'Aha.'

'Niall is ook weg, Jeanie. Wist je dat?'

'Ik weet het. Het spijt me. Dat zal ook niet makkelijk voor je zijn.' Ik wist niet hoelang ik dit nog volhield. Straks barstte ik nog in tranen uit. Daar hadden we geen van beiden wat aan.

Gelukkig schoot Arthur me te hulp. 'Hij is me aan het leren om op de PlayStation te spelen. Volgens hem ben ik een natuurtalent, toch, maatje?'

'Nee.' Mikey keek hem ongelovig aan, omdat hij duidelijk glashard stond te liegen. 'Je bent hartstikke sloom.'

Arthur glimlachte. 'Die ouwe duimen zijn niet meer wat ze geweest zijn, dat geef ik toe, maar het had erger gekund. Je vader, die is pas echt hopeloos.'

Mikey wierp hem een piepklein glimlachje toe en keek toen mij weer aan. 'Nu ben je definitief terug, toch, Jeanie?'

'Ik ben hier om daarachter te komen.'

'Komt Niall dan ook terug?'

'Je weet toch dat we uit elkaar zijn, Mikey?'

'O. Ik begrijp het. Maar hij is nog wel mijn vriend. Hij stuurt me heel vaak berichtjes. We gamen nu online.'

'Nou, mooi zo. Dat is... Dat is echt heel fijn,' wist ik uit te brengen.

Arthur ving mijn blik op en glimlachte vriendelijk, voordat hij me weer uit de brand hielp. 'Ik denk dat je zus nu wel naar binnen wil, Mikey. Volgens mij is ze moe.'

Mijn broer deed gehoorzaam een stap opzij. Terwijl ik langs hem heen liep, vroeg ik me af hoelang het zou duren voordat hij me kon vergeven.

Toen ik bijna bij de achterdeur was, riep hij me na: 'Ik heb een nieuwe documentaire, over veldmaarschalk Sir John French.'

Ik draaide me weer om. 'Wie?'

'Als je vanavond om acht uur tijd hebt, kun je daar zelf achter komen. Ik zou popcorn kunnen maken.' Zijn gezicht zag er ontspannener uit.

Nu een deel van zijn verdriet leek te zijn weggevallen, durfde ik het aan om breed te glimlachen. 'Dat zou ik heel erg leuk vinden. Dank je, Mikey.'

'Oké.' Hij knikte. 'Maar jij moet de MiWadi meebrengen.'

Mijn ouders zaten op me te wachten aan de keukentafel, waarop een ongekend feestmaal was uitgestald. Al het lekkers waar ik als kind al dol op was geweest werd me aangeboden.

'Madeira-cake? Of een Cadbury Creme Egg? In de zomer is daar niet zo makkelijk aan te komen, maar het is Arthur toch gelukt,' zei mijn moeder.

Vanaf zijn plekje bij het aanrecht keek Arthur me glunderend aan.

'Of wil je misschien eieren met spek?' drong mam aan.

'Eigenlijk zou ik wel een Twix lusten.'

Ik zag hen elkaar met een hoopvolle glimlach aankijken, alsof ze dachten dat ik het hun misschien niet al te moeilijk zou maken.

'Ik weet niet of we die nog wel hebben.' Arthur trok de kast open, waar zoals altijd een hele berg lag. Hij pakte een van de repen en gooide die naar me toe. 'Misschien moet je wel even naar de houdbaarheidsdatum kijken.' Hij liep naar me toe, drukte een kus op mijn hoofd en gaf een kneepje in mijn schouders. 'Zo, ik ga maar weer eens. Teresa wil een tuinkas gaan kopen.'

'Een tuinkas, waarom ook niet?' Mijn vader lachte overdreven.

Bij de deur stak Arthur zijn hand op. 'Lief zijn voor elkaar,' riep hij, voordat hij de deur achter zich dichtdeed.

'Sorry, Jeanie,' zei mijn vader zodra hij de klik had gehoord. 'Het was nooit onze bedoeling om –'

'Pap, Harry heeft me alles al verteld, dus we hoeven dit niet nog een keer te doen.'

'Dat kan wel zijn, maar ik vind toch dat je het van mij moet horen, al is het maar één keer. Je moet weten dat het nooit mijn bedoeling is geweest om je te kwetsen. Ik had nooit tegen je moeten liegen. Die arme moeder van je heeft het er altijd heel moeilijk mee gehad, ze wilde dat we eerlijk tegen je zouden zijn.'

'Dat is echt zo, liefje. Ik wilde dat je het wist.' Boven tafel stak mam haar hand naar me uit.

Die pakte ik gretig vast.

'Het spijt ons. Het spijt míj,' vervolgde mijn vader. 'Harry en ik hadden gewoon het gevoel dat we geen kant op konden. Je grootvader was een harde man. Het moest allemaal op zijn manier. Tegen de tijd dat jij erbij kwam, wisten we al niet meer hoe we ons er nog uit konden draaien.'

'Daar kunnen we het later wel over hebben. Vandaag is me dat even te veel. Zullen we het gewoon over de zakelijke kant hebben? Dat kan ik wel aan.'

Mam stond op om me te omhelzen en fluisterde in mijn oor: 'Mijn mooie meisje.' Ook pap sloeg zijn armen om me heen, zodat ze net twee rozenblaadjes waren die hun knop beschermden.

'Goed...' Mijn vader snifte en liet me los. 'Harry zit in de woonkamer te wachten.'

'Oké.' Ik stond op en liep naar de gang. 'Dan gaan we maar eens zorgen dat jullie eindelijk met pensioen kunnen. Gaan jullie maar voor.'

'Nou,' zei mijn moeder, 'eigenlijk wilden we graag met zijn vieren uit eten gaan om het erover te hebben. Een late lunch. We hebben al een tafel gereserveerd. Vind je dat goed?'

'Ja hoor.'

'We wilden naar dat restaurant gaan waar Niall en jij graag kwamen. De Woodstown Lodge.'

Opeens prikten er tranen in mijn ogen en moest ik mijn blik afwenden.

We spraken het volgende af: Harry zou de zaak overnemen. Mijn ouders zouden een stap terug doen en ik zou met Harry samenwerken. Maar als iemand een beroep op me deed, bijvoorbeeld de politie, om te helpen bij een vermissingszaak, wilde ik dat ook graag doen. Ik zou elk jaar ongeveer een maand naar Frankrijk gaan en er zijn wanneer Marielle afscheid nam van het leven. Bovendien zouden we dapperder omspringen met de waarheid. We bezegelden de afspraak die middag met een handdruk, alle vier. Ik zou nog een week of twee teruggaan naar Saint-Émile en ruim op tijd voor de grote verhuizing weer terug zijn. Ze zeiden dat Harry, pap en de tijdelijke balsemer het wel zouden redden tot ik terug was en het nieuwe bedrijfsplan in werking werd gesteld.

Ik gaf ook aan dat ik het huis niet wilde. Dat was van hen en zij moesten terug kunnen komen wanneer ze maar wilden. Trouwens, zei ik erbij, het zou te pijnlijk zijn om er te blijven wonen nu Niall en ik uit elkaar waren. Ik zou een eigen optrekje zoeken.

Na onze terugkomst uit de Woodstown Lodge pakte ik mijn koffer uit in de logeerkamer en ging ik naar mijn broer toe om een drie uur durende documentaire te kijken over Sir John French, de Britse legerofficier, de held van de Tweede Boerenoorlog en veel andere militaire operaties, die continu boos keek. Pas de volgende dag ging ik de slaapkamer in die ik met Niall had gedeeld. Ik ging op het bed zitten dat van ons samen was geweest en zag hoe leeg het er was. Overal lagen nog spullen van mij, maar van hem was er geen spoor meer te bekennen. Niets wees erop dat hij hier ooit was geweest en ooit bij mij had gehoord. Op dat moment vond ik pas de moed om hem te bellen.

# Hoofdstuk 32

Craven was een klein kustplaatsje in de buurt van Sligo, waar de zee binnenrolde op een rotsachtig, winderig strand. Het trok heel wat bezoekers en mensen van buitenaf die er ijscokraampjes en winkels vol ambachtelijke spullen hadden geopend, en zelfs een Franse bakkerij.

Op de ochtend dat ik aankwam vond ik Roberts Pâtisserie aan de straat die naar de parkeerplaats voerde. Tegenover de banketbakkerij lag het strand, waar om elf uur 's ochtends al gezinnen de stevige bries trotseerden achter een windscherm. De mollige, bleke kinderen leken zich er niet om te bekommeren dat het nogal fris was en probeerden allemaal zo snel mogelijk bij de waterkant te komen, waar ze zich op hun hurken lieten zakken en het zoute water met hun handen opschepten om het uitzinnig van opwinding naar hun broertjes en zusjes te gooien. Nadat ik de auto had geparkeerd, bleef ik een tijdje naar hen kijken. Daarna liep ik door om de etalages te bekijken en ontdekte ik de bakkerij, een stukje paradijs dat ervoor zorgde dat ik Marielle miste.

Ik bestelde twee bekers koffie en een stokbrood.

'U bent Frans,' zei ik toen de man mijn bestelling had opgenomen en in de weer ging met de koffiemachine.

'Er ontgaat u niet veel, merk ik.' Glimlachend trok hij een wenkbrauw op.

'In Ierland vind je niet veel Franse mannen.'

'U denkt alleen aan de mannen. Hoe zit het dan met de duizend Franse vrouwen die ik hierachter verborgen houd?'

'Franse mensen, dan.' Ik lachte.

'Het zou u nog verbazen hoeveel Franse mensen hier wonen.'

'Waarom dan?' Sinds mijn ontsnapping kon ik maar moeilijk begrijpen dat andere mensen vrijwillig in Ierland kwamen wonen. Toch had ik ermee ingestemd om weer naar huis te komen. 'Ik bedoel, waarom zou je weg willen uit Frankrijk?'

'Vanwege de liefde, een betere reden is er toch niet?' Gesproken als een ware Fransman, zoals Lucien die elke dag met de eerlijkheid en de nukken van Marielle te maken had, maar toch geen weerstand aan haar kon bieden. En misschien zoals Niall, die hetzelfde had gedaan. Hij had op een plek gewoond die ons allebei had verstikt, tot er niets meer over was geweest.

Ik glimlachte. Opeens schaamde ik me, bij het besef dat deze man misschien zou denken dat ik geïnteresseerd was in hem, niet in zijn omstandigheden.

Hij gaf me de koffie en het stokbrood.

Nadat ik had afgerekend, nam ik mijn feestmaal mee naar het lage muurtje langs het strand. De bries op mijn huid voelde wonderlijk genoeg warmer aan en hield mijn haar uit mijn gezicht, terwijl ik van mijn koffie nipte en stukjes van het brood scheurde.

'Hallo, Jeanie.'

Toen ik opzijkeek, zag ik dat hij zijn benen over het muurtje zwaaide om naast me te komen zitten.

'Hallo.'

We keken naar de golven, de rennende kinderen, en lieten de stilte tussen ons neerdalen.

'Hier.' Ik gaf Niall een van de bekers koffie en hield hem het brood voor.

‘Toen je zei dat je wilde lunchen, dacht ik dat je aan een tafeltje bedoelde.’ Het klonk noch gekscherend, noch serieus, zijn woorden zweefden ergens daartussenin.

‘Dit is maar een tussendoortje. Eigenlijk wilde ik alleen koffie halen, maar ik kon het brood niet weerstaan.’

‘Robert bakt inderdaad lekker brood.’

‘Wist je dat hij hier vanwege de liefde naartoe is verhuisd?’

‘Dat zegt hij tegen iedereen, maar niemand heeft die mysterieuze lover van hem ooit ontmoet. Hij woont aan het einde van de weg. In zijn eentje, voor zover iedereen weet.’

‘O.’ Ik keek om naar de bakkerij, alsof het uithangbord me duidelijkheid zou kunnen verschaffen over de raadselachtige Franse bakker. Misschien was hij juist op de vlucht voor de liefde. Misschien woonde zijn geliefde, wie het ook was, nog wel in Parijs, zonder zich bewust te zijn van het liefdesverdriet van deze man. Ik keek weer naar het brood en vroeg me af hoeveel eenzaamheid Robert had toegevoegd om de smaak zo perfect te krijgen.

‘We kunnen wel ergens naartoe gaan als dit op is,’ zei ik, nog steeds kijkend naar het half opgeknabbelde stokbrood.

‘Goed, hoor, het maakt mij niet zoveel uit.’

‘Hoelang heb je?’

‘Ik hoef vandaag niet te werken, dus ik heb alle tijd.’

Ik glimlachte.

‘Dus je gaat weer thuis wonen?’ vroeg hij.

Tijdens ons telefoongesprek had ik kort uitgelegd wat Harry me had verteld en wat mijn plannen waren.

‘Ja, daar lijkt het wel op.’

‘Wil je dat echt, of hebben ze je onder druk gezet?’

‘Nee, het voelt goed. Ik vind het wel fijn dat ik het straks samen met Harry ga doen. Dat ik nog iemand heb, je weet wel, om alles mee te bespreken.’

Hij lachte even, maar het geluid stierf al snel weer weg. 'Dat had ik graag voor je willen zijn. Degene met wie je alles kon bespreken.'

Ik nam nog een slok om mezelf even de tijd te gunnen om mijn gevoelens onder woorden te brengen. 'Dat had ik ook wel gewild, maar het is gewoon anders met iemand die de doden ook kan horen. Ik weet het niet. Het is net als bij astronauten. Die begrijpen van elkaar ook precies waarover ze het hebben. Buiten hen weet niemand hoe het voelt om een ruimtewandeling te maken, hoe wonderlijk, eng en opwindend dat is. Ik zei het niet om je te kwetsen.'

Hij keek naar het strand, naar rechts, zo ver bij mij vandaan als maar kon. 'Eigenlijk had ik het niet over de doden.' Hij nam een slok van zijn koffie.

'O.'

Daar was het dan, het obstakel dat er de hele tijd tussen ons was geweest. Mijn stilzwijgen, mijn aarzeling om hem toe te laten, uit angst dat hij iets waardevols in de war zou schoppen.

'Het spijt me, Niall. Dat had je niet verdiend.' Ik keek weer naar hem, om te zien of hij zich zou omdraaien om te zeggen dat hij het begreep. Maar hij bleef resoluut voor zich uit kijken. Ik ademde in en vroeg me af of het al te laat was om terug naar huis te gaan. Om paps auto in zijn achteruit te zetten en te maken dat ik wegkwam bij deze man die – op zijn minst – recht had op eerlijkheid en liefde. Op dat moment wist ik niet of ik er wel toe in staat was. Ik deed mijn ogen dicht en liet de wind over mijn gezicht strijken tot de woorden vanzelf kwamen. Ze ontvielen me alsof het altijd al de bedoeling was geweest dat ze werden uitgesproken.

'Ergens heb ik altijd gedacht dat het een vergissing was om te trouwen. Ik hield van je, maar het leek wel of er ergens nog een andere, geweldige versie van mij rondliep die ik eigenlijk had moeten zijn. Ik voelde me verscheurd tussen jou en dat beeld van mezelf. En dan nog mijn familie en het werk. Ik wilde het iedereen naar de zin maken. Daar heb ik jou in meegesleurd; in mijn wanhoop om ervoor te zorgen dat ik een goede dochter was, een goede zus, iemand die goed kon luisteren.'

Ik wierp een vluchtige blik op hem. Omdat ik niet lang genoeg durfde te kijken om zijn verdriet te zien, keek ik maar naar de landtong verderop.

'Met hem, bedoel je?'

'Wat?' Ik draaide me weer naar hem toe.

'Dat spannende leven waarover je het hebt, dat had met hém moeten zijn. Dat bedoel je toch?'

'Ja.' Ik liet mijn hoofd hangen, beschaamd om die gefluisterde bekentenis, maar dwong mezelf om verder te praten. Daar was ik tenslotte voor gekomen: om de waarheid op te biechten. 'Ik... Ik hield nog steeds van Fionn, maar ik dacht echt dat ik me eroverheen kon zetten. Toen wij iets met elkaar begonnen, wilde ik dat het iets zou worden. Ik dacht echt dat dat zou lukken. Maar door alles wat er is gebeurd, door het overlijden van Fionn en door het pensioen van mijn ouders, kwam ik tot het besef dat ik hem en het idee dat ik nog weg kon uit Kilcross helemaal niet uit mijn hoofd had gezet. Diep vanbinnen droomde ik er nog steeds van dat Fionn en ik elkaar ooit weer zouden vinden. Dat onze werelden eindelijk op elkaar zouden aansluiten, in een prachtig, romantisch niemandsland.' Aan het einde van mijn biecht stak ik mijn hand uit naar het strand en liet hem weer zakken, tot hij met een pets neerkwam op mijn bovenbeen. 'Dus je had gelijk, Niall. Ik heb al die tijd iets voor je achtergehouden.'

'Goh. Dus dat is het dan, ons verleden in een notendop. Niall Longley, de eeuwige tweede keus.' Met zijn duim en wijsvinger trok hij een streep langs de horizon, alsof hij het als een krantenkop voor zich zag.

'Het spijt me, Niall. Ik had niet –'

'Nee, Jeanie, je hebt gelijk. Zo was het gewoon. Dat wist ik heus wel. Alleen doet het pijn om het allemaal uit jouw mond te horen.'

We bleven nog een tijdje zitten, in die vreselijke stilte. Ik wist niet hoe ik het leed kon verzachten. Er was gewoon niets aan te doen. Wat ik ook zei, hij zou zich er niet beter door voelen.

'Het was maar goed dat je geen kinderen wilde. Wie zou nou een kind willen laten opgroeien in zo'n puinhoop?'

'Het spijt me echt, Niall.'

Hij sloeg geen acht op mij en mijn schaamte. 'Stel nou dat jullie echt weer bij elkaar waren gekomen?' Hij bleef hardnekkig naar de zee kijken.

'Dat weet ik niet,' gaf ik toe. 'Misschien had het geweldig uitgepakt. Of misschien was het vuur wel opgebrand en was ik uiteindelijk alsnog hier terechtgekomen. Want...' Nu kwam het. Alles wat ik had opgestoken van de wijsheid van de doden, van Pea en Marielle, zou eindelijk hardop worden uitgesproken. '...het voelt alsof dit zo heeft moeten zijn. Ik heb heel lang gedacht dat ik misschien ergens anders thuishoorde, maar ik hoor hier, bij de doden van Kilcross.'

Verderop kolkte de zee enthousiast op het strand. De spetters en het schuim vlogen in het rond, waardoor de kinderen verrukt gilden. Ik was doodmoe, maar ook blij dat ik eindelijk, op mijn tweeendertigste, zo zeker was van mijn zaak.

'Alleen niet bij mij,' zei hij zacht, wat me eraan herinnerde dat niet alles zo glashelder was. 'Tussen ons heeft het niet zo moeten zijn.' Hij liet een ironisch lachje horen. 'Vertel eens, Jeanie. Heb je me wel gemist?' Hij draaide zich iets naar me toe.

Ik knikte en glimlachte. 'Eerlijk gezegd moest ik de hele tijd aan je denken. Maar ik raakte steeds in de war wanneer ik over ons nadacht, dus probeerde ik me maar te richten op wat ik zelf wilde. Dat had Peanut me aangeraden.'

'Wat heb je ontdekt?'

'Dat…' Ik aarzelde even, maar stak toen toch echt van wal. 'Dat ik niet meer bang wil zijn. Dat ik mezelf en anderen niet meer wil voorliegen.'

'Dus als ik je iets vraag, dan krijg ik een eerlijk antwoord?'

Ik knikte, hoewel ik ondanks mijn eigen bewering toch bang was voor wat er komen ging.

'Heb je ooit van me gehouden?'

'Ja,' zei ik, verbaasd dat hij dat niet wist.

'Houd je nu nog van me?'

Ik slikte, ademde diep in en zei: 'Ja. Maar misschien niet zoveel als je verdient.' Ik wilde nog iets zeggen om de klap te verzachten, maar hield me in omdat hij, meer dan iedereen die ik kende, het recht had om de waarheid van me te horen. Ik beet op mijn lip en hoopte maar dat hij niet zou opstaan en weglopen.

Hij keek me even aan en sloeg toen zijn ogen neer. 'Oké.' Hij knikte en er verscheen een verdrietig glimlachje om zijn lippen. 'Ik bedoel, dat wist ik ook wel. Maar toch is het niet makkelijk om te horen dat iemand niet zoveel van je houdt als je graag zou willen.' Met zijn hand veegde hij langs zijn wang.

'Het spijt me, Niall. Dit was allemaal niet mijn bedoeling. Ik heb het echt geprobeerd.'

Een tijdlang bleven we zitten zonder iets te zeggen; alleen wij, de bries en de brekende golven.

'Alleen weet ik geloof ik niet hoe ik zonder jou kan,' zei ik, in een wanhoopspoging om te redden wat er te redden viel. 'Je bent er mijn hele leven voor me geweest en het doet pijn dat je er nu niet meer bent.'

Hij lachte. 'Ja, dat doet zeer, hè?' Langzaam liet hij zijn adem ontsnappen, alsof hij die urenlang had ingehouden. 'Ik weet niet of ik wel kan zijn wie je wilt dat ik ben, Jeanie. Ik kan niet gewoon een vriend van je zijn. Dat heb ik al eens eerder geprobeerd en het was moeilijk. Loodzwaar, zelfs.'

Ik ging verzitten en kreeg weer de neiging om weg te rennen voor alles wat ik deze man had aangedaan.

'Ik weet het niet, misschien na verloop van tijd. Dat zou kunnen. Maar op dit moment moeten we ieder onze eigen weg gaan. Ik ben hier gelukkig, Jeanie. Heel erg gelukkig. Voor het eerst in jaren. Ik denk...' Vol eerbied keek hij naar de zee. 'Ik denk dat we het aan onszelf verschuldigd zijn om elkaar los te laten. Vriendschap, liefde, wat we ook van elkaar willen, er moet een eind aan komen. Voorgoed.'

Ik knikte twee of drie keer, alsof ik door die beweging te herhalen wel zou kunnen accepteren dat het zo moest zijn. De golven bleven komen, de kinderen bleven schreeuwen, mijn tranen bleven stromen. Ik was ontredderd. Niet alleen vanwege zijn woorden, maar ook door hoe dapper en vriendelijk het van hem was dat hij überhaupt met me had willen afspreken, dat hij ons dit afscheid had gegund zodat ik eindelijk volkomen eerlijk tegen hem kon zijn.

Vanuit mijn ooghoeken zag ik zijn hoofd op en neer wippen, tot hij met een zucht opkeek en de horizon afspeurde. Net toen ik dacht dat er niets meer te zeggen viel tussen ons, dat ik nu terug zou gaan naar de auto, weg zou rijden en deze man nooit meer zou zien, zei hij: 'Fuck.' Het woord werd meegedragen op de bries, waardoor ik een moeder op het strand zag omkijken. Daarna keek hij me aan alsof er iets bij hem opkwam. 'Zullen we daar morgen maar mee beginnen? Je bent helemaal hiernaartoe gekomen en het is zo'n mooie dag. Trouwens...' Hij stond op. 'Kom mee.' Zonder mijn reactie af te wachten liep hij weg. Ik haastte me achter hem aan en kon nog net opvangen wat hij daarna zei. 'Ik wil je aan iemand voorstellen.'

Zijn woorden lieten een schok door me heen gaan. Het liefst was ik blijven staan. Maar ik hield mezelf voor dat ik moest doorlopen, dat ik hem dit verschuldigd was. Wie hij ook aan me wilde voorstellen, ik zou met diegene kennismaken. Zelfs als het een vrouw was die hem compleet met sluier stond op te wachten bij een altaar. Dat was wel het minste wat ik voor hem kon doen. Na al die jaren dat ik niet dapper en eerlijk genoeg was geweest, mocht hij me voorstellen aan wie hij maar wilde. Ik zou haar de hand schudden, glimlachen en een praatje maken over het weer. Daarna zou ik thuis mijn spullen pakken en teruggaan naar Marielle om afscheid te nemen. Ik was klaar voor een leven in Kilcross, in een huisje aan de gracht waar Arthur me mee naartoe had genomen omdat een vriend van hem het zonder tussenkomst van een makelaar wilde verkopen. Misschien zou ik het wel rood schilderen en voorzien van plantenbakken vol geel, blauw en paars. Het had een tuin waar ik zou kunnen spitten en wieden. Ik zou me door Arthur laten adviseren over welke tuinkas ik het beste kon kopen om tomaten, komkommers en sla te kweken.

Hij bleef bij onze oude auto staan en deed het portier aan de passagierskant open, zodat een wit hondje er vrolijk uit kon springen. 'Dit is Lex.'

'O.' Lachend boog ik me naar haar toe. 'Een ruwharige teckel?' Ik keek op, met samengeknepen ogen tegen het felle licht.

'Ja.'

Ik keek weer naar het hondje en aaide over haar donzige witte oren. 'Wat een schatje ben jij.'

'Ja, dat ben ik zeker,' zei Niall met een speciaal hondenstemmetje. 'We willen zo een wandeling maken. Heb je misschien zin om mee te gaan?'

'Ja,' zei ik tegen Lex, die in ruil daarvoor aan mijn neus likte. 'Heel veel.'

'Lex heeft het niet zo op de rotsen, dus we zullen het voetpad tussen de duinen moeten nemen.'

'Natuurlijk. Geweldig. Helemaal goed.'

'Oké, Lex, laten we de dame eens een rondleiding geven.'

Dus daar gingen we. Met zijn drieën, tussen de duinen door, voorbij de winkels, zo ver als we konden komen in het heuvelachtige duinlandschap. We zetten onze capuchon op en keken naar de gezinnen die hun spullen bij elkaar raapten en hun krijsende peuters optilden toen de zomerregen naar beneden besloot te komen.

# Dankwoord

Tijdens mijn pogingen om meer inzicht te krijgen in de dood en hoe we daarmee omgaan, heb ik veel geweldige mensen leren kennen. Voor hun tijd en hun vriendelijkheid bedank ik David McGowan, Karen Carey, Eerwaarde Kevin Lyon en Joan en Con Gilsenan. Dan Michael Clarke, die drie jaar lang alle tijd voor me genomen heeft, altijd positief en bemoedigend was en me heeft geholpen een aantal van de vele problemen waar ik tegen aanliep op te lossen. Michael, ik ben je meer verschuldigd dan alleen een biertje. Eventuele fouten of vrije interpretaties zijn van mijn hand en komen niet voor rekening van deze professionele mannen en vrouwen die er hun levenswerk van hebben gemaakt om voor onze dierbaren te zorgen.

Tijdens de research voor dit boek ben ik ook op veel kunstenaars gestuit die toneelstukken, korte films en zelfs een scriptie hebben geschreven over dit aspect van de dood en het beroep van uitvaartondernemer. Al deze mensen hebben me hun kostbare tijd geschonken, hun werkwijze uitgelegd en me hun materiaal laten zien en lezen. Hun talent vond ik verbazingwekkend. Mocht je ooit in de gelegenheid zijn, ga dan zeker eens naar Keith Singleton en Niamh McGrath kijken, in hun toneelstuk *Looking Deadly*, en kijk ook eens naar de prachtige korte animatiefilm van Wiggleywoo

Productions, *Tea with the Dead.* Echt prachtig om te zien. Mijn dank gaat uit naar Margaret Bonass Madden, omdat ze een gedeelte van haar scriptie over de dood in de Ierse literatuur met me heeft gedeeld.

Aan mijn vroege meelezers, Louise Buckley, Mia Gallagher, Conor Bowman, Claire Desserrey, Phil Byrne, Ted Sheehy, David Harland, Una Bartley, Billy Doran, James Lowry en Bríd Ní Ghríofa, jullie hebben deze roman vooruitgeholpen met jullie vriendelijke woorden en doordat jullie het gewoon tegen me zeiden als iets niet werkte.

Ik bedank de mensen die mijn zorgen hebben aangehoord en me hebben geholpen met meerdere interessante verhalen: Adam Lowry, Míde Emans, Ann O'Sullivan, Bernadine Brady, Marése Bell, Mary O'Neill, Charlie Bishop en Séamus Ó Drisceoil.

Er zijn twee schrijvers die me moed gaven toen ik dacht dat het niets zou worden: John Boyne en Alison Walsh. Jullie wijsheid en steun voelden aan als een reddingsboei.

Dan de vele mensen bij Sceptre die me hierdoorheen hebben geloodst door middel van hun vaardigheden en vriendelijkheid. Jullie zijn niet alleen ontzettend vakbekwaam, maar ook ongelofelijk geduldig. Emma Herdman, een expert als het gaat om een vriendelijk woord, een voorzichtig zetje en een kritische blik, ik mis je. Lily Cooper en Carole Welch, jullie hebben me onder jullie hoede genomen en me keurig naar de finish geloodst met jullie vragen, suggesties en jullie gave om dingen te zien die mij volkomen zijn ontgaan. Hartelijk dank daarvoor. Daarnaast bedank ik Penny Isaac en Barbara Roby voor hun uitstekende werk als persklaarmaker en proeflezer. En de teams van marketing en pr, die zich keihard voor me hebben ingezet: Louise Court, Helen Flood, Maria Garbutt-Lucero, Jeannelle Brew en Kate Keehan.

Aan de mensen bij Thomas Dunne Books in de vs: Stephen Power, Lisa Bonvissuto en Tom Dunne, bedankt voor jullie inzichten. Ik mis jullie allemaal. Ook bedank ik Dori Weintraub voor haar bemoedigende feedback.

Bedankt, iedereen bij Hachette Ireland die mijn werk onvermoeibaar aan de man heeft gebracht: Jim Binchy, Breda Purdue, Ruth Shern en Siobhán Tierney. Elaine Egan, er is maar één woord om jou te beschrijven: geweldig.

Het personeel van Mullingar Library was zo ruimhartig om me een werkplek aan te bieden toen ik niet thuis kon werken. Ik zal jullie verwelkomende glimlach en vriendelijkheid nooit vergeten.

Aan het begin van het schrijfproces had ik het geluk dat ik financiële steun ontving vanuit het Stinging Fly Mentorship Scheme en van Westmeath County Council. Daar was ik ontzettend dankbaar voor. Korter geleden heb ik een beurs in de wacht gesleept van The Arts Council, die me in staat stelde het boek af te ronden.

Mijn agent, Sue Armstrong, die me door een zwaar jaar heen heeft gesleept. Sue, jouw vertrouwen in mij heeft een glimlach op mijn gezicht getoverd op dagen dat ik dat niet voor mogelijk had gehouden.

James en Adam, die nog steeds mijn hand vasthouden en nog steeds begrijpen dat er donkere dagen zijn waarop ik behoefte heb aan After Eights en een voetmassage, ik houd van jullie allebei.

Tot slot, de lezers van mijn werk. Wat zou ik zonder jullie moeten? Ontzettend bedankt.

# Leesclubvragen

1. Jeanie Masterson, de hoofdpersoon van dit boek, heeft altijd geworsteld met haar plichtsgevoel. Vind je dat herkenbaar? Of vind je dat ze meer voor zichzelf had moeten opkomen?
2. Kun je begrip opbrengen voor Jeanies keuzes? Of had ze voor haar grote liefde moeten kiezen? Vind je dat plichtsgevoel voor de liefde mag gaan?
3. Wat was je eerste indruk van Fionn? En klopte die met hoe je hem later in het boek zag? En hoe was dat met Niall?
4. Heb je zelf weleens voor dergelijke keuzes gestaan?
5. Een belangrijk thema in het boek is familie. Hoe belangrijk is familie voor jou bij het maken van keuzes?
6. Andere belangrijke thema's zijn liefde en verlies. Hoe gaat Jeanie daarmee om? Kun je je daarin inleven?
7. Wat is volgens jou het belangrijkste thema in dit boek?
8. Wat vind je van de speciale gave die Jeanie heeft? Is dit geloofwaardig voor jou in de context van het verhaal?
9. Dit boek stemt sommige lezers weemoedig. Krijg jij dat gevoel ook? Wat stemt jou weemoedig?
10. Met welke verwachtingen begon je aan dit verhaal en zijn die waargemaakt?
11. Vind je de titel van het boek passen bij de inhoud? Hoe zou je de titel uitleggen?
12. Wat vond je van het einde van het boek?
13. Met wat voor gevoel sloeg je het boek dicht? Zou je dit boek anderen aanraden? Waarom wel/niet?

Vijf drankjes, één nacht: Maurice Hannigan heft nog vijf keer het glas op zijn leven

# Anne Griffin

## *Als alles is gezegd*

**ISBN:** 978 94 027 0262 0

Op een avond in juni bestelt de vierentachtigjarige Maurice Hannigan vijf drankjes aan de bar van een hotel. Met elk drankje heft hij het glas op iemand die belangrijk is geweest in zijn leven. Zijn jong gestorven broer, zijn ingewikkelde schoonzus, zijn dochtertje dat slechts vijftien minuten oud werd, zijn zoon in het verre Amerika en zijn geliefde vrouw. Door deze mensen, die hem inmiddels allemaal hebben verlaten, vertelt hij zijn levensverhaal, met alle spijt, ruzies, vreugde en liefde die erbij horen.

'Een must-read, vol prachtige observaties en meesterlijk verteld. Schitterend!' - *Graham Norton*

Voor meer informatie: **www.harpercollins.nl**

HarperCollins Holland @harpercollins_holland